U0132105

文学百年

名家散文自选集

都是人生

杜光辉 / 著

民主与建设出版社

· 北京 ·

© 民主与建设出版社，2022

图书在版编目（CIP）数据

都是人生 / 杜光辉著. -- 北京：民主与建设出版
社，2022.8

ISBN 978-7-5139-3976-8

Ⅰ. ①都… Ⅱ. ①杜… Ⅲ. ①散文集－中国－当代
Ⅳ. ①I267

中国版本图书馆CIP数据核字（2022）第188962号

都是人生
DOUSHI RENSHENG

著　　者	杜光辉	
责任编辑	廖晓莹	
封面设计	宋双成	
出版发行	民主与建设出版社有限责任公司	
电　　话	（010）59417747　59419778	
社　　址	北京市海淀区西三环中路10号望海楼E座7层	
邮　　编	100142	
印　　刷	三河市冠宏印刷装订有限公司	
版　　次	2022年8月第1版	
印　　次	2023年6月第1次印刷	
开　　本	880mm×1300mm　1/32	
印　　张	13	
字　　数	288千字	
书　　号	ISBN 978-7-5139-3976-8	
定　　价	49.80元	

注：如有印、装质量问题，请与出版社联系。

人生如画圆如河流

　　有哲人说过，世间万物都是从零诞生，经历幼稚、成长、成熟、鼎盛、衰老、死亡，画了个圆。人生也如此，从母亲的子宫诞出，赤裸裸来到人间，一声嘹亮或不嘹亮的啼哭，向世界宣布他到了人间。嫩芽般的生命吸吮着母亲的乳汁，艰难成长，有疾病，有伤残，有贫穷，有灾难。有人还没画到圆的闭合就中断了线条，文学语言称为"夭折"。没有夭折的人，经历了童年、少年、青年，挣扎到生命的鼎盛期，人生的线条画到了圆的顶端。自觉天若有环可把天拽下，地若有柄可把地举起，在人生的舞台上尽情表演自己的能量。过了这个节点，线条由顶峰下滑，人生的圆由顶峰向底端画去，归于死亡，圆就画完。

　　有人把自己的人生画得十分圆满，尽善尽美；有人把自己的人生画得不伦不类，难以目睹。圆得尽善尽美或不伦不类，全由个人的品质决定，他人无法替代，人生的画笔只有握在它的主人手里才能画出痕迹。

　　老人讲的多是阅历、经验、感悟，很难听到他们讲理想未来。因为，他们画圆的线条接近了底端，没有了未来，还讲什么理想？如果我们看到哪位耄耋老人，在人群里振臂高呼"让我们放飞理想"，一定会认为，这人可能患上了神经系统疾病，六七十岁的人怎么说着十六七岁的话？走路都会离他远些，免得惹出事端。

　　少年青年畅谈的是未来，脑门上写的都是"放飞理想"。他们人生的圆正处在上升阶段，未来的时间还很长，足以供他们放飞。他们有限的生命历程中，还没有积累到值得炫耀的历史和经验。如果我们听到某个中小学生无比感慨地说："人这一辈子呀，咋没觉得就过去了……"和他父母关系好的，肯定会建议赶快把孩子送到医院的神经科，是不是小时候发烧把脑子烧坏了。要不，十六岁的少年怎么能说出六十岁老人的胡话？

人生还如河。河发源于高原的地缝石隙，点点滴滴，细细弱弱，断断续续。奔流过程中，有水流融入，宽阔了河道，壮大了水流，形成大江长河，奔腾入海。水的发源如人从母亲的子宫诞出，经历的弯弯曲曲、跌跌宕宕、断断续续，如人生的贫穷、饥饿、冰冻、疾病；有的水流没有汇入江河大海，就自生自灭，如人的夭折；有的水流形成大江长河，波澜壮阔，如成功人士创建的丰功伟业；有的水流弥漫污染，散发臭气，毒死鱼虾，毁坏良田，如人生的品质败坏、糟害社会、荼毒百姓，遭社会唾弃。

无论大河小溪，都有波浪起伏、险滩激流，也有断流枯涸的可能。能不能流入大海，全靠自己奔流的气势和汇流的气度。

河流上有泡沫，或能随着水流显赫一段距离，最终的结局只能是消失，不会在江河的记忆中留下痕迹。永留记忆的是河底的石头，无论体积大小，都有急流冲动不了的积重。它储存了水流的涨落、冷暖、急缓、洪浪。如果谁把江河的记忆寄托给泡沫，绝对是指望水稻长出苹果，不靠谱，泡沫的功能只能是一时的炫耀。

人生的长河，有泡沫，也有石头。有的人生泡沫多些，有的人生石头多些；有的人生肤浅多些，有的人生深沉多些；有的人生纯净多些，有的人生肮脏多些；有的人生善良多些，有的人生毒恶多些。决定这些的全是个人的追求、对社会的思考、在画圆过程中用心用力的程度。不敢马虎和对付，就能把圆画得更圆，河底的石头就会硕大。

只顾自己，侵害他人，敷衍世事，刻薄狠毒，绘出的圆必然难看。

到了只有历史少有理想的年龄，审视自己画的圆，尽管没画完，但已显轮廓。确实不是很圆，有的笔迹粗陋，有的笔迹细弱，有的线条不圆滑，但始终没有中断，还像个圆，不扁瘪，不难看；审视自己流过的河，弯弯曲曲，坎坎坷坷，缺失波澜壮阔的气势，但没有断流，终于汇入大海。河面上也泛出不少泡沫，没有留下值得炫耀的记忆。河底也沉潜有石头，不需辨认就知道哪块是关中石，哪块是青藏石，哪块是巴山石，哪块是琼岛石。剖开这些石头，内核里铭刻着我的人生经历、感悟。还铭刻了我生命甬道里的冰霜雪冻、风刀雨剑、踽踽独行的步履。

作家的责任是不仅把石头打捞出来，更要用文学的刀具剥去石头的外部，剖析内核里储存的记忆，寻找审美价值，洞察人类和民族的前世来生，站在社会发展史和个人生命史的交合点，将这些石头高举，砸烂那些阻碍人类文明发展的枷锁和毒瘤，使我们的社会变得更干净。

说千道万，把人生的圆画闭合了，火葬场的烟筒就会冒出一缕青烟，不管你情愿不情愿。

为啥日弄文字的人，化作青烟前总要折腾出几本书？

人都有嘴，嘴有两个功能：一为吃饭，不吃饭维持不了生命；二为说话，不说话会憋出疾病，总不能觉得人家话说得不中听不深刻不让人家说话。

日弄文字的人就是用文字跟人对话，从这个角度思考就不难理解他们一辈子都在读书、写书的缘由。

这是我选编散文集《都是人生》的初衷。

都是人生

思睿篇

思睿篇

读书：对抗抛弃的坚盾

一

1978年元月，一年中最寒冷的季节。我从西安铁路运输学校毕业，分配到襄渝铁路中段的毛坝关火车站，三四个通信工，十几个养路工，清一色的雄性动物。仅有一个女站务员，已给领导当了配偶。

这里在大巴山深处，找不到三尺平地，无法安置站台，铁道兵就把站台修在桥面上。车站值班室是间砖房，一张桌子，两张椅子，两个值班员，一正一副。充当站台的桥面上铺了三股钢轨，一股供临时停车用，另两股通往山外。站台对面是山，笔陡如削，岩石如铁，透溢着拒人千里的冷色。

山隔断了电视的传播，领导下来视察工作，承诺五年内给小站装上"锅盖"。我们转过身子冷笑，五年后你在哪里？山还隔断了收音机的电波，拧开"红梅"，除了"嘎巴"还是"嘎巴"，还有"吱吱"的声音，广播电台让老鼠做播音员？

我们和外界的交流，就是每天十一点有对慢车在这里交会，停车三分钟。为了看客车，准确地说看客车里的女同胞，车站领导拟修改作息时间，早上提前一小时上班，中午提前一小时下班，赶到客车开来之前，我们就能站在站台上。修改作息时间的报告打到更高的领导那里，更高的领导说为了看女人修改作息时间，是资产阶级腐朽。也有领导说三十多岁的男人，连女人的手都没有摸过，要是再不让他们看女人，多残忍，哪能用无产阶级的高风亮节要求他们，调整方案终获通过。

列车停下，这是一天中最激动人心的时刻，我们挨着窗户看里面的女同胞。看到漂亮女娃就驻足不前，眼珠里能伸出钩子，企图把人家钩下来。这样确实下作，确实资产阶级。但只看不说，不动手动脚，就上不犯国法下不犯路规。或没话找话地和女列车员搭讪，都是干铁路的，人不亲行亲，容易搭上话。问人家要不要帮着买老母鸡，四斤重的老母鸡一块五一只，城里起码三四块。人家要是能应付一句两句，或者答应让我们帮着买母鸡，我们会兴奋得一夜翻几十个身子。

昨天的慢车来了，开走了，今天的慢车来了，开走了。慢车像绿色的长蛇，尾巴钻进隧洞后，我们心里有盈满惆怅、空寥。有工友就嘟囔，满火车的婆娘都有主了，没有一个是咱的！还有工友说，哪个女的要是肯跟我，就是喝我的血，我也给身上插个管子让她喝！

有个养路工下乡时谈了个对象，他调不到对象工作的城市，想让对象调到这里。对象跑来，观天，扁担宽一溜，观地，山撵着山。问男的，我们要是结婚了，住哪里，有了孩子，到哪里上学，咱们不能培养个只会写自己名字的养路工后代！

爱情的碉堡被现实的炮火摧毁了。

我们觉得自己不但被世界抛弃了，也被女人抛弃了。

这里流行，献了青春献终生，跟着还要献子孙，我们还没有子孙可献。

苦累算不上什么，最难受的是除了没有女人，还没有文化生活。整个车站除了擦肛门的卫生纸，还有公家的值班日志，再没有称为"纸"的物质，更别说白纸印黑字的图书。上级要求建文明车站，送来一副象棋、两副扑克、三盆花草。说闲下了打打扑克牌下下象棋，要不把鼻子凑到花草跟前闻闻，就能把思想里的肮脏冲掉。没有人去闻花草，喜欢看贴在墙上的女明星，人家不分昼夜地给他们笑，感动得他们不厌其烦地在画上摸，把人家摸得油滋滋脏兮兮。

下班以后，晚霞褪去，夜幕降临，山风微吹。光棍们就聚到站台上，屁股下铺块塑料布，端个大茶缸，泡着酽茶，在一块神侃，消磨时间。

要是有领导下来视察，会轰动整个车站。

傍晚时分，把领导请到站台上，把最大的塑料布让领导坐，把最酽的茶给领导喝，围在领导四周，做聆听指示的恭顺状。领导做报告样地提问，你们一个月拿多少工资？养路工抢着回答，五十三块五。领导说，一个月除去礼拜天，有二十六个工作日。一个工作日八个小时，除去点名、午饭、朝现场走路、拉屎尿尿、工间休息，实际工作不到五个小时。你们计算一个小时挣多少钱？立即有人口算，二十六乘五等于一百三十个小时，一百三十个小时挣五十三块五，一小时挣四毛一分钱。领导又说两秒钟砸一次镐，算算砸一次挣多少钱。这个养路工又口算起来，一分钟六十秒，一个小时六十分钟，就是三千六百秒，两秒钟砸一次镐，就是一千八百次，每砸一次挣零点两分二厘五。

领导初小毕业，听不懂零点两分二厘五是多少，佯装生气说，你别拿学问糊弄我，直接给我说砸一次镐挣多少钱？养路工解释，砸十次挣两厘多，砸一百次挣两分多，砸一千次挣两毛多，谁也不知道算得对不对。领导说，你们在这里好好砸，把钱砸出来了，攒够了，到山外头领个待业女青年，照样能陪你睡觉给你生娃。

以后的几十年里，我调动了好几个单位，接触了不少领导，觉得这个领导最靠谱，没说空话套话日弄人的话。砸镐是养路工的谋生手段，不好好砸，被铁路开除了，饿死你！

我们看到值班室墙上的红油漆标语，像看到纪录片里的珠穆朗玛峰上飘扬的旗帜，与我们没有多大的关系。我们需要的是上班、工资、恋爱、结婚、生娃、过日子，宣传美学繁生不出这些。

人是群聚动物，我也想和他们坐到一块，起码不会孤独。但是，我中专毕业时耳朵出了问题，医生说是神经性耳鸣。聋子爱打岔，人家问我今天干啥，我说你问站长他爸，我咋知道他爸是谁？

我刚走到人家跟前，人家把胳膊一挥，轰苍蝇似的说，连句话都听不明白，来凑啥热闹，哪里没人哪里耍去！

我知趣地躲到一边去了。

我被抛弃了，下班吃过饭，就独自坐在山崖下，呆呆地望着冷铁般的山崖。消退的晚霞中，乌鸦聒噪着从山那边飞来，朝着山那边飞去，给我的身上留下一滴鸟屎。夜幕降临了，夜空绝了鸟迹，丛薮里有了虫鸣。偶尔过辆火车，带来巨大的轰鸣，又带走巨大的轰鸣，山地、车站又被寂静淹没。清冷的月光淹没了山地的一切，偶尔有工友站在桥边，对着桥下的涧溪尿尿，听不到尿落涧溪的声响。

我从初夜坐到子夜，在寂寞入骨的空虚里思考自己的前途，一个深山小站上的半聋子工人，能有什么前途？

过了子夜，我摸黑回到宿舍，悄悄钻进被窝。第二天跟在工友的屁股后边，上山干活。干活也不是我的强项，个子不高，身上没膘，工友给我编了顺口溜："汉小力薄，吃不得哈（不好）的，干不了重活！"

工友也有不抛弃我的时候，到了星期天，他们到万源县城，看女娃，喝烧酒，都要带上我，让我资助费用。我不敢不资助，害怕他们的拳头。我们到了县城，直奔烟酒门市部，看卖糖果的女娃。我们站在柜台外边，吃着糖，闻着人家身上飘来的雪花膏气息，眼睛瞟着人家说话，企图引起人家的注意。我觉得这样做让人看不起，躲在不远不近的地方偷着看。

我们在烟酒门市部磨蹭上一两个小时，再跑到食店，要上两个肉菜，两个素菜，打上两斤散装白酒，吃开喝起。高粱白喝完，脑袋发晕，两腿发软，晃荡着走在鞋底磨了千百年的条石街道上，条石被岁月磨得锃明发亮，脚步落在上边，缝隙里溅出带有臭味的泥水，熏得我们呕吐。狗吃了我们的呕吐物，趔趔趄趄跟在我们后边，期望再吃到人类没有消化的酒肉。

我天天琢磨，就这样走过自己的一生？

琢磨的结果，除了绝望还是绝望。

于是，自杀的念头时常闪现在思维中。多少个白天夜晚，我趴在桥边的栏杆上，望着桥下深涧的流水、巨石，阴冷的气息腾升到桥面上，桥面至沟底的距离七八十米。我把计算自由落体的公式琢磨出来，S代表物体下落的高度，G代表重力加速度，T代表时间，如果从桥面跳下去，只需一点零两秒就可以结束自己的生命。

真正想自杀的人，绝不会在自杀前计算从实施到死亡的时间。促使我苟延生命的是我的父母，我如果离开这个世界，势必给他们造成致命的打击。为了父母活下去，我必须活下去。

二

一个完全的偶然，我走进万源县文化馆，那是执政党当年闹革命的根据地，好像是徐向前、许世友的军部。陈旧的书架上摆放着十几本杂志，我拿起一本《新体育》，里面有篇小说《含羞草》，是名叫张洁的作家写的。内容是一个很有实力获得冠军的乒乓球运动员，为了培养更年轻的选手，全心做好陪练，年轻选手终于获得世界冠军，选手的姐姐和这位陪练产生了恋情。文笔优美，故事感人，一下子就吸引了我。（十多年后，我走上文学创作道路，才知道张洁在若干年后，其长篇小说《沉重的翅膀》获得了茅盾文学奖。）

我觉得自己在聆听张洁给我讲述美好的人性。

我突然萌发出这样的想法，耳朵对于写作者完全是多余的器官。而且，用嘴和耳朵进行交流，只能在极小的范围内，用书籍交流就无距离和时空的限制。

一直到现在，我都认为张洁大姐催生了我的文学生命，尽管我至今都没见过她。

从来就没有什么救世主，要拯救自己只能靠自己。我的父母、亲友中，连个小组长职位的人都没有，靠他们拯救我等于让蚂蚁拖大象，只能通过自己的努力来改变命运。我决定开始写作，能不能自己抓着自己的头发拽出泥淖？

我在本该读书的年龄，参军入伍，驾驶军车奔驰在青藏高原，没有机会读书。

我知道"读书破万卷，下笔如有神"，要从事文学创作必须拼命读书，恶补没有读书的缺憾。

但是，领导规定百分之九十九的时间读领袖著作，读其他书籍是资产阶级活动。

就在我立下文学创作的志向时，执政党的十一届三中全会召开了，国家的命运发生了巨大变化。不搞阶级斗争了，不扣资产阶级帽子了，书籍大量出版了。

我的文学命运太好了，真是要风得风，要雨得雨。

为了读书，到了周末，天刚破晓，我就跑到车站值班室，等待经停的货列，爬到尾部的守车上，所有的列车都在万源站更换机车。我跑到万源县文化馆，为了多借几本书，借的时间长一些，就讨好图书管理员，帮人家买鸡蛋。毛坝关的鸡蛋五分钱一个，万源县城的鸡蛋八分钱一个，一篮子盛一百个鸡蛋，人家就节省三块钱。这可不是小数字，万源的月工资才二十多块钱。

《人民文学》《当代》《十月》等刚刚复刊，限量发行，掏钱也订不上它们。慢车上搞文化下乡。慢车在毛坝关会车时，我上到客车，找卖杂志的列车员。买到杂志后到下一站下车，顺着铁路步行回毛坝关，要经过三座一千多米的隧道。隧道里到处是火车遗下的粪便、饭食、垃圾，腐烂的气味令人窒息。火车通过隧道时，如果不及时躲进安全洞，就有被卷进车轮下的危险。有一次，我来不及钻安全洞，把身子贴在洞壁上，火车距离我一尺多远的距离飞驰而过。突然，车上蒙的篷布散开了，擦着我的鼻尖一闪而过，吓得我本能地趴到地上。如果篷布再张开一点，就会把我卷到车轮下，碎骨万段。

职工住房紧张，一间宿舍四个人，我无法看书写作。一楼与二楼的楼梯间，有个存放扫帚的小屋，能支一张桌子一张床，这是多好的书斋呀。我把里面打扫了，粉刷了，拉上电灯，找了张桌子，就囚在里面看书写作。

大巴山的冬夜，寒冷刺骨，坐到半夜，冻得难以忍受，就把被子裹在身上，身上的问题解决了，脚仍然刺痛。我找来工作灯，装上一百五十瓦的灯泡，放在桌子下边，脚蹬在灯罩上。灯泡发出的亮光，夜里不觉什么，第二天起床，两眼红肿流泪，看东西模糊。为了克服灯泡的强光，我找来黑铁纱网，罩在灯罩上，熬夜看书的问题解决了。

上班攀山查线、下班看书写作，成了我的主流生活。

我的阅读向更深更广的范畴延伸。

书籍把我带进了欧洲，让我了解了古希腊、古罗马、黑暗的中世纪、文艺复兴、现实主义文艺；书籍也把我带进了古代中国，春秋战国、隋唐时代、宋的纷乱、元的铁骑、明的治隶、清的腐败；书籍使我了解了宇宙之浩瀚，原子之渺小；了解了人类历史发展的内核、人的内心世界的微妙。

春夜，祛冷还暖的微风里吹来山林的清冽，走来了苏格拉底，他给我说知道自己无知的人才是最聪明的；走来了柏拉图，他给我说风的冷暖应该是我们自己的感觉，这是哲学的道理；走来了亚里士多德，他给我说求知是人类的本性，你爱读书，绝对没错；走来的还有泰勒斯、朗吉努斯、孔子、阿基米德……

夏夜，清新的山风吹来了但丁，他在《神曲》里给我揭示了教皇统治的罪恶；吹来了薄伽丘，他在《十日谈》里给我说，人生最大的悲痛莫过于辜负青春；吹来了雨果，他在《巴黎圣母院》里赞扬丑人阿西莫多的善良，抨击副主教克洛德道貌岸然的蛇蝎心肠……

秋夜，月亮在我的窗户里不动声色地游走，月光星光连台灯的光，淹没了我。辉光里坐着康德，他给我讲二律悖反；坐着黑格尔，他给我说整个世界都应该讲究精神和信念；坐着罗素，他给我说支撑他的生命的有三种情感——对爱情的渴望，对知识的追求，以及对人类苦难不可遏制的同情……

冬夜，山崖上的冰雪填满了我的窗户，寒冷透过玻璃，我连连打着冷战。陪我苦熬的有马克思，他让我知晓了什么是唯物史观、国家权力与市民社会；陪我苦熬的还有恩格斯，他给我讲写《论权威》目的是针对巴枯宁的无政府主义，即使无产阶级取得了社会主义革命的胜利，资本主义所有制改变成为社会主义所有制，权威原则也不会消失，而只会改变形式；陪我苦熬的还有大胡子托尔斯泰，他在短篇小说《一个人需要多少土地》中，通过由佃农发展为地主的帕霍姆，由于过分的贪婪，累得吐血而死，给我说一个人需要多少土地，不多，六英尺，够埋葬他的尸体就可以了，告诫我们不要贪婪；陪我苦熬的还有莎士比亚、契诃夫、鲁迅……

我像久旱的沙漠，遇到春雨的滋润，一滴不漏地吸收；也像有生以来都处在饥饿状态，猛然遇到丰盛大餐，拼力饕餮。

阅读，是先哲给我交流，只要先哲没有抛弃我，人类就没有抛弃我，他们代表了整个人类。千万年里，绝大多数人都是地球上的瞬间过客，没有给后人留下处世的智慧，不能代表人类，能代表人类的只能是给后人留下智慧的人。

麻将传到了小站，工友们的业余生活又增添了新的内容——打麻将。业余时间，不是喝酒，就是通宵达旦地搓麻将，有时哗啦到天亮，临到上班才恋恋不舍地离开麻将桌，揉着通红肿胀的眼睛，拿上两个馒头，扛着铁镐朝施工点走去，脚步摇晃，步履挣扎。

很多时候，子夜的月光透过窗户的玻璃，麻将的哗啦也穿过窗户的玻璃，惹得我心烦，无奈；很多时候，他们喝醉后倒在站台上，身旁散发着呕吐物的怪味。我站在桥面的栏杆前，防止他们滚到桥下；很多时候，他们从万源县城回来，谈论着哪个小妹漂亮。

多少次，我发出痛心的感慨，兄弟呀，咱不能这样作践自己呀！

多少次，我又无奈地感慨，我的兄弟不这样，又能咋样！

他们同情我的耳聋，我同情他们的精神虚空。

看书，就要买书。通信工月工资四十二块五，为了买书，我把每月的伙食费控制在七八块钱以下，几个月不吃一次肉。一个星期天中午，我正写作，觉得头昏得厉害、耳鸣加剧、心跳加快，意识到情况不好，赶忙打开门挣扎出来，刚出房门就昏倒过去。工友们把我送到几公里外的卫生所，医生说是营养不良劳累过度所致。

我的床上是书，桌上是书，床下堆的也是书。领导下来检查工作，查看我的书籍，把《世界通史》《中国通史》《马恩列斯语录》《毛泽东选集》集中在一边，说这些是好书，读得越多越好。又把《金瓶梅》《西厢记》

《茶花女》归拢到一边，说这些是黄色书籍，宣传淫秽色情，应该没收。我辩解，国家没有规定这些书是黄色书籍，《茶花女》是世界名著，大仲马的代表作。领导说我不管他是公马母马，写女人就是宣传资产阶级……

领导要把这些书搬走，如同刀剜我的心肝，摆出拼命的架势吼，你敢动我的书，我就跟你没完，别说我跟你过不去！如果他真敢搬走我的书，我的拳头绝对会砸在他的脑袋上。若干年后，我漂到海南挣饭吃，再回到当年挣扎的地方，遇到这位领导，他已经退休了，满脸的皱纹里透溢着生存的艰难和处世的委婉。他主动给我解释，不是我非要没收你的书，我拿人家的工资就得给人家干活！其实，我早已不记恨他了，那是一个时代，记恨一个时代有什么用处？

那些年的阅读，为我的文学创作，为我以后到大学教书，奠定了厚实的基础。

三

兄弟部门万源通信站电源室老出故障，我当过汽车兵，懂蓄电池、发电机，读中专时又学了高低压电路，领导要把我调到电源室当工长，这个职务不是干部。

人事室主任找我谈话，听说你在写作？我说，业余时间写点东西。主任问，你还给人说想当作家？我说，写出名堂了，就是作家啦。主任说，不是我贬低你，作家不是谁想当就能当的，咱国家一年光大学文学系毕业的学生有多少，有几个当上作家的？大学专门培养作家的学生都当不上，你只读了三年中专，还是学晶体管电路的，连地球的自转公转都分不清，还想当作家！别奋斗了几年，作家没当成，连个人的终身大事都耽误了。人要有自知之明，你是个半聋子，说穿了是残疾人，好赖是个铁路职工，在铁路上找不来对象，找个山里女人还是可以的，早早把家安了，生儿育女过一辈子，不要异想天开。我给你谈话的目的就是希望你把精力放在工作上，要是把看书写作的功夫用在工作上，说不定还能提拔成干部。要是当上了干部，即使耳朵有点问题，还有铁路女娃跟你的。

我知道主任是为我好，但我不能接受。

这个只有几十个人的单位里，你想当作家本身就让人看不惯。人家都被作家的光环震慑得顶礼膜拜，你竟敢如此狂妄，要大家顶礼膜拜你。确实可以推测出来，几十个人的单位要是出个作家，照此比例下来，中国的作家没有一个亿也有九千万。

"杜光辉想当作家"在单位传播后，给人们精神生活带来了黑色幽默，成了人们茶余饭后的笑料。

吃饭时，大家围在房檐下扒拉饭食，有工友当着大家的面说："杜光辉，不忙的时候请个假，到你先人坟上看看冒没冒青烟？你要是当了作家，我们排着队在你裤裆下边钻三圈！"这话引起人们哄堂大笑。我羞赧、愤怒，差点把饭碗扣到他头上。但我不敢，打起来真不是人家的对手。在这山高皇帝远的地方，把我打了也是白打，唯一的办法是找领导，领导也因为我想当作家而不待见我，找也是白找。

我把所有的业余时间都用在读书上，还写点东西，常常折腾到后半夜。早晨起床，两眼红肿，糜烂如桃，走路打晃。领导见我这副模样，老远就批评，你夜里干什么去了，没有一点精神？青年应该像早晨的太阳，看看你这样子，哪像个青年人？

为了买书，几年没买衣服，一年四季都是公家发的再生布工作服，油腻肮脏，老远就闻到复杂气味。为了买书，我尽量延长理发的间隔时间，头发蓬乱，远看近看都像精神病人。电报员电话员赌咒时常说，我要是怎么怎么了就嫁给杜光辉。

那段时间，我是在低头中过日子的，看书低头，写作低头，走路低头，见人低头，开会低头。我自己都觉得低人一头，一个半神经的聋子凭什么在人前抬头？我的颈椎病就是在那时候形成的。

我觉得，读的书越多越孤独，越想在书里找知音，找到的是更浓郁的孤独，孤独里却充盈自满自足。

写文章发表不了，领导不待见，同事歧视，鸡嫌狗不爱，我的精神到了崩溃的边缘。本来就神经衰弱，现在更衰弱，整夜失眠。到卫生所开安眠药，医生说一次只能开三天的量，怕有人把安眠药攒起来自杀。我说如果前几年，我还有自杀的念头，现在你发奖金鼓励我自杀，我都不会自杀。

多年后，我读到史铁生在一篇文章写的，写作就是为了不至于自杀。

四

读了那么多书，受了那么多苦，产生了那么多感慨要给人说。我只能把这些写出来，用钢笔给稿纸诉说。

我读中专学的是与文学毫不沾边的通信专业，写作的时候，常常觉得词不达意，心里想的写不出来，写出来的又不是心里想的，觉得不满意，撕下来重写，再写还不满意，再撕下来重写。写到天亮，撕了两本稿纸，地上铺了一层，还没写满一张。

上级号召做有志青年，有志青年的标志就是自学英语。领导把打乒乓球的房子腾出来，挂了块黑板，摆了桌子板凳，请了一个高中毕业生。每天晚饭后，把女电话员电报员、男通信工电缆工集中起来学英语。男坐左，女坐右，还有几对有了意思的坐到一块，你瞟我一眼，我瞅你一下，眉目传情，一切都在不言中。我知道人家看不上我，自然不会自作多情，去了几分钟就跑出来，回到房间继续写作。他们还在那里，A、B、C地念，教室距我写作的地方不到十米，声浪阵阵，传进我的耳道，尽管听力不好，但还是能听出聒噪。本来就为写不出东西心烦，听到聒噪更心烦。

一天初夜，我正在边写边撕稿纸，有人敲门，起身开门。副书记进来，看到满地的稿纸，惊诧地问，你在做什么，把纸撕得满地都是？我说我在写作，写不下去，心烦。副书记说，别人都在做有志青年，你因在屋里撕纸，放着光明大道不走……

他说了三遍我才听明白，申辩，他们连个请假条都写不清楚，还去学外国语？他们首要的是把中国话学好，写的请假条让领导看明白。再就是你下这么大的力气培养他们学英语，他们学成了，能调到外交部当翻译？给他们教英语的老师连大学都考不上，能教出外交部的翻译官？俺老爹给我说，有啥地种啥庄稼，翅膀长出来了再想上天，别成天空想，成了欧文的空想社会主义！

我乘机把刚读的马克思主义的三个来源抢给他，他哪知道欧文是谁。

还真把他骇唬住了，半晌才说，你还真读出名堂了！我又骇唬他，你以后上党课把我请去，你们要是能听懂十分之一，我一年不要奖金。不是我小看你培养的有志青年，我奋斗成作家了，他们把英语也忘光了，人也变成了老婆娘！现在回想起来，这话确实恶毒，难怪人家不喜欢我。

我写了两三年之后，给西安铁路局办的《西铁文艺》投了个短篇小说。很快，一位赵姓编辑回信了，信中写道："杜光辉同志，你的错别字令人无法把文章看下去。请你以后写作时，每个字都查下字典……"

我把信贴在桌子前边的墙上，激励自己。心想，你杜光辉要是能写出获全国奖的小说，人家会用这种口气给你写信？要别人看得起你，你首先要干出让别人看得起的事情。

20世纪80年代初期，当作家是青年最辉煌的梦想。在这条并不宽畅的道路上，拥挤着大批的文学青年，你挤我扛、熙熙攘攘。我当时的文学基础，所处的地理环境，文坛上的关系，想发表作品的难度，比运动员想打破世界纪录都艰难。尽管我拼命地写，勇敢加不要脸地投稿，每天都企盼着邮递员的车铃声，也每天都怕邮递员那句永远不变的话："杜光辉，你的退稿！"随着邮递员的话，又招来一阵司空见惯的冷嘲热讽。退稿中夹着一张铅字退稿信，有的连我的姓名都懒得写，只在铅字的"同志"前边加个"杜"就行了，还有的连"杜"都没有，给人的感觉是这样的水平，不值得编辑浪费那点墨水。

也有很多退稿信是钢笔写的，几百字，上千字，详细地给我讲小说存在的问题，怎么修改。我把这些退稿信一遍一遍地琢磨，从中思考什么是结构、人物刻画、细节？我至今还记得给我亲笔写退稿信的编辑：《奔流》的杜道恒、《鸭绿江》的刘元举、《十月》的骆一禾、《长江文艺》的谢克强、《当代》的周昌义、《作家》的宗仁发……

现在回想起来，那时候的编辑真好，和作者的关系真纯洁。

再有人恶心我当作家是癞蛤蟆想吃天鹅肉，我就把这些退稿信拿出来，振振有词地反驳，我要是没有培养价值，人家能费那么大的力气给我写信？这不是斗嘴，我真的感觉我是棵文学苗子，有培养价值。

这些退稿信从一封、十封、一百封、二百封，将近三百封。我望着一寸多高的退稿信，自己给自己发狠，等退至一千封时，老子在退稿信的背面打上方格，写一部中篇小说寄去，看能不能打动他们。

我看到一家报纸介绍，北京有个叫张征的作家，接到两百多封退稿信，仍然坚持不懈，终于发表了处女作。我苦笑了，我收到的退稿信将近他的一倍，怎么没人关注我？朝鲜电影《卖花姑娘》中说，只要心诚石头都能开出花，难道我对文学的心还不诚？

十多年后，我到海南闯荡，丢弃了全部生活用品，但这些退稿信一直带在身边。我在海南流浪了两年，终于有了工作，联系当年扶持过我的编辑，有的已经下世，有的健在。那年冬天，刘元举坐在我刚刚分到的单位住房，看到这些退稿信，他亲笔写的就有二三十封，感慨地说，我当了一辈子编辑，写了多少退稿信，唯有你把这些退稿信保存得这么好。看到这些退稿信，看到你的创作成就，我有了当编辑的成就感。

五

刚开始写作时，我连什么是散文、小说、报告文学，都分不清楚。就是看着文学杂志，书籍，照葫芦画瓢。

我有个同学叫常安成，在西安仪表厂工作。我给他写信，让他在西安帮我找个作家，指点我创作。常安成给我来信，有个叫宋登的作家，原来在厂里当技术员，调到《革命英烈》编辑部。他给宋登谈了我的创作情况，宋登非常同情我的遭遇，答应帮我看小说。

我选了几篇小说给宋登寄去，宋登很快回信了，说你是当作家的材料，思维立体，对社会和人生的理解深刻，能感觉你读了不少书。但你还不会写小说，连基本技巧如悬念、情节都不懂。你如果坚持下去，肯定能成大器，许多立志当作家的人，最初的几年确实肯下力气，但熬上几年过后，见成效不大就不再熬下去了，我担心你也是这种人。他在信中写道："文学创作是贯穿人一生的痛苦磨炼，只有终生都经得起这种磨炼的人，才能获得成功。"

有时，我寄给宋登一篇四五千字的小说，他给我的回信也是四五千字。从构思、人物、情节、开篇、布局、细节、语言，全面进行讲评，一直到我的成名作《车帮》发表。漫长的十年里，宋登一直搀扶着我向前挣扎。到了1991年，我整理了十年间宋登指点我创作的通信，竟有七八万字。我蓦然发现，宋登在这十年间很少发表作品。他当时才四十多岁，正是出作品的时候，他把写作的时间用于辅导我了。

我的中篇小说《车帮》被《新华文摘》转载后，他给我来了最后一封信，你现在磨出来了，水平也超过我了，我再不能像过去那样给你说三道四了。但相当一些作家成名之后，再进步都十分困难，主要原因是人们再不去指出他作品中的不足了，他本人也不像过去那样虚心听取别人的批评了。写出一篇成名作不难，难的是写出传世之作。

再一个对我文学创作影响最大的是骆一禾。1983年11月，我给《十月》寄了中篇小说《冯大家族》。骆一禾给我回信："你的来稿《冯大家族》，乡土气息浓烈，也有时代气息。我读过以后，认为是一部有发表基础的作品，建议你做些修改，再挂号寄我。"他在写了两千多字的修改意见后面，又写道："你的文字能力是好的，虽有错别字，但是文字有表述力，能传达感受，文字风格朴素、秀气，适于写农村生活。"

由于我的文学修养太差，骆一禾信中谈的意见，我理解不了。我利用铁路工人坐火车不掏钱的方便跑到北京，住在崇文门外大街一家澡堂子里。骆一禾就在这家澡堂附近，给我谈了三天文学。他反复告诫我："千万不要去写应时文学，当时的政治需要什么你就写什么，可能红火一阵，过后什么都没有。可以这么说，从现在起再过一百年甚至更长的历史时期，五四运动发展的方向都是正确的，中国在文化意识方面的主要矛盾，仍然是封建和反封建的斗争。"

这三天谈话，给我蒙迷的文学思维打开了天窗，对我一生的文学创作极有教益。当时，我不知道骆一禾是和海子齐名的诗人。但是，《冯大家族》没有发表，骆一禾给我的信中写道："《冯大家族》没有通过，因为近期有一些比较高质量的稿子，把它比下来了。贾平凹《鸡窝洼人家》《腊月·正月》两个中篇，写农村题材的，《冯大家族》就比不过了。三审是编《高山下的花环》的编辑，水平比较高，他觉得你的文字还嫩了一些。而且一个大家族的破灭，当然是在农村生产力提高的过程中瓦解的。但小说没把握好，写爱情力量的作用太大。结果把一场生产力的革命，似乎变成了爱情的力量。这样，社会意义就缩小了，变革也容易了点。"

尽管骆一禾没有发表我一篇小说，但他一直给我通信，十几封近万字，他从文学谈到我的工作、生活、婚姻、身体，无话不说。

我调到分局宣传部后，得知骆一禾去世的消息，当时就软瘫在办公桌下。从医院打完吊针出来，我让妻子去买火纸、供香，到汉江边上，面对北京方向，点燃了火纸、供香。

我走上文学创作道路时，又得到《鸭绿江》杂志刘元举老师的指导。在连续收到一百多封退稿信之后，我不得不怀疑自己是不是当作家的材料，不得不承认自己的文学基础太差，时常萌发放弃写作的念头。就在我准备放弃写作，托人在当地找个待业青年，生儿育女，在山里熬一辈子时，刘元举把我的一个中篇小说退回来了，附了一封很长的信，信中这样写道："你是写小说的材料，你一定能写出大手笔的小说，我相信我的眼睛！"

我拿着信跑到半山上，扑在一块大石头上放声痛哭，一直到翌日凌晨一点多钟。从山上下来，我擦干眼泪，又伏在桌前。

可以说，刘元举拯救了我的文学生命。

在漫长的时间里，我和刘元举书信不断，频繁时一月两三封。1989年，我创作出中篇小说《车帮》，寄给了北京的一家大刊，一位资深编辑给我回信："杜光辉同志，你用了一个很陈旧的方法写了一个很陈旧的故事，建议你多读点书，接受新事物……"

接到这封信后，我的自信心遭受重创，把《车帮》放在抽屉里半年之久，不敢外投。又不甘心，时常翻出来看，觉得有点味道。终于按捺不住，给刘元举写了封信，写了《车帮》的内容简介，把那位编辑的信一并寄去。

刘元举回信说，他对这个题材非常感兴趣，务必把《车帮》寄给他。二十天后，刘元举回信了："杜光辉同志，你给我刊写了一篇近年来不可多得的佳作。我刊准备在适当的时机隆重推出……"

《车帮》在《鸭绿江》发表后，被《新华文摘》转载了。

我终于在文坛上站起来了。

《车帮》被《新华文摘》转载后，陕西作家张淑琴推荐给西安电影制片厂。西安电影制片厂文学部召开会议，把《车帮》列为改编电影的计划，开始寻找杜光辉。人们纳闷了，《车帮》写的是陕西的事情，作者应该是陕西人，能把小说写到这个档次，最次也是省级作协会员，陕西文坛怎么没有印象？

几个月后，西安电影制片厂导演何志铭在陕西一家杂志社看到我的投稿，已经贴上了退稿奇笺，何志铭惊喜地说，多少人找了几个月，到底把杜光辉找到了。

何志铭给编辑说了我的《车帮》，编辑赶忙把贴在稿件上的退稿信撕下来，说这篇稿子再看看，这是我在陕西的文学刊物上发的第一篇小说。

《车帮》在陕西引起了一番轰动，各种赞誉蜂拥而至。著名编剧张子良说："《车帮》是新中国成立以来，陕西最好的几部中篇小说之一。"西安电影制片厂文学部主任王吉成看了我的另一部中篇小说《黄幡》之后，给我的信中写道："从《车帮》到《黄幡》，我们不难得出这样一个结论，陕西出了个大手笔！"

1991年5月，我作为陕西省青年作家代表，参加第四届全国青年作家会议。我在代表通讯录上看到了刘元举的名字，立即给刘元举的房间拨了电话。刘元举放下电话就来找我，我们在走廊里相遇，一个作家和一个编辑，在通信十年之后，凭着感觉拥抱在一起。

20世纪的最后几年，文坛已经不是80年代初的文坛了。我邀请刘元举到海南，我们通宵达旦地谈文学。天亮了，我去上班，他看我没有投稿的六七部小说。几天后刘元举问我，这么好的小说，为什么不投出去？我苦笑，没有说话。刘元举明白了，说我帮你把这些稿子投出去，挑出一部八万字的《哦，我的可可西里》，说，这部小说发表了，肯定会轰动，当下就给《小说界》的编辑修晓林打电话。小说发表后，先后获得上海长中篇小说大奖、首届中国环境文学奖、《中篇小说选刊》2000—2001年优秀中篇小说奖，入选"新世纪小说大系"，使我的创作又提升一个档次。到了21世纪的第二个十年，刘元举又把我的中篇小说《多多》推荐给《北京文学》，《北京文学》连续五年都发我一部中篇，使我的创作又提升一个档次。

六

一次出差，我坐在卧铺车厢，对面坐着两位青年，拿着转载我《车帮》的《新华文摘》，一个给另一个说，你看看这篇小说，过去吆马车的都知道咋着教育孩子，现在的家长太溺爱孩子了。

《车帮》里有段这样的细节，车户为了培养孩子的胆量，把烟袋放到乱葬坟里，让孩子半夜去取……

和我同行的人给他们说，他就是杜光辉。人家不相信，说，哪有这么巧的事情？同事让我拿出工作证。

他们给我说，你写的这个小说太震撼了，我们从西安出发就看，看了一路，感慨了一路。到了安康，我们请您吃饭……

这两个人，一个是陕西师范大学学报的编辑宋小平，一个是中学语文教师张广孝，我们由这篇小说成了好朋友。

我突然有了这样的感慨，我的思想引起了他们的共鸣，这难道不是写作者的成功？

2021年，我参加中国作协的评审会，会后与北京的文友相聚。做东的人介绍我时，一位大刊的主编说，我读大学的时候，您是《新世纪》的主编，您发的每一篇文章我都认真研读，那时就立下决心，毕业后当编辑。

真没想到，我写的文章会影响一个人的人生。

几十年过去，我逐渐明白一个道理，无论处在多么艰难的困境，只要自己不抛弃自己，这个世界就抛弃不了你。

阅读：是先哲们给我们的教诲。

写作：是我给世界的发言。

文章写到这里，总找不到合适的结尾，就读书。读到陕西作家周瑄璞读美国作家杰克·伦敦的《马丁·伊登》的感受："整个社会像个体积庞大轰轰作响的机器，绝不会为一个无名青年而停下来，让他这个小零件跻身上去，这个社会没有一个地方虚位以待，到处都是人满为患。你必须学会在这个机器的运转中掌握一种合适的速度，跟上步伐，伺机将自己这个小零件拧到位置上。"

这段文字权当结尾。

阅读：谋善的基座

一

还没到四月，呼吁读书的潮汐就汹涌而来，几乎地球上的所有国家都积极响应。其实，"国际读书日"的历史并不悠久，也不像"三八""五一"有重大社会事件做支撑。最初的创意源之国际出版商协会，这个协会的成员是一帮作家、出版商，都是靠写书卖书过日子的人，竟使联合国教科文组织在1995年宣布，每年的4月23日为"世界读书日"，其主旨为："希望散居在全球各地的人们，无论是年老还是年轻，无论你是贫穷还是富有，无论你是患病还是健康，都能享受阅读的乐趣，都能尊重和感谢为人类文明作出巨大贡献的文学、文化、科学思想大师们，都能保护知识产权。"

这两百年，整个地球动荡不安，政治对抗、意识形态相悖、利益纠葛、资源争夺、历史恩怨，会场上争吵不息，会场外战火连天，很难就某一事件达成共识。却在读书这件事情上，达到前所未有的一致响应，没有一个国家和地区反对。可见，读书是全人类的共同愿望，正像一家媒体的书写："阅读对人成长的影响是巨大的，一本好书往往能改变人的一生。人的精神发育史，应该是他本人的阅读史；而一个民族的精神境界，在很大程度上取决于全民族的阅读水平。"

我们民族有悠久的读书传统，时空发展到今天，共和国的上空处处飘拂着营造文化的旗帜，被改革开放的热风吹得哗啦啦地响。任何一个城市，哪怕小得不能再小的城市，绝对不能缺了图书馆，虽称不上地标式建筑，也能算上一道景观，如果没有图书馆，不知会被多少人诟病。很多图书馆为了吸引读者，还配置了咖啡座、茶座、能上网的电脑，一边品着咖啡抿着清茶一边阅读，该是多么惬意的享受。大大小小的城市里，都有卖书的店面，国营的统称新华书店，私营的叫书屋，这些和图书馆共同构建了城市的文化标配。如果这些标配不入外地人的法眼，你说你们这个城市的文化底蕴深厚，谁信？就像一个人说他比比尔·盖茨富有，穿的却是从地摊上淘来的便宜货，人们只是撇着嘴说："吹吧，税务局不找吹牛的纳税，公安不认定你造谣滋事，没人干涉你那点自慰式的精神享受！"

文化也成了人的标配，带兵的人读了几本书，能讲出拿破仑、鬼谷子，就是儒将。儒将比有勇无谋的将高出几个档次，否则会被人们贬称为莽夫。做生意的人嘴里能讲出胡雪岩、企业文化这类名词，就被人捧为儒商，儒商和奸商是泰山与粪土之比。于是，商贾不管身家多寡，必须能说出几个让人似懂非懂的名词，讲出几条新颖的观点。要是说不出，就掏钱进培训班甚至名牌大学，学者说。他们知道只是腰包里有钱，讲不出书本里的东西，旁人会说这人没读过几本书，半文盲！老板要是背上没文化的名号，身子就是用纯金铸造，除了想谋你钱财的人，其他人绝不会正眼瞧你。于是，走进老板的办公室，座椅背后依托的都是红木构造的豪华书柜，里面放着整套的经典名著，尽管图书外边的塑料皮包装都没有撕掉。还有酒楼的豪华包厢里，除了临摹的名人字画，还有一壁书柜，里面摆着《中国通史》《世界通史》《欧洲思想史》《人类发展史》等，少不了苏格拉底、亚里士多德、朗基努斯、但丁、雨果、托尔斯泰，还有中国的孔子、孟子、庄子、墨子、曾国藩、胡雪岩的图书。打开玻璃门，竟不是纸质书籍，而是木头刻的装饰物，问服务小姐："书柜里怎么摆放木头书？"

回答："做样子甭当真，来这里的人都是为了吃肉喝酒，哪能在这里读书，又没犯神经？再说，吃得满嘴流油，喝得云天雾地，把纸印的书放在这里，用不了几天都成油饼了。"

再问："用买这些装饰物的钱买成图书多好？"

再回答："买书柜时人家赠送的，不花钱。"

富丽堂皇的现代图书馆里，悬挂着众多号召读书的标语：书籍是人类进步的阶梯；读书获取知识，知识就是力量；等等。连穷乡僻壤的农家小院的门框上，都张贴着呼吁读书的对联："十年寒窗苦读效三皇五帝逐群雄；一朝金榜题名成八斗奇才傲天下。"看到这些对联，感觉像穿草鞋挑粪筐的老大爷系着金利来，穿着长袍马褂的乡村秀才端着笔记本电脑，似乎与这样的门户不相匹配，但不失对读书的敬仰。也有与门庭贵卑对等的对联，比如："万卷古今消永日，一窗昏晓送流年。"书写对联的人以陆游自比，享受心无旁骛一心读书的悠闲。有些家庭除了卫生纸再见不到称作纸的东西，还要在门框贴上"门对千棵竹，家藏万卷书"，标榜自家是书香门第。

更有意思的是一个送快递的朋友，说他的一个同事相亲时，跑到外文书店买了本一寸多厚的书，先到约会地点装模作样地读。女方来到后看了书皮，问："这么厚的英文书，写的什么内容？"

男方说："英文版的《社会发展史》，我才读了一半。"

女方敬佩地问："你能读懂？"

男方说："我读过中文版的《社会发展史》，个别单词看不明白，看下中文版就明白了，要不就查下英汉词典。"又问女方："你也懂英语？"

女方说："上学时学的英语，有些章节还能看个大概。"

男方听女方也懂英语，赶忙把书装进挎包。半年后，男方给一个大学教授送快递，教授看了他挎包里的书，问："你懂德语？"

小伙子问："你怎么知道我懂德语？"

教授说："这是德文版的《社会发展史》，就是我们学校专门教德文的老师，能看懂这本书的都没有几个。"

小伙子跑到这所大学的图书馆，把书放在书桌上，赶快离去。心里琢磨，我把德语当英语骗女朋友，她还说她学过英语，能把这部书看懂一些。

还有一些年轻和不太年轻的男女，不近视不远视不老花，偏要配个平光眼镜戴上，增添青灯黄卷苦读书的内涵美。

二

鼓励人读书，绝对没错，绝对是人类走向文明的重大举措。

人类要进步，就要吸取前人的生存智慧、治理国家的经验教训、对宇宙万物的认知，仅仅靠口头传承，就有极大的不稳定性、不准确性，还有失传的可能，书籍就弥补了这些不足。书籍成了前人的肩膀，让我们站在上边，站得高就看得远，洞察历史，观测未来，少犯错误。尤其像我们这样的国家，古代就幅员辽阔，国民众多，社会复杂，要构建社会的稳定和谐，巩固权力，需要大批有思想有学问的人士进入各级权力机构，帮助朝廷治理天下。读书人又需要朝廷给予的荣华富贵，这是权力和利益的勾兑，像现在的酒精和凉白开，应该一勾即兑，一兑即合。但是，这个勾兑却有了漫长的融合过程。

早在春秋时期，孔子的学生曾参就提出了读书的目的——修身，齐家，治国，平天下，实际就是要参与国家管理。但是，那时候的最高权力者并没有把读书看得多么重要，武力可以夺取地盘巩固权力，思想和学问就降到次要地位。朝廷就把官员的选拔建立在世袭的基础上，谁为朝廷打下了江山，谁祖祖辈辈就可以做官。这是多么巨大的诱惑，激励将士攻城掠寨，奋勇杀敌，建功立业。打下江山了，战事减弱了，政权巩固了，喋血疆场的作用就降到次要地位，治理天下安抚百姓就上升到主要地位。朝廷又发现，那些善于疆场拼杀的武夫却缺少治理天下的能力，他们的子孙后代也不一定有治理国家的能力，说不定还是口水流有三寸都不知道擦的白痴，十多岁了还分不清舅家姑家，把他姐叫妈，把他妈叫嫂子，要不就是酗酒狎妓，光顾赌场，指望这些人去治理国家，管理百姓，无疑是指屁吹灯，虱子隔着喜马拉雅向大象求爱。朝廷又琢磨出个举荐制，让举荐官员推荐优秀人才进入权力队伍，确实是个进步，确实把一些优秀人才推到权力岗位上。在运作过程中，又出现了新的矛盾，举荐官自身的局限、缺失统一的标准、还有可能发生利益勾兑，优秀的人才不一定被朝廷发现。到了隋朝，实施了科举制，才真正做到了唯才是举。所有渴望进入官员队伍的人，必须通过朝廷举行的统一考试，统一考题，统一改卷，张榜公布，对考场作弊的惩罚格外严厉，彻底堵塞了不读书的人进入权力阶层的甬道。就有了"满朝朱紫贵，尽是读书人"，就有了"天子重英豪，文章教尔曹；少小须勤学，文章可立身；学问勤中得，萤窗万卷书；朝为田舍郎，暮登天子堂；君看为宰相，必用读书人"，就有了"富家不用买良田，书中自有千钟粟。安居不用架高堂，书中自有黄金屋。出门莫恨无人随，书中车马多如簇。娶妻莫恨无良媒，书中自有颜如玉。男儿欲遂平生志，五经勤向窗前读"。

权力和利益的相互利用，终于在隋朝获得成功，这就是科举制度。

读书做官，报效朝廷，造福百姓，流芳百世，成了古代读书人的理想基座和行为坐标。

从隋朝到晚清的一千三百多年的封建殿堂，风雨飘摇，霜冻雪盖，暴日烤晒，砖瓦裂缝了，柱椽腐朽了，窗门破损了，甚至地基都有了塌陷，殿堂的主人换了一拨又一拨。尽管殿堂摇摇欲坠，却腐而不败，朽而不倒，是什么力量在支撑？这个力量就是封建文化，不时地修复腐朽的建材，使其能继续支撑权力大厦不倒不崩，不能不说是读书人对封建社会的巨大贡献。

就是在民间，书写契约、祭文、碑文、信文、遗书、春联、婚联，这些生活中少不了的事情，都离不开读书人。可以想象，几千年的民间要是没有读书人的存在，就像有了高山没有绿色，有了平原没有庄禾，有了河流没有鱼虾船帆，生活该是多么的不便和荒芜。

于是，在读书人这个族群的上空，飘荡着"万般皆下品，惟有读书高"的光环；对以读书传世的家族，就有了"耕读传家久，诗书继世长"的颂扬；还有读书人圈子的自喻"往来无白丁"，以显示自己交往朋友的档次。

中外历史上，读书成才的例子比比皆是。

清朝咸丰年间有个武官叫张曜，曾立下赫赫战功，被提拔为河南布政使，这是个从二品官职，相当于现在的省长。他不识字，在读书人群聚的官场，必然受到歧视，御史刘毓楠说他"目不识丁"，不能胜任布政使职务，改任他为总兵。张曜的妻子是个读书人，他求妻子教他念书。妻子为了考验他读书的真诚，要他行拜师之礼。张曜让妻子坐在孔子牌位前，对她行三拜九叩之礼。妻子教书训诫时，他躬身肃立，不敢有丝毫不敬。为了时时提醒自己的不足，请人刻了"目不识丁"的印章，佩在身上。后来，他在山东做巡抚时，又有人参他"目不识丁"，他就上书皇上请求面试，面试后使皇上和大臣为他的长进大为惊奇。张曜在山东任上做了不少利国利民之事，死后皇帝谥他为"勤果"。

著名军事家拿破仑，十六岁时由于家庭贫困，不得不从军校退学，当了炮兵上尉。他寓居在瓦朗斯城的一间破败的小屋，旁边有家出租书籍的铺子，为他阅读提供了极大的方便。他利用一切时间读书，读了各种炮术、战术和一些国家的历史、宪法，以及风俗民情、山川形貌的书籍。还有数学、天文学的书籍，柏拉图的著作，歌德、莫里哀、伏尔泰等人的文学作品。

1798年，拿破仑调任法国远征埃及军总司令，在"东方号"旗舰上，设立了一个小图书馆，藏书全是他亲手挑选的。由于晕船，他躺在床上，让人为他朗读。1807年法俄之战处于相持阶段时，拿破仑曾因在前线无书可读而大发雷霆，他写信给巴黎有关人员，命令他们把所有新出版的书籍和新书预告迅速送来。拿破仑一生指挥了近六十次战役，几乎每次都带着一个随军图书馆。

我们能不能得出这样的结论：拿破仑的丰功伟绩，读书起到了支柱作用？

看到图书馆里的标语：书籍是人类进步的阶梯！我想，设立阶梯是为了方便攀爬，如果不用于攀爬，阶梯就毫无用处。阅读就是告诉我们攀爬到什么高度，会观赏到什么风景，怎么才能持久不息地攀爬。在这个理念的支撑下，几十年里，我除了工作、吃饭、睡眠，其余时间全用于读书和写作。阅读像服用了健胃消食片，越读越觉得饥饿，越饥饿越贪吃，像多日没吃草的羊只遇到鲜嫩的青草，久饿的豹子遇到肥嫩的肉兔，杰克·伦敦《热爱生命》中的淘金人对食物的渴望。好多年里，我每年的阅读量都超过1500万字，甚至超过2000万字。我这个最高学历为中专的退役士兵、铁路二级工，能奋斗成一级作家、大学教授，应该归功于大量的阅读。

中外历史上，值得敬仰的人如夜空星辰，林中直木。人的生命自脱离母亲的子宫，尤其是有了自我意识后，就在人生旅途摸索前行，如盲人骑瞎马，夜半临深池，稍有不慎就会坠入危地。书中记载的仁人志士生平事迹，如惊涛骇浪中的灯塔，雾瘴弥漫的峡谷里的向导，指引我们走过泥淖，步入人生正途。认真探究这些人物的内质，向这些标杆靠拢，企图使自己也成为星空中的一粒，森林中的一木，这就是我读书的初衷。

进入青年，在《菜根谭》里读到《孟子·尽心章句上》，孟子与宋勾践的对话"穷则独善其身，达则兼济天下"，引以终身警句，不敢有半点违背。岁过花甲，不敢自喻品质清白无瑕，起码没做过坑人害人的龌龊勾当，没贪过公家的一分一文一滴酒一两肉，除了工资稿酬再无暗门子收入。夜半楼下警车鸣笛，不会有半点惊恐，还把脑袋伸出窗外，看大盖帽走进谁家门庭，再看执法人押挟着某领导离去，发出惋惜的唏嘘。

平安一生，不犯大错，还能为社会做些事情，不能不归功于读书的作用。

写了这么多，难免有点王婆卖瓜。

三

我想起小时候，母亲不让吃什么东西时说："这东西不能吃，吃了会毒死人的。"于是，我再见到这些东西，老远就躲开。如果一生都不敢尝吃这个东西，就永远不知道它的滋味。再就是吃食时要细嚼慢咽，如果囫囵吞枣，不但品不出枣的味道，还可能被枣核卡住喉咙。

吃食如此，阅读何尝不是如此。

少时，历史老师常常把曾国藩和镇压农民起义的刽子手联系在一起，说："他是地主阶级的孝子贤孙，是我们的阶级敌人。"曾国藩的著作不得出版，我们自然无法接触到他的书著。尽管读不到他的书著，但是并不影响对他的批判和仇恨，批判依据是上边提供的批判内容，照葫芦画瓢地念上一遍。至于仇恨，一个共和国生人跟清朝的生人有什么仇恨，人家也没抢俺家的粮食，杀俺家的人，哪来的仇恨？批判稿上的仇恨也是照着报纸抄来的。

进入中年之后，我在一次阅读时，看到毛泽东主席对曾国藩的评价："愚于近人，独服曾文正，观其收拾洪杨一役，完满无缺。使以今人易其位，其能如彼之完满乎？"我琢磨，毛主席在这里用了"收拾"一词，可见对洪、杨的蔑视。又看到蒋介石对曾国藩的评价："曾公乃国人精神典范，我认为曾、左能打败洪、杨是他们的道德学问、精神与信心胜过敌人，曾氏已足为吾人之师资矣。"

看到中国近代史上两个最著名的政治人物，对曾国藩的极高评价，我震惊了，怀疑自己肤浅的阅读，跪拜式的接受，意识形态的偏见，造成对曾国藩的误解。于是，我跑到图书馆，将曾国藩的著述一网打尽，闭门谢客，青灯黄卷，潜心于曾国藩的书著里。读完曾国藩的著述，时间已过子夜，窗外满目星空，此时的曾国藩三个字，在我眼前幻化出的是智慧、好学、勤勉、质朴、博爱，为自己年少时的偏见自责、懊悔。

如果没有读到毛主席和蒋介石对曾国藩的评价，没有亲自阅读曾国藩的著作，思维必然停留在过去，一生都不可能对曾国藩做出正确评价。

我少年时的历史课本里，把太平天国运动定性为农民起义，农民起义推动了历史的发展。太平天国起义的政治口号是："有田同耕，有饭同食，有钱同使，无处不均匀，无人不饱暖。"多么蛊惑草民的心理，多么符合劳苦大众的利益。进入中年后，读到洪秀全等太平天国领袖获得政权之后，奢侈糜烂的生活，反驳了他们当初吼喊的口号，起义并没有给老百姓带来多少实际的福祉，反而是更多的灾难。原来，他们的造反完全是为了他们的利益，附和他们造反的百姓只是他们利用的炮灰。

我在中年的阅读中看到，太平天国运动的十四年中，死亡人数超过两次世界大战的总和。据清朝户部的人口普查，太平天国之前中国有4亿人口，太平天国之后人口锐减至2.4亿，锐减了近一半人口。

于是，我又翻阅大量书籍，思考对太平天国运动的评价。

我在马克思1862年（太平天国运动消亡的前两年）写就的《中国纪事》

一文中看到："太平天国除了改朝换代以外，他们没有给自己提出任何任务，没有任何口号，他们给予民众的惊惶比给予旧统治者们的惊惶还要厉害。他们的全部使命，好像仅仅是用丑恶万状的破坏来与停滞腐朽对立，这种破坏没有一点建设工作的苗头。"

马克思还评价说："太平天国就是中国人的幻想所描绘的那个魔鬼的化身。但是，只有在中国才有这类魔鬼，这类魔鬼是停滞的社会生活的产物！"

我从马克思对太平天国运动的失望和批评，认识到太平天国这场旧式的农民起义，根本拯救不了半封建半殖民地的中国。

我的史学观发生了极大的改变。

这一切，源于读书。

四

到了近代，运载客货的列车进入了高铁时代，经济社会也驶进快车道，一切都在加快，快得令人不可思议又眼花缭乱。早上还在深圳，半中午到了武汉，中午又到了长沙，下午又飞到成都，晚餐吃的竟是西安的羊肉泡馍，科技和社会把人变成了被鞭子抽打的陀螺。时间就是金钱，抓紧一切时间去赚钱；时间就是机会，抓住机会就能产生效益。快，快，快，更快，更快，更快，一切为了赚钱。有了钱可以住豪宅，坐豪车，吃大餐，养小蜜，世上还有比赚钱更幸福的事情吗？绝对没有，傻子才不为赚钱拼命。

在这样的价值观和社会境况下，我对读书可以提高人的道德素养，产生了怀疑，也产生了思考。

中华民族几千年的历史中，绝大多数人没有读书的机会，还不照样天亮了出门干活，天黑了回家歇息，乡邻有了纠葛，村里老人出面调停，兄弟有了争执，伯舅出来说话，天大的矛盾，就地化解。我青年时期在陕西紫阳县境内的毛坝关火车站工作，曾调研当地的人文环境。有老者说古时的紫阳，治理百姓的管理机构只有一个县官两个衙役，逢五逢十升堂断案。朝廷给的俸银有限，平时衙役回家种地，打下庄稼供全家人食用，县官教书，挣些束脩改善生活。写这篇文章时，我再到紫阳县调研，管理机构重重叠叠，名称繁多，在编人员、聘用人员、临时人员、无法计数的挣工资的人，干着古时三个人的活路，效果还不比那时好，具体体现在监狱的规模不断地扩大，还无法满足日益增长的需要。

我青年时期在青藏高原当汽车兵，汽车跑上一天，难得见上几个藏民同胞，腰上都插着两尺长的钢刀，割个羊头比切块豆腐都便当。山高皇帝远，江水湍急，峡谷深远，要是杀上个把人，朝长江黄河里一扔，神都发现不了，事实是没人杀人，也没人被杀。从事写作以后，我通过读书思考这个现象，有社会学家认为藏胞信佛，佛讲究行善，人行善了怎么能去杀人？

权力涉及不到的地方，宗法和宗教替代了权力，约束了人的行为。即使权力涉及的地方，宗法和宗教同样约束人的行为。

现代人的道德素养，比起古人的道德素养，是进步还是倒退了？

这是个非常复杂的国家治理问题、国民的道德修养问题，牵扯到方方面面的评判。我只朝读书上扯，试图得出这个结论，人的道德素养，和读书、知识有关系，也没有根本的关系。

前些日子，电视每天都播《铁齿铜牙纪晓岚》。从艺术的角度讲，我喜欢王刚老师的表演，把和珅的满肚子脓水、坏水，淋漓尽致地通过贼眉鼠眼表现出来，眉毛一动眼睛一眨，一个鬼心计就挤进出来，加上比武大郎高不了多少的身子，肥颠颠的肚皮在鸭子步上移动，将大贪官入木三分地表现出来。早已成为泥土粉尘的和珅，如果能化为鬼魔，必然出来呼叫冤屈，诉求平反："我和珅堂堂满洲第一俊男才子，学富五车，如果真的像王刚那样贼眉鼠眼，乾隆爷能把孙女下嫁给我，能官拜文华殿大学士、内阁首席大学士、领班军机大臣等，和刘墉、纪晓岚并称乾隆年间三大中堂？"

朝廷斩和珅时，在其家中查收的金银珠宝，总额相当于朝廷十六年的税银。

我看着王刚老师的表演，心里琢磨和珅读了那么多的书，啥道德不知晓，啥事理不明白，啥法规不懂，怎么能做出这么大的罪孽？看样子，读书和知识使人变得道德、清廉、真善，还是靠不住的，就像让狗看盛骨头的仓廪，让猫警卫烹鱼儿的厨食。

在隋朝实行科举制度后的一千三百多年，读书是通向做官的唯一阶梯。历史留下了无数文人苦读的典范：牛角挂书、囊萤映雪……

这些抑制天性、苦熬苦挣了大半辈子的人，一旦鲤鱼跳出龙门，不让他们寻求黄金屋，不让他们养娇纳妾，绝对违背他们苦读的初衷。两千多年的封建历史中，哪朝哪代不是贪腐成风，赵高、梁冀、王温舒、石崇、陈自强、蔡京、元载、刘瑾、严嵩，还有前边写的和珅。中国封建史实际是部腐败史，感觉像驾驶着巡查腐败的车子一路西行，一山比一山高，这个高绝对是贬义。更有讽刺意味的是几千年里，历代王朝的官衙上方都挂着公正清廉的匾牌，原来这些匾牌的正面都对着百姓，背面是衙堂，正面光门滑脸，背面全是灰尘。就像现代马路上的下水道井盖，表面上洁净光滑，还有象征艺术的花纹图案，一旦揭开，里面的蛆虫、污秽、恶臭扑面而来，令人掩鼻。

前年初冬的一日，在海口一家茶房里，著名诗人郑小军给我说，当今中国获得大学文凭的人，占到全国总人数的百分之二十。

我没有统计局的数据，查找了相关资料，也无法确定郑小军说的对错。但可以肯定一点，随着社会的发展，上大学的人越来越多，这是不争的事实。大学是读书的地方，进入大学的人越多读书的人越多，这个推理应该成立？我有个感觉，这个感觉应该准确，中国的所有城市，哪怕末流城市，拿到大学文凭的人应该不会少于百分之二十，甚至百分之三十、四十。这些年里，国家机关招公务员，要求最低学历必须本科以上。一些公司招保安，除了退伍军人，其他人员最低文凭必须是大专以上，员工的文凭低了，怎么能显示公司的档次？走进任何一级政府机关，哪怕是乡镇政府大院，绝无白丁。走进省市政府大院，差不多都是博士、硕士，学士都成了亟待提升文凭的阶层。

有人调侃，北京的厕所里有十个人，两个是博士，三个是硕士，四个是本科生，最后一个是农民工，农民工还是高中生，这个笑话能不能论证我前边的观点？

我还看到一个数字，晚清时期，读书人占不到百分之一。即便是读书人，都是在私塾完成，教师良莠不齐，有的仅仅能识得《三字经》上的若干个字。

能不能这样认为，读书的人多了，获得知识的人多了，民众的整体素质应该提高了？

但是，事实打了我的脸。

一个女性因为老公没有进站，就阻挡高铁车门不能关闭，使得高铁晚点。这个女性是名教师，教师是教人读书的职业呀！

一个男性乘坐高铁，霸占别人的座位，还振振有词为自己辩解，此男是香港某大学的博士。天呀，博学之士，要是搁到乾隆年代，恐怕要跟刘墉、纪晓岚、和珅平起平坐了，怎么能是这个德行？

一个中年女士在地铁上吃凤爪，将骨头撒落车厢，别人制止，还和别人吵架。相隔两年，又在地铁上吃沙琪玛，怕碎渣掉在自己衣服上，侧着头将碎渣撒到车厢里，别人劝阻，竟将包装袋扔到车厢，扬长而去。有媒体报道此女为音乐教师！

更有奇葩的事情。连续四进监狱的周某，2020年出狱那天，监狱门口停放诸多豪车，都是来接周某的网红公司，他们表示要给周某开出200万的签约价格。对于这样一个好吃懒做、有诸多恶绩的人，居然有人要高薪签约，还要对其包装。这些网红公司哪个不是读书人创办的？

修改这篇文章时，看到主流媒体的报道，山东出现了两百多名高考被顶替的事件。有关部门公布的调查结果，每一个顶替事件背后都有十多人联手作案！他们都是读书人呀，主要成员还是教人读书的老师呀，案发地还在教书的学校和管理教书的机构！

至于官场的贪腐，实在不想多写，写了就落入俗套。我感兴趣的是贪官们读过多少书，这个无法考究。每当夜深人静，我坐在台灯下琢磨这个群体，他们读过托尔斯泰的《一个人需要多少土地》没，读过《曾国藩家书》没，可能没读过，也可能读过。在他们眼里，大胡子托翁哪有明星美女更有魅力，亲大胡子跟亲樱桃小口的感觉天地之差。《曾国藩家书》放在书店，价值也不过二三十元人民币，哪有一幅唐伯虎的真迹值钱。

把审视官场的奢靡贪腐转向社会，也好不到什么地方，物质崇拜、唯利是图、贪图享乐、弄虚作假、道德堕落、缺乏同情、冷漠麻木，形成了汹涌的涡旋。

权力和金钱主宰了我们的三观。

天生的欲望战胜了书中的哲理。

十大感动中国人物刘盛兰，十七年没尝过肉味，没添过新衣，连馒头都舍不得买。靠微薄收入和拾荒，攒十多万资助一百多名贫困生。老人出身贫寒，没什么学历，记者也没在老人居所里发现经典名著，是什么力量支撑老人有如此巨大的善举？

我们可以推测出一百种答案，但肯定不是读书。

善良，支撑刘盛兰老人的是善良。

那些做了恶行的读书人，缺的恰恰是善良。

五

我们又扯出这样的话题，我们到底要不要读书，读什么书？

出版社为了经济效益，必然追求销量，一些作家的写作必然迎合市场。一次出差，飞机晚点，我踱到售书厅，问售书小姐："哪些书最受欢迎？"

售书小姐取来《厚黑学》《驭人术》《制胜术》《糊涂学》《诡辩学》《计谋学》《成功术》。封面上大都有这样的题名：人类智慧大全、东方文化精髓、成功人士经验等。翻阅了一个多小时，不好意思白读，给售书小姐说："你把这些书捆起来，我全买了。"上了飞机，翻阅这些书籍，不全是宣扬为己，也张扬善良，但把人行善的目的定位为获取更大的回报。下飞机时，我给空中乘务员说："这些书我不带走了，你随便处理。"

去年冬季，我在海口的一座天桥上，看到地上摆着一块红布，红布上放着几十本小册子，兜售的老人扯着喉咙喊："劝善啦——劝善啦——"我蹲下身子，翻阅那些印刷粗糙的小册子，《太上感应篇》《劝人积阴德文》《朱子家训》《劝善篇》等，都没有相关部门批准印刷的符号，应该是非法出版物。这些读物我早已看过，确实是劝人行善的文字，遗憾的是它们太单薄太简陋了，无法成为经典，进入不了文学的殿堂，一直不被也不可能被大众接受。

我记得少年时，村里的老人告诫我们："少不看三国，老不看列国。"

我问："为什么少不看三国，老不看列国？"

老者回答："看了三国的人心奸，看了列国的人心短。年轻人身强力壮，刚干世事，满肚子的五花六花长麻花，要是看了三国，学了满肚子阴谋奸计，还让旁人活不活了？老年人把世事干了一辈子，把天下事看得精透，满脑子的谋略，要是看了列国，学得心短了，旁人怎么能斗过他们？"

老辈人对书的善恶有分类，如果不分善恶，什么书都读，就像饿极的人，什么肉都吃，饿极的羊，见绿色就啃，获得营养的同时，也埋下了食物中毒的祸根。

我读了福克纳《接受诺贝尔奖时的演说》，其中这段话引起我灵魂的震撼："……人之不朽不是因为在动物中唯独他能发出声音，而是因为他有灵魂，有同情心，有牺牲和忍耐精神……诗人和作家的责任就是把这些写出来，诗人和作家的特殊光荣就是去鼓舞人的斗志，使人记住过去曾经有过的光荣和曾有过的勇气、荣誉、希望、自尊、同情、怜悯与牺牲精神以达到不朽。诗人的声音不应只是人类的记录，而应是帮助人类永存并得到胜利的支柱和栋梁。"

我望着"读书获取知识，知识就是力量！"的标语，又有了这样的思考，一个心怀善念的人，拥有了力量会做出更多的善举。一个心怀歹毒的人，拥有了力量可能会做出更歹毒的恶事。就像一把刀子，握在医生的手里，可以切除病人身上的毒瘤，握在强盗手里，可以割断人的喉管。

应该的是写书是为了劝善，读书是为了谋善。

读书可以使人变得聪明，但不一定使人趋向高尚；行善不一定使人变得聪明，但可以使人趋向高尚。

聪明与高尚，人类更需要高尚。

我想起了罗素的话："善良的本性是世界上最需要的。"

劝读重要，劝善更重要，这才是读书的基座。

遗憾的是我们今天读书只是为了获取知识，获取知识是为了竞争，竞争是为了获取利益。

仰头望珠峰，低头用抹布

珠穆朗玛和抹布是两个本不搭界的东西，就像太平洋这岸的石头和那岸的松树，老死不会往来。珠穆朗玛不需要抹布，抹布到了那里没有用处，也到不了那里，所以它就没有到珠峰上飘扬的奢望。珠峰除了接纳理想的旗帜和张扬的标语，其他任何布料都休想在那里展示自己。如果谁企图把擦桌子抹板凳洗碗刷碟子的抹布弄到珠峰上拍照，绝对会被认为患了神经错乱症，捉了只蚂蚁给大象做伴侣，让蟑螂和狮子结婚，完全不靠谱的事情。

如果我们把珠峰的旗帜和家庭的抹布，这两样风马牛不相及的东西缀连在一起思考，却能形象地阐述一些道理。

地球之巅的珠峰，冰封雪飘，笔陡如削，险峻异常，地理恶劣，气象万千，空气中含氧量极低，无法达到人类生存的基本需求，被称为生命禁区绝不为过。但它气势雄伟，巍峨宏大。所以，自人类认识珠峰至今，登上珠峰成了多少登山人的宏大理想，一批一批地向着珠峰攀进，成功者荣耀至极，失败者悔恨无比。多少胸怀壮志的英雄，仰望珠峰，怀揣理想，却把年轻的生命殉落在攀登的途中，空怀一腔悲壮，未能将旗帜飘扬在地球的巅峰，给自己也给人类留下壮志难酬的遗憾。

珠峰成了检验登山精英的坐标，成了人类仰望的理想高度，成了文人骚客笔下的颂词，成了画家墨笔涂抹的对象，成了歌喉吟诵的英雄。受人们顶礼膜拜的珠峰，除了占人类比例可以忽略不计的登山精英，所有人对它是可望而不可即。除了通过电视屏幕上看到它的雄姿，引起一些可有可无的赞叹，和一些审美情趣之外，不可能把它和自己的生活联系在一起。那里没有人们生存必需的氧气、温度、食物，更谈不上亲人、朋友、同学，长时间待在那里，活人会变为死尸。就是登山精英，也不会在珠峰上安营扎寨，生儿育女，居家过日子。冒死登上珠峰后，也是抓紧时间把该展示的展示了，就匆匆下山，不愿也不敢在那里多待半分钟。珠峰除了供人们赋词吟诗撰写文章，歌唱舞蹈欢乐喜庆，画笔涂抹油彩绚丽之外，再琢磨不出对人们的生活有多少用处。

遍及每个家庭的抹布，其出身不过是一件用破的毛巾，或者穿旧的衣服，也可能是使用年代旷久的床单，至多是极为便宜的纱布，到了现代商场有了专门出售的抹布，绝对没人用曾在珠峰上飘扬过的旗帜标语做抹布。在我有限的阅读史里，还没读到文人墨客对抹布的赞美，也没听到歌星们对抹布的歌唱，更没画家为抹布做过油彩。原因是它的出身太微卑，作用太平常，数量太众多。

所有的人，和珠峰有过多少交集？回答是没有，绝对没有，就连善于吹牛的人，都不敢说他和珠峰有过交集。

人们更多的是清晨即起，洗漱、做早餐、送孩子上学、赶路上班，下班接孩子回家、做晚饭、洗衣、打扫房间、就寝睡觉。琢磨的是早上吃馒头还是吃烧饼，晚饭吃米饭还是下面条；孩子上哪个幼儿园好，贵族学校的收费有多高；猪肉涨价了，轿车降价了；上司的婆娘要上寿，领导的孙子要过生，红包肯定要送，送厚送薄有讲究，夫妻两个早几天就开始琢磨，还要找相好的同事商量，统一行动，送厚了舍不得，那是孩子的奶粉钱，月月还要还房贷，送薄了又不敢，得罪了人家恐怕连送红包的资格都要被剥夺；人到了单位，要看领导的眼色，看老板的眼色，人家迎面过来，赶忙趋到路边给人家让路，要是没这个眼色，你在人家手下挣钱的日子就到头了；还要提防哪个竞争对手跑到上头打自己的小报告，给公家买东西花了一千元，开了一千一百元的发票；别人请吃饭，琢磨去还是不去，吃了人家的饭就要请人家吃饭，自己能不能请得起；给女同事发了个暧昧的信息，又担心人家告发；感觉老公对自己态度冷淡，趁老公上卫生间检查老公的手机。吃过晚饭，本该歇息劳累了一天的身子，窝到沙发上看阵电视，房子又该打扫了，又得拖着绑了铅的双腿，忙活。

你说这些事情醒醌不醒醌，日子过得悲催不悲催，活得卑微不卑微？

就这样过了一天，又过了一天，过了一年，又过了一年，一辈子就这么活过来了。哪有心思琢磨攀登珠峰的路线，在珠峰上展示什么旗帜，哪家媒体采访自己？有这些想法的，除了登山队员应该没别人。

有人说，我们的日子过得像抹布一样。

这是多么新颖的观点。

在这个星球上，谁没有家？即使流浪汉也曾经有过家。所有的家里，可以没有这样的装修，没有那样的家具，但绝对少不了抹布。吃过饭必须洗锅碗，洗锅碗要用抹布，擦桌子抹板凳要用抹布。抹布是所有工具中最脏的东西，它接触的全是脏污。但抹布擦过的地方，都由原来的灰尘遮蔽、脏污涂染，变得干净起来。我们不能忽视一个细节，抹布擦过肮脏，都要用清水洗了再用，才能保持干净。

生活是这样，人生何尝不是这样？

"抹布"擦拭着我们人生的脏污。

童时，扔掉了一片馒头，屁股上会挨奶奶的巴掌，让我们知道粮食是用来吃的，不是用来糟蹋的！

少时，骂了隔壁的爷爷，挨了父亲一个耳光，让我们知道对长辈要尊敬不能谩骂！

小学时，捉到虱子偷偷放到女同学的脖子里，挨了老师的巴掌，让我们知道男生不能欺负女生。到了成年，路遇拿行李的女性，都要上去询问要不要帮忙。

青年时，在部队当兵，夜里睡觉把背包带放到了库房，紧急集合披着被子跑出来站队，被首长批评。知道了军人的天职就是战斗，用自己的血肉之躯捍卫祖国的疆土和民族的尊严，丝毫的麻痹都会给战争带来失败。

……

这些巴掌、批评、罚站，就是我们人生道路上的抹布，一次一次地清理我们行为上的污点，使我们的人生纯净起来。

那些精英，在生活中对抹布的使用不多，大都是他人替他们使用了抹布，实际上摆脱不了对抹布的使用。他们可以不去购买食料不下厨房，但不可能让人替自己吃饭；可以不裁缝衣服、不购买衣物，但必须自己亲自穿衣；等等。很多事情必须亲身躬行，权力和财富替代不了。

在政治、社会生活中，精英们的抹布意识更不能缺失，一旦缺失收获的就是灭顶之灾。

今天你接了他人送来的一箱茅台几条高烟，纪委发现了，批评你，处分你，就是用抹布擦去你政治品质上的脏污。

明天美女下属给你抛了媚眼，你给美女下属回报了个拥抱，被组织发现了，谈话、训诫、处分，这还是抹布在你生活作风中的作用。

后天开民主生活会，检讨自己的工作作风、生活作风、廉洁情况，这是组织把抹布交到你手里，让你擦自己身上的脏污。

有的人重视了这块抹布，人生就不会出现大的纰漏。有的人不重视这块抹布，甚至抵触这块抹布，人生就会地陷天塌。过去的胡长清、成克杰、现在的赵正永、赖小民、张家慧，要是知道经常用抹布擦洗自己，会落到今天的下场？

这些抹布，担负着清除家庭、单位、社会的淫秽、肮脏，使人们生活在明朗清洁的环境里。

我们可以认为，抹布和衣服、被褥一样，是人们生活中不可缺失的重要东西。

但是，当代的主流道德动员，常常把道德折腾成珠穆朗玛，成了少数道德精英的攀爬目标，社会民众可望而不可即，根本就不打算向珠峰攀登。就是为数极少的精英登上了珠峰，也只在上边做短暂的停留，最终还要回到日常生活的烟火地上。

可怕的是精英中的一部分在"珠峰"上挥舞旗帜，回到现实却不会使用抹布，把自己的道德品质、现实生活，搞得肮脏不堪，成为民众唾弃的对象，使原有的那点审美价值大肆缩水。

因为，民众是理智的也是现实的，不可能把精力花费在只能审美不能实现的理想世界。

当今社会，我们看到道德方面出现了很多问题，精英们也意识到道德动员的重要意义，制定了很多道德范畴和标准，举办这样那样的道德评选活动。很多道德动员都仰视着珠峰上的旗帜，标准高不可攀且空洞无物，与现实没有多大关系。还有的把道德标准拔高为英雄和先进人物的评选条件，把"见义勇为""无私奉献"列为道德动员的范畴。岂不知，"见义勇为"不仅需要为抢救他人利益，而时刻准备献身和勇为的思想，还需要机会和条件。对于大多数民众来讲，"见义勇为"的机会可能一生都难遇到，谁也不会怀揣一颗见义勇为的决心，行走于街市陌巷寻找机会。"无私奉献"更是空洞无物的政治概念，在各种利益博弈，资本和产权归属复杂，多种生活方式矛盾并存、各种价值观念相悖相依的语境下，什么是无私奉献，怎样才能做到无私奉献，奉献给谁，这些很实际的问题无法阐述清楚，将"无私奉献"作为道德标准显然不合事理，也无法操作。就像把珠峰定为生活居住地，不仅荒唐，而且无法实现。当我们把大众道德捆绑到珠峰上，其审美价值居高临下地散射着万丈光芒，人们却感受不到光芒里蕴含的温暖，也不需要自己花费力气向上攀爬，从上到下都乐意把这个口号喊得震天响亮，却没打算去践行。

即使有精英借助各种力量攀上"珠穆朗玛"，人们也不会由此观照自己，反思自己，产生愧疚。在民众意识中，那本来就是"登山精英"们的事情，与自己没有五分钱的关系。

更可怕的是人人都在声嘶力竭地高喊口号，人人都不准备为口号付诸努力，许是当今社会盛行假大空的文化基础。

现实中的道德动员，应该给社会各个角落配备充足的"抹布"，使公众意识到"抹布"的作用，选择更好的布料做"抹布"，经常清洗"抹布"，发挥"抹布"的作用，使我们生活的每个角落都干净整洁。

使用"抹布"清洁"卫生"，比攀登"珠峰"简单得多，实用得多，普惠价值更大。人们付出的只是举手之劳，收获的是生活环境、政治环境的干净优化。诸如不随地吐痰扔垃圾、守规矩、讲法律、公共场所不影响他人、给乘车的老弱病幼孕让座、诚实守信、善待小动物、讲话和气、为人亲善、帮助他人等。在政治生活中，廉洁清明、遵纪守法、敬业敬职等。这些都不需要人们拥有攀登珠峰的能力，不需要在攀登过程中付出生命，不需要损失巨大的利益，只要用基本的道德品质、政治常识，约束自己的行为，即能收到明显的社会效益和政治效益。

但是，这些比攀登珠峰更容易做到的事情，在现实生活中却被主流媒体忽视，一些国民不乐意去做。

还有一种可怕的现象，当道德动员把精英们在"珠峰"上舞动旗帜，做了广泛宣传之后，公众却发现这些精英不会使用抹布，现实中还不如自己讲卫生守法纪，处处招人讨厌。他们的道德行为如揭开盖子的下水道，充满肮脏污秽，原先的那点审美价值又被大大消减。当道德动员再次把精英们搬出来的时候，民众就不把他们当玩意了，这种宣传的效果就成了负值。

事实是我们过多地宣扬珠峰上飘扬的旗帜，忽视了普遍存在的抹布，把公众道德捆绑在可望而不可即的高度，公众只能把它作为一种审美，并不打算在现实中实践。到处都充斥道德口号的今天，却频频出现不道德的现象：虚假盛行，腐败不止，人性麻木，见死不救。其原因就是道德口号是用来喊的，不是用来践行的，就像珠峰上的旗帜是用来欣赏的，不是用来做抹布的。

但是，我们又不能忽视"珠峰"，忽视在"珠峰"上飘扬的旗帜。如果一个人只知道低头使用"抹布"，不知道仰头观望"珠峰"，必然缺失奋斗的动力，不去竞争，得过且过，混一天再混一天，混一年再混一年，实在不敢指望他们有多大的作为。同样，如果一个民族只知道低头使用"抹布"，不愿意仰头观望"珠峰"，不去树立旗帜，这个民族必然会坠入平庸、琐碎、没有理想、没有竞争力的泥淖，像盲人骑瞎马、夜半临深池。一个民族，一个人，必须要有自己理想的"珠峰"，"珠峰"上飘扬的旗帜、道德的标杆，这些是悬在我们前方的太阳，招引我们奋进的方向。

我们不能不发出呼吁，改革不切实际的道德动员和导向，既要宣传"珠峰"上飘扬的旗帜，更要宣传日常生活离不开的"抹布"，把道德动员从天上回归人间，从精英回归民众，从虚幻回归现实，从彩虹回归桥梁，落实到社会主流群体的主流生活主流意识中。如果把道德精英化、虚幻化、审美化、政治化，必然缺少大众化、现实化、实践化，成为极少数政治精英的审美作品。与广大民众没有实际联系，任何道德动员都是空谈。

事关每个人的事情，如果没有普适性，只能是一种意淫，不会产生实质效果。

废了战车就能迎来和平?

　　三亚的初冬,气候清爽,破晓的晨光透过窗户,给书房投递新的一天降临的信息。窗外花园里,有准备考研的学生朗读英语;背着书包的中小学生向小区外走去;操场上活动着晨练的教师。校园宁静、安详,呈现太平盛世景象。我走进书房,打开台灯,乳色的辉光照着一幅摄影作品——台湾摄影家林添福在金门料罗湾海滩拍摄的《废战车》。

　　一辆倾斜的报废坦克,被泥沙埋没大半,炮口锈蚀如蜂窝,露出黑洞洞的炮膛,膛口呈现斑斑锈痕,岁月将车身腐蚀成一堆废铁。车上的文字、符号全被锈蚀,无法判断它当年的归属,也无法知晓它是被敌炸毁,还是被遗弃?

　　我凝视着这张摄影作品,构想着它当年的辉煌。

　　它勇猛地驶向敌阵,发射出一发连一发的炮弹,落在敌方阵地,炸飞敌人的躯体:敌方阵地上,有大腿挂在树梢,脑袋和躯干分离,残断的胳膊落在战壕外边,肠子流到肚皮外边,胸腔被炸开,头颅流出白色的脑浆和绛红的鲜血,横七竖八地摆放着残缺不全的尸体,还有无数的弹壳。

　　我还能构想出,它发出轰轰隆隆的吼,履带疾速滚动,碾向敌人的身躯。发动机的轰鸣声中、履带的滚动声中,掺杂着人的脑袋、身躯被碾爆的声响，临死前绝望的惨叫。甚至还能想象出身躯在履带的碾轧下，迸射出的鲜血……

我的人生幸运，没有像父辈、爷辈那样被卷入战争的灾难，对战争的理解只能局限于影视屏幕和书籍描写。一场规模巨大的战争，交战双方调集数十万上百万部队，数万辆坦克和战车，上千架飞机，数万门火炮。飞机轰炸，火炮轰炸，坦克轰炸，机枪扫射，白刃格斗，大刀劈杀，拳头打，牙齿咬。影视屏幕上常常看到这样的画面——滴着血浆的刺刀凝聚着万般的仇恨，狠狠地戳向对方的胸膛腹肚，艺术夸张地使屏幕发出扑哧的声响。一场战役结束，双方死亡人数高达数十万，上百万。牺牲的将士都有父母双亲妻子儿女，他们的阵亡，给多少人带来生活的绝望和精神的崩溃。任何一次战争，付出代价的都是交战双方的民族，甚至整个人类。

人类历史上出现的两次世界大战，第一次世界大战祸及6500万人，造成1000万人死亡，2000万人受伤的巨大损失。第二次世界大战，祸及61个国家和地区，使20亿以上的人口卷入战争，死伤5120万人。

我们完全可以构想出来，整个地球被炮火覆盖，无数个鲜活、无辜的生命瞬间消失，遍地死尸、到处鲜血，这里面有老人、孩子、婴儿、妇女。多少人流离失所，多少人被饥饿、寒冷、疾病夺去生命。整个人类承受着空前未有的灾难，没有谁能逃避！

我从书架上取下《纪实摄影：二战后战争孤儿的悲惨照》，一幅幅惨不忍睹的照片映入眼眸，引起心底的惊悸。

无数失去父母的少年，肮脏的脸庞，破旧的衣服，面呈饿色，目光里透露出渴望、愤怒、焦虑、无奈的情愫。

五六个处于饥饿状态下的儿童，枯瘦的脸庞上镶嵌着一双渴望食品的眼睛，拿着空空的饭盒，仰天发出求救的呐喊。

荒芜的操场上，两名老师带领一群被战火摧残的少年进行体育活动，有的失去了一条腿、有的安装了假肢、有的失去了胳膊。

经历了两次世界大战的人类，终于认识到战争是最大的灾难。

于是，联合国广场耸立了著名雕塑——弗雷德里克·雷乌特斯韦德的作品《打结的枪》。

联合国总部也矗立著名雕塑——《铸剑为犁》。

我想起2560多年前的东方大儒孔子的诗句："铸剑习以为农器，放牛马于原薮，室家无离旷之思，千岁无战斗之患。"

我尊敬林添福、卡尔·弗雷德里克·雷乌特斯韦德这样的艺术家，他们代表了全人类的愿望——要和平，不要战争。

战车锈蚀了，枪管打结了，铸剑为犁了，和平还能遥远吗？

我们遗憾地看到，两次世界大战以后，人类并没有终止战争，这个星球上的硝烟仍然此起彼伏，朝鲜战争、越南战争、阿富汗战争、沙漠风暴、叙利亚战争等。我们几乎每天都可以看到关于战争的报道，令人痛心，无可奈何，甚至对人类自我抑制能力的绝望！

难道，锈蚀废弃的战车不是人类抛弃战争而放弃的武器，而是它落伍了，人类创造出了杀伤力更强的坦克，新一代更能杀人的坦克取代了旧有的坦克。

制导导弹、巡航导弹替代了火炮，航空母舰取代了炮艇，自动火炮取代了机械火炮，氢弹原子弹的储存量倍增，军备竞争一浪高过一浪，炫耀武力成为各国媒体的主要报料……

我们渴望和平，但对和平不抱幻想。因为，政治矛盾、利益冲突、民族矛盾、宗教矛盾、领土争端、边界纠纷、争夺资源、经济危机等，都可能引发战争。

还有自然主义战争学者认为："战争的根源在于自然环境和人类的生物本性，战争是自然和永恒的现象。"

但是，我相信，人类的政治智慧时刻在钳制着战争的爆发。

遗憾的是当我写完这篇文章，打开电视准备休息大脑，屏幕上又出现飞机在城市轰炸冒出的尘烟、导弹在空中飞翔划过的轨迹、被炮弹炸过的废墟、被战火摧毁了家园被迫逃难的人民、饥饿枯瘦的儿童。我对政治家们的智慧产生了怀疑，对人类的政治智慧产生了怀疑。又一次联想到极端民族主义的产生，有着庞大的社会基础。

这些，作家必须时刻警惕。

因为，那些战争狂人、那些企图在战争中获得利益的独夫民贼、法西斯分子，他们有文化有权力，完全有能力利用过激的民粹主义，为自己的暴行编造出一套富丽堂皇的理由，得到一些狂热者的拥护。为自己的民族和整个人类制造出巨大的灾难，"二战"时期的希特勒、东条英机就是代表。

情思古战场

　　此地为陕西汉中勉县，有山有川，山陡险，川平展。川上种满了庄稼，缀着油菜花的黄，有三个五个庄稼人在忙。艳黄墨绿中流着如带的水，名曰"褒河"。川长也阔，山们畏怯地退了三舍，雾蒙中更显狰狞。峡谷连了川，就有了川谷相连。于是，这山，这川，这谷便有了气吞万象之势。且又是秦蜀门户，自古以来的兵家必争之地。

　　凡兵家必争之地多为战场，将士兵丁的丧命之地，建功立业之地。

　　我站一土梁上，能观山阅川，尽天地山水入目，此地是陕南勉县武侯墓侧无名土梁。

　　身畔，一圈高墙围就的武侯墓，肃穆阴森，五十四棵古柏仅剩二十几棵直戳苍穹；正殿侧房华丽却不失庄重清雅，盈满正气与睿智。随风飘来浓郁的香气，是后人祭奠的烟火。思想着诸葛孔明感刘氏三顾之恩，离卧龙家乡，受几十年鞍马之劳，东征西伐，呕心沥血，机关算尽，七出祁山皆败，鞠躬尽瘁，死而后已，却留下"万世师表"的美名。与这墓这祠同受后人叩拜跪磕，供香燃纸，也不枉一生苦劳。

　　举目眺望，定军山被如乳的雾岚裹了如铁的山巅，视线拉长了距离，显得十分遥远。山上有一磨盘石，那是《三国演义》记载的黄忠刀劈夏侯渊之处。不知磨盘石上可溅有夏侯之血，即使溅上，现今也断无痕迹了。能为将者，何况夏侯渊号称名将，断不是痴呆弱智之辈，岂能不知汉家宝刀之利？若不是为曹氏天下，断不会颈断黄忠马下。同受征战之苦，同冒落头之险，胜者就有了"宝刀不老"的美誉，败者却受人鄙视。弃了这些，胜者、败者，又落了什么？

转过身子，又望褒河。河水、河石皆白，如滚动的雪堆。脑中又思忆出曹操在征汉中时，写在石门南褒河石上的"衮雪"二字，知了汉中的地方文学刊物《衮雪》的来由。曹公亦不失征战之险苦，亦不失雄韬谋略，却落了"乱世奸雄"的骂名。纵有七十二冢，却无一存世，断不是曹操多疑之因。

望了这山这河这川，蓦然想起百姓兵丁。蜀魏几十万人马厮杀在山下川上，或遭杀戮，或被伤残。想当年此地一定是尸骨遍野，血淌成河，饥狗饿狼横行。褒河之水之石，必定失了雪白，涌流血潮。那些兵丁百姓，亦受征战之苦，同遭杀戮之险，得到了什么？捐躯者，谁给建祠修庙，谁给奉祭烟火？苟命者能免了上捐纳税赋耕作劳役之苦？

蜀国胜了魏国，天下便是刘家的天下。卧龙一布衣便做了开国大相，荣华富贵，一人之下，万人之上。刀断夏侯渊之首的皓首老翁，也不失开国大将之称，封妻荫子，食百姓膏脂。战死的蜀兵们，便永在这山间川道，受雨淋日晒狗吞狼食，化为一盅泥土，如过眼烟云，转瞬即逝。

魏国胜了蜀国，那天下便是曹氏的天下。铜鹊台上更多了乐歌欢舞，肉林酒海，断了颈的夏侯渊能得到一纸追封便是荣幸。有谁在声色酒肉的庆功中，忆起战死的兵丁百姓？他们遗在世上的妻儿父母，能因为亲人为曹氏打下了江山而免受劳役之苦、生计之忧？

流传于世的浩瀚巨著《三国演义》，不就是数百万兵丁百姓的骨山血海化成的精灵？

古战场战事的前后几千年里，哪一个权力的更迭不是流淌成河潮的鲜血、堆积成山的白骨换来的。这片山川发生的战事至今已有一千七百多年了，在这漫长又短暂的历史里，有多少个朝代的更迭，就有多少场杀戮和残暴，就有无数的生命如蚂蚁般牺牲。无论是历史还是文学，判断杀人者是恶行和德行的标准是看杀人的多寡。杀一人者是凶犯，犯砍头之罪；杀百人者是侠客勇士，受人顶礼膜拜；杀万人者是枭雄，主人夺得江山就是开国大将；杀百万人者是真龙天子、开国皇上……

我站在这片高岗上，回忆《三国演义》里的描述，耳畔就喧起一千七百年前的厮杀声、兵戈的磕击声、兵丁受伤的惨叫声、头颅滚落的咕噜声、兵器刺入骨肉的扑哧声；思维还构想出刘备、曹操等待战报的焦虑，诸葛稳坐中军帐摇着羽毛扇的淡定，兵士的父母期盼儿子回归的焦急，妻子挣扎在地头田间的苦累……

一千七百多年过去了，无数的暴雨冲刷了古战场的血迹，无数场冰雪覆盖了古战场上的血迹，无数的白骨在黄土的掩埋下风化，变成黄土，当年的一切都被历史的灰尘蒙蔽，只留下一部《三国演义》。没有读过《三国演义》的人，即使旅游到这里，也仅仅看到这片山、这片川、这条河，和那些白骨和血迹无关。

旧有的历史逝去了，历史从来都是帝王将相、造反枭雄书写的，兵丁百姓连一个标点符号都占不上。

漫长的历史中，从来不缺明智之士，从来不缺呼吁停止战争的声音，或多或少阻止了一些可能爆发的战争，为百姓争来安居乐业的岁月。

三年前，海南大学拟拍摄大型电视纪录片《海南历史文化名人》，其中有《岭南之冠——唐胄》，邀我撰写脚本。唐胄为海口琼山镇人，出身于读书世家，对大明王朝、对海南文化教育、对庶民百姓做过许多贡献，官至三品大员，于嘉靖十七年批评皇帝，被下狱，出狱后病死。对于唐胄的思想定位，我和几位学者持有不同的观点。一位学者认为唐胄的思想属于"民为贵，社稷次之，君为轻"的"民本"思想；另一位学者把唐胄的思想定位为耿介。我把唐胄的思想定位为儒家的"读书做官，报效朝廷，造福百姓，流芳百世"。但我们共同认为唐胄初入官场，不愿与刘瑾为伍，甘做二十年布衣进士，是唐胄人格魅力的亮点。要知道，做官可是古代文人最宏大的理想和最美好的归宿呀！

一个人宁愿牺牲自己的仕途理想，不愿与奸臣沆瀣一气，给后人树立了优秀文人的标杆。

最让我们敬服的是大明王朝嘉靖皇帝拟举兵讨伐安南（现越南境内）时，唐胄第一个提出反对征伐安南的政治主张，奏上了《奏讨安南疏》，从7个方面阐述了不可征伐安南的理由。

鉴于以唐胄为首的反对派的意见，嘉靖皇帝对安南的政策有了转变，从用兵改为安抚，避免了一场战争的爆发。

通过这个脚本的撰写，我的战争观发生了很大的改变，直接影响到我的创作。《人民文学》2018年第8期发表的我的《风雪高原》，就有这样一个情节：骑兵连长击毙了一对叛匪，救下了这对叛匪的婴儿，男性叛匪临死的时候开枪打坏了骑兵连长的生命之根，骑兵连长夫妇收养了婴儿。骑兵连长救助雪灾中的藏民同胞，坠入雪渊牺牲。数年后，连长的同乡汽车班长和这个叛匪的儿子在开往西宁的途中，同时患肺气肿，班长拔下自己鼻孔里的氧气管，插入孩子的鼻孔，牺牲了自己的生命。

文学不是宣扬仇恨，不能撕裂仇恨的宽度和长度，而是尽量弥补和缝合仇恨的裂谷。如果我们的文学持久不息地宣扬仇恨，鼓吹战争，人类永远不可能和平，人类永远都会处在流血的杀戮之中。尤其是在战争频繁爆发的当今社会，作家必须站在全人类的立场上，克服狭隘的民族私利，保持清醒的头脑，坚定不移地呼吁和平，抵制战争。

我又一次想到雷达先生在《新世纪文学的精神生态和资源危机》中写到的：作家的责任是对人类生存境遇的深刻洞察。

然而，唐胄之后的大明王朝和大清王朝，还是战事频繁，少有平和。尤其是太平天国运动的十四年中，死亡人数超过两次世界大战的总和。据清朝户部的人口普查，太平天国之前中国有4亿人口，太平天国之后人口锐减至2.4亿，锐减了近一半人口。

我在《谋善：阅读的基座》中提出，我们应该从人性的角度思考，太平天国运动到底是符合文明发展的需要，还是违背文明发展的需要？

牺牲一亿六千万人的生命，无论这个运动具有多么重大的历史意义，都是不人道的，都是摧残人性的。

个人有私欲，部落有私欲，国家同样有私欲。作家应该站在全人类的立场上，洞察、分析国家与国家、民族与民族、民族内部的矛盾和战争。托尔斯泰的伟大在于深刻地反思着本民族和全人类的行为，极大地张扬了人性的善良和博爱，呼吁克制私欲的泛滥。这些思想恰恰是人类文明发展最需要的东西，也就是我们常说的普世价值。

人类历史上犯过很多错误，这些错误都是背离了文明发展的轨迹。如果作家缺少对历史的思考，缺少通过历史观照现实的能力，作品必然缺少思想的震撼力和历史意义。

拒绝重复死亡

　　人的生命过程中，不可能发生重复，逝去的事不会再现，即使再现，也无法复制原件。比如出生，离开母亲营造的宫殿，不可能顺着原路再走一次；比如死亡，或衰老、疾病、事故，一旦在殡仪馆冒了青烟，绝对不可能再返人间。

　　人在意识清醒的境况下，知道自己陷入死亡的涡旋，已经听见索命无常的铁链哗哗作响，死神步步逼近，只能无望地接受结局。死后又奇迹般地复活，继续人生，实为罕见，绝对会产生常人无法产生的感慨，甚至思想。

　　上苍没有亏待我，恩赐给我死而复活的经历。

　　一九七一年元月，青藏高原最寒冷的季节。十六岁的我在中国人民解放军汽车第九团四连任通讯员。本来，通讯员不执行运输任务，连首长却让我坐二班班副冯理忠的车，给果洛军分区送给养，培养我"一不怕苦，二不怕死"的精神。

　　冯理忠一个月前还是炊事班副班长，一九六八年的兵，当了两年炊事员后提升副班长。人家当了那么长时间炊事员，要是拿不到驾驶证就复员，对不起人家，也对不起人民解放军是个大学校的称号，就平调到驾驶班当副班长。按常规，班长负责全班战士的思想工作，副班长负责全班车辆的行车保养。

这个季节的青藏高原，一个月三十天，二十九天都刮风下雪。一场雪落在公路上，汽车碾过去，再一场雪落到公路上，汽车再碾过去，碾雪成冰。有的路段的冰雪高出路面二三十公分，汽车的轮胎就滚在高出路面的冰雪上。

我坐在副驾驶位置上，冯理忠给我说："用螺丝刀把车门别好！"

我说："别好了。"

他说："再检查一遍，要是车辆开着把门子甩开，就会把你甩出去。"

我把螺丝刀用力插了，说："我又插了下，绝对甩不开。"

现在的司机绝对不理解，车门怎么用螺丝刀别，说我胡写。我们装备的是苏联的嘎斯51型卡车，抗美援朝下来的，用老兵的话说，除了喇叭不响到处都响，除了轮胎不漏油到处都漏油。国家穷，没条件给我们换装备。

冯理忠又说："遇到危险地段提醒我，尤其是在我打瞌睡的时候，打瞌睡把车翻了，咱俩都活不成。"

我说："冯班长放心，你打瞌睡时我就给你唱秦腔。"

我不是驾驶员，没吃过猪肉总听过猪哼哼。感觉冯理忠抓住方向盘后，精神高度紧张。也难怪，他入伍时在司训队训练了一个月，准确地说只知道什么是方向盘、刹车、离合器，学会了起步、停车，行车靠右，上山加油，下山刹车。冰雪路驾驶、搓板路驾驶、复杂山路驾驶，只是听教练讲过，没有操作过。

青藏公路很窄，宽的地方两车道，有的地方只能通过一辆车，要提前停车，让对面来车过去后再起步。冯理忠距离会车还有一百多米，就把车停下，我感觉他的驾驶技术不咋样，问："冯班长，你很紧张？"

他把全部精力都集中到眼睛上，眼珠子瞪得快要蹦出来，顾不上回答我的问话，开到稍宽的路面才说："咋能不紧张，我在司训队没学过冰雪路驾驶。"

我也感觉车在他手里不听话，东扭，西晃，还横滑，好几次滑到左边的路面上，占了对面的车道。对面司机见我们是军车，不好发火，苦笑着摇头。我好像听见他嘲笑，这技术还敢跑青藏？

嘎斯51型卡车四个挡位，冯理忠只敢用二挡行驶，车速每小时不超过十公里，开上两个小时，就要停下来检查车。车辆到处漏油，开上二十公里就要加次机油，出发前带的三公斤机油，两天就能用完。天气太冷，机油凝结，用螺丝刀挖出来朝发动机里塞，塞进去才融化。刹车、制动、方向都有毛病，颠簸上两个小时，很多螺丝会松动，关键螺丝要是松动了，会出要命的事故。冯理忠检查车辆非常认真，把引擎检查完了，还紧固螺丝。别的驾驶员把车辆检查完了，他才检查一半，都跑来帮他检查。班长给他说："你没必要每次停车都把螺丝紧一遍，这次停车紧一半，下次停车紧另一半，像你这样检查，把行车的时间都用在检查车上了。"

再发动车时，冯理忠给我说："班长还是有经验。"

按班行车规定，班长打头，班副收尾。冯理忠开得慢，连队规定二十公里小检查，四十公里大检查。到了检查车时，前边的车检查完了，我们还在路上挣扎，比别的车晚到二十多分钟甚至更长时间。别人就嘟囔他开车太磨蹭，影响全班行车，班长就把全班集合起来批评："副班长谨慎驾驶绝对没错，团里有规定，翻车事故挨警告处分，谁愿意挨处分？"

　　班长讲话有艺术，维护了冯理忠的威信，又没提冯理忠驾驶技术不行。

　　车队行驶到第四天，过了日月山、恰不恰、温泉、醉马滩、花石峡，夜里住宿黑河兵站，下一站就到果洛军分区。出了黑河兵站，行驶了六七十公里，就翻玛琪雪山，左边是笔陡的山，右边是深沟，沟底是冰河，路面更狭窄，仅能容一车通过。经过四天的冰雪路驾驶，冯理忠的驾驶技术有了提高。但是，翻玛琪雪山时，我还是感觉他的驾驶技术力不从心。

　　这是一段斜坡路，山上延伸下来的冰坎漫过路面，又延伸到沟底，和河里的冰连接。冯理忠把车速降到一挡，稳着油门，通过冰坎。前边横亘着一道更陡的冰坎，车轮打滑了，不朝前走，横滑，一丝一丝地朝沟底滑去。冯理忠左打方向，企图使车辆回到路面上，但打方向对横滑的车辆不起作用，后轮还是一丝一丝地朝沟底滑去。我感觉他已经驾驭不了车辆了，车要翻了。

　　冯理忠脸色大变，充满恐怖，吼："杜光辉，跳车！"

　　我脑子里迅速蹦出"翻车"两字，但不能跳车，说："指导员讲了，汽车兵要是遇到危险，放弃车辆逃命，就是逃兵！"

　　冯班长又吼："我是驾驶员，我不跳，你不是驾驶员，你可以跳，咱不能死上一个再搭上一个！"

　　他的话还没有吼完，车辆就滚下去了。我本能地抱住脑袋，身子缩成一团，耳畔里一阵雷声轰鸣，直到轰鸣声停止，我还抱着脑袋不敢松手。

　　那个插进车门的螺丝刀救了我的命，车辆翻了几个滚，都没有把车门甩开。如果车门甩开了，车辆在翻滚中把我甩出去，肯定被轧死。

　　过了好大一阵，我们才从穿透骨髓的恐惧里挣扎出来，我控制着还在颤抖的身子，朝车外瞅了一眼。车横在山坡上，倾斜得非常厉害，感觉我这边稍微增加一点重量，就会把车压翻。

冯理忠也从极度恐惧中清醒过来，颤着声音问我："你没事吧？"

我把身子上下看了，说："我没事，你咋样？"

冯理忠也把自己上下看了，说："我也没事！"又说，"咱们下去，检查一下车辆损失情况。"

我说："车朝我这边倾斜得厉害，你不要先下车，你要是先下了，我这边的重量增加了，车又会翻。"

冯理忠说："你不能站在脚踏板上跳，要一下就跃出去。我等你跳下后，再下车。"

夜幕从山那边漫过来，本来就灰暗的天空被夜幕浸淫。风带来了啸叫，裹挟着硬硬的雪霰，气温急剧下降。我们陷入黑夜、风雪、寒冷的泥淖里。

我们从翻车的惊恐中清醒过来，军人的职责提醒我们检查了车辆，发动机没有损坏。冲锋枪没有损坏，夜里要是来了恶狼，我们就有自卫的武器。车厢损坏了，拉的猪肉撒落在山坡上。

我们在翻车时没有跳车，保住了汽车兵的尊严。

夜色越浓，没有月光星光，方圆几十里没有藏民帐房，也没有灯光，高原坠入巨大的黑洞。

雪越下越大，风越刮越大，气温越来越冷，感觉全地球的寒冷都集中到这里。我们尽管穿着绒衣、棉衣、皮大衣，仍像被扒光衣服丢进冰窖，寒冷像锥子朝骨头缝里戳。

我们站在残破的车旁，冯理忠说："咱们是收尾车，前边的车开到果洛才能发现咱们没有跟上，把货卸了拐回来救咱们，最快也要到明天上午十点以后。"

我说："到不了那时候我们就被冻死了。"

冯理忠说："我们要想办法不被冻死，咱们把行李拿下来，找个背风的地方，铺一个铺盖，盖一个铺盖，再加上咱们的大衣，或许不会被冻死。"

汽车兵出发执行任务，都自带铺盖，兵站只提供床板和饭食。我们找了个背风的地方，用工兵铲铲去冰雪，打开铺盖，地上铺一床，盖一床，被子上边盖上皮大衣。我们两个钻进被窝，感觉不那么寒冷了。

冯理忠不说话，他为翻车难过，按连队的惯例，翻车肯定挨处分，最轻是警告。要是挨了处分，入党、提干，就成了雨后彩虹，前途成了玻璃瓶里的苍蝇，充满光明没有出路。

我劝慰他："你又不是麻痹大意翻车的，首长会具体情况具体分析。"

冯理忠说："我不是为自己挨处分难受，我是后怕。我察看了翻车的情况，车最少翻了三个滚，咱俩都没受伤，真是奇迹。要是受伤死人，我伤了死了就伤了死了，我是驾驶员。要是把你翻个三长两短，我咋对得起你，你连对象都没谈过。"

我说："我没谈过对象，死了少一个人痛苦。你有了对象，要是有个三长两短，人家会伤心的。连长讲驾驶课的时候说过，要是开车遇到避不开的事故，尽量减轻事故损失的程度。要是咱俩必须死一个，死我的损失少，划算。"

冯理忠说："咱们都没死，讨论这个话题没意思。咱们车上拉的是猪肉，周围要是有狼，它们闻到猪肉的气味，会找过来。我把枪放在咱们两个中间，要是狼来了，谁没死谁就打它们，别让它们把咱的尸体吃了。"

夜，越来越深，风还在刮，雪还在下，气温还在下降，老兵讲这里的气温能降到零下四十摄氏度。雪落在被子上，一层，又一层，我觉得冰寒揭去了被子，揭去了棉衣，揭去了绒裤，把我们赤身裸体地扔在雪山上。我的牙齿开始叩击，身体打战，皮肉和骨头疼痛。过了一个时辰，疼痛消失了，麻木向全身蔓延。卫生员给我们讲冻伤课时说，寒冻到这个程度，已经达到中度冻伤。如果麻木消失，就会失去知觉，达到重度冻伤，直至死亡。

我感觉说话都吃力了，鼓足力气还说得结结巴巴："冯班长，我们会不会冻死？"

冯理忠把被子尽量朝我身上盖，说："咱们两个要是谁能活下去，复员后到另一家，替对方看看老人，我家在陕西蒲城县城关公社城关生产大队。"

我说："我家在西安北郊谭家公社三家庄生产大队。"

我们把后事交代过，我琢磨不能这样被冻死，车上拉了那么多猪肉，翻车把车厢损坏了，把坏的车厢板点着烧烤猪肉，就不会被冻死。我把这个想法给冯理忠说了，他思考了好大工夫说："不能这么做，部队有规定，驾驶员在任何情况下，都不得擅自动用装载的物资！"

冯理忠是副班长，我是战士，条例规定我必须服从他的指挥。

夜更深，气温更低，我们已经不能活动了，但思维还在，知道我们已经冻僵了。继续冻下去，就会终结生命。

我感觉一只脚被拖进了死亡的门槛，生命一丝一丝地剥离我的身体，死亡一丝一丝地逼近，思维由清醒到懵懂，再到麻木，进入死亡。

二十多个小时后，我和冯理忠在公路道班的狼皮褥子上活过来了。

那一年，我十七岁，冯理忠十九岁。

车队返回营地，连队按规定宣布给冯理忠警告处分。理由是驾驶车辆麻痹大意，给国家和人民生命财产造成重大损失。我找连首长反映，冯理忠一路都是谨慎驾驶，根本没有麻痹大意，造成事故的根本原因是技术问题。翻车的那段冰坎，别说没有冰雪路驾驶经验的驾驶员，就是老驾驶员都避免不了。

连长指导员只是叹气，这是规定，他们也无奈。

一个月后是部队的复员季，冯理忠被复员了。

很长时间里，我只要坐到车上就感觉要翻，惊恐得发抖，车头稍微朝路边偏斜，我就惊叫起来。

三个月后，我因为在翻车事故中，没有用车厢的木板生火烤猪肉，授予团嘉奖。并且把我调到驾驶班，任副班长。我给连首长说："我提出用车厢板生火烤猪肉，冯理忠否定了我的提议，这个荣誉应该归冯理忠。"

指导员说："连队没权力更改团嘉奖的内容。团嘉奖要进档案，对你以后的进步有很大帮助。"

几十年里，我只要想起这件事，就觉得档案里的这一页不是光荣，而是耻辱，我窃盗了属于冯理忠的荣誉。我无论看书写作，遇到"盗名欺世"这个成语，耻辱感就会泛起，像一只无形之手揭开心底的伤疤，除了疼痛，还有脓血！

冯理忠当了两年炊事员下到驾驶班任副班长，我当了一年通讯员下到驾驶班任副班长。冯理忠在司训队学习过一个月，我一天都没进过司训队。

连首长考虑到我没有驾驶技术，派老兵把我拉到训练场，训练了一个礼拜，就出发执行任务了。

还好，此时是八月份，青藏高原的黄金季节，除了个别路段，基本没有冰雪。第一次驾驶车辆上路，五脏六腑十万零八千细胞都填满紧张，还有恐惧。迎面来车，觉得会撞到来车上；超越马车，觉得会挂到马车上；通过村庄，觉得旁边会跑出人被车轮轧到；看到骑自行车的，担心撞到自行车上；遇到绵羊牦牛，担心轧死了破坏民族团结。

执行的任务是到兴海县的部队农场运小麦，要下一座陡山，路窄，弯急，有的路段右边是石壁，左边后轮贴着悬崖，下边几百米是黄河；有的急弯，打倒车才能通过。别说让我驾驶汽车通过，让我在这上面步行都害怕。车辆才下了不到一百米，极度的恐惧引起小便失禁，尿一股一股地遗射出来，把棉裤洇得精湿。凭我的驾驶技术，根本无法通过这段路面，强行驾驶，不是撞山就是坠河。

我想起了我们在玛琪雪山的翻车，就把手刹拉死，站在路边等连长过来。

最终，连长把车开到山下。

杜光辉怕死，开车吓得尿小尿，连队人人皆知。我也觉得脸面无光，人前抬不起头。

我又想，我到底做错了什么，如果强行驾驶车辆通过那段险路，车毁人亡，不是勇敢，是鲁莽，是不负责任。

几十年里，我一直在思考，冯理忠为什么会在玛琪雪山翻车，我为什么会在兴海县尿小尿？

三十年后，我联系上了曾经的过命战友，冯理忠在省政府担任中层领导。我们聊了玛琪雪山被冻僵的风雪之夜，都唏嘘不已；聊了我在兴海县吓得尿小尿，他说你做得没错，能避免的死亡为什么不避免，无价值的死亡不是勇敢，是愚蠢。

我们经历了灾难和死亡，如果不能从中思考出什么，则比灾难和死亡更可怕。因为，灾难和死亡会接踵而来！

一直到今天，我都不后悔玛琪雪山的冻僵之夜，我们没有用汽车大厢板烤猪肉而差点冻死。因为，我们保持了军人的尊严。

想想人生路，多少事是边走边忘，到死都忘不了的事情，必定值得说道。

于是，就有了这篇散文。

老槐树下

　　这篇文字写的是20世纪60年代末，生我养我的村庄，三四十户人家，和关中平原上的村落一样，别无特色。

　　村子被老树笼罩，隔上一里半里，眺不到人住的房屋，能望到墨绿的郁葱，饭时萦绕在郁葱上空的炊烟。还能听到破晓时公鸡的啼鸣，是它们催促主人开始新的一天的劳作；还有生人进村时狗的吠叫，是它们誓死保卫领地的宣言；还有牤牛耕作后的长哞，是畜生无奈的抗争和长叹；还有黄昏时分婆娘吼娃回家的凶狠，是她们对血亲贴心贴肝的爱；还有汉子吼喊的粗犷秦腔，是他们倾情宣泄的豪放。

　　走进村子，还可以听见黎明时婆娘叫娃上学的声，蕴含着盼子成龙成凤的希冀；还有男人肩扛农具走在村街上的脚步声，蕴含着庄稼汉子走向新的一天劳苦的惯性活动；还有猪族的哼唧声，它们愚蠢得只知道吃喝不知道吃肥喝胖后的结果；还有羊群出圈的咩咩声，它们欢呼即将到嘴的美味佳肴；还有婆娘们端着苞谷唤鸡吃食的咕咕声，期盼鸡们吃饱喝足后的下蛋；还有狗们友好的打闹声，它们在炫耀自由的幸福。

　　村里，谁家要是盖房了，全村的大人都要出动，男的帮忙和泥、搬坯、砌墙、上梁、铺瓦，干的全是力气活。女的帮忙择菜、和面、烧火、做臊子、擀面条、烙锅盔，干的全是喂嘴的活。人多活少，哪怕只是做个样子就去吃喝，谁都不会说啥。要是不去，全村人都会指着脊梁杆子喷唾沫星子。谁家的老人过世了，全村人都要去吊丧。辈分高的搭礼，没钱的搭上两毛三毛，有钱的搭上一块两块；辈分低的磕头上香，不出五服的披麻戴孝。要是该去的没去，就结下了世代的仇。谁家娶媳妇嫁姑娘生娃过满月，喜庆的气氛会弥溢全村，家家都去捧场，搭份子，喝喜酒，跟自家过喜事一样高兴。谁家遇到难事，过不了那个坎子，七大姑八大姨叔伯本家都会伸出帮扶的手，你拿出三块两块，我背来三斗两斗，众人拾柴，帮你度过难坎。

好多年以后，我从事写作，思考几千年的中国乡村，没有基本的社会保障机构，没有基本的社会救助配置，一旦遇到天灾人祸，怎么度过？这种宗亲族群间的相互救助，是最靠谱最有效的社会救助活动。

人人都有私心，难免做出上不了台面的事情。村子里的庄稼户，一家挨着一家，一户连着一户，仅隔堵院墙，房还挨着房，甚至茅厕都勾肩搭背，隔形不隔音，隔不住四处飘逸的香气臭味。

嘴馋的媳妇趁婆婆不在，烙油馍炸油糕，烙锅盔擀燃面，她这边还没吃到嘴，隔壁人家就知道她要吃啥喝啥了。

人家的母鸡跑到你家的麦秸垛子下了蛋，母鸡在你家院子里咯咯嗒嗒地报喜，你贪了这个小便宜，其实，隔壁人家的婆娘早起就抠了鸡的屁眼，知道有个蛋憋在那里，鸡在你家院子里表功，不是下到你家下到谁家？何况是红薯当主粮，鸡尻子是银行的年代，一个鸡蛋能换半个月的盐钱。

儿子听不得老爸的调遣，顶嘴。媳妇看不惯婆婆的做派，干仗。隔壁人家看不见你愤怒的脸庞，能从声音里推测出你的态度立场，判断谁对谁错。

女人嘴长，男人嘴也不短，就有了家长里短这个形容词汇，唾沫星子在人的后背乱溅。祖宗先人传下了至理名言，你这么做就不怕乡党的唾沫星子把你淹死？能把人淹死的水，起码要淹过人的鼻子，唾沫星子才多大一点，肉眼都难以看见，完全可以忽略不计，竟能把人淹死？

馋嘴的婆娘、不孝的儿孙、顶撞婆婆的媳妇，就因为害怕淹死人的唾沫星子，不敢率性而为。

人是动物，天生就想吃好吃的，想穿好看的，想娶漂亮的，想让旁人听自己的。如果没有唾沫星子管着，跟野兽有啥区别？山高路远，拳头是县官，谁的拳头硬谁就得好事，谁的权力大谁就能骑在旁人头上屙屎拉尿，谁有钱谁就能搞人家的小媳妇大姑娘，天下的世事不是乱了套了？

唾沫星子不是乱喷的，要有大家都认可的道理，就是经过几千年筛选的公序良俗，也是我们常说的"公理"。几千年里的人，都用公理规范自己的言行，用公理审视旁人的言行，这就是我们民族的文化传统。好多年后，我的律师朋友说，打官司的一方要是违背了公序良俗，就要吃亏，这是不是传统文化在法律上的延续？

村子中心有棵老槐树，位于东南西北四条村街的中心。不知道它有多少年轮，爷辈的人说他们听他们爷辈的人说，他们小时候这棵老槐树就有了。实际上，也没人考察它到底高寿多少，毕竟村子没出考古学家，就是出个考古学家，它也没有考古价值，没人吃饱了去琢磨与自己吃喝穿衣没有屁大关系的事情。

老槐树能在村子的中心地带生长上百年没被砍伐，肯定有它的存在价值。每年到了春末夏初，树上就长满了碧绿的叶子，挂满盛开的槐花，一嘟噜挨着一嘟噜。绿的叶，雪的花，簇簇雪白与片片碧绿相间，老槐树成了村里的一道景观。成天忙活生计的庄稼人，哪有闲适的心境去欣赏景观，何况年复一年都能看到的东西？

村人不欣赏老槐树，却吸引了飞翔的蜜蜂。其实，村里并不缺槐树，家家院里都有，除了槐树的树荫可以纳凉，槐花还是蔬菜甚至主粮。新鲜槐花和麦面拌在一块，蒸成麦饭，是一年里难得享受的口福。一时吃不完的槐花，摘下来，晒干，随时都能蒸成麦饭。老槐树上的槐花没人敢摘，老槐树长在村子中间，就是全村人的公产，谁也不敢冒着全村人的唾沫星子摘它的槐花。到了秋末，它结的槐角比村里所有的槐树都繁密。

有人群的地方就有矛盾，村里必然发生一些唾沫星子淹不死的事情，觉得理正的一方就会祭出尚方宝剑，咱们把这事情拿到老槐树下说说，看谁在理谁不在理，老槐树下就成了说理评理的地方。理亏的一方听对方说到老槐树，就会息事宁人，退让一步。唾沫星子都淹不死的事情，竟然被老槐树吓得息战了。如果双方都觉得自己的道理不亏，官司就打到老槐树下。

老槐树是开老碗会的地方。

我们关中人把吃饭的碗按大小分若干档次，最大的叫海碗，意思把海都能盛下，如果给里面盛上苞谷糁，有八九斤重，棒小伙都端不动。再次点的碗叫大老碗，给里面盛上苞谷糁，有三四斤重，大人吃饭通常都用大老碗。再下来依次类推，有汤碗、小碗、碎碗、调料碗。除了雨天、雪天、风大得出不了门的天，男人们到了饭时，都端着大老碗，碗里盛着百年不变的苞谷糁，苞谷糁上摞着一堆炒酸菜，不管家距老槐树多远，都要跑到老槐树下，跟乡党凑到一堆吃。我们把这叫老碗会，比生产队长开会吼叫都管用。

老碗会上，谁家的苞谷糁熬得稠，谁家熬得稀，谁家的婆娘会过日子，谁家的婆娘不会过日子，一目了然。你的筷子伸到我碗里，我的筷子伸到你碗里，谁家的炒酸菜放的油多，谁家的炒酸菜放的油少，尝上一遍就知道得八九不离十。生产队给社员分一样的口粮，分一样的棉籽油，不偏不向，凭什么你家的苞谷糁天天都熬得那么稠，炒酸菜天天都放那么多的油？比现时的官员公示财产都管用。

村里的婆娘炒酸菜时都要给锅里放油，放油的过程就是把筷子在油罐里蘸一下，让筷子上的油滴到锅里。不会过日子的婆娘，就给筷子上绑根布条，布条上蘸的油多；会过日子的婆娘不给筷子上绑布条；更会过日子的婆娘只把筷子浅浅地在油罐里蘸一下，只能在热锅里印一个筷子头大的油点。

男人们把大老碗里的苞谷糁吃完了，就进入老碗会的议程。靠在树干蹲着的必须是德高望重的长辈，德不高望不重就不敢朝那个地方蹲。敢朝那地方蹲的老者，必须时刻警惕自己的言行，不能失了道德品节，要给村人立个榜样。红白喜事要带头张罗，修路盖祠堂要带头捐款，路遇年轻女娃要目不斜视，见了小媳妇要行走端正。只有这样，才有资格靠着老槐树蹲，才有资格对家长里短的事做出评判。

老碗会上，张家的儿子顶撞了老子，李家的媳妇给婆婆说了不中听的话，王家的娃娃把刘家娃娃的脑袋打破，王家的大人没给刘家的娃娃送鸡蛋补养，学校的教书先生把谁家的娃娃打了，那家的老妈找教书先生说道。这些事情只要摆到老碗会上，男人们都成了断官司的县官，七个嘴八个舌头说出自己的评判，再由靠树蹲的老者做出宣判，给张家的儿子说："你到集上给你老爹买把上鸡粪的小叶子旱烟，再给你老爹赔个不是。"

　　张家的儿子连连点头，不敢违抗丝毫，稍有不从就把全村的男人惹下了，还在村里怎么活？

　　又给李家的儿子说："你回家给你媳妇说清楚，嫁到咱村就得按咱村的规矩办，把在娘家的性子改改。她娘家惯她，咱村不会惯她，要不会把咱的村风败坏。她要是不听，就把她送回娘家，啥时候改好了再由娘家送回来，一天改不好，一天甭送回来，一年改不好，一年甭送回来，一辈子改不好，就让她在娘家过一辈子。"

　　李家的儿子只能诺诺应承，怕落下怕婆娘的名声。

　　又给找教书先生说道的婆娘她男人说："你领上婆娘，把娃也带上，端上一碗鸡蛋，给先生赔个不是。人家打你娃图啥哩，还不是想让你娃把书读好。你娃把书读好了，当上了公家干部，挣了俸银，给先生一分一文？婆娘家不懂事，你也不懂事？这事不能拖，今黑就去找先生，甭让人家说咱村的人都不明事理。"

　　让我至今不忘的是满林满道弟兄闹分家，老爹老妈留下三间房，弟兄俩一家一间没啥说的，另外一间就不好分了，房子不是粮食不是钱，不能一劈两半。于是，婆娘天天吵架，弟兄天天红脖子涨脸，最后闹到了老碗会上。男人们七嘴八舌把道理讲过，老者最后拍板："满林满道都听着，你们把舅家的长辈、姑家的长辈，没出三服的本家长辈都叫来。满林拿出二十斤麦面三十斤白菜萝卜外加粉条腐竹，满道到集上割四斤肉再买两瓶瓶装酒。第三天晌午，在这里摆上几张桌子，来个三堂会审，把你弟兄两个的事情做个了断。"

　　第三天晌午，我也跑到老槐树下看热闹。摆了五张桌子呈U形，老者坐在正中，一边坐着支书，一边坐着队长。舅家姑家的长辈坐在一边桌旁，没出三服的本家长辈坐在另一边桌旁。满林满道连他们的婆娘都来了，站在桌子围的中间，像戏里演的县官断案，就是没让他们下跪，新社会不兴让人下跪。

老者发话了："满林满道两个婆娘都听着，你家长辈下世时留下三间房子，你弟兄两个一人一间，可有意见？"

满林满道连他们的婆娘赶忙回答："没有意见。"

老者又问两边坐着的他们的长辈："你们可有意见？"

又是齐声回答："没有意见。"

老者又说："剩下的一间房子，作价一百二十元，要房的一方付给另一方六十元，考虑到一时拿不出那么多钱，每年给二十元，三年给完，满林满道可有意见？"

满林满道连他们的婆娘又回答："没有意见。"

两边的长辈也回答："没有意见。"

老者拿出事前写好的阄说："这两个阄，一个写着要房，一个写着要钱，你们两个抓阄，谁抓住啥要啥，你们有意见没？"

还是没有意见。

……

最后，肉吃完了，酒喝完了，臊子面吃完了，闹了几年的矛盾解决了。

这两家的男人再不红脖子涨脸了，婆娘再不指桑骂槐了，两家人又过成了一家人，毕竟有血脉连着，打断骨头连着筋。

好多年以后，我思考这种现象。中国古代几千年，权力延伸的程度，国家机器配置的程度，法规意识的程度，百姓的文化程度，绝对无法和今天相比，凭什么能维持民间的和谐？

这就是几千年形成的是非观念，像黄土高原上的树根，扎得很深很深，可以用根深蒂固来形容。

还有维护这些是非观念的民间舆论与宗法规制。

要是在今天，满林满道弟兄为分家闹纠纷，肯定要找法院。只有法院的判决才算数，别的都不算数！

如果有了经济纠纷，再去找德高望重的老者，不但是对法治社会的亵渎，也是社会的倒退。

但是，一条腿蹦跶，肯定跑不过两条健壮的腿，这是跑到天边都颠覆不了的道理。

卑微蚂蚁的诗意生活

大约三个月前，我在一本诗集里读到这样的诗句："一只胆大耍酷的蚂蚁，悄悄地爬上我的书桌，走进我的诗行，时而顿首张望，时而摇头摆尾，像是在念诵！"新颖的比喻，蕴含着难以述说的思考，引起我的好奇，也引起我对蚂蚁和诗人的关注，记住了作者胡国万的名字。

进入酷暑，和往年一样，我搬进五指山的居所避暑，看书写作，有时候真像胡国万在诗里写的"悠闲的像一只蚂蚁"。就真的把自己看作蚂蚁，用蚂蚁的视角、蚂蚁的思想，思考蚂蚁的生命意义。

五指山盛产绿色树木，盛产氧气，也盛产蚂蚁。我的书桌对面的墙壁上，常常出现无数的蚂蚁，排着弯曲又漫长的队伍，挣扎爬行。如果把它们放大千万倍，酷像腾飞的黑色巨龙，张牙舞爪，颇有气势地朝着理想的圣地进发？

我常常停下看书，停下写作，甚至连思维都停下，看这些蚂蚁，一看就是半天。

但是，我只能看到它们艰难爬行的痕迹，看到它们忙碌的队伍，却看不到它们腾飞的势态。

我看着蚂蚁，开始有了思考：蚁类中有蚁王、工蚁，像人类一样等级森严，分工明确？和人类一样权贵者统治弱势者？像人类一样谈情说爱繁衍后代，为生存苦苦挣扎，生老病死，具有七情六欲？像人类一样有仰视，也有俯视？它们中有没有智者，思考它们的命运，思考它们存在的价值？

突然，一只蚂蚁逃离了队伍，爬到我的书稿上，从左边爬到右边，从上边爬到下边，竟然竖起身子抬起脑袋四下张望。我又发联想，如此矮小完全可以忽略的身体，即使挺立起来，又能站到多少高度，开阔多少视野？不由得为蚂蚁的卑微渺小，感到薄淡得不能再薄淡的悲哀，这又与我有什么关系？

书桌上放着胡国万的诗集，他写了那么多关于蚂蚁的诗。诗里的意境又出现在我的眼前，不忍打扰这只蚂蚁的追求，或许它还有自认为高远的观察、深沉的思考。它在思考什么呢？或许它嫌弃它生存的世界和生活太喧闹，太浑噩，从热闹与浑噩中逃离，孑然一身，寻找心灵的清净，还是想和我的文字对晤？

这只蚂蚁一直没有离开我的书稿，后来我做别的事情去了。

第二天清晨，我开始写作，发现这只蚂蚁死在我的书稿上。十多个小时的灼热，烘干了这具弱小的死尸。我打开窗户，晨风吹来，这只死尸便不知去向。我寻找了好长时间都没有找到，也许我衰老得看不清微小的东西了？如果它是只大象，即使我再长几岁，也不会看不到它的躯体！

我猜测，这只离开队伍走向孤独的蚂蚁，是不是在思考中走向死亡？

蚁类与人类有多少相似？

我想起了古人对草民的形容——人贱如蚁。

在这个溽热得不能再溽热的季节，我在五指山里的清凉里，突然有了渴望，见见写蚂蚁的诗人胡国万。

在一个中午，我和几个五指山的作家聚在一块，其中就有胡国万。文友给我介绍他是贵州苗，我担心这是歧视的话语。问胡国万，胡国万说："我们苗族大部分分布在贵州，海南也有，他们为了区分我不是海南苗族，叫我贵州苗，没有歧视的成分。"交谈中我还知道，他海南大学本科毕业后，在五指山深处一个叫毛道的地方，干了一个抗日战争的时间。

我过去长居五指山时，多次去过毛道，用文学语言形容，它是五指山无数个皱褶里最不起眼的一粒沙砾；用主流媒体的文字形容，它是五指山里一颗璀璨的明珠。无论贬低还是褒扬，相对的闭塞、贫困、落后、愚昧，仍然是它的主旋律。否则，扶贫工作组就不会常驻这里难以撤出。即使到了今天，互联网穿山越岭，高速公路直达村口，这里仍然是落后与时尚并存，贫穷与希望并存，固守与变革共存，闭塞与开放并存，传统与现代并存。这里的现代文明程度比都市的现代文明程度，仍然有可望而不可即的距离。

社会和命运把家乡在千里之外的胡国万摆布在这里，用酷似万山皱褶里的一只蚂蚁比喻，恰当否？

我又有了感慨，感慨中萌生了思考。

无论比喻恰当与否，这只"蚂蚁"经历了现代文明的熏染，也经历了现代文明的污浊，体验到这里传统的质朴被现代文明侵袭，这里的闭塞愚蒙对现代文明的抵抗，传统和现代不动声色地绞杀和博弈。

从生存的意义上说，命运对胡国万是残酷的。那些有权力和金钱背景的同学，留在了都市，他和草民家庭出身的同学，无可选择地服从社会的摆布。

在这个星球上，他只是七十六亿分之一。如果用我书桌前的蚂蚁比喻，他连一只蚂蚁的万分之一的比例都占不上。

但是，他写出了诗，出版了诗集。那些凭借权力和金钱，进入大城市的同学，写出诗没有，出版诗集没有？

但愿，这不是阿Q式的自我安慰。

因为，从诗歌的意义上说，上苍是多么眷顾他。使他在五指山深处的毛道乡，吸纳了独有的诗情、诗兴、诗意，一部期待付梓的诗集《凤凰花开》摆在我的案头。在我的思维里，他蜕变成了"一只走向诗行的蚂蚁"。

我在胡国万的诗里，看到了木棉花火红地盛开了："连太阳都在你身上，失去了光芒。"看到了五指山的红叶："你红了，也就熟了，你腼腆地依偎在大山的怀里。大山却把你高高地举起，尽情地向游客展示，你熟透的美。"看到了对老树根的赞美："榕树下的老根，或是悬挂在空中，或是盘旋在光秃秃的石壁。而最神奇的，是您能穿越岁月的城墙，把山城的记忆拍摄成无数游客的赞誉。故事有多长，您的根就有多长，您穿越了茅屋石棚，穿越了钢筋水泥，您总能把命运深深地扎进脚下的泥土。"看到了诗人对五指山的热爱："你用亿万年的眼神仰望苍穹，直到落地生根的时刻。你那宽厚的肩膀在一望无垠的海面上，开垦万亩良田，孕育了一个民族的诞生，滋养了无数漂泊流浪的孩子。"

还有诗人对山城、对老爸茶、对高速公路、对黎族村寨、对稻香的赞赏。

胡国万如果凭借权力和金钱进入城市，这些能进入他的视野，能激发他的诗情？能写进他的诗里？

我的回答是不能，因为他没有这里的生活，更没有对这里的感情。没有生活，没有感情，就不会有思想，更不会出诗歌。

我在这本诗集里看到了他对同族的感情，这种感情在他的诗里淋漓尽致地表现出来："因为是苗族，阿妈说留下来吧！南圣河边，给你留了三亩水田。我听到了稻芽儿，破土成长的声响！"在苗族大妈的召唤下，引发了胡国万对五指山的挚爱，我在他的诗集里还看到这样的诗句："我要回到大山里，与三月的木棉，诉一曲衷肠。我还要和蜂蝶争宠，让桃园为我盛开最艳的花蕾！"

一天下午，我和五指山的文友茶聊，茶是五指山生长的茶，经过五指山茶厂的加工，这茶就有了自己的特色，质朴中有时尚，原味中有佐香。在氤氲的茶香里，胡国万给我说，咱们喝的这些茶里，就有他们毛道乡产的。我就有了特意品尝这茶的专注。

茶聊中，我知晓了胡国万是毛道乡的武装部长、乡党委委员，还分管一个贫困村的脱贫工作。我还知晓了他作为国家权力最基层管理机构的一员，每天的工作烦琐又写不到纸面。黎寨的槟榔熟了，苗村的稻子长高了，黎家的小伙子要娶亲，苗家的姑娘要出嫁，上头的指示要执行，下边的诉求要解决，黎寨的大爷生病了，苗村的奶奶摔伤了，山林的树木要保护，村里的贫困要救助，两个文明要发展，上头来人要陪同，下边上访要解决，天亮忙到天黑，脊梁杆子累断都不知道忙了些什么。

我听着胡国万的诉说，脑海里突然浮现出书桌前的蚂蚁，卑微的生命终生都在为生存忙碌，它们有思想吗？有不满吗？有无奈吗？有愤懑吗？甚至有激愤吗？

我们所处的时代是个剧烈变革的时代，各种思想、意识、价值观念、生活方式、处世准则，相互对抗又相互融合。优秀的民族文化被疏离，新兴的市场经济的秩序尚无建立，相当一些人崇尚物质、弄虚作假、恶性竞争、品行低下、唯利是图，世俗的污流，使得精神的高贵和做人的尊严，成了现代人越来越疏远的东西。

我从胡国万的诗集里看到了，现代科技削弱了五指山的世外桃源，钢筋水泥覆盖了一些绿地森林，工业的污泥浊水轻而易举地流入山涧河溪，现代化改变了五指山的地理地貌，也改变了山里人的传统观念、民俗风情、生活方式。山里的黎苗同胞，不再继续过着冬天去了，春天来了；夏天走了，秋天到了，日出上山了，日落下山了，播下种子了，收获庄稼了；不再满足榕树下的老爸茶桌了，不再满足初夜时分的山兰米酒了。年轻人骑上摩托跑到城里的咖啡厅，面前摆着福山咖啡或者龙眼红枣茶；不再迷恋篝火旁的对歌欢舞。少男少女们走进歌舞厅，卡拉OK，蹦迪；不愿像爷辈父辈那样日出而作，日落而息，终生劳苦又终生贫穷。知道把山里的物产运到山外，大把大把地赚钱；冷落了民族服饰，穿上了西服洋装；忽视了祖传的老实本分，大碗吃肉，大碗喝酒，亲近了锱铢必较，甚至贪污腐败、偷鸡摸狗。

　　胡国万毕竟是受过高等教育的大学生，尽管也是只卑微的蚂蚁，但他在思考，在写诗，他把生命融进了五指山，融进了社会，就有了对五指山的挚爱，对社会正气的追求、对高尚道德的崇尚，还有对理想世界和正直纯洁的坚守，愤怒的抗御，甚至无奈。

　　从茶坊出来，回到居室，又一次翻阅胡国万的诗集，感觉他的这些情愫，在字里行间淋漓尽致地表达出来。

　　这只卑微的蚂蚁，变成了思考的蚂蚁，会思考的蚂蚁必然产生思想。

　　科技降低了体力脑力劳动的繁重，难道是为了鼓励贪图安逸不再努力奋斗？经济发展物质丰裕改善了我们的生活，难道是为了鼓励我们奢侈消费花天酒地？社会环境宽松使我们充分张扬了个性，难道是为了鼓励我们自私自利丧失互助之心？鼓励富足创造财富，难道是为了让我们唯利是图相互欺骗？

　　胡国万在他的"序"中，对自己的诗篇做了中肯的评价："我不是浪漫的，而是忧伤的！"我也在他的诗作里同样读到忧伤的感慨："我们过上了富裕的生活，可我们却迷失了，迷失在灯红酒绿的大街小巷，迷失在钢筋水泥铸造的囚笼里！"

　　五指山的夏夜是凉爽的，使人感觉身里身外都被山泉洗涤了。蚊香发出淡淡的草香味，驱逐了蚊虫，似乎也驱逐了蚂蚁，排队如龙的蚂蚁不见了。万籁无声，月悬在窗户外边，星悬在窗户外边，树枝也悬在窗户外边，整个世界都悬在了窗户外边。纱窗隔离了它们和我的亲近，却给我送来了山夜的风，清冽，带有林樾、草木、野花的芬芳，还有山夜特有的静谧，这是多么适合读诗的时间。

我一直认为，高明读者的阅读，不仅要读懂字面的意思，更要读懂文字背后的东西，读懂作者到底要表现什么，甚至读出作者的人生阅历、理想情感。我不是高明的读者，但我一直朝着这个标杆攀爬。还是从胡国万的诗章里读出了，他面对社会，面对现实，总能感觉到无处不有驱之不散又不见痕迹的腐蚀之气，它们像一堆飘忽不定的诱惑，使社会趋向糜烂，胡国万在诗里发出浓郁的忧虑。

我在他的诗章里感受到他面对社会弊病，那种满目疮痍的伤痛感、灯蛾扑火的献身精神。

蚂蚁卑微，但同样有思维。如果按身体的比例，蚂蚁的思维并不比大象的思维肤浅和狭小。

我翻开一页纸张，读到这样的诗句："读了一首诗，突然感到有些忧伤！"忧伤到了极致，必然会像疯子样地爆发，"诗人用自己的生活剖析了人生，却留下疯子的称谓"。

他写到这样一件悲惨的事件，一个刚刚出生的婴儿，因为是女婴，竟然被从九楼摔下。他的愤怒爆发了，在诗里迸溅四射："今夜，我不能沉默了，为一个刚刚出生的婴儿，从九楼到地面之间，是她这辈子见过最美的光景，也是她人生的第一和最后一段旅程。今夜，我又该如何沉默？我想要爆发，想要一阵台风，刮跑这些肮脏的灵魂！想要一场地震，撕碎这个无情的社会！"

愤怒至极的胡国万，给人打电话，找人诉说，倾泄自己的愤怒。然而，更令他不解和困惑的是人们听到这样的惨案，像听到一个海外舶来的故事，远古的一个传说，酒宴上的一个政治段子，夜空中瞬间划过的一颗流星，一切与己无关，麻木冷漠。他又发出撕心裂肺的质问："山城的夜，依旧是灯火辉煌。朋友圈的人们，依旧在忙忙碌碌。这段惨案，就像一个远古时期的故事。而我，只能在心里反问自己，这到底是怎么了？"

我读了这些诗，合上书页，闭上了眼睛。窗外的月亮、繁星、树枝甚至整个世界都不见了。但我知道，它们并没有消失，只是我闭上了眼睛。

我的思维并没有停止，生活，思考，忧伤，愤怒，无奈，挣扎，孤独，爆发，或许是蚂蚁们终日忙碌所追求的全部？当然，还有爱情，还有人到中年事业无成的无奈。此时此刻，吟念一首伤感的诗，多么切中意境心境："遗忘的夜，宁静伴随着孤寂。谁听见了，远处传来了几声钟鸣？我独自禅坐，仰望残月星辰，晚风撕裂了累累伤痕，透心清凉的痛，忘却了泪流！"

这是真正的精神上的孤独无伴！

这是真正的思想深处的倾诉！

写诗的人是孤独的，也不是孤独的，起码还有诗章，还有读者，还有我这个喜欢面对诗歌进行思考的人，还有你像蚂蚁一样忙忙碌碌的人生，还有你仰望星空明月高山峻岭的高贵，还有你孤舟单骑永不放弃的追求，还有你"一蓑烟雨任平生"的冷傲，还有你关注的芸芸众生万家灯火无数炊烟，还有你的五指山毛道乡，还有你的黎苗同胞兄弟姐妹，还有你远在贵州的故乡。

有了这些，我们还需要什么？

　　一日，我约胡国万茶聊，他说傍晚时，他分管的村子有户人家脱贫了，要盖砖房，汽车只能开到山下，距离盖房的地方还有百十米的山路，他要和村民一道帮这户人家搬砖。我想了解当地山民的生活、民俗、生产、劳动，就给胡国万说："我也想去看看，说不定还能帮着搬几块砖。"

　　夕阳西坠，夜幕逼来，有了月亮，有了星星，有了夜的寂静，有了附近山舍里狗的吠叫，随着主人的责骂，了无声息。这个山里的人都来了，十多个男人背着砖，顺着小道朝半山挣扎，有沉重的脚步声，有急促的喘气声。我看着排成一队的背砖人，突然想起胡国万诗里描写的蚂蚁，卑微、挣扎、自强、不息；突然想起书桌前的墙壁上那队渴望腾飞的"龙"。

　　目标有了，队伍有了，行动有了，离梦想还会遥远吗？

　　我搬了四块砖，被胡国万阻止，说："这么窄的路，这么陡的坡，你空走都危险，千万不敢出事情！"

　　胡国万和山民们躬伏着身子，脊背上驮着十多块新砖。他个子没有我高，体重没有我大，如果让我背这些砖，恐怕都无法站起。

　　我不好意思再站在那里观看，我不是来做客人的，还想学山民的样子，又抱起几块砖，胡国万和山民又跑过来，说："杜老师你那么大年龄了，摔倒了我们给方方面面都不好交代。"

　　妻也不好意思站在那里看，就拿出进山时买的驱蚊水，给光着脊梁的山民身上洒。山民不好意思地说："我们被蚊虫咬惯了，不要浪费那么好的东西。"

　　我猛然想起，车的后备箱里有两箱"情满五指山"，这是海南国新酒业监制、茅台镇一家酒厂酿制、53度的浓香型好酒，是一个文友送我的。我把酒瓶打开，初夜的空气里飘溢出酒的醇香。一个山民拿来酒杯，山民背一回砖，我敬他一杯酒。一瓶酒喝完了，又打开第二瓶。

山里的女人也来了，拿着肉、抱着鸡、端着鸡蛋、抱着青菜，提着白米，来了就生火、做饭、洗菜、切肉、杀鸡。

砖背完了，肉炖熟了，菜炒好了，桌子搬到空坝上，凳子围着桌子摆好了，背砖的男人也围着桌子坐好了，岁数大的抽起了竹筒水烟袋。我把车里的"情满五指山"全搬来了，酒杯不够，全用碗盛，一瓶酒倒四个碗。女人们端肉端菜，男人们吃肉喝酒，一场山里的酒宴在五指山的初夜开始了。

胡国万给他们挨个敬酒，自己杯里只盛茶水，山民也不给他劝酒。

我问他："怎么不喝点？"

他说："明天上头要下来人检查，现在喝多了，明天脑袋沉重，思维混乱，就没办法汇报工作。"

山林寂静，空气清新，浓郁着酒的香，肉的香，还洋溢着盖房人家的欢愉，飘荡着邻居们真诚的祝福。

三瓶"情满五指山"喝过，就有个老者给我唱起来："去年你不露脸，我舂了六十捆山兰等待你，酿酒甜又甜，就是你不来；今年我舂了三十把新谷等待你，煮了大锅饭。就是舂它十捆稻子，你也吃不完；我托人去请你，你也不赏脸。今天你来了，碰上我在把野果咽；年荒天又冷，酒寒味不甜，叫我老婆也为难。"

我不知道他是给我唱，还是给胡国万唱，即使表面上是给我唱，实际是给胡国万唱。我对这里的山山水水、对这里的人，没有丝毫贡献，人家凭什么给我唱？

这个男人的吼唱刚落，旁边有个女人接着唱："夜雨下缠绵，客人呀，住下吧，住它一个月，住它一整年，与我长作一村人！"

胡国万笑眯眯地看着他们，听着他们的唱，我能感觉出他心里的得意、满足、陶醉。

一只写诗的蚂蚁，拥有了这些，足够了！

当今世界，有几人能拥有这些，这是不是幸福人生？

我的思维里突然涌发出这样的思考，那些大官大款，能活得这么洒脱，这么自由？

几天后我们又茶聊，我说："你们那天晚上背那么重的砖，爬那么陡的山，够累的了？"

他说："我们贵州的苗族，从小就背东西，背这些砖真的不在话下。"

他又说："包下这个村子的脱贫工作后，就没有休过节假日。越是过年过节，越要朝农户家里跑，逢到饭时吃饭，晚上回不了乡里，就在农户家里睡上一夜。我把他们家当成自己的家，他们把我当成自己家的人。"

还说："扶贫工作，压力山大，农户的收入增长没有，不但现在要增长，还要可持续增长，不能现在脱贫了，过两年又返贫了。再说，一个乡十几个干部，人家包的村子都脱贫了，自己包的村子脱不了贫，就没脸面在人前走动！"

暑假过完了，我要回校了，胡国万和五指山的文友给我送行。我问他：

"你还要在毛道再干一个抗日战争？"

他长叹口气，许久没有说话，喝了三道酒后才说："杜老师说的这些，我考虑有用处吗？话说回来，我要是没考上大学，就不可能有这份工作，这阵还囚在贵州的深山里，让别的扶贫干部帮我脱贫哩。不管怎么说，我有了这份工作，有了固定收入，有了老婆孩子，我还有什么不满足的？这些在很多人眼里是平庸，是胸无大志，但在我这个山里出身的穷孩子，算是非常理想的生活了。再说，这里确实偏远，贫穷，但这里没有雾霾，只有森林和清新空气。我的职位尽管微卑，但微卑就少了竞争的人事纠葛，不必看人家的眉高眼低，活得坦然自在。"

他又喝了一口酒，又说出一番让我刮目相看的话语："我们完全没必要羡慕那些形体庞大的动物，生为蚂蚁就安分守己地做只蚂蚁。很多人羡慕象的庞大，歌颂大象一次可以搬运几百斤的重物，鄙视蚂蚁的渺小，几十只蚂蚁都搬不动一个米粒。但是，又有几人思考，形体庞大的动物，需要多少支撑的力量，我们具有这些力量吗？如果不具有这些，就会瘫成一堆烂肉，发出更多的腐臭！五指山的蚂蚁，一生都在树根、草丛、花枝中爬行，身上散发着泥土的苦涩和芬芳，即使死去，留下的也只是苦涩和芬芳。"

我理解了他的话，宁做一只卑微而有诗意的蚂蚁，也不做一堆僵死的腐肉。

拜谒张良庙

近年读史读志，时被汉留侯张良触发思绪，触发感慨。

张良为"汉初三杰"之首，刘邦建立汉朝，在洛阳南宫大宴群臣时说："出谋划策，决胜千里，我不如张良；安抚百姓，筹集粮饷，我不如萧何；统率百万大军，战必胜、攻必克，我不如韩信。此三位都是人杰。"

近日又读《汉中府志》，里载："紫柏山在留坝西北五十里，层峦耸秀，古柏阴森，山顶及山坳均有留侯祠，相传子房辟谷于此。"于是，时常萌发去留坝拜谒张良庙的念头。

仲夏的一日，到汉中勉县西站为公家办事，遇中专时同学，被接至家中，盛情款待品茗之中，问我到此地人生地不熟，需要他帮忙的事情尽管张嘴。斟酌再三，不好意思给同学增添麻烦，又禁不住拜谒张良庙的欲望。心想同学在此地工作多年，应该知道在什么地方搭乘什么客车可去张良庙，同学听过，连声说巧，他单位次日正好组织一批职工去游张良庙，车上还有几个空座。

次日，天刚破晓，汽车便出发，出勉县，过褒河，驶上川陕公路。道路不狭窄，但弯曲，左扭一下，右扭一下，有时还来个三百六十度的大转弯，像西安城里的T形台上的模特走步，身子能扭成麻花。大轿车就在这左一扭右一扭的曲里拐弯中，过了一道山梁，又过一道山梁。驶到一个去处，一侧傍山，一侧依水，山为黛色，水为秀色，山融入了水，水裹着了山，山水都清秀悦目，令人舒服神怡。

我坐在靠窗户的位子，望着沿途的山水，碧绿、清秀、险峻，突然萌发出这个思绪，就是交通极度发达的今天，张良庙所处的地方，仍是偏僻得不能再偏僻的地方了。两千两百年前的这里，没有公路，没有轿车，张良怎么找到这个辟谷的地方，又是怎么走到那里？

轿车在张良庙前停下，我站在距离庙前不远的地方。导游指着旁边的一座大山给我们讲，这是紫柏山，张良庙就位于这座山的东南。又指着另一座山说，这是紫关岭，张良庙位于紫关岭南麓。我举目眺望，紫关、紫柏两山就在我们立身之处交合，如环抱状。张良庙前有溪水，庙后有小河，河水清莹碧澈，低流轻泻，潺潺有声，如天籁之音，水流飘逸出的清凉和山林透溢出的芬芳汇融，这片山地充盈了清心清神的爽气，使人周身潨热涤然褪净。

导游告诉我们，庙前河发源于紫关岭，庙后河发源于紫柏山。我又再次遥望这两座山，同学见我视山入神，又指着周围的群山问我："你看这些山有什么奇特的地方？"

我又环视群山，还是满目青黛，全是苍松紫柏，翠色诱人，除此之外，没有什么奇特的地方，说："没看出有什么奇特的地方。"

同学说："你再仔细看看，到底有什么不一样的地方？"

我又认真观看，才发现群山好像有拱手作揖之状，说："这些山好像都对着张良庙作揖！"

同学也双手抱拳，对着庙门作揖，说："光辉你说对了，这里的山确实都对着张良庙作揖。"

我说："人之英伟，天地敬服。"

川陕公路从张良庙前通过，我们站在庙前公路的外边，近距离地望着张良庙门框上方的横匾，刻有"汉张留侯祠"，字体气势宏伟、遒劲、端庄。我不敢越过公路，跨进门槛，生怕身上的秽气俗气带进这块圣洁之地。凝望着庙门右侧的石碑，上边刻有"紫柏山汉留侯辟谷处"。又品咂门顶横额两侧青砖上刻的清朝贡生时任汉中府学的李化楠的诗："除却朝簪别汉家，赤松相伴旧烟霞；如今已得全身计，不是他年博浪沙。"

我品思良久，思维在历史的隧洞里搜索，又有了万千感慨。权力呀、地位呀、荣华富贵呀，胸怀壮志的枭雄们，为了这些东西演绎了多少恢宏而沉重的人生故事，争权夺利、尔虞我诈、兵戈相见、血流成河、白骨如山、夫妻反目、父子为仇、朝野篡权、后宫争宠，得利者欢乐欣喜，失利者哀伤沮丧。胜者开创一代江山，败者身首分割，九族诛灭。有人处心积虑终于攀上了权力的宝座富贵的顶峰，又心力交瘁或被他人阴谋攻讦，轰然倒下，化作黄泉路上的一曲悲歌！

我想起了与张良有关的另一个名声显赫的汉齐王韩信，这是一个提及张良不得不涉及的人物。

《史记》中记载汉高祖刘邦筑坛拜将，一众功勋卓绝的大将，都以为刘邦会拜自己为将。结果却令他们大失所望，万万没有想到，刘邦拜的竟是名不见经传的一介小卒——韩信，众将大惊，大不服。但是，将已拜了，韩信也确实不负企望，屡建奇功，帮助刘邦打下了汉家天下。此时的韩信已战功赫赫，职位极高，引兵平齐后便上书刘邦，请其封他为齐王。刘邦本来就对拜能忍受胯下之辱的韩信为大将不满，又见其野心勃勃要当齐王，大怒："大丈夫定诸侯即为真王耳，何以假为？"然而，当时的刘邦羽翼尚未丰满，还需韩信替他卖命，只得答应封韩信为齐王。用兵如神的韩信，在人际关系上却不太清醒，怎么都没有想到，他在此时已经种下了杀身的祸胎。终于在汉政权巩固之后，被刘邦以谋反的罪名，采用萧何之计，被吕后诱杀于长乐宫，嗣后诛杀其三族。

而汉初三杰之首的张良，面对功成名就的荣华富贵时，采取了十分明智的举动，急流勇退，求仙学道。他在一次上朝拜谒之后，便拂袖而去，历史的大幕上跃现出他从容落拓的背影！

我还是越过了公路，走过门框砖上刻的对联："波浪一声震天地，圯桥三进升云霞。"又是颂扬张良椎秦的壮举，谦虚于黄石得授兵书的品德。

走进大门，有座连通二门的木桥，名曰"进履桥"。我又猜想，又不敢肯定，问导游。导游告我此桥取"圯桥纳履"之意而修，我才肯定了自己的猜想。我本学养不厚，再不慎言，会在众人面前出丑。尤其是面对导游，他们不是学者，但他们对自己讲解的名胜古迹，研究得绝对精通，千万不敢在他们面前说三道四。我站于桥头，抚摸桥木，又想起是小学还是中学课本上的范文，讲的是圯桥黄石三考张良，张良谦卑求学的故事。读到这篇文章的朋友，起码都拥有初中以上的学历。我再把"圯桥纳履"的故事书写一遍，怕是把奶奶那辈人的裹脚解开了。我们需要知晓的是这个故事，究竟给我们讲述了什么道理。一位台湾学者认为，如果我们把"圯桥纳履"仅仅理解为尊敬老人，约会守时，就太低估我们中华民族的智慧了。难道我们流传了两千两百年的故事，只给我们阐述了这么浅显的道理？

"圯桥纳履"究竟给我们讲述了什么智慧?

到了北宋时期,大诗人苏轼回答了这个问题,他在七百三十七字《留侯论》里写道:"古之所谓豪杰之士者,必有过人之节。人情有所不能忍者,匹夫见辱,拔剑而起,挺身而斗,此不足为勇也。天下有大勇者,卒然临之而不惊,无故加之而不怒。此其所挟持者甚大,而其志甚远也。"

翻译成现代汉语就是说,豪杰人物必定有超过一般人的节操,有一般人在感情上不能忍受的度量。普通人受到侮辱,便拔剑而起,挺身而斗,这不能称为勇敢。真正堪称大勇的人,突然祸难临头并不惊慌,无故加以侮辱也不动怒,这是因为他的抱负很大,他的志向非常高远!

一个网友对苏轼这段文字还有理解:豪杰要有大忍之心,历史上的韩信,能忍胯下之辱,胯下之辱对一个男人来讲,可以说是奇耻大辱,而韩信又是一个士,"士可杀而不可辱",但韩信真的从那个人的胯下钻过去了。没人说韩信是懦夫,也没人瞧不起他。相反,都认为韩信是英雄,是有着远大志向的英雄。司马迁,也是我们熟知的人物,他遭到宫刑,这也是男人的奇耻大辱。可是,司马迁忍下来了,用他一生的精力,完成了《史记》这部史家之绝唱,无韵之离骚,有谁会说司马迁是懦夫?

我想,这就是"圯桥纳履"给我们讲述的"忍小忿而就大谋""养其全锋而待其弊"的做事做人的策略和智慧。

我想,人生做事,该勇猛处不勇猛,懦也;该龟缩时不龟缩,莽也。张良的智慧就在于该勇猛时勇猛,该龟缩时龟缩,不懦不莽。

再往里走,多有历史名人的题联、题诗,不再一一赘述。理由有一,如果把它们罗列起来,真应了余秋雨先生批评的那样,一些人写名胜古迹,喜欢把所有的资料堆积起来，唯独缺少自己的思考。二是当今旅游确实不是太难的事情，人家完全可以亲自跑到张良庙里看到这些，不需要我在这里啰唆。

我相信，我刚才站过的地方、我现在走过的地方，那些历史名人都站过，走过。仅在这里留下墨迹的就有古代文化名人朱约斋、胡珍品、贺培芬、孟之培、严沛霖、王殿炤、马兆林、王公亮、苏图、樊荫荪、杨穌父；还有现代的国民党要员冯玉祥、于右任、陈立夫、何应钦、白崇禧等；新中国领导人周恩来，陶铸、乔石、陈慕华、宋健等人，也拜谒过此庙，并均有题词。由此可见，无论古人，还是现代史上两大对立的政治集团，均对张良的道德品行、人生智慧，无不崇尚。

两个小时后，拜谒完毕，出了庙门，回到大巴车上。满车的人兴致依然昂奋，议论不止。同学突然提议，谁会唱秦腔，唱一出与张良有关的段子。

有人答："唱《斩韩信》。"

我知道这出戏的内容：刘邦急于一统天下，深知人才在打江山时的重要，让萧何推举贤才良将。萧何素知韩信是奇才大才，遂推荐给刘邦。刘邦因韩信出身微卑，不用，韩信愤怒离去。萧何深知，如果韩信投奔他人，必然成为刘邦的大敌，如果被刘邦起用，必定会帮助刘邦夺取天下，就连夜骑马追韩信，这就是古诗中写的"萧何月下追韩信"。萧何追回韩信后，刘邦始拜韩信为帅，当年的拜将台还保留在现今的陕西汉中市。韩信为帅后，屡建战功，明修栈道，暗度陈仓，涉西河，取三秦，帮助刘邦打下了汉家天下，又自恃功高。后边的结局我在前边已经写过了，后边还要接着写。

立即，有男士响应："我扮韩信。"有个女士响应："我扮吕后。"同学说："还差个武士。"随之，有个男士说："武士的戏不多，我来扮。"
又有个年轻女士响应："我扮陈仓女。"有男士开玩笑说："人家戏里的陈
仓女要黑脸黄头发，金莲尺二八。你腰细一把抓，细皮嫩肉，人在前边走，
后边跟一大群小伙子，咋能扮演陈仓女，扮演《西厢记》里的崔莺莺差不
多。"这女士得了夸奖，有了得意，说："要是上台演出，有的是办法，扯
上三丈六尺长的白布，从上到下裹上几道，就把人裹成麻包了。"那人又
说："白布能把人裹成麻包，总不能把脸也裹起来？"女士说："这个才好
办，你说的那个陈仓女，黑脸黄头发，抓把锅煤朝脸上一抹，黄头发更好
办，买个假发朝头上一戴，扮相就出来了。"他们还要斗嘴，同学喊："甭
斗嘴啦，人都候着听戏哩。"

　　随之，车厢里就热闹起秦腔《斩韩信》的片段：

　　　　扮演吕后的女人唱开：
　　　　高祖起义在关东，灭秦灭楚汉室兴。
　　　　韩信是我心头病，大患不除实难平。
　　　　丞相与我把计定，斩韩信拔去眼中钉。
　　　　怒气冲冲凤位里停！
　　　　叫：武士们！
　　　　扮演武士的男人吼：啊！
　　　　吕后：将韩信押上来，推下砍了！
　　　　韩信唱：
　　　　三齐王宫院搭一躬，尊一声娘娘凤耳听。

臣与高皇把业创，有十大功劳表一场。

一大功鸿门摆酒宴，吾主有意把臣搬。

二大功撇楚来扶汉，霸王赶我在深山。

三大功暗把陈仓度，失迷了路径马不前。

四大功高皇见臣面，他笑臣骨瘦如柴赶出营盘。

五大功萧何二次把臣荐，把臣的韬略对主言。

六大功吾主喜满面，才命臣执掌汉兵权。

七大功渭水咸阳曾交战，直杀得楚兵哭连天。

八大功收来樊哙将，英布彭越才归降。

九大功逼霸王乌江丧，才扶吾主坐咸阳。

十大功高皇面南登金榜，才把娘娘封昭阳。

臣东西杀来南北闯，凭功劳挣下三齐王。

臣在淮阴把荣享，萧何相搬臣进朝廊。

撞娘娘金身玉体本该丧，念起为臣是忠良。

望娘娘开笼把鸟放，臣愿保江山得安康。

哎，哎……

好话说了有多少，她仰着面儿全不招。

你今要把臣头找，普天下无有斩信的刀。

娘娘，臣随吾主高皇创业以来，高皇亲口封过，普天之下兵刃之上，都有臣的"信"字。恐娘娘你杀俺不得！

吕后：武士验刀。

武士：啊！果有他的"信"字。

吕后：韩信上来。命你二次宫下畅叫，若还无人斩你，饶你不死。出宫去吧。宫娥，彩女，你们哪个敢来，应得一声。

扮演陈仓的女人答应：我敢来。

韩信问：应声何人？

陈仓女：陈仓女。

韩信：近前搭话。

陈仓女：我名陈仓女，黑脸黄头发，金莲尺二八，每日在厨家。正在厨房洗锅燎灶，忽听娘娘命人斩信，待我前往。

吕后：方才命人斩信，可是你应得一声？

陈仓女：正是。

吕后：速快上来斩头！

陈仓女：遵旨。韩信看刀！

韩信：哇！普天下的兵刃以上，都有俺的"信"字。你乃一黄毛丫头，奈何俺不得！

陈仓女：韩信说是你来看，这厨刀以上可有你的"信"字？

韩信：无有。

陈仓女：就该你一死。看刀！

韩信：东西南北闯，今日丧未央。想起当年事，唉，想起当年事哎……我悔不该哎……哎！不该哎……哎……

三齐王宫院自参想，思想起当年事好惨伤。

不得时我在江湖闯，每日里打鱼度时光。

自那日卖鱼大街上，来了个杰士逞刚强。

他手执三尺宝剑把我量，命豪杰钻他胯下裆。

笑煞了一街人两行，大丈夫忍辱含羞回家乡。

在原郡辞别了高堂徽州吃粮，行走中途不料疾病将我打倒，
在咸阳困住了英雄难前往，病痊愈二次徽州投霸王。

恨霸王他不识英烈将，将豪杰封为扶戟郎。

那一日打坐营门上，张子房他荐我保刘邦。

霸王他解其意传令于众将，哪一家放走韩信找下人头挂营房。

豪杰当日把计想，盗令箭撇了霸王汉中府里见高皇。

高皇爷兵出南郑，韩信我军中为帅，

首战打败秦国章邯的人马数十万，第二战杀的杜茂申英手捧降文到马前。

二兵合一有百万，汉营里战将六十员。

一怒杀进古长安，连夺他一百二十单八关。

进咸阳火化四宫院，咸阳城烈火冲满天。

杀杀杀来战战战，把霸王逼在九里山。

韩信我打马前边跑，霸王在后边紧相连。

将霸王诱到乌江岸，韩信我一马冲上山。

霸王他下边高声喊，声声骂我是短命男。

蒯彻与我拿言谏，尊一声韩侯听心间：

你执掌雄兵百万有才干，容人一步自己宽；

你留着霸王活一天，高皇他把你顶头尖；

清早间逼死勇猛汉，我看你难过午时间。

韩信听言怒冲冠，哪怕我当时丢了官。

放滑车来射乱箭，霸王他一戟一个挑一边。

任凭他力挑滑车滚山涧，他想挑完难上难。

逼霸主自刎乌江岸，与高皇争下一统天。

早知晓，早知晓未央宫中把命断，悔不该逼霸王乌江岸边。

低头我把萧何怨，咱两家结下山海冤。

老牛力尽刀尖死，大丈夫临危不怨天。

……

这段秦腔唱完，车厢里喧起一片喝彩，还有掌声。随之，车里又归向安静，同学又有了感慨："自有了张良庙，前来拜谒者成千上万，嘴上都知晓张良急流勇退，明哲保身的人生智慧，可真正做到的又有几人？人呀——道理上都明白，说起来更明白，真正遇到荣华富贵时，咋就舍不得抛去，跑到深山老林里甘受清贫？要不，这些年判刑、枪毙的贪官污吏，咋那么多哩。这两千多年里，韩信者多，张良者少，说到底还是脱不离红尘的羁绊。"

我突然感觉，这庙里一个世界，清爽、清心、清净；庙外一个世界，欲念、喧嚣、纷争。但我没说话，只是把脸扭过去，视线透过车的后窗玻璃，眺望到渐行渐远的紫柏山、紫关岭，被一派氤氲雾岚围裹，看不真切了。

车朝前开，我朝后看，张良距离我们渐行渐远了，不知是历史云烟的尘封，还是我们智慧的倒退？

思天想地

　　那年，我中专毕业，被分配到大巴山深处的毛坝关火车站。在中国的铁路序列里，这个被称作"车站"的车站，比它大的无数，比它小的无几。小的连个站台都没地方修，大半个站台修在桥上边。除了两根并行的钢轨通向山外，几乎与世界绝缘。没有电视，公家配发的电视只能收到雪花，收音机也只能听到咯咯叭叭的杂音。给领导反映，领导说要耐心等待，现在的科学高速发展，用不了多长时间，电视就能收到娃娃，收音机就能听到姑娘的歌唱。就是他说不清楚什么时候的科学，能发展到毛坝关火车站的电视机能收到娃娃？

　　一个车站分配十多个人，除了男的，还是男的，就节省了谈恋爱、结婚、生娃的费用，政府的计划生育办公室从不光顾这里。这些老大不小的光棍的精神和生理无处安放，烦躁得对着近在咫尺的山崖狂喊乱叫。要不就喝酒，喝高了就睡，睡着了就没了烦恼，睡醒了爬起来上班。天亮了三饱，天黑了一倒，只要点名答到，就少不了你的工资粮票。

　　天亮了，夜来了，春来了，夏过了，秋来了，冬过了，夏天光着膀子，冬天穿着棉袄。门背后的日历撕了一张，又撕了一张，三百六十五张撕完，又挂上三百六十五张继续撕。日子就这么一天一天过，一天比一天过得惬惶。上头也觉得我们这些光棍的岁数不小了，常年这样也不是办法，就给我们每人发了张美女明星的图画，还说："这些图画是公款买的，只能买小的，买大的是浪费。"见我们满脸不满意，又说："现在提倡精神鼓励为主，物质刺激为辅。"好像我们渴望找对象结婚是物质刺激，他给我们发美女明星图画是精神鼓励，你说这话扯不扯？

有个光棍说出了非常有文学色彩的比喻："我们是玻璃瓶里的苍蝇，前途光明，出路不大。"

我竟鬼使神差地迷上了看书、写作，整不明白的事情就看书，看了书就琢磨。越看书越觉得整不明白的事情多，越琢磨越觉得整不明白的事情更多，更拼命看书。看书就要买书，一个月工资四十二块多五毛，除了吃饭都买了书。你一个深山小火车站上的普通二级工，看荀子的《天论》、亚里士多德的《论天》、柏拉图的《理想国》、朗吉努斯的《论崇高》，还有黑塞的《荒原狼》、沈从文的《边城》，看了一本又一本……

这些活动与涨工资、提干部、找对象、结婚、生娃、过日子，没有半分钱的关系。你杜光辉除了上班，剩余的光阴都用在这上边，你还说你不扯，谁扯？你说你不神经，谁神经？

偏偏是书越读人越扯，人越扯越读书，越读书越神经，形成了不知是良性还是恶性循环？

这些天，按时令该是春夏相交的季节。我不知道这是不是雨季，但时暴时绵的雨却下了五六天不止，下得人心里能长出霉斑，平白地生出很多的遐想。

我又一次站在窗前，将脑袋、胸脯以至胸肋里的那颗心都装进了灰白的窗框里——一个标准的正方形木框。视线还好，窥瞅着偌大的雨中世界。情切，便将脑袋向前探去，酷似空无的方框里突兀横亘出冰冷的坚硬。首先遭害的是鼻子，因为五官中它最突出。我没有勇气也觉得没有价值用脑袋去把这堵无形的墙撞崩，只好把思维以至心抛向雨中的天地。我知道这是懦弱，但世上有几个用脑袋去撞崩玻璃展示自己是淋雨的勇夫呢？

雨丝的脾性极好，不急不缓，似断非断，却密密集集地罩了天，罩了地。远山近巅，绿树云天，峥石小径，农舍电杆，全被这似断非断却又密密集集的雨帷厚了朦胧，似真切又看不真切，将缥缈的世界变得无限神秘。人生便如坠入迷茫的梦中不醒。于是，我神神痴痴地看到了在梦中涌流的江河，在梦中行走的人畜，在梦中挺立的房舍，在梦中摇曳的树枝。天地间的生命物件并没有因为我的痴梦，终止它们为了生存的活动。

痴人的痴处就在于思维永远的不灵性，别人根本不关注不去想也认为不值得关注想不出名堂的东西，痴人却偏偏去关注还认为能想出名堂。违背了常人的思维必然被常人视为痴人，痴人的思想也必然被常人称为痴想。

我痴望着无垠无际遮天罩地的雨丝，又痴想，雨是什么呢？顺着雨的落势追溯雨的源处，看到了灰蒙中夹着涌动黑霾的云，也是那么高厚，那么浩渺，那么神秘。

云又是什么呢？

痴迷中，一位步履艰难的老人，顺在山间小径从梦境的深处走过来，先是一块动的石头，又是一个移的枯桩，终于演变成一个大自然的尤物。我终于看清楚了，老人拄着木棍，低垂的脑袋竭力向上仰起，试图看清前途的吉凶，还躬着草虾样的身子——不知它是生命衰老造成的，还是岁月的重负压迫的？老人在距我不远不近的地方通过，又向梦境的深处挣扎去了，又复变为一个移动的枯桩，一块挣扎的石头，最后似乎一动不动地停顿了。我知道这是由于距离遥远速度缓慢而造成的视觉误差。天地间的一切都不会定格的，因为地球在一刻不停地运动，当初创造这个名词的人都未能把自己定格。历史不是前进就是后退，万物不是生长就是死亡，永远不会定格，尽管许多人希望这个世界定格。这个在雨中攀爬的老人不希望自己在雨中定格，因为这样他会永远摆脱不了雨的折磨和攀山的苦累，到达不了理想的地方。希望岁月定格的人，绝对是人中的显贵，企图永远地享受历史给予的厚待。盼望岁月前进的人，应该是人中的卑贱者，他们只能在历史的前进中索求自己的利益。希冀岁月倒退的人，绝对是昔日的显贵，他们只有在历史倒退的美梦中重温昔日的辉煌。

霍然间，我想出这云，这雨，这构成天的一切都酷如这位蹒跚的老人。

云是天的愁，雨是天愁的宣泄，雨丝是愁绪。由此推测，阴霾就是天的愤怒；雷是天怒的震省；电是天怒的爆发；风是天的欢愉；光是欢愉的流溢；温暖是欢愉的袒露；月是天的柔情；月光是柔情的展示；雷是天的幽怨；霜是幽怨的诉说；冰是天的愤懑；冰洌是愤懑的宣泄；雪是天的冷漠；雪花是冷漠的淡释；晨曦是天的希冀；日出是天的微笑；黄昏是天的失意；落日是天的惆怅；夜是天的沉睡；寂静是睡眠的安详……

天亦有七情六欲。

天是自由的，有愁就敢暴露；有怒就敢爆发；有愤就敢狂吼；有欢就敢展示；有怨就敢诉说；有爱就敢表达，有冷漠就敢表现，无拘无束，任自任为。

那些思想家、文学家称作的"天性"是不是这些？

人不知有没有天性？

人，大概没有天性吧？因为，人是生活在地面上的物种，就有了地对人的约束。如果人生活在天上多好，难怪人类在很古老的时候就有了"天堂"的神往。

当我的视线、思维，从"天堂"转向大地，我的记忆中就有了高原、冰川、雪巅、石峰、江河、平原、涧溪、兀石、林樾、深渊、丛薮、丘陵、墓冢、池泽、大淖、沙漠……

我思恋高原的雄莽、冰川的险峻、雪巅的壮观、石峰的峥嵘、江河的澎湃、湖泊的宁静、平原的广瀚、涧溪的矜持、兀石的峭嶙、林樾的葱郁、深渊的谦容、丛薮的玲珑、丘陵的曲伏、墓冢的神幽、沙漠的浩瀚……

我记忆中的洪水暴发，两丈多高的排浪冲破残旧大堤的围裹，凶残地扑向安康老城，十万人口的城市顷刻被洪水吞没；连续数年的干旱，赤地千里，满目焦禾，河道干涸，田地龟裂出几寸宽的缝罅，空气似乎都燃烧出紫色的气息，仿佛一个火星就能点燃整个地球；地震造成的废墟、倒塌的楼房、迸挤出的岩浆、被强力扭曲成麻花状的钢轨；风化的山体、一层层一抹抹的石片石粉从庞大的山体上脱落；崩溃的冰川、巨大的暴力将整座的冰峰化为无数的碎片……

不知是大地包容了这些，还是这些组成了大地？

我突然悟出：人是大自然缔造的第一尤物，故古人称"人为万物之灵长"。大地的构成多么酷似它养育的人。

山脉是大地的脊梁、湖泊是大地的眼睛、森林是大地的毛发、平原是大地的肚腹、丘陵是大地的乳房、江河是大地的血液……

大地是以人来建造了自己的外貌，还是以自己的外貌创造了人？

原来，人就是大地，大地亦是人，两者是不可分割的组合体。

大地只能承受上天的奴役和辖制：上天降雨，大地只能默默地接纳。超越了容受的极限只能让洪水在自己的身体上肆虐；上苍不降雨，大地只能忍受干渴，折杀自己肌体上的生灵；上天施出高温，大地只能无声地承受；上天降下冰雪，大地只能畏怯地缩瑟；上天刮起狂风，大地只有叹息哭泣……

上天是统治者，大地是被统治者；上天是主动的，大地是被动的；上天是自由的，大地是束缚的；上天是强者，大地是弱者……

大地值得同情和悲哀。

我还是把自己镶嵌在那个正方形的玻璃窗里，思维还在继续运作，恍然悟出这个道理：没有大地蒸发的水汽，上天凭什么聚云降雨？没有大地造成的温差，上天借什么运动风势？没有大地的旋转，上天如何让日月轮照、四季循回？

我终于悟出：大地的坚强表现在内质，上天的强悍表现在外表，上天辅依大地。

再后来，我又琢磨出，大地蒸发水分，需要上天给予的温度；大地的温差，本是借助上天给予的热度，没有上天的日月，大地的旋转又有什么意义……

于是，我再次悟出：上天下地本来就是不可分割的组合体。

我敬畏老祖宗在几千年前就缔造的阴阳学说：天为阳、地为阴；日为阳、月为阴；昼为阳、夜为阴；官为阳，民为阴；阴生阳，阳损阴的对立统一的辩证学说。

毛坝关火车站来了一个探亲的家属，住下就不走了，还帮我们拆洗被子、洗衣服，非常受人尊敬，都称她为嫂子。这天，嫂子又给我做思想工作："杜师傅，你的岁数也不小了，开了工资也攒起来，买身好衣裳，人靠衣裳马靠鞍，好衣裳一穿人也显得精神。再托人在附近县城找个女娃，休班了跑过去，给人家买几身衣服，请人家吃几次饭，再看几场电影，谈上两年把事情一办，再过上一年就有了孩子，这辈子就算妥当了。你发了工资就买书，有点工夫就看书，心不朝找对象上操。书能让你涨工资，能让你娶媳妇，能让你当干部？半点好处都给不了你，你还成天看书，思天想地，神神道道，你扯不扯呀！"

我也觉得自己扯，还不是一般的扯，是非常扯！

但是，嫂子说的这些，我咋不想，做梦都想，想得整夜睡不着觉。要是有个妹子愿意给咱当老婆，挥手告别光棍王老五的队伍，下班有碗热饭，衣裳破了有人补，再生个娃娃，进门有人叫爸，黑了睡觉跟前有个热身子，这么好的日子谁不想过？不想过的人才是神经，才是真正的扯。

问题是到哪里找愿意给咱当老婆的女娃？月亮上的嫦娥闲着，她自己也觉得寂寞，能下来给咱当老婆？神话故事里一仙女排到七仙女，都是安慰咱这些娶不上老婆的光棍。三年等个闰腊月，慢慢熬吧，熬吧，熬到把月宫里的嫦娥、神话里的七仙女感动了，老婆就有指望了。

我好赖还是个中专生，还读过苏格拉底、费尔巴哈、笛卡尔、康德、马克思、但丁、托尔斯泰；还读过《黄帝内经》《道德经》《中国通史》《世界通史》，不会做那些不切实际的梦。继续在书里寻找精神慰藉，在思天想地里寻找解惑的钥匙，看书越多越扯，思考越多越扯，越扯越上瘾，像吸了海洛因，竟扯了大半辈子。

十五年后，我发表了八百多万字的作品，调到一所大学任教，职称为教授，还有一个职称是一级作家。

在一个台风肆虐的清晨，我又一次站在位于海岛的玻璃窗前，看着室外的狂风把大树刮得挨着了地面，雨滴打在玻璃上汇成水流。我的思维突然现出这样的思考，当年在大巴上深处的毛坝关火车站，我如果像别的工友那样，为了让女娃青睐自己，把工资买了衣服，请人家看电影，陪人家吃饭，结婚了，生娃了，过上好日子了，没有在每月四十二块加五毛的工资里抽出二十块钱买书，没有去读那些提不了干部、升不了工资、娶不上老婆的废书，做那些毫无功利的思天想地，能有今天的一切？

这是不是当年对人生的投资？

写到这里，自我感觉像小人得志，还扬扬得意，就那点格局！

继而又想，一只卑微的蚂蚁，即使得志，能得多大的志？即使有点格局，能有多大的格局？

似乎想证明什么，又能证明什么呢？

生男育女

　　祖籍是什么意思？查了字典，就是生养祖宗的地方，就是爷爷的爷爷的生养地。一个家族的繁衍，只靠爷爷和爷爷的爷爷能完成？血统里有没有奶奶，奶奶的奶奶的基因？祖籍为什么不认定她们的生养地？

　　我七八岁时，从陕西西安回到祖籍河南巩县，刚好遇到隔壁人家生孩子。我是哪里热闹朝哪里跑，半夜还因在人家院子等着看生孩子的热闹。

　　天还没有破晓，院子里聚满孕妇的本家人，足有二三十口。那是一年中最寒冷的季节。人们在黑暗里缩着脖子，手揣在袖子里，不停地吸着朝下坠落的鼻涕。墙皮脱落的厦房里，传出小媳妇拼力生娃的哭叫，几年后我从老师那里学到"痛不欲生"的形容词，那时候用上非常合适。随之听到接生婆的训斥："喊叫啥呢，哪个女人生娃不是这样，生娃就是在阎王爷跟前晃荡。"

　　有个老媳妇嘟囔："上个月隔壁沟里有个小媳妇生不出来，把自己憋死了。"

　　立即，有个老男人驳斥："女人不生娃，花那么多钱娶回来干啥？"

　　老媳妇不说话了，自觉理亏。

　　还有一个老男人盯着哭喊声的发源地说："不知道生出来的是男娃

女娃？"

估计他是即将诞生的婴娃的爷爷。

一个年轻男人对在厦房念叨："菩萨保佑我媳妇生个儿子！"

他肯定是这个生娃女人的男人。

俺妈隔在院墙喊我回家，我没有搭理，我也想知道这个叫婶婶的女人生出来的是男娃女娃。

夜色一丝一丝消去，新的一天将要破晓。勤快的女人已经起床，我闻到女人做早饭的炊烟。

厦房里的哭喊减弱了。

终于，在越来越弱的哭喊声中，传出一声婴儿的嘹亮。

东天破晓了，挣扎出一牙鲜红的日轮，新的一天到来了。

婴娃的爷爷爸爸朝厦房冲近，几乎同声问："男娃？"

厦房里传出接生婆的回答："恭喜，你们有后啦！"

我想，要是生的是女娃，他们就没后了？

人们都跑到他们跟前，贡献祝贺。婴娃的爷爷爸爸，连着给大家抱拳作揖说："给娃过满月时，一定请大家喝酒，喝瓶装酒。咱家出了这么大的喜事，咋能给乡亲喝散装酒？"

要是生的是女娃，该是什么样子？

我们住的是窑洞，到了夜里，把棉籽油灯一吹，寂静就淹没窑洞，静得能听见跳蚤蹦跶的声。我趴在爷爷身边问："咱隔壁家生了个男娃，咋高兴成那样子？"

爷爷说："这是喜事，咋能不高兴？"

我问："为啥生个男娃是喜事？"

爷爷说："男娃长大了能到煤窑背炭，下河撑船，女娃能干啥？"

爷爷说的这两件事我知道，巩县出的无烟煤质量最好。我们沟里的很多叔伯，都到煤窑背炭。我曾经被一个本家伯伯带到煤窑，让我坐在窑口等他上来。从窑口爬出来一个一个"窑黑子"，满脸满身黑煤灰，只有眼睛和牙齿是白的，背着背篓，里面是炭块，有一百多斤。

我们住的沟叫大南沟，沟前就是漯河，爬上二十多级石头台阶，就到我们沟口。到了天热季节，我们就下河洗澡，我在这条河里学会了狗跑。为这，我的屁股没少挨俺妈的扫帚疙瘩。河边就是码头，泊的全是拉煤的木船。岸上有堆煤炭，十几个汉子用背篓朝船上背，把船装满了，船夫一声吆喝："开船啰——"拉起落在河底的锚，木船就缓缓地离开河岸。随之，竹篙在河底一下一下地撑，木船在我们的视线里渐行渐远，消失在河的尽头。如果木船是逆水上行，就有一行赤裸着身子的男人，背负着紧绷的麻绳，拉船前行，身子弯成弓，脚在河滩上蹬出很深的脚印。

爷爷说的撑船下煤窑，真不是女人干的力气活。

我知道了庄户人家为啥高兴生男娃不愿意生女娃。

有点办法的人家，都想让孩子早点成家娶媳妇。我有个本家哥十六岁，在县城读初中，他爷奶爸妈非让他回来娶媳妇。本家哥不愿意，还想读高中，读大学，将来当工程师，前途比早晨的太阳还要辉煌。娶了媳妇咋读书，媳妇把他一辈子的前途都葬到坟墓了。

刚好我父亲从西安回来探亲，去做这位本家爷的工作。本家爷说出了我父亲都不好辩驳的理由："俺是庄稼人，靠出死力气挣饭吃。你们公家人到了五十岁还领着俸银，庄稼人到了五十岁就干不动重活了，靠儿子接力。他今年十六岁，把媳妇娶了，二十岁有娃娃，要是头胎是女娃，还要赶着生二胎。要是连着生四五个女娃，再生男娃，娃长到十八岁，他也五十多啦！娶媳妇晚了，接不上力，受罪的还是他自己。"

我又长了几岁，能看小说了，看到这样的描写，一岁的娃娃娶了十六岁的媳妇，夜里丈夫尿床，婆婆就扇儿媳妇，骂："你个吃货，养你有啥用处，就不知道夜里起来端你男人尿了再睡。"

我还在小说里看到，这些小男人长到十八岁了，媳妇都三四十岁了，紧赶慢赶生出一两个娃娃，人就老下了。小男人就会娶二房、三房，民间叫娶小婆子，文学语言叫纳妾。

从那时起，我就对女性充满同情。

我常常蹲在奶奶膝前，听奶奶说道。奶奶说的大都是女人的凄苦，开端都要长叹一声："女人呀，这一辈子……"

我问："女人一辈子咋啦？"

奶奶说："女人就是在娘家过十几年好日子，也是女人一辈子最鲜活的日子。娘家把女子宠着，惯着，唯一的指望就是给女子寻个好人家，不打骂自家的女子，让自家的女子吃饱肚子。要是有个心疼媳妇的女婿，就是女子上辈子烧了石磙粗的香。到了年龄，嫁了人家，就任人家打骂，给人家做牛做马，要是没嫁人这十几年过不上好日子，就白到世上走了一遭。"

我还听一位本家嫂子说，她临出嫁的前一夜，她娘陪着她坐到天亮，不停地给她交代："到了婆家就比不得在自家当姑娘了，千万不敢给人家使小性子，守人家的规矩，好好过日子，熬到儿子娶了媳妇，当上了婆婆，苦日子就到头了。"

母女俩哭一阵说一阵，嗓子说哑了，泪水哭干了，天也亮了。女子该梳妆打扮了，花轿快到门口了，这个女子的命运就要转折了。

还有的人家，听到接生婆说生的是女娃，脸色立即大变，顺口骂一句赔钱货，乡亲也别想喝满月酒了。这个女婴就生进苦难的旋涡了，从小吃剩下的，穿剩下的，还要干力不能及的苦累活。要是下边有个兄弟，女子就有了带兄弟的责任，四五岁就要坐在板凳上，抱着兄弟。兄弟用力一蹬，连人带凳子一块蹬倒，当娘的跑过来，顺手甩给女儿几巴掌："死人，连这点事都干不好，白养活你这几年！"

当爹的也是疼儿子不疼女子。黑夜的窑洞里，守着棉花籽油灯抽旱烟，在烟雾缭绕里算计家里的粮食，能不能吃到下一季的庄稼收成，算来算去，就是多了几张女娃的嘴。这些嘴吃上十六七年，再陪些嫁妆送给人家，自己净吃亏不占便宜。想得无奈，就愤怒，冲着婆娘发脾气："都是你不争气，净生些赔钱货！"婆娘立即反击："你下的种子，还怨我的地不好，你给地里播的谷子种，能结出苞谷棒棒！"

有点办法的人家，对儿媳妇的选择就苛刻，个子要高，骨架要壮，腰腿要粗，臀部要大，胸要丰满。这样的女人能生，娃还有奶吃，长成后人高马大，干活一个顶俩。

要是媒婆领来一个腰细得一把能握过来，胸凸腰凹，走路像风吹杨柳摆，就难过庄稼人的审美关。娶坏一个妻，祸害三代人，其中就有体格强弱。

有个本家叔，个子不高，身上没腰，背不动麻包，下不了煤窑，却娶了个比他高一头的老婆，腰和肩膀一样粗，站在人前像个钟，就是长得不景气，一张马脸。生产队分派男劳扛麦包，她把男人朝后一拨拉，给队长说："俺男人背不动，我背。"一百八十斤重的麦包扛到肩上，跑了二十多丈气都不喘。生产队长当场就宣布，以后给你按男劳记工分。

我这个本家叔叫然然，男人们见了他都说："然然你赚大了，这么好的事情咋就没让俺遇上？"

然然叔就笑，笑声里盛满自豪。

然然叔也有笑不起来的时候，男人聚在一块聊天，马脸婶走过来，对着他就吼："死人，回家做饭去！"然然叔跟在马脸婶的屁股后边，踢踏踢踏朝家里走去。

然然叔的家里，马脸婶绝对是一把手。

马脸婶是俺大南沟几千年第一个翻身得解放的女同胞，与人家长得虎背熊腰扛一百八十斤麦包有关，与新社会的宣传口号无关。

好多年后，我和陕西一位著名评论家聊天，他说："我喜欢脸如饭盆的女性。"天哪，如果脸如了饭盆，个子要多高，腰要多壮，腿要多粗？

我说："你在西安住了大半辈子，审美意识还没城市化？"

他说："农民的审美意识已经渗透到我的血里头了。"

我想起了俺爷的话，漂亮能当饭吃？

我想起了马斯洛的需要层次理论，生存是人的第一需求。

当然，权贵人家娶妻纳妾，还是物色漂亮女娃，人家不为生存发愁，温饱自然思淫欲。

进入21世纪，人的肚子填饱了，衣服穿暖了，坐上轿车了，住上公寓了，就萌生了选美小姐、模特、明星。漫长的五六千年里，咋没出现这些？饥寒交迫的年代，吃饱穿暖不被饿毙冻死才是第一要素，美色绝对让步于生存。

我从事写作以后，思考这种现象，体力劳动为主要生产力的社会，体力的高低决定了在生产过程中的地位，男女平等只是一句空洞无物的口号。要不，男女差别能在人类社会存在五六千年？

五六千岁的老人，在人类的历史进程中，步履蹒跚地朝着今天走来。草木发芽了，冰雪覆盖了，一个年轮逝去了，又一个年轮逝去了。男人还是上山干活，煤窑背炭，河里撑船，扛包凿石。不同的是背炭的背篓由竹片变成藤条，撑船的竹篙由蜀地出产变成湘地出产，耕地的不是黄牛就是水牛。还是女娃大了变婆娘，给婆家生儿育女，烧锅做饭，织布纺线，吃糠咽菜，还是少不了挨打受骂，绝少反抗。五六千年形成的思维观念，比黄土高原的树根扎得都深。谁让老天爷把咱托生成女的，谁让咱的力气不如男人，咱不受苦谁受苦，咱不受难谁受难？

女人受苦受难是天经地义的事情？

我想起了欧洲的一句名言："当你还没有降临到这个世界时，你的命运已经大致决定了。"

是不是针对女人说的？

到了现代，春风照样吹绿草木，冰雪照样覆盖大地，一年照样是三百六十五天。时光老人突然焕发了青春，科学技术和社会观念发展突然加快，飞速旋转令人眼花缭乱。

机械化采煤取代了背篓背煤，男人能开传输车，女人照样能开；机轮船取代了篙撑船，船头装了方向盘，男人能握，女人也能握；电报电话互联网取代了十八驿站飞马传鸿，女人操作这些现代科技的手指比男人都利落；高速公路载重货车取代了肩扛背驮，女性驾驶员越来越多；男生能上大学，女生也能上大学，很多省份的高考状元都是女娃娃；男女同工同酬，取代了男耕女织；家庭决策共同商量，取代了男主外女主内；脑体劳动的差别逐渐消失，性别在社会和家庭的地位差异也同步消失。许多家庭，老婆的收入比老公高，老婆的职务比老公高，老公凭什么不干家务？

男女平等由最初的政治美学转换为现时的实际内容。

农耕时代，女性对男性依赖，男强女弱，维持了家庭的平和。当今时代，男女对家庭的贡献不差上下，谁离了谁都能过下去，矛盾爆发的可能性就急剧增加，离婚率上升成了必然。有位研究社会学的朋友说，当今社会，离婚率最高的是收入最高的群体，比如演员明星。离婚率最低的是山区农民，男的离了女的活得不痛快，女的离了男的活不下去，搭帮过日子的艰难，哪敢轻谈离婚？

在民政局工作了大半辈子的朋友说，几十年前，来民政局都是领结婚证的，很难见到领离婚证的，结婚的人喜气洋洋，离婚的人灰头土脸。现在领离婚证的队伍比领结婚证的队伍长好多倍，领了离婚证还喜气洋洋地吃分手饭，在朋友圈里秀分手证，像拿到国家最高科学技术奖，终于翻身得解放。更奇葩的是有人领结婚证不到一个礼拜，就跑来领离婚证，曹雪芹那代作家怎么都构思不出来的天方夜谭。

我看到这样的段子："60年代打死都不离婚，70年代骂死都不离婚，现在看不顺眼就离婚。法律为了降低离婚率，规定了离婚冷静期，人们确实冷静了，冷静得干脆不结婚。"

结了婚的又不愿生孩子，理由是生存压力太大！

他们的生存压力比祖宗先人的压力还大？生存逼得他们下煤窑背炭了，下河撑船了，上山背石头了，饿得前梁贴后梁了，寒冬没有棉袄穿了？

如果说生存没有压力也不准确，人类上万年的历史都是为生存拼搏，没有压力哪能拼搏？

人类的历史就是一部拼搏史。

我们的生存压力很多是自找的，住上了一百二十平方米的房子，眼红人家二百四十平方米的房子；当上了处级领导，窥视着厅长的座椅；开上了三十万的轿车，马路上还有一百三十万的跑车；游过了"新马泰"，同事刚从欧洲游回来；穿着国产名牌，免税商场里全是国际名牌。

欲望的增长远远大于收入的增长，压力咋能不大？

如果再计划生个孩子，别人家的孩子成了龙，咱家的孩子总不能培养成长虫！孩子还在娘肚子里，就培养孩子成龙成凤的竞争力。对在肚皮念英语，朗诵美文，听提琴演奏的小夜曲，说是胎教；孩子还不会说话，就请双语教师，说是不能输在起跑线上；孩子刚会跑步，就送去舞蹈班，说是童子功；孩子刚会握笔，就迫使学书法练绘画，说是早期教育；小学要读贵族学校，中学要读名牌中学，大学要读清华北大，最不行也要读个211，实在不行就出国当留学生。

这些高度都要铺着人民币才能攀上去，世上啥都好挣，就是人民币不好挣，生存的压力咋能不大？

于是，来个一切两清，干脆不生。

育龄女士上街，怀里抱的不是自己的娃娃，是被她称作儿子的狗娃娃。该当爸爸的男士，没有儿女自然不用辅导作业，不厌其烦地训练猫咪作揖敬礼走台步。该当爷爷奶奶的老人没有孙子，路边的长条椅上，两个老人中间蹲着一只京巴。

我曾经听到一对老人劝儿子生孩子的对话。

老人忧心忡忡地说："你们现在图轻松图玩耍不生孩子，老了以后怎么办？"

儿子理直气壮地说："俺老了进养老院，现在的养老院越办越多，等到我们老的时候，养老院的配置更完善，服务更周到，比儿女伺候都暖心。你们把我养到这么大，我在哈尔滨上班，一年一次探亲假，想孝敬你们都是心有余而力不足，养我这个儿子还没有社区的小姑娘管用。"说得老两口嘴张得老大，一个字都说不出来。

要是生个儿子，除了上学花费，大了还要恋爱，恋是土壤，爱是庄禾，情是收获。庄稼的收获靠水肥滋养，爱情的收获靠金钱滋养。今天吃山珍，明天吃海鲜，这个月买LV，下个月要爱马仕，一样东西没买到就是爱的成色不够。儿子刚刚上班，花的比挣的多，爹妈不掏谁掏。金币银票花到位了，爱情的庄禾被金钱的肥水浇灌熟了，人家才答应当你家的媳妇。娶媳妇就要买房，攒了一辈子的存款，仅仅够交首付，准儿媳还嫌不全款。还要彩礼，张嘴就是几十万，后边还要带个"8"，说是图个吉利。东借西凑，把媳妇娶到新房里，还没有缓过气，又要给孙子上交奶粉钱，再大一点的兴趣班学前班要交费，儿子儿媳的收入供孙子上不起贵族学校，当爷奶的就得支持。孙子总比爷奶活的时间长，要一直支持到进火葬场。

我周围的人家，养儿子确实比养女子的负担重。

养儿防老成了养儿啃老。

养儿防老的功能不再，积极性必然下降，现在啥都讲市场规律。

有人说这是社会风气问题，个人的三观问题。

我说统统不是，从来没听说过为了经济发展生孩子，生与不生与人的自然属性和功利属性有关系。

历史翻页了，科技发展了，性别在生产过程中的差异消失了，社会保障健全了，这才是根本。

冬日黄昏

三亚无冬，有黄昏。

夕阳的辉灿照在敞开的窗户上，阳光进来了，花香进来了，唯独没有寒冷进来。我站在窗前，天空蔚蓝如洗，没有一丝污染，看不到内地城市的霾。云彩数片，如蓝色绸缎上点缀的白色刺绣。楼下花园里，木棉花盛开，碧绿的枝叶簇拥着朵朵火焰。有童孩在草坪上追逐，传来无忧的欢笑。距离我的寓所不到三公里的海滩，有穿泳衣的男女。他们用积攒的人民币，买机票、住酒店，跑到三亚享受阳光、蓝天、海水、沙滩。

我客居三亚三十年，享受着这里特有的自然风光，清新空气，还有这个季节的温暖。

但是，每到冬季的黄昏，就怀念黄土高原的那个村落，那堵南墙，南墙下的麦秸，夕阳的光灿里钻在麦秸里的少年伙伴。

我觉得不是矫情，是情结。

我查了词典，对情结的解释为"是种深沉的难以磨灭的无法割舍的感情"。

我用绳结比喻情结，一个日出日落，情感的长绳上就打出一个结。又一个日出日落，又打出一个结。岁月是绳结两端的长绳，越久远拉力越大。

三十多年过去，绳结成了解不开的死疙瘩。

　　冬季的黄土高原，要是没有风雪，再有了太阳，就是难得的好天气。我们在墙根下铺上一堆麦秸，钻进麦秸窝里，晒太阳，逮虱子，谝闲话，身上暖暖的，心里畅畅的，神仙都过不上这么好的日子。俺本家爷只要钻进麦秸窝里，就受活地说，就是封我个县长都不干，北京城里站朝班的文武大臣，哪有我老汉的日子舒坦？

　　整整一个白天，大人都得给生产队干活，不干活就没有工分，工分是社员的命根，要活命就得挣工分。我们都得上学，不读书就是睁眼瞎子，一辈子休想跳出农门，跟老爸一样过面朝黄土背朝天的苦日子，老爸打牛后半截的鞭子就传到你手里。放学了，太阳西落了，夕阳灿烂了西边的天空。老鸦从燃烧的云彩下飞过，朝着栖身的地方聒噪去了。村子里弥漫出做晚饭的炊烟，烟气里爆出几声咳嗽。狗在村街上游走，听见谁家的婆娘端着婴娃屙屎的吆喝，迅速冲去，吞食婴娃屙下的臭屎。

　　我们放学了，一路狂奔到墙根下，在麦秸堆上扯几抱麦秸，朝地上一铺，整个身子就钻进去，只露一个脑袋。麦秸属热性，像四面八方的热炕围着，暖和，受活，真像本家爷说的给个县长都不干。

　　经常和我一块钻麦秸窝的有石头、驴娃、拴牛。

　　这里是我们对老师的批斗会，我们把被老师欺压了一天的愤懑，毫无顾忌地宣泄出来。

　　石头说："王八蛋宋老师，用柳条鞭在我尻子上抽，这阵摸着都疼！"

　　驴娃说："王八蛋宋老师，上课铃才落我就冲到教室，非说我迟到，罚我站了一节课！"

拴牛说："我妈给我炒了把苞谷豆，我才朝嘴里扔了一颗，宋老师就看见了，踢我的屁股，疼倒不疼，就是丢人！"

我说："宋老师就是王八，我把先乘除后加减忘了，竟让我做了十八道练习题，晌午都不让我回家吃饭！"

我们敢在麦秸窝宣泄对老师的不满，根本原因是我们都不会给老师打小报告，不做叛徒甫志高。甫志高是电影《红岩》里的叛徒。

发泄过对老师的不满，我们还畅谈理想，老师用理想这个词让我们造句，理想就是长大了想干啥。

我的造句是："我的理想是做高玉宝、崔八娃那样的作家。"老师的批语是："理想宏伟，但现在要好好读书。"

那时候，我根本不知道鲁迅、茅盾是哪个村子的人。

石头的造句是："我的理想是当县长管人。"老师的批语是："理想宏伟，但要记牢当县长要为百姓服务。"

那时候，我们觉得县长是最大的官，比县长再大的官就是毛主席，谁都不敢说他想当毛主席，想当了就是狼子野心，遭口诛笔伐。

驴娃的造句是："我的理想是把苞谷煮熟拿到县城卖了挣钱。"老师的批语是："理想不高远，没出息。你要是只有这点理想，还上学干什么，不识字也会把苞谷煮熟拿到县城卖。"

我们也觉得他的理想太那个，把苞谷煮熟拿到县城卖能是理想？

驴娃为自己辩解："你们说我的理想不远大，你们替我想个远大的。"

我们就替他琢磨，还真没琢磨出适合他的理想。把他的理想设计成解放军吧，他的一条腿有毛病，上体育课从来都跑最后一名；把他的理想设计成工程师吧，他的算术从来没超过六十分；把他的理想设计成人民教师吧，他的考试成绩从来没高过倒数前三名。我们琢磨来琢磨去，还是觉得他自己设计的理想最有可行性。

拴牛的造句是："我的理想是当个农民，安分守己过日子。"

老师的批语是："理想不远大，却实在。"

我说："拴牛，你这也算理想？"

拴牛说："我就想当农民。"

石头说："你就是当不上县长，当个公社书记、生产队长也算差不多的理想。"

拴牛说："你说的那些都是领导，当领导就要管人，要管人就要把自己管好。我这人啥都好，就是管不好自己，上学迟到，听课睡觉，逃学捉黄鼠狼，给女同学脖子里扔虱子，大错不犯小错不断。我不管别人，别人就不给我提意见，何必自己给自己脖子上套绳子。"

我们都是心里想啥，嘴上说啥。

我从事写作以后，认为这是童真。

在夕阳的光灿里，在麦秸窝里的温暖里，还容易激发我们捉虱子的兴趣。隔三岔五，我们就举行捉虱子比赛。为了拿第一名，平时虱子咬都不逮它，留到比赛时计算成绩。比赛的时候，我们把裤带解开，裤腰翻开，就能看到裤缝里的虱子，密密麻麻，大的如绿豆，小的肉眼刚能看见。虱子是终生不见天日的东西，猛地见到夕阳的辉光，就朝裤缝里钻。裤缝的深度不够，头钻进去了，屁股撅在外边，很容易捉到。我们能从一些虱子里挤出虮子，这个虱子肯定是母的，教自然常识的老师给我们说过，雄性动物不会怀孩子。

我们捉到虱子，放到大拇指甲盖上一挤，发出一声细微的响，爆出一摊浓血。我们规定，虱子挤不出响声不算数，必须让我们都听见"啪"一声才算。直到老娘喊我们回家吃饭，每人捉四五十个挤出响声的虱子是家常便饭。

一直到夕阳西下，夜幕降临，鸡上架了，猪卧下了，羊回圈了，村里喧起婆娘的吼喊："羊娃子——回来吃饭！"声音里蕴含着娘亲对儿子的疼爱。娘亲的吼喊一阵紧似一阵，我们只好从脖子上摘下裤带，把裤子绑好，头发上挂着麦秸，朝家里走去。

我从事写作后，认为这是我们的童趣。

一个冬日的黄昏过去，又一个冬日的黄昏过去，我们长成了半大男人，家里就把我们当半个劳力使唤。再在夕阳下钻到麦秸窝里逮虱子，就成了懒汉二流子，长大了连媳妇都娶不来。黄昏时分，收工回来，家里的猪圈要起粪了，茅厕要出粪了，自留地要上粪了，忙到夜幕洇来，才能端碗吃饭。

又过了几个冬日的黄昏，我的岁数够上当兵的年龄，复员后又考上中专，毕业后分配到大巴山深处的小火车站，搞开了文学。写出点名堂，跑到海南闯荡，评上一级作家，调到三亚的一所大学。读书、教书、写书，一年三百六十五天，干的全是这营生。收入不高不低，隔上一两个月，跑到酒楼吃顿红烧肘子的经济实力还是有的，身上的寒酸随着职业的熏陶，收入的增加，渐行渐远。少年时在墙根下逮虱子骂老师，仍然像铆钉样楔嵌在记忆里。

人生是单行道，逝去的绝对不能返回。能做的就是回到生养我的黄土高原，约上石头、驴娃、拴牛，带着深不见底的歉意去看望老师。当年挥舞柳条鞭抽打我们的老师老下了，岁月的沧桑漂白了稀疏的头发，腰佝偻了，走路都蹒跚了。

老师握着我们的手，仰着头才能看清我们的脸庞。三十年过去了，当年的青涩少年长成了油腻大叔，老师无论如何都看不出我们当年的影子。

石头握着老师的手说："我是刘石头。"

老师说："我记起你了，你就是那个理想当县长的学生。"

驴娃补充说："刘石头当局长了。"

老师说："石头的理想实现了，好好给人家干，守人家的规矩。"

驴娃握着老师的手说："我是王驴娃。"

老师说："我记得你，你的理想就是把苞谷煮熟拿到县城卖。"

刘石头补充说："王驴娃开了个贸易公司，生意做得很大，有上千万资产啦。"

老师说："好好做，现在的政策好，让私人发财。咱公买公卖，不投机倒把，挣得越多越好。"

拴牛握着老师的手说："我是党拴牛。"

老师说："你就是想当一辈子农民，平平安安过一辈子的学生。我当年批评你的理想不远大，现在看起来，我的批评不对，天下农民一大茬子哩，当农民有啥丢人的。"

刘石头补充说："俺堡子那一片快拆迁了，听说补偿方案很宽裕，每家都是两百多万，还有几套房子。"

老师说："有了那么多钱，把后半辈子安排好，该吃就吃，该喝就喝，该旅游就旅游，你们遇上好时代了。"

我也握着老师的手说："我是杜光辉。"

老师说："我忘不了你，你的造句最好，作文也写得好，你的理想是当高玉宝崔八娃，我的批语说你的理想远大。"

刘石头补充说："杜光辉现在是中国作家协会的人啦，三天两头发表作品，名气大得很哩！现在大学教书，教出来的学生都读博士啦。"

老师握着我的手说："光辉比我有出息，我教了一辈子小学生，光辉教的是大学生，不得了！"

老师的孙子把茶泡上了，杯里氤氲着袅袅茶香，在屋子里缭绕。老师的屋子简陋，但不破败，收拾得很干净，在屋梁上写上"清贫"两字，绝对名副其实。

老师给我们说："看到你们出息了，把事情干大了，我脸上就光彩。就是没有把事情干大，日子过得平平安安，我也高兴！就是听不得哪个学生伤了，残了，公安逮了，难过得几天吃不下饭，睡不着觉！"

我们揉着眼睛，怕在老师跟前流出眼泪。儿行千里母担忧，我们离开老师那么多年了，老师还担忧我们。现在回想起来，我们这一代人，尽管少时贫穷困苦，但有如父母般的老师，不是福分是什么？

我们那时候太不懂事啦！

夜幕初上的县城，马路上流动着车流，路边匆匆着行人，脑门上都刻着

"忙活"两字。谁不为生计忙活，谁不为欲望忙活？谁能像少年党拴牛的造句那样，当个农民，无欲无望地过日子？

县城最豪华的酒楼，最高档的包厢。王驴娃点了二十多个菜，上酒的时候还说："洋酒上人头马，国酒上茅台，啤酒上青岛，不是名牌就甭朝这里拿。"

党拴牛看着满桌的菜说："咱就四个人，要那么多菜干啥，四个菜足够啦！这一桌得花多少钱，还要了那么多的酒。"

王驴娃说："咱几个就我挣得多，我说啥也不能抠搜，让老同学笑话。"

酒过三巡，又谝起来。还是我们四个人，却不是那时的少年了，都是在社会上摸爬滚打了二三十年的油腻大叔，谝的也不是冬日黄昏墙根下麦秸窝里的内容了。

刘石头给我敬了杯茅台，说："有件事情想请你帮忙。"

他的事情绝对不能推托，孩提之交的情谊，怎么能推托？我豪放地答应："有事尽管说，只要我能办的，一定尽心尽力办！"

刘石头说："我儿子今年高考，他就不是读书的材料，成绩肯定不理想。我想让他报考你们那所大学。到时候你想办法搞个点招，该打点咱绝不小气，道理咱都懂。"

王驴娃端着人头马，绕过我的身子，走到刘石头跟前。

刘石头说："驴娃有啥事情尽管说，咱们几个谁是谁呀。"

王驴娃说："我们公司那个项目的可行性报告，已经交到商业局了，麻烦你找他们局长通融通融。"

刘石头说："他们局长上个礼拜还求我办事，这事就别找旁人了。明天晚上我把汪局长拉到这里，你当面给他说。"

一直到酒宴结束，没人给党拴牛敬酒。我过意不去，敬了他几杯。

满桌子菜肴，只吃了一成，有的还没动筷子。我们几个人，刘石头不缺吃酒宴，王驴娃也不少吃酒宴，我好赖是个大学老师，脸面还要遮掩。唯独党拴牛不管不顾，埋头饕餮，大嚼大咽，嘴里填着吃食还忘不了嘟囔："驴娃点的菜就是好吃，人还是要有钱哩，有钱就能到这里吃好吃的。"

酒宴结束了，我们朝出走的时候，党拴牛问王驴娃："还剩那么多菜，多可惜。"

王驴娃说："你要是想打包，就打包带回去。"

党拴牛的头发梢里都冒出喜气，说："我带回去让娃他妈尝尝，开开眼界，甭一辈子就会萝卜炖白菜再加几块软豆腐。"

我突然觉得，岁月把我们三个磨砺得势利了，虚伪了，唯独党拴牛还保持着少时的童真。

刘石头打来电话问我："你还能待几天？"

我说："最多待三天，学校的事情，社会的事情，写作的事情，一堆摞着一堆，一天四十八个小时都干不完。"

刘石头说："我明天派车去村里接你，咱俩再坐坐。"

我说："你忙就算了，你儿子的事情我记着哩，能帮上一定尽力帮。"

他说："我不是为这事情请你来，就是想跟你再唠叨唠叨。这些年当干部，啥都在装，有屁不敢放，怕臭了同事；领导找谈话，有屎不敢屙，怕去厕屙屎冷落领导；有话不敢说，怕祸从口出。只有在钻麦秸窝的老伙计面前，啥都不用装。"

还是在这家酒楼，刘石头和我，还有司机。

刘石头在司机面前，摆的谱比联合国秘书长的谱都大。司机在他面前比康熙皇帝跟前的三德子都卑微，给我们倒茶，倒酒，布菜，递餐巾纸。刘石头的筷子掉了，司机赶忙捡起来，跑到抽屉取出干净筷子，双手递给刘石头。刘石头心安理得地享受着司机的殷勤，细微的皱纹里透溢着局长的尊贵。

吃过饭，刘石头给我说："到我们局里坐坐，认认路。"

正是上班时间，我们站在办公楼前，进办公楼的人都停下脚步，恭敬地躬下身子，问候"刘局好！"

他好像有意让我们站在这里，接受下属的恭敬。

走进他的办公室，司机没进来，秘书进来了，张罗着给我们沏茶，很得体地问我："您喝什么茶？"我说："我对茶没讲究，刚刚吃过饭，不渴，不用泡啦。"刘石头给秘书说："给杜老师泡那盒西湖龙井，那是杭州一个朋友送的，真正的狮峰龙井。"

秘书把茶泡好，朝出退的时候，刘石头给她说："除了县上的领导，其他人找我，就说我在开会，让他们改日再来。"

其实，我们没什么可聊的。这几十年里，我一直在文学里浸泡，没踏进仕途半步，对官场的规矩、风气只有耳闻。他在官场里浸泡，没踏进文学半步，谈文学像瘫子跳舞。我们是兔子和泥鳅聊天，但情面还要应付，只能东拉西扯，言不由衷，虚以敷衍。刘石头何等聪明，能感觉不出这些？或许，他已经习惯这种言之无物的圆润了。

终于，他说出了真正的肺腑之言："这几十年，驴娃拼命挣钱，把公司越做越大，身家越来越高。他就没想想，公司做得再大，挣的钱再多，拼得过权力……"

退休了，不用上课了，不用开会了，时间的钟表霍然慢了节拍。黄昏的夕阳照在窗户，电脑上的写作把眼睛写花了，走到窗户跟前，享受三亚黄昏的光辉。

手机振铃，党拴牛打来的，问我："你在做什么？"

我说："在回忆咱们小时候在麦秸窝里逮虱子，骂老师。"

党拴牛说："咱咋想到一块了，我也在想这些事情，就像昨天后晌还在麦秸窝里晒太阳。"

我说："墙根没有了，麦秸窝没有了，咱们的少年没有了，再也回不到钻麦秸窝逮虱子的岁月了！"话语里饱含着浓得化不开的苍凉和无奈。

党拴牛说："石头减刑了，昨个从牢里出来了。驴娃把城里的别墅卖了，也回到村里住了。咱们四个就差你一个，你回来聚聚，一切由我安排。到了这个年龄，聚一次少一次，再不聚就凑不齐啦！"

村子变成了安置小区，庄稼地变成了开发区，农民变成了居民，平房变成了楼房。话说回来，就是还有南墙，还有麦秸，我们这些曾经的教授、局长、老板，还会钻到麦秸窝里逮虱子？

党拴牛拿到了两百四十万的拆迁款，开发商还给了四套房子。儿子在拆迁前好多年就和他分了户口，也获得同样的赔偿，不用老两口一分一文。他和老伴住一套，另外三套出租，月月都有收入。两百四十万存到银行，一年的利息都有四五万，雇上几个人帮着花都花不完。

拆迁款发下来后，好多公司跑来融资，给百分之二十的利息。拿到拆迁款的人，发了财还想发财，两百四十万的百分之二十是四十八万，照这么存下去，老驴打滚，用不了十年八年就是一千万。刚脱贫的庄稼汉子心动了，拿着还没有攥热的存折转账了。

党拴牛没有动，公司的人来诱惑，老男人诱惑不动小女人来。他只咬住一个理，我有银行的利息，房子的租金，吃喝不完，不眼红你们的百分之二十。

多少人血本无归，他的存款在银行天天生儿育女。

刘石头在退休前几年栽了跟头，受贿一百多万，判了五年，跑到监狱挣了个优秀称号，减刑半年，刚放出来。

王驴娃的公司破产，把城里的别墅卖了还债款，酒楼把胃吃出了毛病，搬回村里居住养生。

我们坐在党拴牛家，地暖、沙发、热茶、瓜子、水果。党拴牛的老婆娘和儿媳妇在厨房忙活，做的是家常便饭，我觉得这才是正常生活。天天在酒楼里泡，反贪局不找你的事，你就跑医院找事，刘石头、王驴娃就是例子。

刘石头灰头土脸，低眉耷眼。

党拴牛说他："有啥想不开的，你受了几年难还出来了，多少人一辈子都囚在那里出不来！你还有拆迁款安置房，比我们不少一个子，就当在外边晃荡了几十年，落叶归根，又回到咱几个逮虮子的老地方。"

王驴娃说："我就想得开，咱把生意做了，公司开了，荣华富贵享了，咱也舞马长枪地闹腾了一辈子。"

　　现在回想起来，我们少年时的欲望多么简单，一个冬日的黄昏，一堵向阳的墙根，一抱干净的麦秸，就可以满足。随着年龄的增长，欲望的指数也在增长，难以实现。我们把自己投入竞争的涡旋里，挣扎，再挣扎，拼命挣扎。

　　刘石头拿着旱涝保收的俸银，还贪人家的钱坐了大牢；王驴娃发了财还想发更大的财，投资战线拉得太长导致破产；我出了名还想出大名，熬得整夜失眠头晕目眩。唯独党拴牛没有折腾，与世无争受穷认命，一辈子浸泡在满足的羊水里，是不是享受？

　　其实，党拴牛只是不去折腾没有指望的事情。他种庄稼精耕细耙，浇水施肥，放羊养鸡，闲下了还要给猪逮逮虱子。用他的话说，咱有啥地种啥庄稼，不琢磨没影的事情，这难道不是人生的智慧？

　　有人说现代化销蚀了人们对欲望的抵抗力，党拴牛不也是生活在现代化的进程里？

　　我想起了托尔斯泰的短篇小说《一个人需要多少土地》，不多，六英尺，从头到脚够埋他的尸体就行了。

　　当今，读懂这个小说又身体力行的人有多少？

人家的名气与自己的脸面

我有一位在内地原单位工作的朋友，因原单位在大巴山深处，接触的人有限，交往的朋友更有限。在他的诸多优点中，也有微不足道的缺点，就是喜欢朝领导跟前凑。凑过之后，就给我们炫耀，他和某某局长的关系如何如何地铁，和某某书记的夫人如何如何地熟，和某某主任的儿子拜了把子喝了血酒。每当说起这些事情，得意的神气像他本人在奥运会上拿到了金牌。

到了海南，由于在内地是一个单位，双方走动得自然频繁一些，经常在一块吃饭、喝茶。他的谈话中，十有八九离不开某省委副书记、某厅长，甚至某部委的领导作为谈资。从他们的工作习惯、生活习惯、家庭逸闻、子女状况，甚至情人的身家、职业、长相，女主人间那些琐事，都描述得活灵活现，好像他本人就是某个大人物二十四小时不离身的跟班。

每每此君大谈这些寻常百姓难以听到的小道消息时，我都仰着木讷的脑袋，眼睛睁得滚圆，盯着那张吐唾沫星子乱溅的嘴巴，禁不住地琢磨，人家和自己是同时到海南的，人家的人际关系都交到这种地步，自己连个正处级别的人物都认识不了一两个，真是人不能比人，比了气死人。朋友谈到这时，还要给我解释，杜老兄，现在是市场经济，市场经济就是关系经济，关系就是生产力，就是效益，没有庞大的关系，连经济的屁都闻不到。古时候都讲究朝里有人好做官，现在的说法不一样，实质都一样。你干得再好，把脊梁杆子累断，上头不提拔你，白干。

我和同桌的听众，听得一愣一愣，佩服得恨不得匍匐在地上，高呼万岁。

在以后的几次闲聊时，也许他过分地忘乎所以，也许他忽略了我所在的单位，竟把牛皮吹到我们单位来了。他品了一口龙眼红枣茶，问我："杜老兄，大年初一你在干什么？"

我说："过年呗，咱一不书记二不带长三不主任，不需要咱过年下基层慰问贫下中农，闲在家里包饺子做饭、看电视。"

"谁到你们中改院来了，你知道不知道？"

"吴部长来了，她和我们研究院的孩子们在一块照了好多相，孩子们都称她吴奶奶。"

其实，吴部长到我们单位，我们所有在海口的员工都接到通知，统一到单位团拜，图个热闹。再者，把人家吴部长请来过年，单位冷冷清清没个人影，也不礼貌。一直到吴部长离开我们单位，我们才回到家里。但是，我没说这话。

此君深深吸了口气，摆出长谈的架势。同时，眉里眼里都露出无限的自豪和自夸，傲意满满地说："吴部长到你们中改院前一个礼拜，你们王院长就给我打电话，让我届时一定去陪吴部长，还再三说他这个忙一定要我帮。我以后有用着他的地方，他万所不辞。"

我满肚子狐疑地问："我们单位请吴部长来过年，王院长为什么让你作陪？"

　　他故意停顿了一下，夸张地表现出不堪回首的神气说："吴部长最小的女儿，也是她最喜欢的女儿，当年也是个文学痴迷者。我写的那些骗人的十四行诗，把谁都骗不了，不知怎么把她骗得颠三倒四，经常带我到她家。那时，吴部长和她的丈夫还是一般干部，见他们最钟爱的小女儿的朋友来家了，自然热情款待。吴部长和她的丈夫也特别喜欢我的才气和人品……哈哈，差一点做了当今国家部长的乘龙快婿。即使这样，我出差到北京，都到吴部长家中坐坐……"

　　我心里发笑，但出于礼貌仍然装成洗耳恭听的样子，不动声色地听他继续吹牛。

　　"那天，你们王院长敬了我许多白酒，上的全是贵州茅台、四川的五粮液，还有北京白葡萄酒，我差一点醉倒在你们中改院。后来还是吴部长出面救驾，我才免出了洋相。你们王院长好酒量，最少喝了半斤，脸连一点颜色都没变……他出了几十本经济改革的专著，送给我一套，称我先生，请我雅正……"

　　我喝的是龙眼红枣茶，但肠胃里比喝多了工业酒精和自来水勾兑的假酒都难受，直想朝出呕。我看过几篇介绍吴部长的文章，吴部长一生没有结婚，哪来的丈夫和女儿。况且，那天团拜过后吃饺子，吴部长和我们全院员工一块进餐的，喝的确实是他说的那几种酒，吴部长和王院长只是挨个向员工们敬酒。整个过程我全在场，根本没见此君的影子，怎么会出现这些类似小说的故事情节？

　　我身边的一位朋友忍不住了，也许是我们当今社会认为最不成熟的那种人，撇了下嘴巴，用充满鄙夷的口气说："据我所知，吴部长一生没有结婚，怎么会有丈夫和最小的女儿。你写的那些十四行诗，还没有在公开报刊上发表，有几个读者能看到，充其量是个业余作者水平，能把读者感动到那种程度？另据我所知，王院长胃不太好，极少喝白酒，根本不贪酒！"

那位先生脸色大红，勉强应付了几句，就尴尬离去了。

良久，我还在思考，这种人怎么啦？人家当人家的部长，人家当人家的院长，你当你的打工仔，你这么处心积虑像构思小说样煞费心血编织这些故事，对你有什么好处？人家能给你个一官半职？给你发笔奖金？给你个荣誉称号？

终于，我悟出了其中的根由：无非是为了两个字——虚荣！

仔细回想一下，社会中这种人还真不少。深究起来，他们确实不是坏人，有的还是相当不错的人，遇到上级号召给灾区捐款，会抢先慷慨解囊；马路上有人摔倒，会跑上前搀扶；遇到坏人坏事，也会不顾个人安危上前阻止；遇到马路上拉车子的人，还会帮着推一截。我们瞧不起他们做的这些事情，也并非党纪国法所不允许的，自古就有"吹牛皮不犯王法"之说。但这种思潮如果在我们民族中蔓延，浸淫到我们执政党和政府机关，那就不仅仅是用"吹牛"两字形容一下，就一言以蔽之了。

前些年，我熬心费血爬了十几年方格，发表了一百多万字的作品之后，命运终于从睡梦中惊醒，把幸运的光环罩到了我的头上。一时间，《新华文摘》《中篇小说选刊》《小说月报》几家有影响的刊物，转载了我的小说。于是，一个姓刘的作家不知怎么打听到我的住址，专门从西安坐火车跑到安康。我尽地主之谊热情招待之后，他便诲人不倦地开导我："杜兄，要想出名，发再多作品也不行，必须有权威人物的认可。人家说你行你就行，人家说你不行你就不行。比如说，如果能让巴金老人写篇夸奖你的文章，哪怕说几句话，说你的某篇小说是近年来难得的佳作，你在文坛上的地位一下子就起来了。你想想，文学泰斗都把你肯定了，谁敢放个屁！就是他敢放这个屁，臭不了别人，反把他自己臭死了。"

我急于出名，细想人家的话也有道理。再说人家千里迢迢跑到我这里，难道只是为了谋图一瓶白酒喝？

"我也想去拜访文学老前辈，可惜我常年囚在山沟里，和人家没有一点交往，也不知道人家住在哪里，怎么去拜访人家？"

"这个太容易了，全国各地的文化名人的地址我都有！"他从挎包里取出笔记本，对我说，"这里面记的全是文化名人，比中国名人大辞典都全。"

我认真看了，这些文化名人按照省份，分类造册，从上海的巴金、余秋雨；北京的玛拉沁夫、葛洛、刘心武；陕西的路遥、陈忠实、贾平凹……通信地址、邮政编码、电话号码、代表作，十分详细。

接着，他又拿出一个笔记本，里面是文化名人的题词、签名，让我也在里面题词签名。我觉得自己在文坛连棵小草都不是，岂敢将自己的姓名和那些文学大师混在一起。但是，禁不住他再三恳求，我只好应付着写了几句话。

我看他给我的名片上，印着中国作家协会会员的头衔。但是，我确实记不清他到底发表了哪些作品。

他似乎看出了我的狐疑，主动解释说："我们说的在文坛上的活跃，实际上有两种活跃方式。一种是不间断地发表作品，作品像炸弹样铺天盖地地轰炸，在读者中不断地产生轰动效益。这种作家是很有才华又肯下苦功夫的人，但社交能力一般都比较差。再一种就是像我们这种人，写不出轰动的作品，但和名家关系很熟，别人在他们那里办不了的事情，我们马到成功。文坛上要组织座谈会、笔会、联谊会、沙龙一类，绝对少不了我们这些打电话跑腿的人。报纸上对这些活动的报道，在一串名人的后边，也少不了我们的名字，也能提高我们的知名度。"我看他说这些话的神气，同样充满了扬扬自得的惬意。

一次，陕西省召开青年作家会议，我有幸参加。会上自然少不了老前辈们讲话，所有的讲话都离不开鼓励晚辈勤奋笔耕，提名表扬了一些后起之秀，说他们将来肯定是陕西文坛的栋梁，其中就有刘某。我侧脸看了一下坐在我身边的"栋梁"，他兴奋得青春痘都因充血而变得红而发亮。

那次会议以后，我打听了好几个相熟的作家，都知道陕西文坛有个刘某，很受老前辈欣赏，但极少看到他发表什么作品。

一日，刘某又领我去拜访一位老前辈，一进人家家门，老前辈的太太亲切地拉着他的手说："这一向都见不到你，我和李老刚才还在念叨你哩。"

刘某很自然地把我介绍给李老和他的太太，而后又说："李老，杜光辉是专程来拜访您的，你和杜光辉先聊着。我估算咱家的煤气该换啦。"

李太太说："我刚才还担心晚上饭咋做呢，您换了煤气，就和小杜一块在这吃下午饭，我给咱包饺子。"

刘某在肩上垫上报纸，扛上煤气罐，从五楼下到一楼。一个小时后，又扛着煤气罐从一楼上到五楼，帮着人家装好。我看他的衬衣已经湿透，还弄了许多脏污。这时，我猛然想到，我要是这位文学老前辈，内心一定对他充满感谢之情，他们的报答方式也只有在那些文学会议上，不厌其烦地对他进行褒奖。

离开这位文学老前辈时，刘某长叹口气，自责自艾地说："就省文联、省作协的两家大院，就有几十个名人。我差不多平均每两天都要换次煤气，更别说那些跑卧铺票、联系住院、帮外地来的名人办事。一天下来，累得倒在床上都懒得动，哪有工夫搞创作！"

我真不明白，此君要是把这些精力用在创作上，或许会写出一大批上乘之作。自己没有作品，结识那么多名人有什么用处？

也许，是为了"虚荣"两字，只不过和前边所述的那种人的追求方式不同而已。

在海口大英村后路有家豪华酒店，酒店的一楼是咖啡厅，是富贾、小姐云集的地方。一次，一个老板约我到那里谈事情。我去得早了一些，看见邻座的几个小姐在等待顾客，吹嘘自己的"资本"。引起了我的注意，倾听，竟听出如下的对话。

一个胖点的小姐说："我的老客中，有一位是副厅长。他给我说，他从来不找别的小姐，只要我一个人。他还说了，他以后要是带队出国，想办法给我搞个指标，带我一块开开洋荤……"

一个高点的小姐接过话题，隐隐地不服气，说："我原先给你们说的那个香港老板，最近在北京搞房地产发了，要给我汇来50万。他还说了，他那个黄脸婆得了个不治之症，等她一蹬腿，立即接我去香港。他有好几个亿的固定资产……"

接下来的几个小姐的谈话，吹得一个比一个玄乎。甚至说外地的一个什么长，在芙蓉酒店和她做了一次生意后，回到北京天天给她打电话……

我约的那个老板来了，我换了个座位，中断窃听。

我知道，她们吹嘘的这些，全是为了虚荣，千万不敢当真。

也许，人人都有虚荣心，也可称作荣誉心，本不为过。实实在在地通过自己的努力，实实在在地取得一些成就，社会肯定会给你实实在在的荣誉。拿别人的名气来壮自己的脸面，只能是用肥皂水吹出的五彩泡沫，维持不了多久。

这晚，我回家之后，读鲁迅的《阿Q正传》，穷困潦倒到极点的阿Q，干瘪的胸腔里也蕴有庞大的虚荣心："我们先前——比你阔得多啦，你算是什么东西！"

我们每个人肚子里都装有一个阿Q，只是有人装的阿Q大些，有人装的小些而已，而已！

文学谈论的堕落

为这篇文章起题目时，我有意避开了"评论"两字。原因有二，尽管评论也属于谈论的一种方式，但人们习惯把评论看成是用文字表述的东西，有点高大上的意味。而把谈论看成是口头表述的方式，是下里巴人的行径。这篇文章确实是写文人们坐在一块，用口头交流的思想和感慨，而不是写成文字的著述。

早在若干年前，受商品大潮和世风的冲击，高大上的文学评论越来越失去意义和价值，越来越使人们感觉到那些字里行间透逸着某种利益，似乎可以闻到铜臭和香水的气息。在这些气息的驱动下，指鹿为马、颠倒黑白、肉麻吹捧、相互攻讦、商业炒作、误导读者，虽不敢说成为文学评论的主流，但也几乎与艺术批评的良心平分秋色，正直的作家与有品位的读者已经下眼观看当今的文学评论了。这也是我刻意不去评论那些"评论"，而去评论"谈论"。实质上，当今的文学谈论也好不到哪里，也面临着"无可奈何花落去"的颓势。

三四十年前，初入文坛时，在陕川交界的大巴山腹地的小火车站上，三五文友相聚，手头富余时掂一瓶白酒，炒两三菜肴；手头拮据时，泡一壶酽茶，围一张方桌，冬日烤一火炉，蒙一脸炉灰，夏日顶一明月，受蚊虫叮咬，饮酒品茶只是文友相聚的形式，交谈各自看书的心得，才是真实目的。川友叫摆书，秦人叫谝书，推荐各自读到的好书好文。似乎更多地关注作品本身，也涉及作者，无非是他还写过什么作品，这些作品的思想内蕴、艺术特色，谈及作者本人也是为了更深刻地了解他的作品，对作品之外的东西无甚兴趣，当时的新闻媒体也不关注作者作品之外的东西。

我和文友们在偏远荒寂的大巴山的小火车站上，在这种纯粹的文学谈论中，知晓了苏格拉底、柏拉图、亚里士多德、但丁、雨果、巴尔扎克、托尔斯泰、莫泊桑、契诃夫、奥斯特洛夫斯基，知晓了巴金、茅盾、鲁迅、老舍、沈从文，从"文革"时期的文学荒芜之地挣扎出来，知晓了什么是真正的文学，得到了文学的熏陶，提升了文学的鉴赏水平，也在生活困苦寂寞、精神极度贫瘠的岁月里，得到了文学的关怀，抚慰了凄苦的灵魂。这些交谈，如同冬日火炉的温馨、夏日山风的吹拂、秋日明月的皎洁、春日惊雷的振奋，充满了为理想奋斗的幸福和满足。谈论之中，禁不住满腔豪情，激扬文字，针砭时弊，抒发抱负。至今记忆犹新的是，路遥的《人生》、张承志的《黑骏马》和《北方的河》、张贤亮的《绿化树》、阿城的《棋王》以及贾平凹的散文等。

这些当年被我们谈论过的作家和作品，至今对我的人生和创作都起着很大作用。

时至今日，我都对几十年前那种干净的文学谈论有着无限的怀恋和向往。

随着创作年限的增长，结识了文学圈子的各色人物。文人相聚，本应谈的是文学，是文学作品本身的质地。渐渐地发现，文人相聚不再对作品本身发生兴趣，而是对作品以外的东西产生了极大的猎奇。即使谈到具体的作品，也不再涉及作品的艺术特色和思想内涵，而是作品产生的商业价值，文学以外的利益诉求，研讨某部作品的炒作方案。或者抱团取暖，相互吹捧，相互利用。或者相互攻讦、辱骂、指责、飞短流长、互揭隐私、编撰绯闻，贬低他人，提高自己，也成了文人谈论的主题内容了。还有一些近年兴起的什么"分享会"，一些文坛权贵利用掌握的权力，尾随着一群追逐权力的人，自鸣得意地在台子上讲出一些装腔作势的深奥。收获的不过心不由衷的掌声，一旦从权力的坐骑上滚落下来，才发现自己怎么混得如此落寂。

很多时候，我们可以从这些文学谈论者的下嘴唇流出的哈喇里，闻到铜板和精液的气息。用这么恶毒肮脏的文字书写我的同行，确实不是道德之举。但我的同行包括我自己，确实也配得上这么肮脏的顶戴。

因为，我们很难在谈论中听到康德的沉思、雨果的呼喊、鲁迅拔剑出鞘的铮铮之音。人文主义、宗教精神、慈悲情怀这些温润人心激扬精神的话题，早已被谈论者遗忘。文学谈论的内容再也看不到纯净的天空，变成金钱和女色的交易，使人感觉像坠入了下水道，充满龌龊和肮脏。在文学谈论中再难感受到文学的圣洁，文学给人们灵魂的呵护和抚慰。那种冬日火炉的温馨、夏日山风的吹拂、秋日明月的皎洁、春日惊雷的振奋的文学谈论，只能在忆恋中品赏和享受了。

因为，他们在糟蹋中国文学，利用权势肆无忌惮又用富丽堂皇字眼掩护下地糟蹋。

如果这是文学谈论的潮流，那则是文学的悲哀。

如果能听到文人的悲悯情怀，对国家的、民族的、百姓的、人类的命运和苦难的感慨，其概率真如聆听到天籁之音。

文人的艺术良知泯灭，物欲肉欲的滋生，圣洁必然被摒弃，肮脏必然被宠幸，高雅必然被冷落，卑鄙必然被推高，文学谈论必然被亵渎。

写到这里的时候，我心底突然泛起强烈的自责，大狗叫，小狗也要叫呀。难道只让宠物狗叫，不让流浪狗叫？人家写不出东西，也想出名，用那些方式博个名字发热，何必这么刻薄人家？

我是不是缺少善良？

还有一些同行，从不参加那些所谓的"分享会"，囚在自己的书斋里，博览群书、深刻思考、勤奋写作，名字时常出现在书刊上，而不是出现在某些会议的嘉宾名单上。我尊敬这些同行，视其为榜样。

潮流是难以抗拒的，我们无力抗拒，但有权远离，也能远离。

都市养生，习惯疏淡

都市里集中了更多的权力、金钱、名誉、竞争，甚至阴谋和尔虞我诈，也更多地集中了为权力、金钱、美女、帅男，为名利而熬尽心血奋力拼搏的芸芸众生，疏淡被都市人看成了远离都市和现代文明的山林隐人和江泊渔翁的懒散。都市人远离了疏淡，自然远离了健康和长寿，医学上的亚健康状态也成了都市人的专利。他们不理解，亲近了疏淡，习惯了疏淡，也就亲近了健康，享受了健康。他们更不理解疏淡并非山林隐人和江泊渔翁者的专利，那只是疏淡的一种表象。疏淡的实质是一种洒脱和淡泊，是一种人生方式和境界，是最好的养生哲学。

亲近了疏淡，你就远离了金钱、权力、名誉的争夺，自然远离了阴谋和尔虞我诈，面对入云的楼厦，你会为窄小的居室自足；面对成堆的金钱，你会为微薄的收入坦然；面对如花的美女，你会为秕糠的忠厚心慰；面对前拥后护的权力，你会为是一介布衣而不愧。你时常会看到，那些出入酒肆美女簇拥显赫至极的达官显贵，或先后被关进囚牢，或被熬干心血后仙逝到另一个世界。你却仍然无欲无望，平平静静地过着自己的生活，你已经享受到了疏淡带给你的回报。

疏淡，不仅是人生的追求和生活方式，更是人生知识和品节的展现。

人的知识修养和品节修养达到一定的境界时，才能表现出豁达世事、淡泊功利。任何追名逐利、心地狭隘的人，永远达不到疏淡的境界。即使疏淡，也是一种装腔作势的假疏淡，这种造作的疏淡则更令人厌烦。

中国传统文化对疏淡有极高的评价，中国的文化人对疏淡人生的追求，可以说是视作人生的理想。"淡泊致远""荣辱不惊，看天空云卷云舒；去留无意，观窗外花开花落。"之类的词联，充斥在历代文人的文章之中。

就是到了商品经济高度发达的今天，疏淡更是一种令人欣赏的生活方式和人生追求。

远离了灯红酒绿，也就远离了乌烟瘴气；远离了权力名利，也就远离了尔虞我诈，居一间并不宽大也不豪华的陋室，置一张桌一张椅几壁书；添一支笔，一叠纸，一壶茶，看几本书，写几篇文，品几壶茶。收不到别人的贿，也不需给别人贿，别人不到这里买官，自己也不到别人处买官，心地坦然，半夜警车在楼下嘶叫也能安然入眠；你不需耗费心血地算计生意人，也没有生意人来算计你，那份清闲雅致，他们能享受到吗？你这不是成了都市里的山林隐人和江泊渔翁吗？何必去刻意追求山林和江泊呢，这山林和江泊已经在你心中了。

要亲近疏淡，就要淡泊金钱。古人曾将"酒、色、财、气"列为人生四大毒害，认为财是万恶之源。毋庸置疑，金钱有着任何物质都不可替代的作用，没有金钱做支撑的贫困肯定是落魄的人生，没有一个人会把贫困作为人生的目标去追求。但是，当金钱足以维持正常生活之后，还有什么用处呢？

挣钱，本身就是一种痛苦和耗费心血的事情，中国人口头上时常挂着这么一句话："世上什么都好挣，唯有钱不好挣。"因为，挣钱的本质意义就是把钱从别人的口袋里掏出，装进自己的口袋。而任何人都是想方设法地使自己口袋里的钱尽量不要被别人掏出，同时又绞尽脑汁地去掏别人口袋里的钱。芸芸众生、偌大世界，完全可以缩影为一个小小的拳击台，交战的双方都在竭尽全力想击中对方的脑袋，又在竭尽全力地保护自己的脑袋不被对方击中，那种金钱欲望太重的酷似拳击的生活岂能不累？

如果从单纯的物质意义上讲，钱确实可以给人带来无穷无尽的享受，不仅仅是物质方面的，也有精神方面的。在人类社会出现了钱这个东西之后，还有什么东西不在钱面前奴颜婢膝，屈膝奉迎呢？还有什么东西不被钱所征服呢？而在钱面前表现得最卑鄙、最下作、最无廉耻心、最苦于心计、最苦累、最不顾身家性命的则是创造钱的人。于是，在人们中间盛传着"人为财死，鸟为食亡"的亘古不变的警世哲言。

人要有无穷无尽的享受，就必须拥有无穷无尽的钱，这是正比关系。要获得无穷无尽的钱，就得付出无穷无尽的心血和力气。但是，人都不可能拥有无穷无尽的心血和力气。那耗竭心血和力气的人生能不累吗？如果用生命和健康去殉金钱，金钱又有什么用处呢？

淡泊了金钱，自然也就维护了自己的人格与名节。妓女为了钱可以出卖人类最圣洁的生命之门；朋友为了钱可以出卖友谊做龃龉小人；官为了钱可以出卖至尊至贵令人不敢亵渎的权力；奸商们为了钱可以出卖同类的良心。但是，妓女绝不敢在亲朋好友、大众广合之下，郑重宣布自己是靠出卖人类最为圣洁的生命之门而获取金钱；小人绝不会给朋友坦白他为了钱而出卖朋友；贪官们更不敢向大众宣布他为了钱出卖老百姓赋予他们的权力；奸商们也不会向消费者说自己为了钱出卖良心。他们都在极思殚虑、耗尽心血地掩饰自己的丑行，时刻担心自己的丑行暴露。他们绝对享受不到"为人不做亏心事，半夜敲门心不惊"那种坦然、轻松、怡逸、舒畅的心境，而持这种心态的人生岂能不累？他们的人生何谈幸福呢？他们能享有健康的人生吗？

入了官场的人，总觉得自己的官阶不够高，权力不够大，管的人不够多，威风不够派。于是，时时刻刻都在竭尽全力地想让自己的官阶更高一些，权力更大一点，部属更多一点，威风更派一点。然而，仕途上的竞争者熙熙攘攘，你背后捅我一拳，我桌下踢你一脚，不把别人拉下来自己就上不去。为官者又得想方设法把别人拉下马的同时，防备别人把自己拉下马；在背后捅别人一拳，桌下踢别人一脚的同时，又时刻提防自己的背后被人捅，自己的脚下被人踢。于是，精神恍惚，心悸失眠，神经官能症成了官场的职业病。中国医学认为，久恐伤肾，肾虚就是神经官能症的根子。难怪当今的药商都在拼命地制造补肾的药物来寻找经济增长点，还都是给都市人吃的！

就是那些不工于心计，希冀靠拼命干工作提高官阶的人，也轻松不到哪里去。因为，他们没有从根本上弄懂全世界只有一个联合国秘书长，仕途就像攀山，越朝上攀通道越狭窄，空气越稀薄，淘汰的人越多，遥望着虚无缥缈的海市蜃楼，却做着实实在在的努力，人生的苦累不说，人生的希望落空后那份镂骨的沮丧，不知道他们能不能承受得起？

还有自诩为深得人生真谛的作家们，为了一部书，为了一段时间的辉煌，为了充当一个地区的文学领袖，为了自诩为一个流派的旗手，不惜熬干生命的灯油。当然，莫应丰、周克芹、路遥、邹志安熬干了生命的灯油却获得了作品的成功。但是，他们在千千万万的文学作者中毕竟是凤毛麟角，还有无数文学作者熬干了生命的灯油却没有获得作品的成功，不能不说是人生的一个悲哀。又有几个熬耗生命灯油的人不企盼获得成功呢？而从中只为生活得充实不企盼成功的有几人呢？

那些长寿的文学巨匠，哪一个不珍惜自己的生命之树呢？哪一个不善于对自己的人生做着有序的安排呢？难怪在邹志安、路遥去世之后，陕西作家流传着这样一句话："老天爷让你一辈子写多少字后死，早写完早走，晚写完晚走，还是悠着劲去写吧。"这不能不认为是陕西的作家们，悟出了人生还是疏淡点好的真谛。

人活在世，就要和形形色色的人交往。伟人永远只是少数，更多的是忙忙碌碌奔波于生计的凡人，免不了为了个人利益做出小人的勾当，使你受到不大不小的伤害。你的耳畔不可能空寂无声，人的种种话语必定传入你的耳道；你的眼前不可能永远充满光明，必然能看到阴暗和龃龉。如果这一切能使你熟视无睹，充耳不闻，心静如水，你才活出疏淡的大境界了，你才真正掌握了健康和长寿的诀窍了。

旧书摊购回的感慨

　　读书、写书、购书，成了嗜好。不慕存款，不慕豪宅，不慕靓车，不慕权势，甘于清贫，追求精神的潇洒、思想的自由。日出月落，春去秋来，老老实实上班，挣得一份不多的薪水，守在不大的家庭，一日复一日地过着平民日月。无甚大甚多的爱好，唯独嗜书若痴，到他人家做客见到四壁藏书，便贼眼发亮，恨不得窃为己有。和再大的老板交往，都没觉出自己的贫贱，见到四壁藏书的人家，就视书的主人为豪富，平日的高岸全无，只剩猥琐与自羞。

　　微薄的薪水和有限的稿酬，除了自己和家人的生存需要之外，剩余的用于购书。几十年的购书积存了闲书也积存了经验。书店的书新，容不得污渍和揉折，买到可心的书带回家中，细细研读，藏于书柜，真是人生一大爽事。但书店的书贵，明码标价，不肯打折，羞涩之囊难购几册，书店又购不到旧版的书。走街串巷找旧书摊又成了休闲的去处，背街陋巷，有小贩在临街铺张塑料薄膜，或支块木板，摆放些旧书，书页多已发黄，散发霉味，多是书店买不到的旧版书，价格极为便宜，同样不失研读和收藏价值。

　　秋日的下午，又于海口市南宝路的陋巷，蹲在旧书摊前，一册一册地翻看。有本描写西藏的游记散文集《阳光与荒原的诱惑》闪入视线。再看，是女画家巴荒所著。我的青春岁月就消逝在那片高原上，对那里有着镂骨溶血的感情，毫不犹豫地选中此书，带回家中。准备细读时，在书的扉页看到几行文字："一九九八年七月二十三日购于海口市舒岭书店　王文兵藏"，其中的"藏"字写得极有功力，如铅字刻印。

兔死狐悲，思潮如巨石坠湖，感慨迸激，数日难以掩淹。

收藏此书的王文兵君，恐怕也是位嗜书的人。现今时代，想赚钱的人多，想读书的人少。就是读书，也只读股票、期货、空手套白狼、点子大师这些能助人发财的书，还有龙门题库类的中考高考的辅导材料。追求实惠和利益，必然疏淡文化和精神。能在躁嚣的海南购买、研读、收藏描写西藏历史、文化、现状的书籍者，必是追求文化厚度和精神高度的人，势必疏淡实惠和利益。否则，此书无论如何也应该在文兵君的书柜里，享受着防霉球的幸福，供主人闲时捧读几页，如同皇宫美人时时受到天子的宠幸，怎么会沦落到背街陋巷的旧书摊上？读书人到了不得不抛售藏书的地步，必是穷困潦倒得到了生存难以为继的地步。

我不知道王文兵的遭遇，为何沦落到如此地步。或许，他与我有过极为相似的经历？

十年前，我变卖家产，携妻带女，还有必需的衣物和近百册精选的书籍，跨过海峡，踏上躁嚣的海岛。一介书生，没有权力背景，炒不来地皮，没有豪富亲友，寻不来投资，靠三个笨指捏一支秃笔，在最远离文化的地方用文化养身立命，安家度日，命运必然可惨。于是，囊中的钱币日益减少，先是将孩子送回内地，后又租不起房子，夫妻分居两处，靠友人的资助度日，一日三餐变为两餐，变为一餐，沦为盲流。暴日淫雨，终日奔波，企图挣得一日三餐的费用，但多是空手而归，几乎倒毙在椰子树下。不得不贱卖从内地带来的衣物，供我和妻一日一餐汤粉的资费。变卖了所有的东西之后，只剩下近百册书和骨瘦如柴的我，还有和我相依为命的妻。拥有的全部家产，一辆破旧单车，一提包书籍。在东湖三角池，在龙舌坡人才交流中心，在海口的条条街道，我用破单车驮着妻，妻抱着书，跑工作，跑广告，跑业务。暴雨猝下，妻用塑料布将盛书的提包包裹严实，人却淋得透湿。一日一餐汤粉都发生了危机，仍没有启动卖书的念头，书和妻儿同等重要呵！饿人破车每日带着几十斤重的书四处奔波，确实是苦不堪言的累赘。百般的无奈，万般的无奈，不得不精减提包的书。从朋友处借了个小提包，把挑选的书装进，随身携带。大提包连同精减的书留在朋友家中，匆匆离去。那日，天降大雨，雨水泪水顺脸颊淌下，不知何是泪何是水。

十年中，每每触摸此事，就眼眶发热，神情漠然，不知是生活所迫的无奈还是文德的堕落？直到今天，这位朋友邀我去他家做客，都尽量婉拒，实在推辞不过，也绝不进放书的那间房子，不愿在伤蚀的疼痛上再撕裂一遍。朋友是不读书的人，不会理解读书人和书的情感，那些书也就闲放在家中。就我来讲，送人的东西怎能再要回来？

我理解王文兵的这册藏书为何流落到旧书摊上。如果他看到这段文字，恳请告诉联系地址，我会把这本书归还给你，尽管我也喜欢这本书。

荒山、空水、孤塔

汉江水，七扭八转从山这边流出，又七扭八绕地向山那边溜去。清澈的水流，将原本完整在一起的世界斩为两处，一曰江南，一曰江北。江北有公路、集镇、铁路、车站，有了山里难有的繁华。江南却是一脉山峁，不高不陡，不险不峻，有树不成林，有草不萋繁，如病马沿江而卧。令人惊奇的是秃山之巅，耸立着一座古塔，孤傲屹立，给那山那水的荒凉增了言不尽的意境。

冬的一日，我坐三轮摩托改装的出租车，去安康东站的一个学校借书，归来的途中，猝然发现了这幅奇特的景观。

我背着足有五六百万字的书籍，站在江的北岸，凝视着这山、这水、这古塔。

已近午时，天上还无日轮，但视线极好，这是个不阴不晴最没有特点的天气。这段江面似乎迎合了天气，水势不急不缓，江面不宽不窄，不见有鱼跃出，没有水鸟飞翔，只有似有似无的潺潺，像是无病呻吟。河道风不猛不烈却极犀利，裹挟着河道特有的冷冽冰寒，朝我单薄的衣服里面扎，干瘦的血肉之躯禁不住地簌簌打战。由于寒冷，江滩上没有一个人迹。我觉得思想、激情，都被冰冻窒息，躯体如石塑样竖在那里。

山，无草无林无兽无庄稼便是荒山，春天无绿色覆盖，夏天白被暴雨浇淋，秋天又有霜冻侵袭，冬天被冰雪欺凌，无声无息，荒过一个年轮又一个年轮，空度了千年万载的岁月。

水，无船无帆无水鸟无游鱼便是空水，水上无船无帆，就无有水载船的贡献，水中无鱼，人们就在水中得不到收获。水空流了一个春秋，又空流了一个夏冬，空流了亿年万年的岁月。

塔，不知何年的建筑，无风铃，听不到风吹的铃声；无藏经，看不到守经的和尚；无游人，就没有上香的烟火。当年的筑塔人在荒山之上空水之畔，修筑了这个土塔，为什么没有预见它今天的落寂？

水上无渡船，我就不能遂了过江观塔的心愿，只好隔江而望。幸好江面不宽，距离不到两百米，这山、这水、这塔，一目尽览。

就有了隔江相望的思索，为荒山、空水、孤塔，惋惜、悲哀。

数年之后，再次经过此地，再次观望这山、这水、这塔，却有了另外的思考。

塔呈土色，和山浑成一色，感觉这塔是用这山的土、这江的水，修筑起来的。距离近了，就觉出塔的伟岸雄壮，还有灵秀。粗看这塔，和西安的大雁塔，杭州的雷峰塔、六和塔，辽阳的白塔，大理的南昭塔相似。细看又绝不雷同，它的主体酷像西安小雁塔，造型像大雁塔，翘角像杭州的六和塔，博采众长于一身，形成了此塔独有的造型风格：阳刚中有阴柔，傲岸中有温情，雄壮中不失灵秀，不亢不卑，不傲不贱，其柔在外其力在内，与世同存，千年百载，不斜不塌，不毁不灭。

这塔无论从造型、规模、风格，绝不逊于那些被万人瞻仰的名塔宝塔，但有几人知道它呢？有几个文人肯为它花费一点笔墨呢？有几本书上有过它的记载呢？

它被千百代人冷落了，被千百代人遗忘了。被人冷落被人遗忘的塔，就是孤塔！

我面对荒山、空水、孤塔构成的凄凉悲怆的自然图画，在猎猎的西风中怀着万般惋惜、颓废、忧怨、不平，油然生发出这样的思考，如果这塔不是修建在这荒山之巅、空水之畔的偏野之地，而是修建在名山宝寺繁华城市，它绝不会只是今天的身价！我心里又泛出对修塔人的埋怨，既能造出如此罕见的塔，为什么不把它造在应该占据的地方呢？你造出了它的宝贵，却没有造出它的价值。你创造了它的同时，也创造了万世遗憾。

我想起友人给我说的话，一盏灯泡，放在国家元首的写字台前，照亮的都是建国大纲国策国书，每一缕光芒都放射着伟大和神圣；放到厕所，照亮的无非是大便尿溺蛆虫苍蝇，每一缕光芒都透溢着肮脏和污秽。一方石头，砌在皇帝国王的座前，受到的都是顶礼膜拜磕头叩首高贵富华；砌在马路上，受到的全是泥脚蹂躏马踏车轧，得到的全是卑下和重负。

我想，修塔人的失误，就在于不懂物质的价值，并不由它本有的价值决定，而由它所处的地位决定。否则，他绝不会造出这万世遗憾。

我久久地沉思在万世遗憾中。

不知什么时候，太阳挣出云的围裹，给荒山、空水、孤塔洒下金光灿烂。荒山、空水、孤塔就显出了活气。也不知什么时候，从江的下游驶来一只木船，几个纤夫吼着号子，号声雄莽，逆水而上，号声在空寂的河道上张扬着力的雄美。也不知什么时候，从公路上拐来一辆手扶拖拉机，突突地开到江边，人往车上装沙，江滩上有了人的声息。

也许是太阳的辉光、纤夫的号子、人的声息，我的思路兀然另辟了方向，灯泡如果不能安装在国家元首的写字台前，又不愿在厕所里发明发光，它就会成为无用之物；方石如果因不能砌在皇帝国王的座前，又不愿在马路上承受重负，它就会成为无用之石。

这山、这水、这人中，如果没有这塔，则山更荒，水更空，人更死。它毕竟使这山有了徽记，使这水有了塔影，使这人有了思想。

我在久久思索之后，深谙了修塔人的原意。

修筑此塔的人才是高人！

攀　山

　　这是发生在三十多年前的事情，那时，我还不到三十岁。

　　不知是寻求刺激，还是慰藉虚空的灵魂，我似乎没有过多的思考，就独独地攀上这座山。

　　下着雪，如柳絮如碎梦的雪花，密密地裹着我，裹着这片山地，充盈六合。雪片交织成一个恍惚的梦境，朦胧了视线，也朦胧了心境，山地就显得无限深远，无限旷古。地理学家把山地的形成归咎于喜马拉雅运动，大约是几十亿万年前的事情，这与我无关。我曾多次攀爬这座山，从心里感谢这次伟大的地理变化，它不仅为几十亿万年后的我和同辈人提供了攀山的条件，也给现今世界增添了绚丽色彩。没有高山就没有河流，就没有它们创造的河流文化，世界就成了单一色彩。我们习惯了平原生存，就不会攀山，不会游泳，不会和山里的野兽、河里的激流搏斗，习惯沉溺于平和、庸碌的麻醉散漫里，不思进取，没有抗争。河流的落差形成水的动势，艰险的局势造就一代伟人。世界上没有一个伟人甘居平庸，更没有甘居平庸的人会成为伟人，伟人是用生命鲜血拼斗出来的。

　　满目雪色，这是当今世界最纯洁最令人赞誉的原色。除了最寒冷的日子，如此旷阔深厚的洁色，别的时间绝对难以见到。即使有，也是一点一片一股一缕，还带有人造的虚伪，哪能像现在的雪色，骨子里都充盈洁净。不知道上苍为什么安排雪在最寒冷的季节降临人间？当然，自然科学不难解释这种现象。我不满足这种解释，觉得上苍有上苍的旨意。或许，人的本性就是贪图安逸畏惧艰险，这个季节的人都不愿离开火炉热炕，恰应了上苍怕人污秽雪色的意旨。因为，人是世界上最残忍最肮脏最贪得无厌的物种。

我攀到了半山腰，往下看，山下有条近乎干涸的小河，被冰雪覆盖，只有一缕流动的水，透着一线碧色，给人动感，运动原本就是生命的底色。一行脚印从身后向山下延伸，没几步就淡了，泯了。不知是远了，还是被雪掩了？如果不是这隐现的脚印，我就难以知晓自己是从哪儿爬上来的。往上看，陡而陡的山，比往日丰满了，慈眉善眼，这是雪的伪装，善良下包藏着祸心。它掩盖了我攀山依赖的小径，用不动声色的狡猾位移我的身体，企图将我掀翻到深谷。因为，挺立的我难以被它掩埋，只有放倒我，才可将我从这个世界上抹去。没有路，只能凭眼睛观察判断，加上双手辅以爬匍，一步一步试探着前进。停下歇气的时候，我又习惯性地琢磨人生，攀山如同人生，不敢有丝毫闪失，尤其在关键时刻，错迈一步就会葬送你的一生。忆想起柳青在《创业史》里的一段话："人生的道路虽然漫长，但紧要处常常只有几步，特别是当人年轻的时候。没有一个人的生活道路是笔直的、没有岔道的，有些岔道口譬如政治上的岔道口，个人生活上的岔道口，你走错一步，可以影响人生的一个时期，也可以影响人生。"

我又继续攀爬，紧张的思维，过度的体力消耗，使我身体发热，寒冷被逼去了。这寒中的不寒，不正是来自不惧寒吗？攀山如此，世事不也是如此吗？

　　劳累使我再次爬卧在雪地上，展展地伸着四肢，脸腮贴着雪地，雪的冰冽通过肌肤传入大脑和中枢神经，身上的热骤然退尽，我又被冰寒裹挟，打起冷战，骨节开始发涩发硬。如果再爬卧下去，用不了多大工夫，冰寒就会捏去我的生命，如同巨人捏去一根灯草。我必须用体内的热为生命抗争，尽管一天中，我没有吃饭，没有歇息，体力衰竭到极限。但我知道，退路是没有的，下山比上山更危险。雪断了退路，我必须攀到山顶，寻到人家谋吃谋喝谋宿，等雪停了再下山。

　　我挣扎着站起身子，又向山上攀去。

　　雪还在下，有雪片飘进脖子。尽管只是一片，但我竟被这点突兀而来的冰寒袭击得簌簌打战。冰冷像滴坠在清水中的墨汁，迅速向周边扩散，尾骨都透出寒气。我仰头看天，天并没因我的攀高显得亲近，仍然混沌，仍然深邃。我尽管攀到了人间的高处，但和高深莫测的天空相比，太微不足道了。我希望能看到点活物，鹰隼、鸟儿、野兔，证明这里不止我一个生灵。我失望了，动物和人的共性都是贪图安逸，它们也不愿在冰天雪地里挨冻受累。低等动物都不愿干的事情，我却一次一次地重复，为了什么？

　　正是大年初三，人们都在自己家里或者亲友家里，享受着美酒佳肴，放肆地挥霍着积攒了三百六十五天的钱财。或许有不惧寒冷兴趣浓厚的少年在点燃爆竹，但我耳道里仍是一片空寂。我离他们太远了——胸腔中突然腾涌出一股灰色的情愫。我的离群意识，使人们抛弃了我，茫茫天地间只有我一个可怜的灵魂，难道这就是孤独？有作家说孤独是高级享受，只有耐得住孤独的人，才能得到真正的幸福。其实，他们说的孤独，不是真正的孤独。他们有小说里的人物，那些活生生的人物活跃在他们的思维空间，那些枯燥索味的方形字里，寄托着人们的拥戴崇拜。他们忍受的是暂时的孤寂，为的是获得更大的荣耀。如果把他们流放到沙漠、孤岛，或者永远搁到雪的世界，肯定忍受不了。

我又朝山下眺望，我居住的小城被雪遮掩得朦胧不清，显得十分微小。我平时怎么没有这种感觉，每次朝家的七楼爬攀时，总觉得楼房很高；每次在街道上行走时，总觉得街道很长。此时，这些感觉全朝它的反面转化，或许是我离它们远了，站得高了？如果人在处世时，也站得高些离得远些，还会有什么痛苦呢？这许是人们常说的出俗、淡泊？出俗方可清爽，淡泊才能致远——这是不是我冒着生命危险寻求的收获？

离山顶只有几十米了，山顶有间小屋，我能感觉出小屋里溢出的暖意。我的思维里出现了火盆、烧酒、腊肉的风姿美味，以及主人的惊诧、欢喜、款待。这种情绪又刺激了各部器官，竭尽最后的力量向着山顶攀爬。猛然，脚下一滑，身体失去平衡，摔倒在雪地上，向山下滑去。我惊慌地向山下瞥望了一下，这是一段二十多米的缓坡，缓坡下边是无底深渊。完啦！我大脑中立即闪出死亡的信号，猛然感到剧烈的畏惧、惊恐，随之而来的是毫无意义的挣扎。身体还在向死亡滑坠，我已经没有能力挽救我的生命了，等待我的是即刻而来的死亡。奇怪的是，这种绝望一产生，对死亡的畏惧反而全无了，思维变得难以想象的坦然和平静。手脚也停止了毫无意义的挣扎，听天由命地任凭冰雪把自己推向死亡。我只是睁大眼睛，想在最后的时刻看一眼这个世界。人生真好，尽管寒冷，尽管空寂，尽管劳累，尽管充满尔虞我诈，但处处透溢着难以舍弃的眷恋。生命也真好，哪怕处在无法摆脱的厄运之中。

豁然，身体停止了滑动，一个树桩挡住了我的身体。在惊魂稍定之后，我第一感觉是出了一身冷汗，疲劳至极，不愿做一个动作，静静地躺在雪上，品味着对死亡的理解。

死亡已经与我擦肩而过了。

许久，我才从衣兜里掏出打火机和爆竹，点燃了捻子。空旷的雪天雪地里，响起一声振聩的爆响。随着，又是一声——

我听见了狗吠，又听见人吆狗的声。

三十年后，我在中国最南端的热带城市三亚，这里万年千年都难看到一片冰雪，冰雪只存在我的记忆里。我每天都坐在书斋里，看书，写书，竟然在网络里看到这个报道："2020年7月，黄姓女学生独自前往青海旅游，并且乘坐火车从南京到达青海格尔木后失联，家里寻找无果之后，发动民间搜寻并报警。2020年7月30日19时40分许，在可可西里自然保护区清水河南侧无人区发现了黄同学遗骸。"

我还看到这样的报道："这个女孩为什么会一个人去可可西里？据传她是女文青，向往诗与远方，而可可西里就是文艺青年最为推崇的圣地，在这里可以独自一人与藏羚羊私语，荡涤自己的灵魂。"

我想起自己曾经为朋友的诗集作的序言里，有这么一句话："诗不一定在远方，更多的时候就在脚下；远方不一定有诗，还有死亡。"

黄姓女学生的死亡，引出我对三十年前攀山的回忆，竟然后怕得出了一身冷汗。

我再次感悟出，草率和果断的区别，鲁莽和勇敢的区别，孟浪和慎行的区别。

观通篇

感激苦难

　　苦难杀人，世间多少人的肉体与灵魂被苦难的磨石碾成齑粉，多少人的气节被苦难打磨成灿灿项圈和戒指，任人曲直地装饰。

　　苦难成人，可将人的骨头燃烧淬火，迸射出金属的鸣响，在苦难之树上结出丰硕的果子。有的人生，幸福多于苦难，或者只有幸福没有苦难，这是上苍的偏爱。有的人生，苦难多于幸福，或者只有苦难没有幸福，这是上苍的惩罚。唯有用苦难将骨头燃烧淬火万千不折的人，认为苦难是上苍对他的偏爱。

　　我一生追求幸福，幸福总是远离。想方设法逃避苦难，苦难却时时纠缠。尽管没能用苦难将骨头燃烧淬火成钢，却也没有变成灿灿项圈和戒指任人曲直，苦难之树稀疏地挂了几个果子，干瘪瘦小不成形状，却聊以自慰。

　　还在童年，一家人被发配到农村，没有房住，父母连同兄妹五人租住一间农舍，一个土炕难以摆放七具人体。我只好到生产队的马号里蹭睡，夏热冬寒，粪臭尿臊，肥虱瘦蚤，饥饿难熬，多少次撅着瘦小的屁股，饲养员用柴棍抠出肚里苞谷芯子淀粉，屁眼鲜血淋漓，不敢坐凳，课堂上站立听讲。更多的是车夫汉子讲的塞外大漠，古道狼烟，米脂婆姨，汉中码头，土匪暗娟，同道火拼，赌局规矩。讲的通宵达旦，听的彻夜不眠。次日上课，鼾声连绵，被老师罚站，摇晃中继续睡眠。时代政治教义的无语无文接受不多，却在头昏眼花屁眼流血的饥饿与痛苦中，从车户汉子嘴里接受了丰富的民间语文，三国水浒，隋唐演义，封神榜，东周列国，三侠五义。老师教授的语法分辨不出，却能写出令老师惊奇的好文章。直至今日我都认为，我的文学启蒙是童年的充满粪臭尿臊、肥虱瘦蚤的陕西关中农村的马号，是满是牙垢的臭嘴里阐讲的民间故事、奇闻异事。走上文学道路后，少年的苦难幻化成《大车帮》《黄幡》《孤舟》《碾麦场》这些小说。

青藏高原的汽车兵生涯，雪天冰地，寒冷刺骨，大雪封山，高原缺氧，与死亡相伴。十八岁那年的元月，给果洛军分区送冬菜，车队行至玛积雪山，中午十二点时分，坐在副驾驶员位置的我在昏昏欲睡中，汽车顺着斜坡翻坠到十几丈深的峡谷。夜幕降临，气温下降，零下二十摄氏度、零下三十摄氏度、零下四十摄氏度，到凌晨四五点时，竟降至零下五十摄氏度。感官也由寒冷、麻木、僵硬，直至失去知觉。次日凌晨救援的汽车赶到，鼻孔里只有一缕游气。

前往可可西里执行测绘任务，大雪封山，从二道沟兵站出发，挣扎了四十八小时方赶到沱沱河兵站，兵站的人替我拉开车门，保持了四十八小时驾驶姿势的我从驾驶室栽了出来。此次，车上拉的三十个测绘兵冻死了三个。与人类隔绝的可可西里，副食断绝，一个班一天只分配一个洋葱，缺乏营养，口腔流血，皮肤奇痒，高原缺氧，周身发软，头昏耳鸣。雷区将成群的羚羊、野牦牛击毙，炸成焦炭，将成片的草滩炸成黑土，击在汽车引擎盖上，蓝光闪过，眼前昏花，十分钟内看不清物件。死亡如悬在头顶的巨斧，随时就可能挥砍下来。表层上绿草茵茵的沼泽，如同隐藏极深的魔口，稍有不慎便陷入灭顶之灾。多少比我还年轻，还英俊，还健壮的战友，被雷区、被沼泽、被缺乏营养的疾病、被高原缺乏的氧气、被翻车，夺去了年轻的生命，长眠在那块偏远荒蛮的高原上。有幸活着走出可可西里的我，用得天独厚的素材写出了中篇小说《哦，我的可可西里》《金蚀可可西里》《可可西里的格桑梅朵》，长篇小说《可可西里狼》，给读者展示了可可西里的神秘和人类品行的美丑。

荒寂了亿万年的大巴山开通了铁路，有了一帮维护铁路运营的汉子。地无三尺平，头顶一溜天，除了一天一对慢车在小站停留两分钟，上去几个山民，下来几个山民，片刻热闹之后，陪伴他们度过白昼黑夜、春夏秋冬的是千万年的荒寂。没有电视，收音机的电波被大山阻隔，只能收到"吱吱叭叭"的杂音，真是"寂寞入骨，与岁月同老"（伍立杨《霜风与酒红》）。更令青春躁动的铁路汉子难以忍受的是没有女性。"除了早就有主的一个女站务员外，还有车站的老鼠有母的，除此之外，再找不到雌性动物。唯一能让他们自慰的是床边张贴的女电影演员的画报。再就是火车停下的两分钟，他们全跑到站台上，看车窗里的女人，如看美国总统赠送给中国的麝香牛。车窗里的女人也看他们，不知他们怎么在荒僻空寂的深山小站上生活？"

他们只有用喝酒打架来抵御人性的折磨，一次喝醉酒后，一个工友掏出匕首，甩给另一个工友，吼叫："你把我捅死，让我解脱吧！"

那个工友真的把匕首捅进了他的心窝。数月后，他临刑前说的最后一句话是"我也解脱了"。在这个深山小站上，我开始了文学创作，写出了以这个小火车站为素材的中篇小说《路基石》《医道》，短篇小说《流星》《深山养路工》，长篇小说《寒路》。

海南不相信眼泪，只相信生存能力。身无分文沦为盲流的我，为了生存，为了尽到丈夫和父亲的责任，终日骑着破单车，跑工作，跑广告，暴日淫雨，辛苦尝遍。囊中羞涩，一日里仅吃一碗汤粉。看到扔到路边的盒饭，两眼发绿贼光乱闪，为了脸面没有捡起。渴了，到酒店的洗手间，装成便后洗手，环顾左右无人，捧着洗手的水痛饮，全没了作家的傲岸和庄重，满肚子鸡零狗碎的小算计，原来苦难是可以改变人的品质的。却有眼里没有泪水的服务员，用毛刷在我满是汗腥的廉价衬衣上刷，眼睛瞅着收小费的盘子向我示意，我只有装傻逃离。出了酒店，禁不住仰天长叹："一个作家混得不如厕所收小费的！"但是，我记熟了哪家酒店的洗手间没有收小费的，避实就虚，少了许多尴尬。多少次差点倒毙在椰子树下，有好心文友劝说："你不适合海南，还是回内地吧，我们担心你被海南毁啦！"

"屁。大不了卖掉一个肾，交给老婆孩子，让老婆把孩子养大，我就不信在海南混不下去！"

我没有卖掉一个肾，却活下来了。于是，这段苦难之水浇出了长篇小说《闯海南》，中篇小说《商道》《白柳子》《公司》《连续报道的背后》《想当老板的女人》《都市里的另类人生》，短篇小说《夜半歌声》等。

到了近年，有家报纸约我开了《文学创作与欣赏》的专栏。我在《亲历是作家最宝贵的创作素材》一章中写道：

　　　　文学源之生活，生活支撑文学，试图使自己成为作家的人，
　　必须要有深厚的生活做基础，没有生活就像没有本源的泉水，靠下

雨（聪明）涌出的那点水流，雨停水竭。

作家的生活源之两个方面：直接生活，还有间接生活（阅读与交谈）。我们先讨论直接生活。

直接生活可称为作家的原生态生活，能直接地给作家提供创作立场、素材、激情，那个时代的生活主流、精神主流、文化主流、民俗风情、服饰饮食等，击打作家灵魂的强度最剧烈，是最能引爆作家创作灵感的雷管和导火索。

人生活在社会上层，风花雪月，前拥后护，众人抬举，像漂浮在水面上的油花，尽管闪烁着五彩缤光，却欠缺对生活理解的根底。生活在社会下层，承受着层层重负，风雪冰冻，酷风暴雨，会对生活产生深刻的认知。有的人生经历了风花雪月的上层社会，又经历了风雪冰冻层层重负的社会下层，当他们走向文学创作时，能成为创作素材的大都是社会下层的那部分生活，只有那部分生活才能调动他们的创作激情，从中获得深刻感受，产生对社会对人生的思考。那些社会上层的生活，像浮光掠影的气泡，萌发不出创作激情，也难以获得深刻感受。春风吹拂过的脸庞留下的记忆，远远差于寒冷冻伤的脸庞留下的记忆；刺刀戳捅过的大腿产生的疼痛，远比修脚按摩产生的舒适记忆深刻。

人的生命走向、生活阅历，并不完全由自己决定，相当一部分由命运和社会摆布。作家的人生中如果有苦难甚至灾难的经历，可以认为是上苍对他文学创作的眷顾。处于社会最下层的生活，必然背负着上层人士根本体验不到的重负和苦难，就像沉在河底的石头，亲身感受着激流、旋涡、潮起潮落、水暖水冷，那种渗透到骨头里的冷嘲热讽、世态凉热，使作家真正体验到生存的艰辛，笔下自然流出对社会下层民众的同情、怜悯，为他们呼吁、呐喊，代表人类良心的作品大都是在这种情况下诞生的。

作家一生要经历很多生活，并不是所有的生活都可成为创作素材，有的生活只是作家生命历程中的一个片段，只有对作家灵魂击打最剧烈的那部分生活，才能引爆作家创作的灵感，产生审美，成为创作素材。

作家常常有这种感觉，创作一部作品的准备阶段是最痛苦的阶段，生活像满天的蝴蝶却捕捉不到，很多生活被遗忘，或者潜伏在记忆深处，即使回忆起来又觉得没有创作价值，老虎吃天无处下爪。

作家在回忆中苦思冥想，有一些生活情节剧烈地撞击他们的思想和情感，从作家的思维里腾出，成为创作素材。

我的小说基本都是写自己的苦难经历，那些苦难像楔在骨头里的钢针，无时无刻不在折磨着我的思维和创作冲动，直到把它们写出来，才感觉把骨头里的钢针拔出来了。

苦难的生活对于作家来说，还有更为重要的作用，就是直接击打作家的灵魂。当苦难堆积在作家身上，承受着他人没有承受的压力和折磨，对社会内涵的理解，对人生百态的感触，必然比其他社会阶层的人有更深的刺激。皮鞭抽打在别人身上，即使我们充满正义和同情，也仅仅能表现出愤慨和见义勇为的冲动。皮鞭抽打在自己身上，那种撕心裂胆的痛苦，充斥到每一个细胞的耻辱，产生的愤怒和仇恨，绝对超过所有的旁观者，要么恩仇快意地回击，要么屈辱地吞下这个仇恨，直到他去世时呼出的最后一口气，都带不走那个根深蒂固的耻辱和仇恨。

对于作家来说，苦难是一笔财富，是创作素材的富矿。

有位诗人说过这么一句话："你所经历的，世间没有任何力量能从你那里夺走。"

写这篇文章时，读到余秋雨先生早已形成的散文《谁能辨认》，先生早就否定了我的观点。余秋雨先生是我最尊敬的大家之一，他的大文化散文让我佩服得五体投地，在课堂上多次引用先生的观点。但他在这篇文章的观点我却不敢苟同。因为，他在这篇散文中写道："二十年前，我在一部学术著作中描述过歌德在魏玛的生活。那时寻找这方面的材料很不容易，但还是陆续找到了一些，知道歌德在那座美丽的小城里一直过着养尊处优的生活，从二十几岁到高寿亡故，都是这样。那些平静的叙述当时读来总是疑惑重重，因为我们历来被告知一切优秀的文学作品总与作家的个人苦难直接相关。也许歌德是个例外，但这个例外的分量太重，要想删略十分不易。由这个例外又想起中国盛唐时期的大批好命诗人，以及托尔斯泰、雨果、海明威等很多生活优裕的外国作家，似乎也在例外之列，我的疑惑转变了方向。如果一个文学规律能把这么多第一流的大师排除在外，那还叫什么规律呢？今天到了魏玛才明白，歌德在这儿的住宅，比人们想象的还要豪华。"

显然，余秋雨先生的观点是作家的写作，作家的文学成就，与生活的优渥和苦难没有甚大的关系。我斗胆提出不同的观点，生活的优渥只是远离苦难的一部分，苦难有很多成分，绝望、沮丧、失意、亲人的死亡、失恋、失败、病患、对同类贪婪的愤恨、对社会不公的无奈等。尤其是真正意义的作家，他们面对人性的丑恶、贪婪、品质败坏、社会不公、生态破坏，又无能力改变这些，那种替人类受难而产生的锥心刺骨的痛苦，难道不是一种巨大的苦难？他们在这种苦难的驱动下，创作出流传于世的作品，又有什么不可思议？

我曾经看到一个资料，世界著名作家有三分之一都选择自杀的方式结束自己的生命，海明威、茨威格、恰夫特、莫泊桑（自杀未遂）、川端康成、三岛由纪夫、太宰治、芥川龙之介、田中英光、川上眉山、铃木泉、野泽尚……

自杀的中国著名作家有陈天华、王国维、朱湘、老舍、吴晗、邓拓、叶以群、汪篯（陈寅恪弟子）、傅雷及其夫人朱梅馥、陈梦家、杨朔、闻捷、三毛、顾城、海子……

有人认为作家自杀的原因是文人情感细腻，思虑太过，生活总和愿望背道而驰。若不能清醒地收放，为自己找到出口，就会绝望到对生活失望。

笔者在网上读到作者小丰分析著名作家自杀的原因认为：

作家自杀是一种文化现象，它和作家所属国家的文化心理、社会条件、政治经济因素有密切的关系。

西方作家自杀多半在十八世纪以后。那时，资本主义已确立了它在西方的统治，资产阶级的自由价值观在作家中居于主导地位。一方面，作家们把追求个人的自由、尊严作为生活的鹄的；另一方面，资本主义的生产方式、生活方式又像桎梏一样紧紧束缚了社会上的单个人，作家的创作本质上是不自由的，生活也是不自由的。美国女诗人普拉斯年纪轻轻就已在内心世界飘浮过轻生的乌云。自杀的念头也纠缠着海明威不放。杰克·伦敦、哈克·克莱恩……美国自杀的作家特别多。暴发户的美国和严肃思考的作家之间的矛盾是无法解决的。但那些老牌资本主义国家里的作家命运并不更好些。英国女作家弗吉尼娅·伍尔夫自杀前精神已经崩溃；法国名作家莫泊桑用裁纸刀割开了自己的喉咙；西班牙作家马利亚诺·拉腊的住宅里响起了沉闷的枪声；德国剧作家克莱斯特和陪伴着他的亨里特·福格同归于尽；奥地利著名作家斯蒂芬·茨威格则和他的妻子一起自杀……

还有人认为，越是创作成就大的作家，神经越敏感，有种潜在的神经痴，一旦受到精神刺激，就会选择自杀。

还有人认为，作家看到现实社会距离自己的理想社会的差距越来越大，自己观察到的人性越来越丑恶，对自己的同类产生极大的失望甚至绝望，只有选择主动离开这个世界求得心灵的宁静。

笔者无意加入作家自杀原因的讨论，只想论证一个观点，伟大的作家，即使那些生活优渥的作家，同样有自己难以承受的、他人不一定知晓的苦难！

我未来的生命中肯定还有更多的苦难，这或许是上苍刻意的安排。我感激过去的苦难，也无惧未来的苦难。

父端子正

夜深了，已到子时。天上无星，无月，黑暗如漆，虽有人制造的光，也难以与天地的黑暗抗衡。还有风，猛猛地刮，吹起地面上的轻浮，在路灯橘色的光晕里飘动。公路上的行人极少，单身只影者俱匆忙，是归家的心绪驱使。偶尔有成双成对的男女，头尾相依地漫步，情火融化了寒冽，情到极处便嫌灯光碍眼，恨不得地球坠入漆海，掩护他们做成好事。唯我，一个叫杜光辉的草民，独自离家，迎着烈烈的风，向远离人居的空地走去。于是，漆黑冰冷的世界里，行走着一个心情悲凄的孤者。怀里揣着苦竹做的火纸，还有胸腔里那颗愧对父亲的孝心。

烧纸是不陌生，自父亲去世之后，逢年过节，清明忌日，不敢忘却一次。

父亲在世，为我们这些儿女操劳辛苦，未得上我们丝毫报答，去世后再得不到奠念的烟火，我们这些做儿女的还有何面目在人世行走？

空地的正中，电筒照出一片晕光。我捡起一根树枝，在地上画了个圆圈。烧纸人讲究，在圆圈里烧纸，旁人就拿不走我给亲人的孝心。于是，我像平日做文章那样，认真地把圆圈画得更圆，画了三遍，以此表达祭奠父亲的虔诚。而后，跪在圆圈外边，从怀里掏出火纸，划了一根火柴，被风吹灭，又划了一根火柴，又被风吹灭，连着划了五六根，都被风吹灭。我禁不住仰天长祈："天爷呀，您难道要泯了我做孝子的这番苦心？父亲在世时，我无能力报答老人的养育之恩。父亲下世了，我用烧纸以尽孝心，您还不让我尽这点孝心？世人都讲天爷最公道最仁义，如果您真如世人讲的那样，就将烈风停息片刻，让我这个不孝儿当着您苍天老爷的面，为父亲烧几张纸，诉说几句心里的祭文。"

苍天听见了我的祈求，停了猛烈的风，允了我尽天良的愿望。

火纸一张一张地燃烧，蓝色的、淡黄色的火焰，映着好大一片地面，也映着我这张弄了几十年文字耗干精血羸弱衰老的脸，还有头发里的银丝。地面的冰冷透过毛裤，膝盖觉出冽冽的疼痛。我不愿挪动，力求用标准的跪姿，以示尽孝的真情。

伯呀（我们兄妹把父亲称伯），您下世这些年了。我弄了几十年文字，写了近千万字的东西，却没有为您写过一篇文章。人家梁晓声，一入文坛就为当建筑工人的父亲写了篇小说，全国人都知道这个当建筑工人的父亲的勤劳、善良。您的儿子好赖也混了个作家协会的本本，虽比不上人家建筑工人的儿子名气大，但文章还是能写的，却没有为您写一个颂美的文字。在儿子的心目中，您和梁晓声的父亲一样勤劳终身，一样为抚育儿女耗干心血，一样把儿女抚养成人。您完全应该和梁晓声的父亲一样，得到儿子为您写的文字。但是，儿子没有写，说穿了还是儿子的孝心不到。百德孝为先，做儿女的不孝敬父母，还有啥脸面谈论道德品质？还有什么资格在文坛行走？

这阵，不孝儿长跪在您面前，承受冰寒的刺骨，不敢乞求你对儿子的原谅，只是用这种自我折磨的方式，惩处自己的不肖不孝。

　　但是，这几十年里，儿子没有一天忘记过您受的苦难，没有一天忘记过您的人品道德，没有一天忘记过您对儿子的教诲。儿子无论做人做文，上不敢愧对国家百姓，下不敢愧对亲朋好友，没有一天偷懒。老老实实上班，挣来一份薪水，养家糊口，一个肩膀扛着国事，一个肩膀扛着家事，为国事家事鞠躬尽瘁。身为铁路职工，遇到线路遭遇水灾，绝对不会惜命而不敢向前，连续几天几夜抢险线路。饿了，抢险现场旁边吃口冷饭，困了倒在现场旁的隧洞里睡上一会儿。遭遇建国以来最大的铁路火灾事故，儿子第一批赶赴火灾现场，通车后最后一批离开事故现场，历时二十八天，火灾现场的一氧化碳毒气超过安全标准三十多倍，隧洞里的五十四节航空煤油罐车随时都会爆炸，上万人参加抢险，儿子一直站在最靠近失火的油罐位置。儿子位卑，忧国这个名词太高尚，儿子不敢高攀。但国家需要儿子拼命的时候，儿子绝对不会退后。众多的获奖证书里，儿子最看重的是那个"梨子园铁路火灾事故抢险优秀共产党员"的证书。

　　儿子的品行道德中，蕴含了您多少年的言传身教。

　　我懂事以来，就知道咱家穷，也知道俺兄妹五人像山一样压在您的肩上。三年自然灾害那阵，我们还在河南老家。我们兄妹几个都小，能吃不能干，妈领着我们几个嗷嗷待哺的孩童，日子过得要多凄惨有多凄惨。我很小就知道苞谷芯子用水泡胀，磨成面可以做窝头，吃进肚子能保住命不被饿死，但屙不出屎，我妈用指头一点一点朝出抠，屁眼里的血随着硬屎朝出流；榆树皮磨成面用指头捏上一点，就能熬一锅很稠很黏的稀饭，喝上几碗也能保住性命。方圆几百里找不到一片榆树叶，以致好多年以后，人们都看不到榆树的绿叶茂盛。

那几年，饿死人无数，有老人也有孩子。就是咱老家河南巩义市益家窝大南沟，都饿死了十几口人，但我妈带着我们兄妹五个，挺过了那个饥荒年代。

那时候，您在西安工作，每月三十斤口粮，三十七块五毛二分钱的工资。您一发工资就给我们邮回二十斤全国通用粮票和三十块人民币。您那时才三十多岁，正是年富力壮能吃饭的时候。我至今都不敢想象，十斤粮七块五毛二分钱，能养活一个只身在外的单身汉？

我们兄妹五人就是靠着您每个月从嘴里省出的二十斤粮票三十块钱，没有夭折一个。

那一年，您所在的单位突然发来电报，说您病危，让我妈速去西安。我妈把弟妹托付给本家大奶，领着我上了火车。我们母子俩一路火车一路哭，哭到您单位，哭到医院。我见您躺在病床上，浑身肿得发明发亮，一个姓姚的局长守在您身边。您不过是个一般的科长，根本达不到局长来陪您的级别。局长给我们说，您的病是长期饥饿，劳累过度，身体极度虚弱造成，是饥饿年代的"浮肿病"。

这时候我才知道，您每个月的十斤口粮是怎么安排的。周一到周六上班时间，早上喝一两稀饭，中午吃二两馒头，晚上喝一两稀饭。星期天，一整天就躺在床上，省去中午那顿饭。

还没有进入少年的我，站在您的床前，流着眼泪，心如刀剜，在肚子里说，伯呀，您用身上的血身上的肉，喂养着我们兄妹几个。

局长还告诉我们，您尽管如此，还坚持每晚上夜校，从不间断，由原来的初小读到高中毕业，拿到了夜校的高中毕业证书。当时，西安市商业局还没有高中毕业生，连初中毕业生都寥寥无几。从那一刻起，儿子从您身上知道了什么是自强不息！一直到今天的几十年里，儿子一直以您为榜样，一刻不息地奋斗，硬是用仅有的初中文化，啃完一部一部的专著，凭着一个方格一个方格填充起来的文章，得到世人的承认。

局长还告诉我们："您手里掌握着全市的副食生产，整个西安市供应的粉条、腐竹、豆腐，每个月要经您手划拨出去几十万斤粮食。只要您愿意，以检查生产的名义，任何一个副食加工厂给您款待一顿捞面条、白蒸馍、硬锅盔，绝对毫无问题，也算不上违法违纪。"

他真没想到，一个每年掌管几百万斤粮食的人，会把自己饿到濒死的地步。

儿子又从您身上吸取了这种品质，一直到今天的商品社会，"人不为己，天诛地灭"的理论盛行，贪污腐败成风。儿子仍然像您一样，甘受清贫，本本分分上班，本本分分拿工资。即使挣点额外收入，也是凭着更深夜静孤人孤灯地写文章挣稿费，用以补贴生活。一直到退休，儿子只拿两种钱，一种是单位开的工资，一种是稿酬。

这件事情以后，商业局长把我们母子几人从河南老家迁往西安郊区，我们一家才过上团圆日子。你每天骑着那辆破陋不堪的自行车上班，又骑着那辆自行车下班，辛辛苦苦给公家工作，每月五号领回微薄的薪水。我妈拼命在生产队挣工分，全为了养活我们兄妹五个。我们都到了上学的年龄，一年两次学费如两座大山，压在您和俺妈身上。您不止一次给我们兄妹几个说："只要你们争气，考上啥学校我供到啥学校，哪怕我讨饭都行！"为了我们的学费，你每天骑着自行车一进家门，顾不上歇息疲劳了一天的身子，就拉着架子车到十多里外的城里给生产队拉土粪，帮我妈挣工分，尽量使年底少欠生产队的口粮钱。

放学后，我们兄妹几个围着一张脱了漆皮的小方桌做作业。我们知道上学的钱来之不易，做功课特别认真，不敢有丝毫马虎。我们比别人家的孩子穷，没有人家吃得好穿得好，只有一样比人家好，就是考试分数比人家高。做完作业，我们赶忙拿上用麻绳做的襻带，一溜小跑去接您。

一直到夜幕降临，我们才看见公路的尽头，艰难地挣扎着一辆架子车，车上装着山样的土粪，您狠命地前倾身子，几乎趴伏在路面上，襻带深深地勒进肩胛上的皮肉里，渗出一缕一缕的血珠子。我们兄妹几个带着哭腔喊叫着向您冲去，把襻带绑到车帮上，狠命地卖力气。您生怕累坏我们，不停地给我们说："你们还小，身子骨嫩，不敢太卖力气，伤了身子是一辈子的事情。"

直到夜很深了，旁人家都钻进了被窝，我们一家才拉着架子车回到村里。村里的乡党感慨地说："老杜家活得真难！"

但是，乡党们都不知道，你是商业局的生产科长，每年经手的钱额数百万，脑子里要是有半个贪字，绝对可以过上吃穿不愁的好日子。

您不止一次地给我们说："伯没本事，只能靠出死力气挣钱挣饭，没让你们吃好穿好。但伯绝不干一点违法乱纪的事，档案里清清白白，绝对不会影响你们的前途！"

那个年代，虽不能说是株连九族的时代，但家里要是有个犯法违纪、戴了帽子的坏分子，子孙后代亲戚本家，想当兵、招工、提干，只能在梦里实现，人生就像装进玻璃瓶里的苍蝇，理论上前途光明，实际上出路不大。我们兄妹长大以后，参军、入党、提干、组织一次一次政审、外调，父亲的人生没有给我们的进步制造一点障碍。

尽管我们家这样卖命干活，仍然难以维持生计，更难交纳学费。为了生计，为了上学，一到假期，我就提着麻绳做的襻带，跑到马蹄寨南边的大坡下，为拉架子车的苦命人帮套。现在的人根本不知道帮套是什么活路，就是看到拉着沉重架子车的人，虾似的挣扎到坡底，就跑着迎上去，脸上堆出谄媚的笑，谦卑地问："挂不挂？"人家不吭声就是默许了，急忙把襻带上的钩子朝人家车上一挂，狠命地为人家拉车，图的是到了坡顶，人家塞给一张毛票。积攒起来，够了学费，还能帮家里挣来买盐的钱币。

许多时候，您骑着自行车下基层检查工作，在半坡上看到狠命拉车的儿子，急忙放下自行车，也不说话，接过我肩上的襻绳，替我给人家拉坡，我推着您的自行车跟在后边。拉到坡顶，拉架子车的苦命人，把一毛钱的小票塞到您手里。他们无论如何都想不到，为挣这一毛钱拼命拉车的您，手里掌握着上百万元的巨款呀！

我们兄妹五个，您最心疼的就是我。我自小身体不好，时常生病，您就为我长大成人后担忧，常常抚着我幼小的脑袋，担忧地说："光辉呀，你和你兄弟不一样，他们身架都好，即使学习上没出息，回生产队也是把好手。你这病蔫蔫的身子，将来要是考不上大学，回生产队怎么过日子，我和你妈总不能陪你一辈子！"

于是，您对我的功课要求特别严，每天夜里都要检查我的作业，在我身上耗费的心血远远超过我的兄妹。一直到您去世那天，您还忧愁地给您的干儿子我的小章哥说："我现在什么都不操心了，就操心光辉一个人。他身体不好，独自在外省工作，快三十岁了婚姻还没有解决！现在又搞文学创作，他那身体就承受不了，弄不好还会挨批斗——"

说完这些话，您就到单位值夜班去了。谁知这就是您一生中说的最后几句话，全是为我说的。

您也打过我们，那是我们弟兄几个到不远的村子去玩。那个村子有个归您管的粉条加工厂，人家刚好杀了猪，给我们一人盛了一大碗肉臊子面。这对只能在过年吃次肉的我们，具有多么大的诱惑，我们看着面条里的肉块子，馋得眼睛都冒绿光。我们还是记着您的教导，不敢伸手去接饭碗，又禁不住喷鼻香味的诱惑，眼馋地盯着雪白的面条和红白相间的肉块子，犹豫，再犹豫，又架不住人家的劝说："你爸的家教也太严了，孩子吃碗面条是啥不得了的事情！"终于，享受的本能战胜了您教导的理智，我们还是接过了人家再三送过来的饭碗。

回家后，如实向您汇报，您气得脸色发青，让我们兄弟几个排队跪在院子中间，用麻绳狠狠抽了我们一顿，指着我们的鼻子训斥："我这几十年里，下基层的次数数都数不过来，从不敢吃人家一根面条。你们这么小的岁数，就学下了这些坏毛病，长大了要是当个一官半职，还不是遭害百姓的祸根子！"

那天，我们一直跪到半夜，您才下令让我们起来上床睡觉。第二天还让我们每人写一份检查，我写了三遍您才通过。当时，我们确实不明白，不就是一碗面条，何必小题大做？一直到了今天，做儿子的到了您当年的年龄，社会发展到今天的地步，我才理解您的远见。那些挨枪毙被判刑的贪官污吏，要是当年受到您这样的父亲的教诲，并铭志不忘，怎么能成为祸国殃民的罪犯？

咱家穷，大年初一早上吃顿饺子，中午吃顿肉烩菜，是一年里唯一能见上荤腥的日子，平时连肉味都闻不到。您单位的食堂喂猪，每半年杀一头。那一天，您的自行车前头用布包着一个大号茶缸，里面装着单位分给您的红烧肉。您连一块都舍不得吃，让我妈给里面加些萝卜白菜，烩上一大锅，让我们兄妹吃。您一口都不吃，说我们正在长身子要加强营养。我们兄妹几个全把碗捧到您面前，让您吃。于是，这顿肉饭就在我们和您与俺妈的推让间，吃得很长，很香。

　　说起孝顺，我们远不及您对俺奶孝顺的百分之一。咱家的日子桎梏艰难，用贫穷形容绝不过分。您工资一开，头件事情就是跑到邮局给俺奶邮钱。您有时出差，离家时还要交代我妈最重要的事情，就是单位送来工资先给我奶把钱邮去。每年，您都要把俺奶从河南老家接到西安住上两三个月。您下班回家，头件事情就是跑到俺奶的房间，取出给俺奶买的肉夹馍，看着俺奶吃了，又给俺奶把开水端来，亲自用嘴唇尝了不烫才让俺奶喝。您一直陪着俺奶说话到深夜，俺奶让您回去睡觉，您才和俺妈一块给俺奶把被子盖好，尿盆提来，伺候俺奶睡下了，才回房睡觉。早上上班前，您头一件事情就是先到俺奶房里，把俺奶的尿盆倒了才走。俺妈不让你倒，说她会把俺奶照顾好。您说，您亲自给俺奶倒尿盆，心里觉得舒坦。您快退休那几年老说，您退休了，就回河南老家孝顺俺奶。从您身上，我们兄妹学到了孝道。您不上饭桌，我们不动筷子；家里有点好吃的，我们认为理所当然该您和俺妈吃。您下世得早，我们没办法陪您安度晚年。俺妈身体好，我早就给您的儿媳妇和孙女说了，我将来退休后，一定回到俺妈身边，在俺妈房里支张床，为俺妈尽孝。

　　孝是咱杜家的家风，您的小孙女睿睿才三岁，回西安给您烧纸，不用人教就知道在坟前跪下，一张一张给火堆放纸。我下班回家躺在沙发上，她挣扎着抱来毛毯给我盖上，抱来枕头塞到我脑袋下边。

写作多年，思考多年，家风靠一代一代的言传身教才能延续。个人的道德、品质、修养，多多少少都带有家风的基因。古人有诂训："子不教，父之过""有其父必有其子，有其母必有其女""龙生龙，凤生凤，老鼠生来打地洞"，尽管有"血统论"的谬论，但也不能不承认有一定的道理。比如古人的警告："近朱者赤，近墨者黑。"终日在墨池里打滚的人，绝对跳不出白色的舞蹈；常年在朱砂里浸泡的人，身上抖不出黑色的粉末。还有孔子的教导："里仁为美，择不处仁，焉得知？""孟母三迁"成为后世母亲重视子女教育的典型，影响至今。

我十六岁当兵那年，您在新兵集中站给我说："人生在世，切记两点，政治上不可陷害同事，经济上不可取不义之财。"这句话一直是儿子行为的最高准则。几十年里，风云变幻，运动重重，为儿的视同事为兄弟，以亲情待之，从不在上司面前说同事半句坏话，更无踏着别人肩膀朝上爬的行为。不媚上，不欺下，本本分分做人做事做文。像前边写的经济上除了工资稿费，再无额外收入。十多年后，写出了点名堂，为别的作家作个序言，不收人家半分钱的酬金。此行为在当今社会，当不了大官，发不了大财，但良心得到了安宁，没有自责，警车夜半嘶鸣，心里丝毫不惊。众人提起，能说您的儿子人品不坏，儿子就心满意足。

这些年来，儿子烧纸在单位出了名，有褒有贬，儿子毫不在乎。谁也不是无父之儿，发肤养育之恩仅靠几张火纸报答得了？

母慈子善

母亲李爱芹，民国十二年生人，祖籍河南巩义市。

杜家贫寒，母亲嫁入杜家不久，就随家人逃荒到西安，离乡背井，举目无亲，上无片瓦遮天，下无寸土立地，只能在城河边搭上庵子栖身，遮不了雨，挡不住风。夏季蚊虫密集，无有蚊帐抵御，满身大疙瘩小包。天雨入庵，只能用雨布遮挡。冬季风刮雪霰涌入，被褥被冰雪覆盖，彻夜无眠，竟如此度过数个寒暑。

城河里时常漂浮饿毙的人尸，散发着恶臭，被官家的防疫人员打捞。逃荒落难之家，无有隔夜之粮，全凭双手扒拉饭食，扒拉来了就吃，扒拉不来就饿。全家人都在扒拉，东方不亮西方亮，总有人能扒拉到粮食，方不致成为被人打捞的饿殍。

为了活命，父亲给人做学徒，当地人叫"学相公"，挣不到银两，能顾住吃喝。母亲给纱厂纺线，纺机支在别人家的房檐下，论斤算两，多纺多得。母亲天不亮就开纺，晚上点着马灯还在纺，一种姿势坚持多少个时辰，一天下来，全身骨节僵硬，无法放下胳臂，全为了多纺几个锭子，换来银钱供家人次日的饭食。寒冬腊月，北风呼啸，雪花飘飘，冰天冰地，有钱人家坐在热炕，品着小酒，享受冬闲的滋润。母亲还得纺线，一日不纺，次日就无粮做饭，冻死冻活都得坚持。冰雪中的双腿由生疼转向麻木，最终失去知觉，唯有纺车还在嗡嗡作响。到了次年开春，冻伤的小腿上的皮肉竟然化掉。好多年后我们长大成人，一到冬季母亲的双腿都疼痛冰凉，医院都没有办法。

城市精简人口，说是减轻国家负担，城墙上都写上了标语："我们也有一双手，不在城里吃闲饭。"母亲还有我们兄妹被移回河南老家，居住在老家巩义市一个叫大南沟的村落，无有房屋，只有窑洞。窑洞幽深漆黑，一盏豆油灯焰忽忽闪闪，人若走动，洞壁上如鬼影晃动。沟外就是岭，有狼的嗥叫，一声连着一声。我们兄妹五个躺在床上，看着洞壁上的鬼影，听着窑洞外狼的嗥叫，吓得汗毛如针样竖起。您坐在床边，拍哄了这个，拍哄那个，把我们全部哄入睡眠，又忙起一家人的活路，洗衣、缝衣、做鞋，时而发出一声长叹，感慨岁月的艰难，手却没有停下动作。我们一觉醒来，迷瞪到尿盆跟前撒尿，看到您还在忙活，年幼不懂事，不知道劝您早点睡觉。懂事之后，已经熬过那个凄苦的年代。

方圆数十里流行幼儿脑膜炎，隔上三天五晌就有一个病儿夭折，裹上一张草席，被人背到岭上葬埋，这孩子也算在人世走了一遭。我也感染此病，米不能进，水不能咽，出的气多，进的气少，气息奄奄，命悬一线。母亲整夜抱着病儿，用自己的胸脯温暖着病儿趋向冰冷的骨肉，坐在幽深的寒窑里，守着一盏孤灯，昏暗的灯光罩在母亲憔悴焦虑的脸上，也照在病儿蜡黄的瘦脸上。窑门外边，传来谁家妇人痛哭幼儿病丧的哀号，声声刺耳，挖心割肝般的疼痛。母亲生怕这样的噩耗降临在自己和儿子身上，怀抱病儿的胳膊更用上力气，把病儿的身子更紧地贴在自己枯瘦的胸脯上。

我时常拨开蒙在记忆上的尘灰，还能朦胧地回忆出，入夜很长时间了，从大南沟通往岭上的鸡肠小径上，一个本家婶子抱着重疴的我。母亲走在我们前边，提着洗脸的铜盆，在铜盆上敲一下，铜盆发出一声"咣"。随之，母亲喊上一声："光辉，回来！光辉，回来！"就这样，母亲把铜盆敲到半夜，喊到半夜。我懂事以后才知道，这是"叫魂"。母亲这么做，就能把我的魂从阴间叫回来，我就不会死去。

一夜一夜，一月一月，一个春夏秋冬过去，又一个春夏秋冬过去，整整两年时间，母亲用卓绝的坚韧和慈爱，终于把重病的我从阴间拽回阳世。母亲在心身俱累的折磨下，枯瘦如柴，差点从阳世坠入阴间。

母亲用命救活的儿子杜光辉，后来竟成为解放军战士，驾驶战车奔驰在青藏高原，荣立战功，后又奋斗成国家一级作家、大学教授。我们兄妹深知，没有母亲用生命拯救的杜光辉的生命，哪有这个解放军战士，哪有这个一级作家、大学教授？死殍早就被河南巩义市大南沟岭上的饿狼撕吃了！

我的生命刚刚救活过来，三年自然灾害接踵而来，赤地千里，满目焦禾，庄稼无收，粮食绝迹，粮颗比金豆稀缺。饿极的人竟吃下棉花套子，墙根的老土也能下肚，隔上三天五日就有一个饿殍被抬出村落，在岭上的黄土地里挖出一个土坑，草草掩埋了事。

父亲在西安工作，母亲一人带我们兄妹五个在老家艰难度日，为了让我们兄妹活命下去，母亲剥来榆树皮，粉碎苞谷芯子，做成名曰淀粉的东西，维持我们童年的生命。又和村里的本家婶子，拿上仅有的几件衣服，徒步百里之外的山里，换回粮食，榆树皮和苞谷芯子熬成的稀饭里，就有了粮食的影子。到了饭时，都是我们先吃，母亲最后一个端碗，锅里剩多多吃，剩少少吃，没剩不吃。灾害还在延续，死人还在继续，人命如同游丝，随时都会被饥饿绷断。母亲又坐上最便宜的票车，到西安背回父亲提前晒干的豆腐渣，这也是粮食啊！在榆树皮和苞谷芯子都吃不上的年月，这是多么宝贵的救命之物。有了这些豆腐渣，我们兄妹才没有被饿毙。

父亲一个月三十斤口粮，还要节省二十斤粮票，邮寄给我母亲，作为我们兄妹的粮食。为了节省粮票，父亲星期天一天不吃饭，躺在床上只喝开水，平常上班只吃两顿饭，饥饿浮肿，住进医院。我们长大成人后才知道，父亲当时掌管着西安市的粉条腐竹豆腐生产，每月经他手划拨的粮食达数十万斤，却把自己饿成浮肿，把妻儿几乎饿毙，这是当今官员多么不可思议的事情。

我们兄妹长大，或掌点权，或没掌权，从未拿过分文不干净的钱。父母传输给我们的生命里，全是廉洁清明的基因。以上文字，我在散文《父端子正》里已经写到，这里只是赘述。

一直到现在，我始终认为家风家教，对人一生价值观的形成有着根本的影响，成年以后的价值观，都是在这个基础上的延伸。所以，我在给一家报纸开的专栏《文学创作与欣赏》中，写下这样的文字：

　　　　人人都有童年（包括少年），再伟大的女人都诞不出成年的孩子；再伟大的人物，不可能从母胎诞出就是成年，童年是每个人的必经过程。人离开母胎，睁开迷蒙的双眼观察这个陌生世界，逐渐知晓了日月星光、打雷闪电、草木走兽、江河湖泊，牙牙学语是方言土语，吃的是家乡口味，认识了亲属关系社会成员……

　　童年接受的教育、生活、文化，绝大部分是在家庭和家庭有关联的人事中完成，童年接受的生活是人的母本生活，童年接受的文化是母本文化，童年接受的精神熏陶是精神的发源地。作家的生活、精神、意识、情操、观念，都含有童年的胎血和乳汁。

　　作家进入成年之后，客居他乡，但他写作的语言、意境、生活习俗、情感、精神，铭刻在思维里的童年记忆，会随着生活的变化、思想的提升，重新被激活，成为创作素材。

　　在人生的经历中，童年是最初的经历；在所有的往事中，童年是最具记忆的往事，是灵魂生长的源头。

到了60年代初期，我们举家从河南巩义市老家迁至西安北郊三家庄，村人善良，在那个饿死人的年代接纳了我们，我们在这里由少年走向青年。母亲及我兄妹尽心报答乡党的恩赐，不敢有半点忘恩负义。半个世纪里，母亲和乡邻温和相处，仁慈待人，宽厚大方，从未有过任何纠葛，乡党有事，尽力相帮，宁可亏己，不愿亏人。本村邻村有婴儿出世，没有准备棉裤棉衣，母亲得知，连夜用新布新棉做成，托儿媳送去，还不放心地问："大小合适不？"如今，当年穿母亲做的婴儿衣裤的孩子已经长大成人。

　　母亲到了耄耋之年，更以慈善为本，见了可怜的苦命人就满怀同情，必定伸出救助之手。拆迁搬至新楼，每天早上都要多煮两个鸡蛋，送给打扫卫生的阿姨，满怀同情地给我们说："不是家穷谁愿意背井离乡，为挣这点工资给人家打扫卫生，多不容易，咱们能帮就帮，帮了心里安宁。"

　　现今媒体宣传的慈悲、怜悯、博爱、善良、同情，喊得震天响亮，收获的却是冷漠、麻木、自私、贪婪。母亲识不得文字，听不懂宣传，却知人做天看，天不欺善，行善是为自己积福，为下辈人积福。人要是这辈子作恶了，下辈子托生牛马，受人鞭打。全是自小接受的传统教育和天性的善良，践行着现代人高喊却不愿实践的善举。这些善举，天知，地知，我们兄妹知，村里的乡党知，母亲走到哪里都收获到问候和尊敬。

如果不认同母亲的积善说，认为人既无上世，也无来生，行善不得善报，作恶不得恶报，谁都无所顾忌地作恶，不愿行善，社会岂能和谐？

母亲一生节俭，时常教育我们，老天让你这辈子用多少水吃多少粮，早用完早走，晚用完晚走，地上掉粒米都要捡起，吃八成饱饭，洗过脸的水再洗衣服。现代人认为此是迷信，母亲却认为是天理，那些腐化奢侈的贪官污吏，有几人获得母亲的长寿？当今人类无休止地向大自然索取，造成生态恶化，资源枯竭，母亲和中华民族朴素的生态观念，不是制止生态恶化最有效的理论学说？

上天存善，母亲的慈善、节俭、热情、助人，得到回报。截至写这篇文章前一个多月，我刚回西安看望高寿九十八岁的母亲，老人家五世同堂，耳不聋，眼不花，声音洪亮，周身上下没有一处不舒服。母亲给我和妻子说，她到医院做了体检，医生说她身体各部器官相当于六十岁的人的功能。

母亲的健康、长寿，难度不是上苍给母亲的授奖！

传　统

构思这篇文章时，我想给它起名《传统》。查了词典字典和百度，"传统"的词义相同文字不同，归纳起来是世代传承的思维定式和行为准则。

一九六九年，我入伍到中国人民解放军汽车第九团，刚到部队第三天，就由班长带队，以班为单位到西宁城里活动，班长刘成章是一九六八年的兵。

十二个新兵一列纵队，走上几十步，刘成章就喊"一二一"。我们经过前一天的队列训练，知道班长喊"一"时迈左脚，喊"二"时迈右脚，这样才能步调一致。再走上几百步，刘成章又喊"一二三四"，我们要跟着喊。条例要求，喊口令时要用力、洪亮，体现部队的战斗力。

满街的百姓都看我们，窃窃私语"都是兵娃子"，不是贬义，新兵的意思。

我们听到这些议论，胸脯挺得更鼓，双腿迈得更有力，两臂摆得更标准，说啥也要给这身军装添彩增光。

突然，刘三顺惊呼："女解放军叔叔！"我们朝前方眺望，距离我们六七十米，走来一队女兵。

"立定！"刘成章喊了口令，我们停下脚步。

"向右转！"刘成章又喊了口令，我们转过身子，面向马路。

女兵的队列从我们背后通过。

刘成章把我们带到没人的地方，对刘三顺批评教育："队列在行进时不许说话。"

刘三顺辩解："我没见过女解放军叔叔，猛地见了就惊奇。"

西宁城里的百姓多，男兵多，女兵也多。这事情发生后，刘成章提高了警惕，老远望见对面走来的女兵就喊："立定！""向右转！"等女兵从我们背后走过，才喊"向左转""齐步走"。

回到营房，我给刘成章开玩笑："班长的办法稠，遇到女兵让我们向右转。"

刘成章说："这不是我的办法，我去年当新兵时，带我们进城的老兵班长，遇到对面来了女兵，就让我们向右转。我听班长说，他是当新兵时跟老班长学的。"

有人批评刘三顺的思想意识有问题，刘三顺也灰头土脸，开会走路看脚面。刘成章就在班务会上替刘三顺辩护："刘三顺见了女兵惊叫是少见多怪，不是思想品质问题，不能上纲上线。我们不能给刘三顺乱扣帽子，人家还要在部队争前途哩。"

队列继续前进，前边传来一位大娘的叫卖："冰棍——冰棍——又冰又甜的冰棍！"

"报告！"王上山在队列里喊。

"立定，说！"刘成章喊了口令。

"我想买个冰棍。"

"同意。"

冰棍四分钱一个，王上山付了钱。卖冰棍的大娘按城市卫生规定，把包装纸撕掉，把冰棍递给王上山。王上山咬了一口，说："我以为冰棍多好吃，才是给冰凌里放了点糖精，不好吃。我不要了，我把冰棍还给你，你把钱退给我。"

大娘说："冰棍卖出去就不能退，包装纸都撕了，你还咬了一口，退回来我再卖给谁？"

王上山说："我咬了一口，你扣我一分钱，给我退三分钱就行了。"

刘成章赶忙跑过去，从王上山手里要过冰棍，说："我刚就想买冰棍，把这根冰棍让给我。"从口袋里掏出四分钱给了王上山。

王上山归列后，刘成章给大娘道歉："新兵没吃过冰棍，不知道卖冰棍的规矩。我是班长，替他给您道歉。"

回到营房，我替刘成章打抱不平："王上山也浑蛋，哪有把人家的冰棍尝了一口又不要的道理。"

刘成章说："王上山家里穷，咱要理解他。带新兵就像带孩子，不能着急。说到底，新兵只是刚穿上军装的老百姓，要慢慢教育才能成为军人。"

中午到了，刘成章把我们带到一家食店，我们围着两张桌子坐好。刘成章问："一人两碗肉面够不够？"大家说够了。他跑到柜台跟前，连他十三个人，买了二十六碗肉面。一碗肉面两毛钱二两粮票，二十六碗就是五块二毛钱五斤二两粮票。

呼噜面条的时候，我问刘成章："我们吃饭让你掏钱不合适，我们把钱给你。"

刘成章说："不用个人掏，我回去报销。"

回到营房，我碰到事务长，说了这事。事务长说："部队规定，执行任务时在外边就餐按标准报销，不执行任务的外出一律不能报销。"

我问刘成章："我们那么多人吃饭，花你的钱和粮票……"

刘成章说："我去年当新兵时，老班长带我们到西宁城，就是老班长掏的钱和粮票！这是部队的传统，新兵老兵在一块吃饭，肯定是老兵掏钱。首长和战士一块吃饭，肯定是首长掏钱。要是老兵让新兵掏钱，首长让战士掏钱，就是喝兵血。"

连队不成文的规矩，每年带新兵进西宁都是当过一年兵的准老兵，要是连首长让我带新兵进城，我说啥也不能让新兵掏饭钱和粮票。

钱和粮票是硬扎货，我一个月的津贴六块五毛钱，给家里邮六块钱，剩五毛钱。部队把我们的吃喝穿戴、肥皂洗衣粉都包了。需要个人花费的就五分钱的组织费，这个不能节省，节省了就是政治问题。再就是买牙膏，最次的牙膏都要两毛钱，我就在牙膏上抠搜，把牙膏换成牙粉，牙粉五分钱一包。这样抠下来，一个月可以存四毛钱，一年就是四块八毛钱。算来算去，要是十三个人吃肉面条，就得五块两毛钱，还是不够。有些家庭困难的战士，不买牙粉，用盐水刷牙，盐不用掏钱，到炊事班随便拿。这样又可以每月多节省五分钱，一年就是六毛钱，够带新兵吃肉面条的花费了。

第二年果然让我带新兵进西宁。还好，没有新兵喊女解放军叔叔，也没有新兵买冰棍，排着队到照相馆照了第一张穿军装的相，就该吃午饭了。我安排新兵坐好，自己跑到柜台前买牌子，天没想到，地没想到，我更没想到，肉面条涨价了，一碗两毛五分钱，二十六碗就涨了一块三毛钱。我把攒了一年的钱全掏出来，还差三毛五分钱，只好买了二十四碗。新兵吃的时候，我坐在一边看，有个新兵问："班长，你咋不吃？"

我说："我这些日子犯胃病，卫生员交代中午要空一顿。"

带了一天新兵，花去一年的积蓄，还饿了一顿肚子，却心甘情愿。我按部队传下的规矩，做了老兵该做的事，尽管我是入伍才一年绝对不敢自称老兵的新兵。

我们常年执行的任务是给果洛军分区运送物资，弹药、被服、给养，送新兵入伍，拉老兵退役。公路质量差，很多地方是便道，到了冬季，通过河流的便道被冻冰覆盖，车辆只能从冰上通过。有的地方冻冰坚实，车辆就能通过。有的地方冻冰不坚实，车辆开到中间就会压塌冰层，坠入河里。

我当兵第一年，给刘成章当助手。

元月，青藏高原最寒冷的季节，测绘部队的技术员说这个季节的果洛，气温在零下四十摄氏度。

我们班接受给果洛军分区运送冬菜的任务。行车到第四天，车队从黑河兵站出发，一个多小时后开到一条冰河跟前。我们把车停在河这边，看着副班长把车开上冰层，心都提到舌头跟前。副班长的车通过了，刘成章和我驾驶的第二辆车也通过了。第四辆车通过时，我们提心吊胆的事发生了，车辆行至河面中心，冰层发出承受不了的嘎巴声，响声越来越大，冰层有了裂纹，裂纹越来越大，咔嚓一声，冰层断裂，车辆坠入河里。

刘成章极快地脱下大衣，开始解棉衣的纽扣。副班长跑过来说："你有关节炎，不能下，我下！"

刘成章说："这事轮不上你，等我复员了，你当上班长才能轮上你！"

趁这个工夫，我把大衣也脱了，顾不上脱棉衣，爬上汽车大厢把拖车绳取下来，就朝河边跑。

刘成章冲过来，抓住我朝身后一甩，说："你添什么乱，新兵蛋子还想干这活！"

副班长也跑过来说："我和班长要是同意你去挂拖车绳，我俩都得把脸装到裤裆里！"

刘成章麻利地脱去棉衣，脱去衬衣，浑身一丝不挂。

我给副班长说："班长有关节炎，说啥也该我们下！"

副班长说："咱们汽车兵遇到这情况，必须是班长第一个下，副班长第二个下，一号战士第三个下，依次后推！"

我问："哪个条例规定的？"

副班长说："没有哪个条例规定，是传统，一代一代传下来的！"

日月像手里捧的水，不觉间流逝了。我从事文学创作二十年后，出了几本书，人家就封了个作协副主席。当今社会，头上有了顶戴，就成了权力庙堂里的塑像，就有人为了得到权力给予的好处给你烧香磕头，隔三岔五就有约饭的电话，理由是交流创作体会；隔三岔五就有登门拜访的电话，理由是请教创作经验。常常想起部队的传统，作协的副主席怎么能吃作家花钱的饭局，这和部队唾弃的喝兵血有啥区别？就拒绝，有人说你是作家，人家也是作家，作家和作家在一块吃个饭，哪能上纲上线？

我说："你说得没错，确实是作家和作家在一块吃个饭。问题是都是作家请副主席吃，副主席怎么不请作家吃？"

中国除了畅销书作家、官员作家、老板作家，平民作家还是比较清贫。他们白日为生计拼搏，挣着微薄的薪水，到了夜间，别人家的窗帘暗了，人入睡了。农家的牛都卧在圈里，慢条斯理地反刍，歇息苦累了一天的身子。唯有这帮写作者，青灯黄卷，折腾文字，也被文字折腾。熬心耗血折腾出一本书，还得花钱出版，苦节苦省节衣缩食好多年才能攒够出书的费用，咱当个副主席咋能忍心吃人家的饭局？那是吃作家的肉，喝作家的血呀！实在推辞不过，就坚持最后的底线："我有个原则，凡是底层作者的饭局，必须由我埋单。"我还给他们丑话丑说："我也是靠工资过活的，尽管有点稿费，但也实在微薄。咱们互相体谅，要交流，要抒情，要拉关系，就到老爸茶坊，一人一块钱的茶资，从早上七点坐到夜里十二点，人家都不会赶，我掏得起，你也掏得起，谁掏都可以。"

有底层作者打来电话，要登门拜访，绝对欢迎。咱不是国家警卫局的保护对象，不是马云王健林之类的老板，凭啥摆架子不见人家。但心里明白，人家拜访的不是你，是作协副主席。你这一届当了，门庭就热闹，下一届不当了，门庭就冷落。人家的双手能把你抬起来，也能把你拽下来，不可能永远抬着你。拜访你的人都不会空手进门，美酒、高烟、海产、山珍，拿进门了总不能扔出去，那也太不近人情了。于是，接到登门拜访的电话，首先表示欢迎，跟着要求不能带东西。如果带了这些东西，进门时放在门外，走时再带走，这是我做人的底线，越过底线就是用唾沫朝我脸上吐。

乐东县有两个农民作家打来电话，我按照自己的要求一一二二地说了，他们说："杜老师放心，我们绝对不带东西。"

他们进门了，抱了一捆芥菜，说："这菜是自家种的，没用化肥没打农药，绝对生态。"

我收下菜，招呼妻子泡茶，聊文学。到了午时，请他们到饭馆吃饭，又送他们一人一盒茶叶，帮他们买了返回的车票。

我曾听一位专职副主席说："一到下午五点，没有人打电话邀饭局，心里就发慌。"

他说这句话的时候，每一个字里都饱含着炫耀和自得，看不到丝毫的自责和不好意思。或许，他认为这是权力的天经地义，我吃你的饭局是看得起你。可悲的是那些自称人类良知的作家，花了钱还到处炫耀："我把某某请出来吃饭啦！"

真不知这个副主席吃了多少作家的肉，喝了多少作家的血？有多少作家"心甘情愿"地割下身上的肉放到人家的盘子里，抽出血管里的血倒进人家的酒杯里。

写出了一点名堂，就有人邀请给他的书作个序，写个评论。平心而论，这些底层作者无论天赋、作品质量，都无法和文坛大鳄并论。但我欣然应允，拿着放大镜在字里行间寻找值得挖掘的矿产。理由只有一个，底层作者的写作太难了，应该给他们更多的鼓励。

他们得到我写的文字，就拿来人民币。

我说："我给你几千块钱，让你到处说我的好话，你干不？相比名声和钱，我更看重名声！"

于是，送钱的把钱收回去了，微信发的红包退回去了。

这些，只为了心里安宁，不让人家背后对咱脊梁喷唾沫星子，也期望跷起的大拇指头。

那年，我在一家期刊社任主编，期刊社是研究院的刊物，在一栋小楼办公。下午三四点，突然感觉楼房晃动，我当即就意识到是地震，对办公室的人喊："地震啦，快朝楼外跑！"我毕竟是军人出身，经历过一级战备，冲到楼梯口，指挥拥挤逃命的人们有序撤离。而后，我又顺着楼层一层一层检查，最后一个跑出办公楼。院长站在楼下的空地上，能听见我在楼里吼喊人们撤离的声音，也亲眼看见了我指挥人们撤离的镇静，曾是军人的他问我："你当过兵？"

"当过！"

"当了几年？"

"六年！"

"老兵，没有当过兵做不出这些事情！"

那次地震后，有位中国顶尖大学毕业的学生，我们杂志社的编辑，准备提拔副主编，被辞退了。辞退的理由很简单，他在地震时，把旁边的人推倒，腾出道路自己逃命。院领导在员工大会上说："面临地震，杜光辉指挥整个办公楼的人撤离，自己最后一个离开。而有的人推倒别人，从别人身上跨过去逃命。我们确实需要人才，但这种人才我们坚决不要！以后我们招聘，同等条件下，退伍军人优先。"

一个人的行为或许能引出一些人的不快：你搜索出五十多年前的火柴，试图照亮这个世界，偏执不偏执，迂腐不迂腐？

我从来都认为自己是根火柴，森林与我无关，更不奢望照亮世界，只想照亮眼前，不要踏进污浊的陷阱。

我的三十七岁前的人生

——散文集《浪迹巴山·序》

三十七年前，在西安东五路口一个贫民院里诞生了我。父亲为了不使我辈和他一样受苦受穷，希望这个新生命为杜家门庭增光添辉，便顺着"光"字辈取了十分显赫的名字——杜光辉。

社会弄人，城市缩减人口，我们一家除了父亲，全由城市户口转为农村户口，一家人也由城里搬到乡下，成为人民公社生产队的社员。

贫寒至极的家庭，难以供养我兄妹五人的吃穿上学，大哥不得不中途辍学，在生产队当一名半劳力，挣得工分协助父母养活下边的弟妹。他日不出而作，日落尚不敢歇息，夏背日头冬喝风，一年三百六十五天中有三百天是热汗顺着脊梁杆子流，但仍然无法使弟妹交纳书本费学杂费。为了上学，我们不得不另想挣钱门路。少年的我拾过瓜子、捡过烟头、挂过坡。至今回忆起来，那情、那景、那寒酸、那卑贱、那屈辱，仍然历历在目，如同刚刚发生。

盛夏的高温里，有钱人吃西瓜降暑祛热，只穿件肮脏裤头的我守着西瓜摊子，捧着一个很大的盘子站在吃瓜人面前，接人家嘴里吐出的瓜子。当然少不了嫌我肮脏而败坏吃兴的人，轻则扔下吃了一半的西瓜掩鼻而去，重则抬起一脚把我和盘子踢出老远，还辱骂不止。此类事哪天都经历六七起，多了就习惯了，一骨碌爬起，先拾起盘子，再把撒到地上的瓜子连土往盘子里抓。回家后用水洗净，卖给炒瓜子的，能挣上三毛五毛，全数交给母亲积攒学费。最讨厌我们的是卖西瓜的贩子，嫌我们的肮脏影响生意，常常用砍西瓜的大片刀轰苍蝇似的赶我们，还发出吼骂："崽娃子的再不滚开，老子拿刀刷了你们！"我们确实也像苍蝇似的让人讨厌，人家刚轰走三丈两丈，搬个西瓜的工夫又围上去，为了挣钱哪顾上脸面尊严，也知道他不敢拿刀刷我们。话说回来，八九岁的娃娃，哪知道脸面上有尊严。

再长几岁，西安北郊大明宫跟前的大坡上下，又出现一个骨骼单薄满脸菜色的挂坡少年，那就是我。天蒙蒙亮就赶到坡底，见到拉重架子车的人就跑过去，不用说话，只把襻带朝人家车跟前一伸。人家也不说话，让挂的点下头，那伸出的襻带就势挂在架子车上，干瘦的脊梁杆子立即被重负扭曲前倾，身子几乎与路面平行，不敢有丝毫偷懒，生怕挂到坡顶人家不给现钱。挣苦力钱也有竞争，同行中不缺膀大腰粗的汉子，拉架子车的苦命人常常看中他们，只有他们不在时才让我挣这笔钱。为了讨好雇主，也为了竞争，我只有使出十二分力气，使雇我的拉车人感到肩上的襻带轻了，车轱辘转得快了，他们还会在我的襻绳上拍一下，襻绳发出嘭嘭的声音，证明我出了死力。因此，我赢得了一批拉车人的信任，很多比我个子高、身子壮的人，都败在我的手下。我平时要上课，能挣这钱的只有暑假寒假。暑假酷热，寒假贼冷，但我摸出了一些规律，暑假的酷热里有暴雨，暴雨突兀而下，拉架子车的人把雨布盖在车上的货物上，自己淋着暴雨拉车。这个时候挂坡，比平常要多收五分钱。寒假的贼冷里有冰雪，拉车人踏在冰雪上，害怕滑倒不敢使力气，必须雇我们挂坡，同样要多掏五分钱。越是不好的天气，我们的收入越高。多数人遇到这种天气，都窝在家里歇息，我却盼望这种天气，为的是多挣三毛五毛。一天下来，挣扎着回到家中，一头栽在床上，破衣服兜里少不了三块两块的收入。母亲接过我递给的钱，就流着眼泪给我洗脸、洗脚、缝补衣衫。

一个班上四十个少年，同学们吃得比我好，穿得比我阔（这里不能用"阔"字形容，只能说穿得比我穿的好些），个子比我高。我无一处比他们好，唯一能和他们比的是学习，绝不允许自己的考试分数比他们低。如果这一方面再不如人，自己就一无是处了。也难怪，别人家的少年是为了上学而上学，我是为了长大后不饿肚子而上学。我们这些贫困家庭孩子的心目中，还有比吃饱肚子更为重要的事情？我们的一切奋斗目标就是为了不饿肚子。

到如今，我还保持着少年时养成的脾性。同事中，有的出身权贵，有的怀揣文凭，有的拥有后台，有的善处人际，自己无一样比得人家。就和人家比吃苦精神，比工作态度，熬夜费心地写作，时常发表一些文章，总算占了一样特长。否则，活在世上也是处处都不如人的废物。

谋事在人，成事在天。那场史无前例的运动，断送了我上中学、考大学、读博士、当学者类的美梦。为了吃饱肚子，也为了谋个前途，还没有脱离少年的我，在父亲的怂恿下参了军，用我们陕西的土话说是吃了军粮。我到部队的第一感受的好处是部队真好，太好，想象不出的好，大米饭、白蒸馍、肥肉块子炖粉条，不用掏钱、不需粮票，可以敞开肚子朝死里吃。再就是棉衣里面套个衬衣比光穿棉衣暖和得多，鞋里头穿袜子不磨脚掌，旧衣服还没有穿烂，新的就发下来了。几年大肉块子白米饭吃下来，个子长了十几厘米，虽也瘦弱，但终是成了汉子。在懂得许多革命道理里面，还掺杂着好好干拼命干，多吃几年不掏钱的饭，要是部队不要咱了，到哪里过这么好的日子，说起也算是私心杂念。于是，就十二分地能吃苦，吃苦本来就是咱的强项，行车时十二分地注意安全。六年青藏高原的汽车兵生活，出生入死，饱受冰冻寒冷饥饿危险的折磨，使本来就能吃苦的天性又增了坚毅与韧力。

复员后，凭自学考上了西安铁路运输学校。学期三年，毕业后分配到安康铁路分局。在深山小站当了八年通信工，上山查线、抢险，苦苦累累自不必说，令人烦恼的是有一颗不甘被大山埋没的雄心。常常夜深不眠，面对万重山仞，琢磨出路前途。终于，立下走文学创作当作家的雄心壮志，虽没成大的气候，却没有丝毫遗憾。因为，这些年里没有偷懒一天，虽苦虽累却活得充实坦然。

提拔进了机关，当了个品位极低的工作人员，尽管下边的工人把我们这类人统称为官，但自觉身上没有一点官气，原因是先人坟上就没长出当官的蒿草。模样也极其邋遢，头上除了理发人梳理之外，自己从不管理，也不备刮胡刀之类的用品，常常是胡子和头发连在一起，蓬头污面。再加上被文字耗干精血而枯槁不堪的五官，令人惨不忍睹。唯一不敢忘记的是和自己少时一起拾瓜子的伙计、挂大坡的苦力、青藏高原同卧冰雪的战友、深山小站同攀山查线抢险的工人。就煞费心血地琢磨他们的苦难，他们的人生，他们的诉求，书写他们，表现他们，讴歌他们。于是，写就的文字中，几乎全被和自己同命运的草民百姓占有。

　　自幼家贫，身上自然充盈穷气，穷到极处就透出啬气酸气，常常被人鄙视。少时，逢过大年才能吃上一顿猪肉萝卜馅的白面饺子，至今仍认为饺子是世上最好吃的东西。若到人家做客，一碗饺子就心满意足。有了经济收入，仍把一枚钢镚看得比磨盘都大。从不下饭馆，外出办事，宁可饿着肚子也要省下饭钱。遇到实在推脱不掉的请客，也只吃羊肉泡馍，为的是节省钱财。至今下饭馆的最高档次是一碗羊肉泡馍外加两个死面坨坨，烧鸡、烤鸭这类吃食，在别人的请客中吃过，鱿鱼海参山珍海味美肴佳酿，也只在文学作品里吃嘴，连我自己都觉得这个做派上不了台面。所以，遇到别人请客，能推就推，吃了人家，要回报人家。烟酒需要钱买，也就绝了抽烟喝酒的念头，并不是怕烟酒损耗生命，要论最损耗人生命的东西，莫过于钢笔和方格稿纸。

　　爱钱，是自幼家中缺钱，深谙钱在当今世界的作用。但视人品道德比钱更为金贵，在金钱与名声相互矛盾之时，宁舍钱财不舍名声。爱钱仅限于自己节省，从不用旁门左道挣钱，也不占别人分文便宜。至今仍牢记家父训言："人生在世，政治上不可陷害人，经济上不可占人便宜。"

　　创作以播种小说为主，间播散文，有感则发，无感就罢。这些文字不知属不属于散文的范畴，也不知读者如何评价。但我可以毫无汗颜地告以自慰，这些文字都是从心底迸溢出来的。

　　别人出散文集，都找名家写序以壮行色。我一直困囿深山，本性不喜交往。又因长期用脑过度，耳鸣加剧听力下降，不便与人交往，更难找名人为这本集子写点东西。又不能没有序，就自己写序，故为"自序"。

那个读书如罪的年代

20世纪70年代末，我从西安铁路中专毕业，被分配到大巴山腹地的万源火车站。

我们在工长李明堂带领下，从西安坐火车到安康。然后换上铁道兵的火车，国民党时期的老车厢，向万源进发。行程漫长，我的头顶挂着一盏马灯，马灯摇曳，晕光忽闪，心里有事，无法入眠，就取出书看。看的是《西厢记》，写洛阳书生张珙赴长安赶考，路过河中府看望同窗好友白马将军，游览普救寺时，与莺莺相遇，相互产生爱慕——

摇曳的灯光晃荡着书里的文字：碧云天，黄花地，西风紧，北雁南飞。晓来谁染霜林醉？总是离人泪。

我刚上初一就从军，当了六年兵，复员后又读了三年中专，年龄二十三四了，爱情还没有光顾。白天都做爱情梦，生理上焦渴难忍，渴望天降姑娘，让爱有个寄托，给焦渴一条通道。看这样的故事，读这样的文字，岂能不心潮澎湃？禁不住念念有声，长吁短叹。

李明堂见我看古书流眼泪，问："你看的啥书，整得这么激动？"

路途迢迢，知音难觅。我就把他看作知音，讲起张生与崔莺莺的爱情故事，讲得声情并茂，涎水直流。

李明堂警惕地朝四周瞅视，说："到了单位，还是少看这些书。这些书讲的全是封建，才子佳人，男欢女爱，把人都教坏了。多少人犯错误，就是受了封资修的影响，贪图老二的享受，毁了老大的前途——"

当头一盆冰水，扑灭了心里的火热，周身寒彻，禁不住打起冷战，从精神到肉体都冰冻起来。只恨自己不小心，怎么也不该在领导面前看《西厢记》。以后可要注意，不能再犯如此低下的错误。那个时候，人们的思想意识中，爱情常常和资产阶级连在一起，性比砒霜钢刀还凶恶。爱情和性，怎么想都可以，绝不能外露。谁要是敢演绎现代版的《西厢记》，肯定会被扣上资产阶级流氓分子的帽子，轻则批判，重则坐牢，毁一辈子前途。用李工长的话说，就是老二把老大害了。

后半夜，火车在万源车站停下，李明堂忽地站起，对我们喊："到了，都下车，不要忘了行李。"

同学们被喊声惊醒，或者根本就没有睡着，揉着惺忪的眼睛，浑浑噩噩地扛起行李，走出马灯飘摇的车厢，在站台上集合。

有同学钻进值班室烤火炉了，我站在房檐下，又拿出《西厢记》，接着看。没看多大工夫，又被崔莺莺和张生的爱情吸引了。那月下清光，地上花丛，亭子玲珑，丫鬟聪明，相见恨晚，云雨销魂，忘记了自己身处何地。

李工长走到我跟前，拿过我手里的书，翻了一下书皮，说："又在看《西厢记》，我在火车上给你说的那些话，白说了。"

我赶忙收起书，连着给他鞠躬，说："我一直记着哩，刚才没事情干，随便翻翻。"

他见我态度好，没有过多追究，说："以后把毛泽东思想和马列主义带上，没事的时候读他们的书，读得越多证明你越进步，就是不读，捧在手里也是态度。"

我们电务部门是铁路上最清闲的单位，上班把设备检查一遍，就无事可做。几里以外是万源县城，县城不大，楼高不过三层，人口不过万八。襄渝铁路的员工，一部分是老线调来的，一部分是我们这些中专毕业生，还有一部分是下乡知青。最大的特点是男多女少，女工大都在城市找了对象，用我们陕西农村的话说是戏台下的婆娘，有主了。我们这些中专毕业生，正当恋爱结婚的年龄，却没有恋爱对象，像发情的公狗，成天囚在万源县城，乱窜乱碰。有时买上一包香烟，斜靠着柜台，看女售货员，有一句没一句地和人家搭讪，想勾兑人家，当革命老区的女婿。万源这地方山清水秀，滋养的女娃都细皮嫩肉，小巧玲珑，走路说话像莺歌燕舞，腰都能扭成麻花。不像我们陕西关中的女娃，膀大腰粗，走路能把地球蹬个跟头，说话的嗓门比汉子都粗。要不就钻到哪个食店，炒上两个菜，要上一瓶高粱白酒，吃个肚子饱胀，喝个东倒西歪，醉生梦死。我常常在醉中思考，就这样在大巴山混过自己的一生？

一日，又在万源县城鬼混，不知不觉间走到万源县文化馆门口。从一个破旧的拱形门进去，看到一个招牌，好像当年红军起义的某个遗址。文化馆有个很小的图书馆，里间藏书，外间阅读，藏书不过数百，杂志不过十数。我眼前一亮，没想到万源这个穷乡僻壤，还有一个读书的去处。一个四十多岁的女人好像管理员，我走进去，给她点头，她给我点头，算是互相礼貌了。我在仅有的一个阅览架上，拿起一本《新体育》，里面有个叫张洁的作家写的《含羞草》。讲的是一个很有天赋的乒乓球陪练员，自己完全可以冲击世界冠军，为了培养下一代，担任陪练。这个乒乓球运动员的姐姐，爱上了这个陪练，他们之间发生了爱情，故事非常美好。世上还有这么好的人，还有这么纯真的爱情，我们民族还有这么优美的文字，如此打动人心。我把这篇小说看完，像在久旱的沙漠喝到绿茶，巴颜喀拉山的严冬围着火炉，连年饥饿遇到美味鸡汤，心灵得到极大的抚慰，精神充满朝气和生机，霍然产生了这样的想法：张洁可以写出如此美好的文字，我为什么不能写出如此美好的文字？

我决定开始文学创作。

我在本该读书的年龄，参军入伍，驾驶军车奔驰在青藏高原，没有机会读书，没有构建出知识平台。像我这样几乎属于半文盲的铁路青工，要当作家，不啻搬个梯子，向世人宣布我要攀登月球，向嫦娥献花求婚。

但我知道，首先要拼命地读书，把自己的知识平台构建起来，然后才能写书。

我一个月的工资四十二块加五毛，必须拿出十多块钱买书。那时候的工资实在太低，书也实在太便宜，两块钱可以买本很厚的书，十多块钱可以买五六本书。但是，工资买过饭票之后，剩下的钱买不了几本书。

我把所有的业余时间都用来读书，恶补过去没有读书的缺憾。

铁道部规定我们这批中专生，一律按工人对待，可以从中选拔优秀分子补充到干部队伍。同学们都想补充当干部，就得靠拢能让当干部的领导。于是，领导家要打蜂窝煤，立即有人抢着去给人家打，还只敢喝人家的茶水，不敢吃人家的饭食。我也想去，但正在看范文澜的《中国通史简编》，看完再去给领导打蜂窝煤。看这类书不痛不痒，没有阅读激情，味同嚼蜡。但它描写了中国数千年的历史，可以给我的历史知识进行一次扫盲，必须坚持读下去。我在阅读中，试图从中找出规律性的东西，每一次政权的更迭，全是用血腥和屠杀完成。每一次经过血腥战争所取得的新朝开始，皇帝都要对开国大臣们实施削权罢官、驱逐流放，甚至杀戮。因为他们知尊者之隐私，有失尊者体面之事，知道的人越少越好。越工勾践如此，汉王刘邦如是。故文种必死，韩信在未央宫里丧命，就不足为奇了。看着，看着，就钻进书中，钻进思想，忘乎一切。

到了傍晚，太阳下班，书看完了，猛然想起还没有给领导打蜂窝煤，这可是巴结领导的大好机会呀。急忙合上书本，拔腿就朝外跑，领导的蜂窝煤已经打完，自然失去了提拔干部的绝好机会。我却看完了《中国通史简编》，还得出这样的结论，好书不一定好读，尤其一些历史、思想、哲学类的书，必须研读，需要极大的耐心和毅力。真是东山上没长出麦子，西山上却丰收了苞谷。

再一个想当干部的途径是给领导送鸡蛋，万源县城的鸡蛋八分钱一个，下边沿线车站的鸡蛋五分钱一个。想当干部的人，星期天坐上火车，跑到沿线车站，买上一篮子鸡蛋，再赶回来，送给领导。我也想到下边买鸡蛋给领导送，用几篮鸡蛋换取美好前程，小投资大收益，怎么算都划得来。遗憾的是那点工资除了吃饭，都买了书，没有钱给领导买鸡蛋，只好打消这个念头。为此，我在领导心目中，属于不求上进的那类人，提干自然没我的份。那时节，衡量一个人工作的好坏，不是你工作干得咋样，而是跟领导关系的亲近疏远。

读书入了痴迷，除了上班，把所有的时间都用在读书上，还试验着写些散文小说类的作品。常常折腾到后半夜，早晨起床，两眼红肿，像糜烂的桃子，睡眠不足，走路两腿打晃，如同神游。领导见我这副模样，老远就指着我批评："杜光辉，你夜里干什么去了，没有一点精神？"

我说："看书啦，看到天快亮才睡觉。"

领导说："青年人应该像早晨八九点钟的太阳，看看你这样子，整天萎靡不振，哪像个青年人？"

领导跑到我宿舍，检查我看的书籍，有《世界通史》《中国通史》《马恩列斯全集》《毛泽东选集》，也有《金瓶梅》《三侠五义》《西厢记》《茶花女》。领导把《世界通史》《中国通史》《马恩列斯全集》《毛泽东选集》集中在一边，说："这些书是好书，我们鼓励你多读，读得越多越好。"又把《金瓶梅》《三侠五义》《西厢记》《茶花女》，归拢到一边，说："这些书是黄色书籍，宣传淫秽色情，不能读，越读越中毒，应该没收。"

我辩解："上级没有规定这些书是黄色书籍，《茶花女》是世界名著，大仲马的代表作。"

领导说："我不管他大种（仲）马小种（仲）马，公马母马，只要是写女人的，就是宣传资产阶级的毒品。上头一再号召，要集中读毛主席著作，读马列。你不把精力用在读好书上，用在读封资修的书上——"

领导要把这些书搬走。为了买这些书，我几个月不敢吃肉菜。新华书店不公开卖《金瓶梅》，我通过关系找到书店经理，给他送了一只老母鸡，他才把一个老红军的《金瓶梅》指标扣下来，卖给我，理由是老红军不识字，把《金瓶梅》卖给他也看不懂。领导要搬走这些书，无疑是割我身上的肉。我的犟脾气上来，指着领导吼："你今天敢没收我的书，我就跟你没完，到时候别说我跟你过不去！"差点冲上去揪他的领口。

领导没敢搬走我的书，却给我结下了梁子，得罪了领导，比脚小的鞋就穿到你脚上了。又仔细一想，一不偷，二不抢，三不反对共产党，不贪公家的钱，不上别人家的床，他们能把我怎样？也就没把这事放在心上。毕竟收入有限，光靠自己买书，读不了几本。一到周末，就带上两个馒头，跑到万源县文化馆，读书。时间久了，管图书的阿姨认识我了，对我格外照顾。中午下班，把钥匙交给我，让我在里面看书，她还从家里带来暖水瓶，带来茶叶，供我解渴。几年里，我把图书馆的藏书、杂志，几乎通读了一遍。我这才真正知晓阅读产生知识，知识产生思想。知识的平台越宽广，思想的深度越厚实。

新华书店的经理告诉我，他们进了几套《沈从文全集》，还没有上架。如果我想要，给我留一套。我立即表示，给我留一套。新中国成立后，沈从文的书一直不得出版，能得到沈从文的书，真是意外的惊喜。拿到这套书后，我连夜阅读，看完他的小说《边城》，产生了极大的迷惑。觉得这是一部充溢湘西乡土气息的作品，文笔那么清丽，被撑船老人与孙女翠翠相依为命的纯朴生活，以及翠翠与船总两个儿子的爱情感动。仿佛走进田园诗般的边城世界，深受淳朴自然、真挚善良的人性美和人情美感染。向往他们诚实勇敢、乐善好施、热情豪爽、轻利重义、守信自约。这种诗意的生活，诗意的栖居，深远自然、清灵纯朴、和谐隽永。

上级有了指示，鼓励青年自学成才。于是，工会组织青工，晚上聚在会议室里，由一个高中毕业生担任教员，率领大家学习英语，只要自学英语，就是有志青年。

晚上八点，会议室里就喧起"A""B""C""D""E"的和声，坐在教室里的青工，正是春情荡漾的年龄，有对象的眉目传情，暗送秋波。没对象的贼眼乱闪，在没主的女娃身上瞅视，企图得到对方的响应，合二为一。我的宿舍离会议室不远，念英语的声音聒得心烦。我正在写一部反映深山小站的中篇小说，刚刚文学起步，心里想的写不出来，写出来了又不合适，常常是一张稿纸，写上几行，觉得不好，撕掉重写。就这样写了撕，撕了写，写了几个小时，一张稿纸还没写满，地上却扔了几十张废稿纸。

领导敲门，我开门。领导站在门口，吃惊地看着满地的废稿纸，问："你在干什么？"

我说："写小说。"

领导说："大家都在做有志青年，学习英语，你是党员，不带头参加，躲在宿舍写什么小说。"

我说："他们连中国话都说不清楚，写个假条都不通顺，还学什么英语？我把他们学英语的时间，用在写作上，说不定我当上了作家，他们连英语字母都没记住。"

领导更吃惊地问："你想当作家？"

我说："作家不是人当的？"

领导说："作家是人当的，但不是你这种人当的。"

我说："我这种人咋啦，比别人少个耳朵，还是少个眼睛？"

领导说："你这种人不咋，也没有缺耳朵少眼睛，就是像你这样的中专生，咱单位都有几十个，全分局多少个，全铁路局多少个，全铁道部多少个？要是你们都当上了作家，中国人差不多都是作家了。全中国的火车都拉作家，候车室里还全部是作家。"

领导到底没有把我规劝到教室里，也没有让我变成有志青年。但单位的人都知道我写小说，想当作家，我就成了人们的笑柄。我和大家一样是中专生，学习不是最好的，身体不是最好的，人不是最聪明的，考试成绩不是最高的，哪一方面都不出类拔萃，凭什么想当作家？

我们吃饭的时候，围着圆圈，蹲在地上，有工友问我："听说你想当作家？"

我说："咋啦？"

人家站起来，围着我转圈，像驴拉磨。

我问："看啥哩？"

人家说："看你身上冒啥气哩，工作不忙的时候，你请假回趟老家，到你先人的坟上看看，上面长没长当作家的草。"

还有个人也站起来，指着我的裤裆说："杜光辉你听着，你要是能当上作家，你站在这里，我从你裤裆下边钻三圈。"

十年后，我已经调到铁路分局宣传部，还参加了全国青年作家代表大会，回到原单位，工友请我喝酒。那个说钻裤裆的工友说："杜光辉你要感谢我，当年要不是我的激将法，你哪有今天的成就。"

以上都是后话，现在转入正题。

为了攒钱买书，我几个月难得吃次肉，几年没添一件衣服。为了练笔，每天晚上写到凌晨两点。几年下来，整得面容枯槁，骨瘦如柴，两眼通红，头发蓬乱，走路不稳，衣服破烂。性格也变得格外敏感，只要谁说我当作家的不是，就和人家急眼，重则动手打架，轻则高声吼骂。于是，人们不再称我的名字，男工称我杜作家，没有尊敬，全是揶揄；女工称我神经病，鄙视不屑。青年女工赌咒时，竟把我带进去："我要是怎么怎么了，就嫁给杜光辉。"

在人们心目中，我成了麻风病人下三烂。几个嫂子辈的女工，好心劝我："你不要把工资全买了书，要那么多书顶吃顶喝。把钱攒起来，买几身像样的衣服，看上哪个女娃了，就给人家献殷勤。要是在铁路上找不着，找个万源农村的菜农也行，安个家，生个娃，这辈子就算有了交代。"

有女工直接说："像他这种神经病，菜农都不要他。"

单位每周都要上党课，主讲人都是支部书记，我们称他们叫指导员。我们的指导员小学都没毕业，会念党章，勉强能念《人民日报》，遇到不认识的字，就说这字我不认识，跳过去不念了，很诚实。还有个指导员上党课时，拿本《新华字典》，遇到不认识的字，就查字典，查得很慢，五六分钟才能查出一个字，认真得无可挑剔。这天上党课时，指导员拿了本《马恩列斯论共产主义》，在台子上念。这类活动，属于原则，必须参加，不敢造次。但人在曹营心在汉，从口袋里掏出杰克·伦敦的《野性的呼唤》，小说写了一只叫巴克的狗，被盗卖到阿拉斯加干苦工。每天拉雪橇，吃不饱，还经常挨打。巴克忍受了各种虐待，练成吃苦精神，比其他狗更机敏，更勇猛，最后战胜同类史皮兹，成为胜利者。在巴克的内心，时常涌动着一种原始的返祖现象，野性的力量呼唤着它，最后它回到狼群中。巴克以勇猛和聪明，赢得狼群的领袖地位。杰克·伦敦毫不留情地撕去了人身上的伪装，让我看清人类的本来面目。我突然觉得，我就是那只叫巴克的狗，多么渴望野性的生活。而后又对现实进行思考：总有一些人，为了私利去作恶。我们绝不能以德报怨，以善报恶。那些利欲熏天的人，你的以德报怨，以善报恶，他们会认为你傻，更助长他们的恶行。三十年前我看这部小说，得出这样的思考。三十年后，我用无数的人生经历，印证了人的私欲和恶念是非常难以改变的。

领导从后门进来，从我手里拿去小说，说："学习完了，到我办公室来。"

我没有反抗，毕竟我有错在先。指导员念完，开始讨论，什么是共产主义？听党课的大都是没有对象的男青工，成天琢磨咋着找老婆。一个工友发言："到了共产主义，要不要找老婆结婚？"

指导员说："肯定不能找老婆结婚，要是结婚就有了家庭，共产主义就是要消灭家庭。"

工友问："不让人找老婆结婚，就会把人憋死。不结婚做那事情，属于流氓，通奸，资产阶级，要坐牢批判。"

指导员不知道该怎么回答了，指着我说："让杜光辉解释这个问题，他成天看书，懂得多。"

我想笑，一群快三十岁还没有对象的老光棍，憋得满脸大疙瘩小包，整夜在床板上做撑竿跳，却担忧共产主义时期的男人女人会憋死，就说："我没有研究过这个问题，可能马克思也没有研究过这个问题，他十八岁就把燕妮娶回家了，就没有当过光棍，饱汉咋能知道饥汉的可怜。"

会议结束后，我到领导办公室，要我的书。领导满脸马列主义，张嘴就是阶级斗争，说："你上党课看小说，说轻点是无组织无纪律，说重点是对组织的态度问题。"

我不说话，摆出死猪不怕开水烫的架势。他又说："你先写份检查，检查深刻了，再把书拿回去。检查不深刻，再写，什么时候写深刻了，什么时候拿书。"

我说："这书是借万源县文化馆的，到归还日期了。"

领导说："这个我不管，我只管你上党课看小说是违反纪律，你说为什么上党课不认真听讲看小说？"

我思考了一会儿，说："我把《马克思恩格斯全集》《列宁斯大林全集》《毛选》（五卷）、《中国通史》《世界通史》《中国古代思想史》《欧洲思想史》，这些书全通读了，大学生的阅读量都不一定比我多。让我去听一个小学都没毕业的人上课，你说我能有兴趣？"

领导说："我承认你读了不少书，但也不能看不起工农干部，要取长补短呀。"

我说："我也想补，但他们最长最长的都比我最短最短的还要短得多，根本没办法补。让数学博士和小学生取长补短，咋补？你们要是不信，安排我给你们上节党课，你们要是能听懂三分之一，就算我吹牛，给我任何处分都不喊冤枉。"

开始整党了，那时候经常整党，就是大家互相提意见。如果在整党中表现不好，可能被劝其退党。要是被劝其退党了，这辈子别说升官，本来就找不来老婆更增加找老婆的困难，哪个女人肯嫁给被劝其退党的人。于是，我成了党员大会批斗的靶子。我心里明白，劝其退党有条件管着，不是想劝谁就劝谁，领导不待见谁就劝谁。我确实让领导不高兴，但没有犯一条上纲上线的错误，心里有底，上会不怕，坐在会议角落，耷拉着脑袋，别人说什么都不听，构思我的小说。那些发言无非是说我骄傲自满，目无领导，资产阶级成名成家思想严重，成天看封资修的书，叫嚣要当作家，好像我是蒋介石天天叫嚣要反攻大陆。

有一次，一个人发言，说我看书写作影响工作。

我辩解："我看书写作都是业余时间。"

对方说："你要是把业余时间都用在工作上，工作会干得更好。"

我看了他好几分钟，憋出一句话："你怎么不把业余时间用在工作上，成天朝女生宿舍跑，想勾兑人家，还给人家打洗脚水。"

这些人在我眼里，简直不堪一击，捂上半个嘴跟他们辩论，他们都不是对手。但是，我不愿还击他们，千钧之弩，不为鼷鼠发机；万石之钟，不以莛撞起音。指导员见我不吭声，以为我认识到自己的错误了，就耐心劝导我："你想当作家没错，谁都有点野心，我还想当国家主席哩。但心里想的不能说出来，你心里想的啥，旁人不知道，就没办法给你上纲上线。说出来了，就是狂妄，就是资产阶级，就是大家批判的对象。"

这时候我才知道，心里想的不说是无产阶级，说出来就是资产阶级。

第二次开会，我找当医生的老乡，开了张病假条，说是脑神经植物性功能失调。指导员看了病假条，不知道属于什么病，我给他解释："这属于神经病的一种，处于初发期，要是严重起来，会杀人放火跳楼自杀，说不定会跑去乱扳道岔，使火车碰头。我要是有个三长两短，我的同学会找上级揭发你，把我整成神经病了。"

我确实也像个精神病人，很长的头发，多日子不洗，蓬乱，穿着复员带回的旧军装，纽扣掉了，腰上勒根电线，要是边走边唱，再加上手舞足蹈，人们绝对认为是个疯子。

有了医生的神经病证明，指导员组织对我的批判，刚拉开战场就熄灭了战火。于是，我逃过了一场批斗，再开会的时候，我可以名正言顺地不参加，躲在宿舍里看书写作。为此，我付出了不小的代价，原来仅限于民间传播的神经病，现在经过医学鉴定为真正的神经病。本来连菜农都不愿跟我，现在恐怕只有痴聋呆哑能看上我了。

没过多久，我被调往毛坝关火车站。那里是我们单位的拘留所，只要不服从领导，不积极给领导打蜂窝煤，不经常给领导送鸡蛋，就有可能发配到那里，人们把毛坝关称作犯官流放之地。毛坝关比万源的环境更恶劣，车站设在半山，站台的一半架在桥上，一天中除了两趟慢车，在这里停车三分钟。除此之外，寂寞入骨，人们恨不得对着山崖捅上几拳。山高皇帝远，远离领导，就远离了开会，正是看书写作的好地方。单位规定，三个人一间宿舍，员工除了上班，剩下的时间就喝酒打麻将，说女人给嘴过瘾，无法清静看书。两层楼的楼梯中间，有个堆放清洁工具的楼梯间，能支一张床，再支一张桌子，进门需要把凳子放到桌子上，进去后再放下凳子。我看上了这个楼梯间，用石灰刷了，当我的宿舍兼书房。桌子对面有个小窗户，一尺高，一尺半长。山里的房子顺山而修，一栋比一栋高，窗户外边是女工宿舍。早起，女工们倒尿盆，骚尿溅到窗户里，稿纸上洇上女人尿的黄斑，霉气。

离开了万源，就没有借书看杂志的地方。那时候《人民文学》《当代》《十月》等刊物，刚刚复刊，限量发行。每天一趟慢车，后边拖着邮政车，有邮政员在车厢里游动，出售杂志，说是文化下乡，我成了具体的受益者。我就在毛坝关上车，在车厢里找到邮政员，买了杂志，到下一站下车，再走回毛坝关车站。距离十四五公里，经过三个上千米的隧道。

我揣着新买的杂志，沿着铁路朝回走。隧道里充满食物霉烂的馊臭味、客车排下的大便味、女人换下的卫生纸味，熏得人几乎窒息。走到隧道中间，眼前一片漆黑，像走进巨大的坟墓。道枕是等距离的，步子不敢迈大，不能迈小，完全凭着感觉一步一步朝前走，稍不注意，一脚踏空，就摔倒在铁路上。铁路上除了钢铁就是石子，没有一个软和东西，弄不好就摔个鼻青脸肿，受伤流血。要是运气不好，还能粘上大便。我全然顾不上这些，害怕脏污了杂志，人受伤可以养好，身上脏了可以清洗，杂志脏了就不好保存，保护杂志成了重中之重。过隧道时，最可怕的是遇到火车通过，列车从身边通过时，我真正知晓了什么是雷霆万钧之势，什么是庞然大物。列车挤满整个隧道的空间，呼啸而过。这个时候，我首先要找庇护洞，有时离庇护洞很远，就紧紧地贴在洞壁上，看着火车几乎擦着鼻子通过。车轮在钢轨上碾轧出璀璨的火花，四下飞溅，落在我的脚前。有一次，火车通过我身边时，覆盖车厢的篷布散开，竟然擦了下我的鼻尖，吓得我急忙趴下。火车通过后，我还软瘫在隧道里，半天爬不起来。真悬呀，如果篷布再散开一点，我就会被篷布卷到车轮下边，碎骨万段。

上班攀山查线、下班看书写作，成了我的主流生活。我的阅读向更深更广的范畴延伸，触及哲学、社会学，甚至绘画、建筑等方面。无数个午休和深夜，我阅读着《理想国》《论自然》《古兰经》《人性论》《存在与时间》《圣经》《逻辑学》《文化的科学》《学术的进步》，还有《神曲》《十日谈》《战争与和平》《静静的顿河》《猎人日记》《安娜·卡列尼娜》《复活》《红楼梦》等名著。书籍把我带进欧洲文化兴起的第一浪潮期，让我了解了古希腊、古罗马、残酷黑暗的中世纪、欧洲文艺复兴、现实主义文艺；了解了中国文化发展的第一个浪潮、春秋战国、隋唐时代、宋的纷乱、元的铁骑、明的治隶、清的腐败；了解了宇宙之浩瀚、原子之渺小；了解了人类历史发展的内核、人的情感世界的微妙。

那些春夜微荡的暖风里，从书里走来了柏拉图、苏格拉底、亚里士多德、德谟克里特、伊壁鸠鲁；夏夜的清凉山风，吹来了但丁、乔托、乔万尼·薄伽丘；秋夜清冷的月光里，我的面前端坐着康德、歌德、黑格尔、海涅、席勒；冬夜的寒冽里，陪我苦熬的有马克思、恩格斯、雨果、罗曼·罗兰、大仲马、小仲马、莫泊桑、莎士比亚、托尔斯泰——他们给我娓娓而谈，拨去了我眼前的雾瀚，使我的视线穿越了人类上万年的历史隧道，看清人类如何艰难地走到今天；他们给我展示了人类文化的辉煌，把我托举到认知的高度，使我洞察到世界的未来，认知我们所处的灾难，警示同类避开同样的灾难；他们清理了我心智里的魔障，使我的思维透亮清新，抛离世俗的羁绊，享受属于自己的生活；他们教诲我做人的品德，真实、善良、博爱，关爱他人，同情怜悯。

我像久旱的沙漠，遇到春雨的滋润，一滴不漏地吸收；也像有生以来都处在饥饿状态，猛然遇到丰盛大餐，拼力饕餮。那些年的阅读，为我的文学创作，为我以后到大学教书，奠定了非常厚实的基础。

那时候给杂志投稿，要求用300字的方格稿纸。毛坝关没有方格稿纸卖，我就坐火车跑到陕西的紫阳县、四川的万源县，买方格稿纸。很难买到，即使买到，质量也很差，钢笔写在上边，洇。坐火车买稿纸，住宿费不能报销，就睡在火车站的候车室里。遇到站务员和驻站公安的盘问，掏出工作证，人家看在同行的分上，让我躺在长条椅上。

我对吃穿不讲究，却讲究写字的钢笔和纸张。稿纸要厚，要光滑，不能太白不能太暗，写字不能洇。买不到好稿纸，心不甘，到处找好稿纸，像饿狗寻食。一次到万源县城买稿纸，无意中走到万源县印刷厂门口，心里突然开窍，找到业务部门，提出印稿纸的想法。人家说："我们有规定，300块钱以上的业务才下单。"

我说："我这几天就给你们送来300块钱。"

当下，人家领我到库房，给我介绍了各种纸张的质量、用途、价格，帮我选了既实用又经济的纸张。300元钱，确实不是一笔小数字。我一个月的工资42块多，除了吃饭都买了书，基本没有存款。

我回到单位，向工友借，第二天就给印刷厂送去了300块钱。为了区别这些稿纸是我个人掏钱印的，要求在稿纸下方印上了"巴山隐人"四个字。

一个礼拜后，我雇了两个山民，从印刷厂背回稿纸。回毛坝关的火车已经过去了，我只能在工友那里借宿。我们走进单位大楼时，刚好碰到技术室主任，看着背篓里的稿纸，问："啥东西？"

我说："稿纸。"

他问："要这么多稿纸干啥？"

我说："写作呀。"

他说："你还想当作家？"

我说："作家又不是反革命，为啥不能当。"

他再没理我，走到背篓跟前，拿起一本稿纸，说："质量不错。"再没说啥，拿了五六本，说："给我娃当作文本真好。"

他这么一拿，几个机关干部都涌到背篓跟前，抢着拿。这也难怪，他们调到这里后，孩子也跟着到这里上学，教育质量差不说，好作业本都买不来。我连恋爱都没谈过，哪能理解这些当父母的心愿，只知道这些稿纸是借钱印的，他们拿走了我用什么？我看越来越多的干部都朝背篓伸手，心痛得顾不上领导不领导了，猛地大声吼："住手，都把稿纸放回去！"有几个还拿着稿纸，朝我笑，脸上露出巴结的谄媚。我冲到他们跟前，一把夺过稿纸，放回背篓，说："你们要用，掏钱到印刷厂印去，少拿我的稿纸！"那些干部极不情愿地放下稿纸。

数年后，我有了孩子，把孩子的教育看得至高无上，就理解了他们的舐犊之情，也后悔自己太不近人情。如果换到现在，绝对不会拒绝他们索要稿纸。

我用上了心仪的稿纸，却背负了300元的债务。债务关系着人的声誉，我成天想着如何尽快还钱，尽量节俭花费。我把自己的全部开支控制在12元以下，每个月拿出30元还债。

我退伙了，自己做饭吃，这样省钱。我每天买一斤青菜，两个鸡蛋，一斤面条，酱油、醋、盐若干，肉类绝对远离。这样下来，每个月12元还能节省一两元。一次上山查线，快下到山底了，突然感到一阵头昏，身子一软，眼前一黑，从山坡上滚下去。工友们把我背到车站医疗室，驻站医生检查后，说我是长期营养不足，劳累过度所致。推了一针葡萄糖后，工友把我搀扶回楼梯间。我同学高继也在毛坝关火车站，赶忙让他老婆给我煮了碗鸡肉面条，还放了一个鸡大腿。真香呀，我已经半年没闻过肉的味道了，吃过这碗鸡肉面条，我的头不昏了，身上有了精神，又伏在桌子前边，写开小说。一直到今天，我都忘不了那碗鸡汤面条。

　　我从一本杂志上读到这样的文字，纳粹集中营的幸存者维克托·弗兰克这样说："在特定的环境中，人们还有一种最后的自由，就是选择自己的心态。"身处沙漠，干渴的你面对最后半杯清水的时候，会做何感想？是为只剩下半杯水而难过，还是为还有半杯水而开心？几乎每隔几天，我都能读到类似的文字。这些文字像黑暗中高举的火把，照亮着我的黯淡人生，使我一步一步地坚持朝着理想爬行。

　　我写的东西是不是小说，我自己都没有把握，通过同学认识了西安仪表厂的宋登，他发表过小说。毛坝关离西安坐火车得一天一夜，我利用探亲时间，跑到西安，把写好的小说拿给他看，请他指教。回到毛坝关，把写好的小说寄给他。几乎每邮给他一篇小说，他都要回信，告诉我这篇小说的长处和不足，如何修改。我至今还记得，他在信里给我说的话："文学是个长期的磨炼，只有经得起磨炼的人，才能攀登到文学的顶峰。"

　　我在他那里，知道了什么是无私，什么是海人不倦。

　　在毛坝关写作，使我理解了作家的孤独，不仅仅是一个人关在楼梯间的屋子里，不和他人交往，日日、月月、年年，独自看书写作。更使人感到的是精神的孤独，心灵的孤独。读的书越多，发现的黑暗越多，越想揭示这些黑暗，越想高举火把，驱散黑暗。但是，得到的大都是嘲刺、不解、攻击、批判。我不知道，我能将这支火把高举多久，能不能坚持下去？我会不会像同事一样，买些鸡蛋，买只母鸡，送给领导，用这种方法当上干部，离开毛坝关。当上了干部，就有姑娘朝我走来，就能结婚生娃，平安无事地度过一生。但是，我读过的书里，没有一个作家教我去做这样的事情。书，让我的脊梁变得坚挺了。多少个不眠的深夜，我看书累了，写作累了，走出楼梯间，走到充当站台的桥梁上，望着四周黑黢黢的山，面目狰狞地看着我。头顶上巴掌大的星空，月光照着这个小火车站，洒下清冷的光。人生的前途在哪里，写作的前途在哪里，我一无所知，满目茫然。很多时候，真想一头撞向山壁，朝桥下纵身一跳，一了百了。

但是，人世间的友谊和相互欣赏，拯救了我。当时的段长赵铭昌，是兰州铁道学院的毕业生。他每次到毛坝关检查工作，吃过晚饭，就和我坐在山坡上，谈论历史，谈论文学，谈论人类，常常谈到东方破晓，山崖下的农舍里，发出公鸡的长鸣，还不尽兴。我们谈论更多的是那个美丽到极点，却因政治见解的不合，被割断喉管的张志新。我们含着眼泪，视线朦胧地看着漆黑的大山，迷惑地思考，政治怎么能那么残忍？

一直到现在，我都时时提醒自己，为了我们的女人不再遭受张志新的悲惨，必须写下去，用我们的文字，阻止那些还想割断张志新喉管的刽子手！

赵铭昌给我说："你读了那么多的书，受了那么多的罪，一个作家该具备的你都具备了。你必须坚持下去，天道酬勤，绝不是一句空话。"

他一次一次和我促膝长谈，每和他长谈一次，精神和心灵就振奋一次，活下去的决心就坚定一次，看书写作就更勤奋。一部一部名著读完，一篇一篇习作寄出去，飞往大巴山外的文学编辑部。他还不止一次地给我说："这是一个以言定罪的年代，你的一句无意的话，很可能成为人家给你定罪的把柄。爱好读书，对不爱读书的领导来说，就是叛逆，任何领导都不喜欢叛逆的人。"

我做梦都没想到，1983年那场严打，竟把我列入严打对象名单。理由是目无组织，目无领导，骄傲自满，资产阶级名利思想严重，读不健康书籍，扬言要当作家，等等。把我定为严打对象时，领导层发生了激烈的争论，赵铭昌坚持认为，杜光辉是好青年，是有理想有志气的有为青年，应该树立为榜样！别的领导坚持认为杜光辉是反面典型，如果青年工人都向他学习，怎么管理？安康铁路公安分局的马士琦、安康铁路分局政治部的席透，是万源火车站严打领导小组的成员。他们也爱好文学，也读过我的一些习作，看到对我的严打报告，吃惊，这些也能成为定罪的理由？

他们拿着我的材料，给担任分局严打领导小组组长的蔡礼丰汇报。蔡礼丰是铁道兵的政委，转业到我们分局当副书记。他觉得我可能是不可多得的先进典型，更是破除极左思想的典型。他指示马士琦和席透，对我进行调查。马士琦、席透来到毛坝关，看了我写作睡觉的楼梯间；看了床上箱子上桌子上堆满的书籍；看了一大堆习作；看了被老鼠咬了一半，我还要吃的馒头；看了我穿的破烂衣服；看我面带菜色，枯瘦无比；听了毛坝关铁路员工对我的反映，感动地说："光辉，你真不容易。我们只是听说你过得很艰难，写得很艰难，没想到这么艰难，简直超出我们的想象。"

他们又向蔡礼丰做了汇报。蔡礼丰在全分局干部大会上，点名表扬我，也批评了我们单位的领导："这么优秀的青年工人，不打牌，不酗酒，不搞女人，把所有的业余时间都用在看书写作上。我们的领导，不鼓励不表扬，还压制打击，竟然列为严打对象——"

蔡礼丰刚把我表扬过，河南的《奔流》杂志发表了我的小说处女作，这在当时的西安铁路局都是很少见的。

三个月后，刚当上分局宣传部副部长的李康平，把我提拔到分局宣传部担任文化创作员，命运发生了彻底改变。我感谢他们，如果不是他们，我现在可能是劳改释放犯，绝对不会成为一级作家。

感谢三十五年前的生活，它为我积淀了丰厚的生活素材，使我创作了众多关于山区铁路工人的小说。还使我认识到，当你处于逆境时，只有自己可以拯救自己，也只有自己可以毁灭自己。数年之后，我读到弗兰支的话："要让你们的生命产生价值，只有你们自己！"竟感慨得流出眼泪。

闯荡海南，精彩与无奈的世界

十六年前，在路遥去世的第二天，我拖家带口离开了秦地，跨过海峡，踏上海岛。十六年里，我在这个岛屿上，经历了贫穷、卑贱、饥饿、干渴、日晒、雨淋、台风、屈辱、困惑、迷茫、陷阱、欺骗的考验，几乎倒毙在南中国海岛的椰子树下。同时又经受了爱情、友谊、真诚、援助、奋斗、自强、挣扎、策略、机遇、成功。我跟跟跄跄却又坚定不移地挣扎着，有时脚步踏实端正，有时飘忽走样，所幸的是我没有停步，一直朝着理想地抵近。在荒芜的旷野中寻找自己的精神栖息地，顽强地对抗着坚硬的现实，挣扎着爬行在文学的道路上，从一个四处找工作的盲流到国家一级作家、大学教授，付出了多少艰辛困苦，饱尝了多少甜酸苦辣。其中滋味，可能唯有自己知道。

闯荡海南是理智还是孟浪

一直到现在，我都认为人在处理事情中，都不可能十分理智和清醒。20世纪90年代初期，我突然放弃铁路工作的优越条件，举家带口奔赴海南，开始另一种闯荡生活。

那个时期，是我文学创作历程中非常重要的时期。在那个时间里，我发表了成名作中篇小说《车帮》《医道》，短篇小说《浪滩的女人》，中篇报告文学《困境的共和国铁路》，出版了散文集《浪迹巴山》，参加了全国第四届青年作家代表大会。作家王吉成评价说："从《车帮》到《黄幡》（我的另一部中篇小说），我们不难看出，陕西文坛出现了大手笔！"作家张敏惊呼："陕北出了个高建群，关中出了个杨争光，陕南出了个杜光辉。"

对我放弃舒适的铁路工作，举家闯荡海南，文坛有各种说法。中国作协副主席、陕西作协主席陈忠实认为："有人告诉我杜光辉携家带口去了海南。我没有惋惜是出于我对创作的理解，一个年轻而又敏锐的作家进入一方陌生之地，感受会更新鲜更强烈。况且沿海是中国经济最先活跃的地区，当代生活的矛盾和人的心理秩序的变化，更易捕捉。"

辽宁省作协副主席刘元举却认为："就在他的写作出现一片曙光时，他却告别了黄土地，毅然去闯荡海南。我一直认为这是重大失误，深知他是多么地不适应海南，他与海南的氛围格格不入。因此很为他惋惜，他不该中辍正在状态的写作呀。假设他当初不来海南，安心从事专业创作的话，那么，他的青藏高原、他的可可西里恐怕早就问世了，当然还会有更多的沉实厚重的作品。他无须再充填海南生活，够写一辈子的。"

90年代初期，日夜拼命地写作使我的身体状况十分糟糕，一年三百六十五天，几乎三百天都是靠吃中药过日子，行走不到200米就要休息一下。恰巧那个时期，陕西作家连续去世，邹志安的去世、贾平凹常年住在医院，很多作家惊呼：陕西到了作家去世的年代！同时，我也感觉到，安康山区的铁路生活，极大地限制了我的视野，禁锢我的思想，限制我的行为，心底深处涌动着一种对传统体制的反叛情绪。于是，几乎没有经过深思熟虑，在决定自己一生命运的重大举措时，我似乎很孟浪地变卖家产，带领全家登上了南行的火车。

当我乘轮渡跨过琼州海峡，站在属于海南岛的土地上，别人都争先恐后地拥挤到出港口，我却转过身子，望着海峡的对岸，望着陕西的方向，视野中除了大海和几艘打鱼小船，什么都看不见。这个时候，我突然留恋起旱涝保收的铁饭碗了，留恋起铁路单位给我安排的优越创作条件，留恋起安康江北的那套住宅。不知道登上海岛后，有什么前程在等待自己，自己和一家人能不能在海岛生存下去？自己能不能在海岛继续坚持文学创作？

这种思虑和心境，在后来创作的长篇小说《闯海南》中，我做了这样的描写：

上岸以后，没有像人们那样朝出港口跑，而是站在码头上，脸色凝重地望着海峡，收入眼底的全是蓝色的大海和雪色的海浪。几只在海面上翱翔的鸟，鸟是银灰色。目光的远方，有早起的渔船，缓慢地游走，感觉是在梦境中飘游。蔚蓝色的天空和墨蓝色的海水在视线的尽头汇聚在一起，把家乡隔到了视线尽头，什么也看不到。此时此刻，他觉得脚下飘动，好像还站在轮船上，没有站在地上的踏实感，仿佛身临一种很飘浮的境地，像在梦中，也像在现实中。

在谈到闯海人的心理感觉时，陕西作家和谷曾经写道："踏上海岛的土地，感觉脚踏在浮萍上，没有黄土高原那种踏实、安全的感觉，感觉随时就要掉到海里，被海水淹死！"

当时，中国正在热播《北京人在纽约》，其中有句这样的话："如果你爱他，就把他送到纽约去，因为那里是天堂；如果你恨他，就把他送到纽约去，因为那里是地狱。"如果把这句话的语境换到海南，可以说："你想要他升天堂，就让他到海南；你想让他入地狱，也让他到海南。"一百个人有一百个闯荡海南的经历，每个人闯荡海南的经历都可以写一部长篇巨著。但是，像我这样从踏上海岛的第一步，就从浮萍上坠入海水，饱尝了海水的苦涩，差点被大海的狂风巨浪淹没，还是不多见的。

被房东赶出来的日子

当时的海南，经济像打了鸡血一样疯狂，每天都有从世界各地汇往海南的资金，都是论亿论千万计算。我腰包里揣的靠微薄工资积攒的那点钱，没用多长时间就告罄了。

我们一家不得不从简陋的招待所搬到出租屋里，又不得不把孩子托人送回内地。我白天骑着单车冒着南中国太阳的酷热，到处找工作，晚上回到住宿的地方，在从陕西带来的台灯下，埋头写作。要写作就要有桌子，房东只提供了一张床，我买了张桌子，最后连吃饭钱都没有，一天只能吃一碗两元钱的汤粉。

若干年以后，东北作家刘元举到海南看望我，听说了我那段时间的遭遇，在文章中写道："杜光辉在海南曾经一贫如洗，流浪街头，他和小郑（杜光辉的妻子）在一天只有两碗汤面条时，小郑还要把稠的拨到他碗里。因为，他夜里还要写作。"

尽管一天只吃一碗汤面，但钱还是花完了。当我们被房东赶出来的时候，几个一块闯海南的安康铁路人，推着单车把我们接走了。我住在毕志林（和我同是安康铁路分局的人）的宿舍里，他找到了工作，在一家公司当办公室主任。他的宿舍是厕所改造的，床下边就是蹲式便池。他们把男厕所改造成宿舍，支了两张床。女厕所分成两半，一半为男，一半为女，实际上是一个门，两个便池。睡觉的时候，毕志林和司机挤一张床，让我独自睡一张床。我过意不去，要和司机挤，毕志林说："十个作家十个神经衰弱，让你一个人睡一张床，你都睡不着，你要是两个人挤一张床，更睡不着。"

毕志林让我住在他们公司，不敢让他们老总知道。我必须在公司上班前半个小时就离开公司。傍晚，他们公司的人不下班，我就不敢回去。我看着手表，一直到六点以后，才像贼样地钻进电梯，升到他们公司那一层，再像老鼠样钻出来，探头缩脑地看他们老总下班没有。如果他们老总下班了，毕志林就会大声说："光辉，没事！"如果他们老总还没有下班，毕志林就格外注意电梯的出口，看到我从电梯里出来，就给我使眼色打手势，我急忙拐进楼梯，跑到楼下。

毕志林的工资只有260块钱，按当时的伙食标准，连吃饭钱都不够。我住在他的公司里，晚饭和他一块吃。我们弄了个电炉子，到菜市场买一把青菜，一把挂面，两个鸡蛋，用盐面、酱油、辣椒、醋一调，就是一顿饭。天天如此，看见挂面青菜就恶心，又没有钱改善伙食。和我们一块闯荡海南的还有安康铁路分局一个姓王的同事，他的电子技术在全分局都是大拿，到了海南就被美国工业村一家香港企业看中，一个月3000块钱工资，还管吃管住。我爱人被他安排到女工宿舍，和他们这些高级管理人员一块吃四菜一汤。周末下午，王工就带上我爱人，一块过来看我和毕志林。王工见我们生活如此清贫，就到大英村（全是低档的饭馆）请我们吃饭，点的全是大鱼大肉类的东西。以致好多年以后，有医学专家说大鱼大肉吃多了，会增加胆固醇，对身体有害处。我看到这些文章就骂："放屁，那些一个月难得吃次肉的民工盲流，肚皮薄得像纸一样没有一点油水，哪来的胆固醇？"

王工请我们在一家四川人开的饭馆里吃过饭，上洗手间的时候，见里面挂了很多腊肉，就拿了几条藏在衣服里面，啥话不说就朝外边走，一直走到我们住的地方，才从衣服里取出腊肉，把里面的衬衣都弄得很油腻。他对我和毕志林说："你们以后下面条的时候，把腊肉煮上一点，多少有点油水，起码不会营养不良。"

我看着腊肉，看着毕志林、王工，眼睛里流出了泪水，真是饥寒出盗贼，为了生存下去，竟干起梁上君子的勾当。王工图啥，人家每个月有3000块钱的工资，每顿有四菜一汤，还不是为了帮我们？世上还有比这更宝贵的情谊？

到酒店卫生间喝免费的自来水

　　白天，我骑着破烂的单车，奔波在海口市的各条街道找工作，头顶着中国最靠近赤道的太阳，忍受着酷热的煎熬。中午，所有的公司、单位都要午休，我就靠在椰子树下，熬煎着未来的前途。跑了大半天，身上的水分大都变成汗水流出来，又被太阳蒸发。身上缺乏了水分，嘴里干渴，嗓子冒火，眼睛蒙眬。到处都是卖矿泉水的，两元钱一瓶。我只能看着卖矿泉水的冰柜，一下一下地朝肚子里咽唾沫，唾沫都是稠的，还发臭，好半天咽不下一口。两块钱就可以买一碗汤粉，能支撑我在海南多坚持一天。如果买了矿泉水，是多么划不来的事情。但是，干渴难忍，生理急需水分的补充。终于，想到了大酒店的卫生间有便后洗手用的自来水。就把自行车停在酒店门口，装成解手的样子，跑到酒店卫生间喝水。若干年以后，我在创作《闯海南》的时候，把自己这段真实经历写了进去：

　　　　东湖大酒店真好，一进酒店就被空调制造的凉爽猛地一激，精神和肉体都为之一振，禁不住长长吸了口气，有意放慢脚步，充分享受星级酒店里的凉爽。他走进洗手间，钻进方格里，坐在马桶上，没有东西可供排泄，只是享受外边享受不上的清爽和凉快。这里的感觉太好了，坐在马桶上，被清凉的空气淹没，周身上下都没有一点燥热，头不昏了，眼睛不模糊了，力气又回归了，似乎能听见身上幸福的吟唱。多么想永远地坐在这里，再不到马路边的椰子树下忍受酷热。为了让站在格板外边的服务员认为自己真的在解手，就装成用力排泄的样子，哼哼有声。足足坐了五六分钟，又觉得不能再继续坐在这里了，就站起来，系好裤带后还把便池用水冲了一下。

他站在洗手台边，水龙头是感应的，他洗了手，又洗脸。自来水捂到脸上，脸上就有了凉冽的感觉，通过面部神经，传输到全身各部，传输到大脑，全身都感到无法形容的舒服。他又捧起一捧水，捂到脸上的时候没有马上离开，有意让手里的水流到嘴里。哇——舒服极了，水一到嘴里，嘴里就有了凉冽，干渴立即消失大半，全身神经和器官由于干渴带来的不适随着这口水渍退了。这时候，他觉得世界上最好的东西就是东湖大酒店洗手间的自来水了。真好，那哗哗地从水龙头里流出来、清澈无比的液体，消除了自己身上的所有不适，给自己带来美轮美奂的享受。他真想尽情地喝上一阵，把身上的干渴彻底消灭了再离开这里。就在他又捧起自来水朝嘴里送的时候，一直守在卫生间的服务员走过来，拿着毛刷在他的衬衣上煞有介事地刷了几下，眼睛不停地给他示意，让他看洗手台上的盘子。盘子里装着不少的人民币，大到百元，小到五元，还有美金、港币、马克类。在服务员的目光睽睽下，他再不能装成洗脸的样子喝水了，心里却在感慨：兄弟，我要是有给你小费的钱，何必跑到这里偷水喝哩？

水不能再喝了，他的自尊催促他必须马上离开这里。但是，仅仅靠一口水无论如何也消灭不了身上的干渴。服务员见他没有朝盘子里放钱，也就停止了给他献殷勤，目光里还有了鄙视。尽管没有喝上水，但他知道了这里的水可以不掏钱喝，大酒店卫生间是海南唯一免费吃喝的地方。从东湖大酒店出来，隔壁就是海口宾馆，他又装成住宿的客人走进去，径直朝洗手间走去。太好了，这个酒店的洗手间没有服务员。他就没有必要朝便桶上坐着装便秘了，直接走到洗手台前，把水捧起来就喝，一口气喝了二十多下才停下来，喘了几口气又接着喝，直到把身上的干渴之火彻底扑灭了，肚子也鼓胀了，才停下来，用手抹下嘴唇，得意地走出洗手间，一边走一边在心里说："这下把大问题解决啦，这个经验应该推广给所有需要喝水的盲流知道。"

出了酒店，禁不住仰天长叹："一个作家混得不如厕所收小费的！"

但是，从那以后，他记熟了哪家酒店的洗手间没有收小费的，哪家酒店的洗手间有收小费的，避实就虚，少了许多尴尬。只要嘴里一感到干渴，就跑到酒店的卫生间，把问题彻底解决了才出来。

被招聘的公司像轰苍蝇似的轰出来

我一直没有找到工作，哪怕给人家校对文稿，当个文案，挣点能吃一碗汤面条的钱，我都愿意干。但是，上天偏偏为难我，工作的机会本来就不多，自己又想维护一个作家的面子，不肯低三下四地给人家说好话。加上耳鸣耳背，人家说三我道四，竟然多半年没有找到工作。我在长篇小说《闯海南》中，把自己当年找工作的经历几乎原本不动地写到小说里：

　　海南到了台风季节，就是天晴得万里无云，抽支烟工夫就会乌云密布，雷鸣电闪，狂风大作，下起倾盆大雨。杜泓伯（杜光辉曾经用过的笔名）骑着自行车，披着塑料布，背的挎包里装有中国作家协会的会员证、几本省级获奖证书、代表作，按照招聘广告上的地址，顺着滨海大道朝秀英码头方向骑去。朝一家小区拐去的路还没有修好，车轮上粘的全是泥巴。海南的红泥巴像掺了胶一样，涂在车轮上怎么都弄不下来。刚把车轮弄干净，推不上几步又粘上，把车轮和挡泥板之间的空隙都塞满了。车子推不动，只好扛在肩上走。这段路有一里多长，脚下坑坑洼洼全是泥泞，扛着粘满泥巴的车子走不稳，连着摔了几个跟头，挣扎到人家公司门口的时候，身上粘满了红泥巴，几处伤口流着血，和红泥巴混在一起，不知是泥巴还是鲜血。

　　公司设在一栋别墅里，他站在公司门口，看着自己满身的泥巴，不好意思进去，只是探着头朝里面张望。

　　一个从公司出来的人看见他，问："你是干什么的？"

　　杜泓伯赶忙给人家躬了下身子，谦卑地说："我看报纸上登有贵公司的招聘广告，前来应聘的。"

　　人家朝门外指了一下，说："你在外边等着，我让管人事的经理出来和你谈。"显然，人家也不愿意他满身泥巴地走进公司。

　　杜泓伯赶忙朝门口退去，等了好大工夫，才看见一个三四十岁的女人走出来。他估计这个女人就是管人事的经理，想走过去迎接人家，又怕人家嫌自己身上肮脏，只好站在原地给人家躬了下身子。人家走到离他三四米远的地方就停下脚步，问："你是来应聘的？"

　　"是的，是的！"杜泓伯赶忙给人家哈了几下腰，把手在裤子上擦了一下，还看了两眼，确认干净了，才从挎包里取出中国作协会员证书、获奖证书、代表作，双手捧给人家。

　　"这是什么？"人家没有接，还朝后边退了一步，生怕他挨上自己的身子。

　　"这是我的中国作协会员证书、作品获奖证书、代表作。"杜泓伯更恭敬地回答。

　　"你是作家？"人事部经理惊奇地问。

　　"浪得虚名，浪得虚名。"他文绉绉地给人家谦虚了几句，见人家对作家很感惊奇，心里燃起一点希望的火苗。

　　"去，去，作家来凑什么热闹？作家不去找作家协会，跑到我们公司来干什么？公司是赚钱的，作家能给公司赚钱？"人家轰苍蝇样地对着他摆了下手，转身就走进去，顺手把门关了。

杜泓伯望着关闭的大门，心里刚刚燃起的火苗熄灭了，又一次泛起失望，还有被侮辱的愤怒。自从他被批准成为中国作家协会会员以后，就觉得自己头上有了一道炫目的光环，走到哪里照到哪里，自豪到哪里，走到哪里都被人尊敬。这个女人竟然不把作家当回事情，还把作家看成像苍蝇、蟑螂、老鼠、蚊子、淋病、梅毒那样厌恶。越想越觉得窝囊，越觉得自己可怜、失落、无可奈何。在人家公司门口站了一会儿，只得转过身子，又把自行车扛到肩上，一步一步地朝回挣扎。他想着上岛这些日子的艰难，想着找工作的苦楚，想着缥缈无望的未来，越想越难受，越想越痛苦，眼泪控制不住地滚流下来，和雨水混到一起，不知道是雨水还是泪水。走出去一百多步，脚下一滑，又重重地摔倒在地上，沉重的自行车还压在身上，他挣扎着爬起来，用袖子擦了一下眼泪，突然转过身子，对着那个公司的方向，猛地蹦了一下，用陕西人最粗野的话吼骂了一句："驴日你先人！"尽管他觉得拼尽了全身力气，但在更雄浑更壮阔更宏大的暴风雨里，显得还是虚弱，渺小。蹦过之后，骂过之后，又觉得自己好笑，周围没有一个人，对着暴风雨有什么可骂的，费了这么大的力气人家又听不见，徒劳无功，觉得自己真成了鲁迅笔下的阿Q。

还有一次，我推开一个公司老总的办公室的门，看到老总正在和一个女孩子调情，女孩子坐在老总的大腿上，老总的手在女孩子胸部抚摸。老总看见我进来，立即放开女孩子，板着脸问我："你来干什么？"

我说："我是求职的，看到你们公司招聘人员，来试试自己的运气。"说着，急忙恭敬地把自己的资料、作品、获奖证书双手捧给人家。

老总用眼睛扫了一下，不耐烦地说："你直接说你有什么特长，没看我正忙着呢！"

我看了人家的脸色，感觉很不好，在人家情绪不好的时候求人家，十有八九要碰壁，还是硬着头皮说："我是作家，想为贵公司效力。"

人家马上把我放在他面前的那堆资料朝我跟前一推，说："我们公司不需要作家，作家不到作家协会找工作，跑到我们公司来凑热闹，专业不对口！去，去，别耽误我的事情！"

我只好收起资料，装进挎包，失望地走出人家的办公室。走出门口的时候，我听见人家对着我背影说："倒颠！"

在海南闯荡了好几个月，知道"倒颠"是神经病的意思。

在和谷办的杂志那里拿到第一笔稿费

我在上岛前，就听说陕西作家和谷也到了海南。但是，我与和谷是只知其名，不曾谋面，就请安康文友陈长吟写了封信，作为引荐。我找工作的时候，顺路拐到和谷创办的《特区法制》杂志社，跑了几次他都回陕西不在。第四次见到他，先恭敬地把陈长吟的推荐信双手递给人家，和谷哈哈一笑说："你直接来找我就行了，何必再劳驾长群（陈长吟的小名）写信？"随之就请我们夫妇吃饭。

和谷办这个杂志，公家不给一分钱，开办费全是自己垫的，经费十分紧张，压力非常大。在海口市和平南一家小饭馆里，和谷要了个红烧肉，要了个烧鱼，再加一份青菜，招待我们夫妇。吃喝中间，和谷说他这次回西安，见到了西安电影制片厂的张子良（改编我的中篇小说《车帮》为电影剧本）、王吉成，他们都谈到我，谈到我的中篇小说《车帮》《黄幡》《医道》，要和谷在海南关照我。他知道我在海南，又联系不上，只好等着我和他联系。

和谷听了我的处境，为难地说："我没有钱，雇不起编辑，采访编稿都是自己干，也没办法安排你工作。你可以给我们的杂志写稿，每千字五十块钱，别人写稿是发表了才给稿费，给你优待，稿子写好后就给你稿费。"

于是，我立即回到住处，把自己闯荡海南的流浪生活写出来，题目是《闯荡海南：精彩与无奈的世界》，大约有2万字。第三天就送给和谷，和谷大概翻了一下，又看了最后一页的页码，对编辑部主任说："给杜光辉开1000块钱稿费。"

我拿到这笔稿费的第一件事情，就是跑到路边一家饭馆里，要了一碗红烧肉，和老婆痛痛快快地吃了一顿。几个月了，没有吃一点有油水的东西，连红烧肉盘子里的油汤都倒在米饭里。

后来，我给和谷写的《闯荡海南：精彩与无奈的世界》，又被《青春》杂志发表，又在我供职的《新世纪周刊》上开为专栏，收到不少读者来信，还真有了点影响。

以后，只要我日子过不下去了，就给和谷的杂志写稿，每每都能弄回几百块钱稿酬，聊补无米之炊。在相当长一段时间里，我一边找工作，一边给报刊写稿子挣钱，虽说不能维持海南昂贵物价的生活支出，但多少能补充一些。后来中国出现了自由撰稿人，不拿工资完全靠写作为生，我可能是中国最早的自由撰稿人。

和谷的杂志社联系了一个项目，就是给海南优秀的司法单位写报告文学，由于经费有限，不能外出采访，只能提供被采访单位的总结报告、事迹类的材料，还是每千字五十元的稿费，问我愿意写不。和谷觉得稿费有点低，给我说："你把他们的材料语言变成文学语言就行了，不要花费太大的力气。"

我当然愿意写，一下子要了七八份材料，又觉得用我的名字发表不好，杜光辉竟沦落到写这类文字的地步，还写得如此差，就问和谷："不用我的名字发表可以不？"

和谷说："当然可以，你愿意用什么名字就用什么名字。"

于是，我在十多天的时间里，一天一万字，挣500块钱，把这些文章写完，竟然挣了6000块钱，好过了好多日子。

君子不言利，只能被骗

没有找到工作，却有朋友介绍我给一些影视公司写专题片，挣稿酬。但是，海南最初的文化商也处于刚刚起步阶段，运作很不规范，能骗就骗，能赖就赖，常常是给人家把剧本写了，却拿不到稿酬，又拉不下脸面跟人家要，吃亏的总是自己。

一次，和谷给我打来电话，说公安部来了两个人，要拍反映海南反腐败的大型专题片，请我们撰稿，最少10集以上，每集1500块钱。和谷说他最近太忙，顾不过来，要我和他一块写，我写初稿他修改。真是一块大肥肉，10集就是1.5万元，我跟和谷一人7500块钱，真是天下掉下的馅饼，而且还是大馅饼。我们日夜加班，十几天后就把脚本写好了，约人家到一家咖啡厅见面。

人家来了一男一女，我们把脚本交给人家，人家大概翻了几页，从面部表情上看还比较满意。而后，说了声谢谢，再没有说啥，根本不提稿酬的事情。我就看和谷，给他使眼色。我感觉和谷很为难，不好意思给人家提说稿酬的事情。和谷又给我使眼色，让我给人家说稿酬的事情。我觉得刚和人家见面，就张嘴问人家要钱，实在为难。就这样，和谷看我，我看和谷，谁都不好意思跟人家要钱。人家坐了几分钟，就站起来说："我们还有点事情，你们继续聊。"做出了要走的架势，连喝的咖啡钱都不想掏。

我爱人见人家根本不提稿酬的事情，脑子一灵醒，突然对人家说："这个脚本有一处没有写清楚，我给你说一下，免得到时候拍出来出问题。"

人家立即把脚本拿出来，交给我爱人，说："你指出是哪一处？"

我爱人拿到脚本后，说："我们把脚本写好了，你把稿费拿来没有？"

那人说："现在怎么能给你们稿费，等我们拉来赞助了才能给你们稿费。"

我爱人问："你们要是拉不来赞助怎么办？"

人家理直气壮地说："拉不来赞助拿什么给你们，我总不能自己掏钱给你们？风险要共同承担，总不能把风险全压到我们身上，你们不承担一点。"

我爱人说："你们不给稿费，不是把风险全压到我们头上，你们连一点风险都不承担？"说完，我爱人把脚本朝挎包里一塞，说："你们什么时候把稿费拿来了，什么时候给你们脚本。要是没有稿费，这脚本就是烧了也不给你们。"

那人就骂我爱人骗子，从他手里把脚本骗走——

他们吵架的时候，我跟和谷一句话都不说，好赖也是个作家，在大众场所高声吵架，成何体统。那人到底没有拿到脚本。人家走了以后，我爱人说："你们文人办不成事情，给他们写剧本拿稿酬，天经地义，咋到了要拿钱的时候，一句话都不敢说了。"

和谷就嘿嘿地笑，说："把他家的，给人家忙活了十几天，没有拿到钱，还惹了一肚子的气。"

一次，朋友介绍我给海南一家影视公司的摄制组写高速公路的专题片，花费了一个多星期时间，到施工现场采访，查找资料，终于把脚本写出来了。

摄制组的老板认真看了脚本，很不满意地说："这个自诩为是什么意思？"

我说："是自认为。"

人家说："自认为就写成自认为，为什么要写成自诩为？还有这一句，挺起雄性的脊梁，雄性是形容动物的，你怎么把筑路工人写成动物？这剧本不能用。"但又不把剧本还给我们，明显是不想付给我们稿酬。

我还是不好说什么，遇到这种情况，我总是磨不开脸面。我爱人还是用那种办法，说："这个剧本有个地方的数字不准确，采访的时候人家一再要求再核实一下。"

老板立即把剧本交给我老婆，说："哪个数字不准确？"

我老婆拿到剧本后说："你说这个剧本不能用，我们就拿回去，你不付稿费我们就不给你剧本。"

我们拿走剧本后，怎么都觉得不能白白丢掉一笔稿酬，就去找这个老板挂靠的影视公司。我们知道，这个影视公司有很多摄制组，摄制组独立核算，给影视公司交一定比例的管理费。影视公司老总听我们说了事由，根本不想管这事情，说："这是你们两方面的事情，应该由你们两方面协商，我不好说什么。"

我们从影视公司出来，回到出租屋不久，那个摄制组的老板就来了，张嘴就问我们要剧本，随之就和我们发生了争吵，并给我们的房东说："这个人是骗子，冒充作家杜光辉，他写的剧本不能用，还跟我们要稿费。"又说我老婆是小姐，和我不是两口子。由于我们曾经带着孩子在这里住过，房东当然不会相信他的话，又见他大吼大闹不像话，就冲到他跟前，命令他出去，否则就要揍他。他这才骂骂咧咧地离去了。

他走后，我老婆又痛哭起来，一边哭一边说："要是我们在内地，谁敢这么辱骂我们？到了海南，竟叫人家这样欺负？"

晚上，几个在海南闯荡的陕西朋友来看我，听我说了这事情，都十分气愤，当下就要找那个老板，说非要把他的腿打断不可。我劝住他们，说："多一事不如少一事，出门在外，何必跟人家争高斗低？"

这几个朋友里有人在这个影视公司干过，知道里面的操作情况，就给我出谋划策，说："他们能让你写剧本，证明他们已经和高速公路公司谈好了。你就威胁他们，他们说这个剧本不好，你就给电视台拍，他们肯定要来找你，主动把钱送到你手里。"

当下，朋友陪着我到公用电话跟前，给影视公司的老总打电话，我按照朋友教的说："你们认为我这个剧本写得不好。我请电视台的朋友看了，他们说写得很棒，他们有意拍这个专题片。"

拍专题片人家要给资金，影视单位的竞争十分厉害。影视公司的老总一听，马上问："摄制组跟你当初谈的是多少稿费？"

我说："1500元，写好后一手交本子一手交钱。"

他说："我马上让办公室主任给你送去1500元，你把本子交给他，千万不要给电视台。摄制组的问题，我一定严肃批评他们，让他们给你道歉。"

一个小时后，影视公司的办公室主任把钱送来了，我们把剧本交给他。

更令我至今不能忘记的是被一个陕西乡党坑的事情，他也组建了一个摄制组。我们的经济已经到了最困难的时候，我居住在毕志林的公司，吃饭都由毕志林管着。老婆居住在美国工业村，蹭吃人家不掏钱的饭。这天，朋友给我介绍了一个姓高的乡党，叫高某某，说他也搞影视，想找个高手修改本子。见面的时候，高某某拿出一个剧本，名字叫《苦楝树》，是一个有钱的老板写的，想拍成电视剧出名。但剧本质量很差，根本无法拍摄，要重新修改。如果我愿意修改这个剧本，他可以出一集1000块钱的报酬。问我能不能先把这个剧本的毛病、怎么修改、故事梗概详细地写出来，经他们认可后再签协议。

我根本没想到这里面会有什么圈套，更不可能想到乡党还能骗乡党，何况他也知道我目前的困境，起码的同情心还应该具备。于是，我用了三天时间，按照他的要求，很详细地写了一万多字的东西。当我把这些文字交给他的时候，他很认真地看了半个多小时，对我说："你先坐着，我送给朋友看一下，马上回来。"

我就坐在他办公室等，10多分钟后他回来了，说："朋友没在，咱们不让他看了。我认为你的思路很好，我们如果让你修改这个剧本，一共给你500块钱，怎样？"

我说："你当初说的是一集1000块，就是这个价格也只是正常价格的一半，4集电视剧给500块钱，也太低了。"

他随手把我写的那些文字还给我，说："我只能给这个价格，我现在资金非常紧张，没办法按一集1000块支付。"

当然，我不会接受这个价格，更不能让我接受的是他竟然如此欺骗我。于是，我只好收起写的那些文字，离去了。

我怎么都没有想到，他拿着我的文稿说找朋友看看，实际上是找商务中心复印了。他把原稿还给我了，把复印稿留下了。人家只需要按我写的故事梗概，重新再写一遍就行了，何必再花4000块钱请人写哩？

一年后，这部电视剧播出了。我认真地看了，完全按照我的故事梗概写的剧本，我又一次被他们骗了。

16年以后，这个高某某想要拍我的长篇小说《大车帮》，经朋友撮合坐在餐桌上，尽管他换了名字，但我一眼就把他认出来了。

朋友问他："都是西安人，你们认识不认识？"

高某某急忙说："不认识。"

我笑了下，也说："不认识。"

过去十多年的事情，何必再把它揭穿，弄得大家都尴尬。但是，他要拍摄《大车帮》的事情，我自然推辞了。一个人可以被蛇的艳丽迷惑一次，如果继续被迷惑，就要考虑他的智商了。

从那时起，我给自己立下了一个铁规矩，不论谁要我给他写东西，先签署协议，付一半定金，否则一个字都不写。在这个原则下，我又遇到一件事情，一家广播电台要参加广电部举办的全国广播剧评奖活动，希望我给他们写个广播剧。我当然答应，并要求签署协议付一半定金，人家也一口答应。广播剧写好后，按协议规定我听取他们的修改意见后，把剧本修改好，他们再付给我另一半稿酬。我没有想到，他们拿到剧本后，复印了30多份，给台里的业务骨干一人一份，然后集中开会讨论这个剧本有什么问题，一下子提了80多条意见，很多意见相互矛盾，根本无法修改。我很认真地给他们说了自己的看法，编剧最好只面对导演，如果让编剧面对几十个人，人和人的口味不相同，怎么修改？就像厨师炒菜，你让他的菜里同时具有潮州菜的味道、鲁菜的味道、苏州菜的味道、川菜的味道，结果会做出人人都恶心的味道。

遗憾的是这位领导不懂剧本，说："这是大家的意见，也是台长批了字的，你不按这个意见修改，另一半稿费就不好给你。"

面对这些根本无法修改的意见，我只好放弃了另一半稿费。

过了一个星期，内地的一个广播电台也请我给他们写广播剧本，也说是参加广电部组织的广播剧评奖活动。我就给海南这家广播电台联系，说了这种情况，他们坚持要我修改，我坚持说意见太混乱，根本无法修改。对方说不修改就不给你另一半稿酬。我说不给我另一半稿酬，我就按协议规定，自行处理这个剧本了。于是，我和内地的这家广播电台又签订了协议，拿到定金后把剧本邮过去。半个月后，人家把剩余的稿酬邮给我。

通过这么多事情，我觉得作家面对充满欺诈、虚伪、坑骗、作假、失信、自私的社会，必须使自己的思想和行为，适合社会的演变。当今社会，总有一些利欲熏心的人，不信守合同，转手为云覆手为雨，就需要以矛治矛，以盾治盾。我在海南多次吃亏之后，才学会了对付不良文化商，保护自己不再吃亏的本事。

沦落天涯当记者

给人家写剧本，毕竟不是常有的事情，一两个月遇不到一次。没有剧本写就挣不来钱，但天天要吃饭，要坐车，要喝水，就是天天要花钱，日子还是过得很窘迫。

我到和谷的杂志社，看到他手下的记者腰里挎着BP机，身上穿着名牌，抽的香烟都是有牌子的，就问和谷："你手下的这些人活得还蛮滋润。"

和谷说："他们的主要工作是拉赞助，杂志社给30%的提成。他们差不多一个月都是三四千，有人拉得好，五六千的都有，有时候还能上万。"

我就眼红这些记者，说："你也给我办个记者证，我也去拉赞助。"

和谷笑了，说："你不行，舍不下那张脸。你以为拉赞助容易，站在人家面前跟三孙子一样，多少还得懂点诱惑、威胁、巴结、利用、色相，十八般武艺少一样都不行。再说，你耳聋呗呆的，给人一交往就露傻相，弄不成那事情。"

我说："弄不成也试试，说不定能拉来一点赞助。你说我舍不下这张脸，我到了海南，早就让人家把脸当屁股蹭了。"

我跑到照相馆照了个证件照，和谷让办公室主任把我的照片贴在记者证上，用钢印一压，我就在瞬间工夫变成《特区法制》杂志社的一名记者了。

为了当好记者，我特地买了一瓶摩丝，出门的时候把头发梳得光光的，再打上摩丝，感觉头发硬硬一层，像在头上扣了个笼子。背上朋友送的公文包，公文包里煞有介事地装上几本杂志，当然少不了《特区法制》，感觉有点不伦不类，还是信心十足地上路了。

我专门选择一些有名的公司，跑的第一家公司，从电梯里走出来，到了人家公司门口，门口有个注目的牌子，上边写着："记者与推销人员不得入内。"

我看着招牌，想起旧社会外国租界里写着"华人与狗不得入内"，嘴上不敢说什么，心里却在骂："比帝国主义都可恶！"人却不敢朝前迈步了，谁也不愿意自取其辱。只好转过身子，心里嘟囔："此处不养爷，自有养爷处。"

下午，我又跑到一家公司，这家公司的门口没有贴"记者与推销人员不得入内"的牌子，我就试探着走进去。进门就有接待小姐，小姐很礼貌地站起来，问："你找哪位？"

我赶忙把早准备好的记者证拿出来，双手递给人家，还给人家奉献出一个骚情的笑脸，很巴结地说："我是《特区法制》杂志社的记者，找你们老总谈点事情。"

人家就没接记者证，我只好把伸出去的手又缩回来。人家很客气地说："我们老总交代了，他一律不接待记者。"说完，就坐下来，不再看我一眼。我愣了一阵，只好转过身子，尴尬地掉头走去。

第二天上午，我又跑到一家公司，这家公司设在一栋别墅里，我刚走到别墅门口，就从里面走出一个人，挡住我问："你是干什么的？"

我又赶忙拿出记者证，还给人家躬了一下腰。那人就没看我的记者证，转过身子对门口的保安喊："记者来啦，不要让他进去。"又对我说："我们不需要记者写东西，你也不要白费功夫了。"

在我的记忆中，记者是无冕之王，见官大一级。我在内地时，在企业的宣传部工作，要是记者来了，都是专人陪同，吃饭由书记招待。怎么到了海南，人们把记者当成了老鼠、蟑螂样讨厌？

一个月后，我又跑到和谷那里，把记者证朝他桌子上一放，说："我真的不是当记者的材料，跑了十多个公司，一分钱的赞助没有拉到，还弄得嘎肚子（蛤蟆）跳门槛，伤脸蹲尻子。"

和谷就看着我笑，一言不发，满脸高古，过了五六分钟才说："世上三百六十行，记者拉赞助还没入行。这个行道的学问深着哩，人家能一个月提成好几千元上万元，你杜光辉就不行。这就是差别，不服不行。"

活不下去，出卖小说的署名权

我刚上岛的时候，住在一家招待所，认识了一个给报纸拉版面的人，也名曰记者，姓龚，实际上就是给报纸拉赞助。给某个企业写一个版面的报告文学，企业给报社赞助多少钱，记者从中提成多少。这个人跑到珠江三角洲一带，那里的企业很有钱。拉到若干个版面后，就飞回海南，到报社把提成领了，再跑到珠江三角洲拉，一次能提好几万块钱。在招待所的时候，我俩住一个房间，很能聊得来，我帮他修改了几篇报告文学，他负责我和妻子每天的吃饭费用。

四五个月以后，我还在海南岛流浪。有次在街上碰到他，他又拉我到饭馆，要了四个菜一个汤外加两瓶啤酒，吃喝中间知道我的困境，就让我带着发表的作品、获奖证书，跟着他一块到珠江三角洲拉广告。他说："珠江三角洲很多企业都愿意在报纸上宣传自己，也愿意给报社赞助，就是怕记者的水平不高，把他们写不好。你把那些获奖证书、发表的作品朝他们面前一摆，绝对能多拉好多版面。"

我没有同意，像他那样跑到珠江三角洲，到处拉广告，当时是把钱挣了，以后怎么办？我还想在海南找个正经单位，做点正经事情，混个前途。就是在海南拉广告、跑工作、写剧本，晚上还可以看书写小说。坐着飞机到处跑，怎么看书写作？

我们把两瓶啤酒喝完，龚记者又对我说："原来咱们一块住招待所的时候，我看到你从内地带来了几部还没有发表的中篇小说，不知道怎么处理了？"

我说："上岛这些日子，天天为生计奔波，没有固定的通信地址，就没有把小说投出来。"

龚记者说："你转让给我一部，我付给你高价钱，绝对比杂志社给你的稿酬高好多倍。"

我以为龚记者除了给报纸拉版面，还兼顾给某个文学期刊组稿，就说："你需要就拿去，杂志社规定多少稿酬就给多少，咱也不是啥名家。"

龚记者说："你没有领会我的意思，我不是给杂志社组稿。我的意思是你把小说卖给我，我用自己的名字发表。这部小说以后就是我创作的，就是说你把小说的署名权卖给我了。"

我惊诧地看着他，世上还有做这种买卖的？一部小说，作家极思殚虑，呕心沥血，构思多长时间，丝毫不亚于妇女十月怀胎。任何一个作家都把作品看成自己的孩子，世上哪有卖孩子的事情？

龚记者又要了一瓶啤酒，给我倒了一杯，继续劝说："只要能活下去，就能继续写下去。现在连肚子都混不饱，怎么写作。人常说留着青山在，不怕没柴烧。"

我苦笑了，承认他说得有道理，就像女人一样，把生的孩子卖了，还能再生一个，但她绝对再生不出一模一样的孩子。一个女人一生的生育量是有限的，也是有周期的，绝对不可能像鸡下蛋那样，今天生一个，明天再生一个，而且母鸡老了也不下蛋。作家的生活积累、文化积累、情感积累、体力积累也是有限的，一生的创作量也是有限的，创作也是有周期的。作家创作无非贪图两个方面的收益：一是获得荣誉，得到精神上的享受；二是获得稿酬，改善自己的物质生活。在中国，更多的作家把精神享受摆在第一位，在稿酬极为低微的情况下，坚持文学创作。

我又不能不认真思考他的话，从他的口气中可以听出，肯出6000块钱买我一部中篇。有了这6000块钱，我马上就可以结束在海南的困境，租间房子，和老婆住在一起，晚上有个固定的地方写作。龚记者说得确实有道理，活着就能继续写作，不在乎一两部中篇小说。现在是在海南的创业阶段，这时候的钱是未来发展的基础，就像万丈高楼的地基，没有地基永远不会有高楼。在商品社会里，什么都可以买卖。尊严是什么，不乞求别人就有尊严，有求于人的时候就没尊严。就像今天去应聘，老总坐在大班桌后边，自己毕恭毕敬地站着，怎么不敢给人家讲尊严？尊严是个屁，尊严只有在你有吃有喝不求人的时候，自己给自己头上戴的虚无缥缈的光环，这光环谁都看不到，只有自己能感觉到。有朝一日，把事业干成了，谁会在意自己是靠出卖小说署名权发展起来的，甚至会成为一个美妙的故事记载下来，想到这里，我鼓足勇气说了一个字："行！"

第二天，我提着从大陆带来的密码箱，里面装了5部没有发表的中篇小说手稿。只用了两个小时，龚记者就选中了其中一部5万字的中篇小说。

"杜老师，咱们朋友归朋友，生意归生意，生意有生意上的规矩。咱们还是按规矩来，先签个协议，免得以后说不清楚。"龚记者拿出打印好的协议书。

我接过协议，草草看了一遍，无非是双方一旦签署了协议，我不再拥有本小说的著作权，日后不得反悔之类的条文。

我苦笑了，说："我不会反悔的，协议就不要签啦。"

龚记者从提包里取出6000块钱放到我面前，说："签了协议对双方都有好处，这是生意场上的规矩，咱们还是按规矩来。"

我还是不想签。

龚记者把钢笔帽子拔开送到我手边，直直地看着我。我只好接过钢笔，签上自己的名字。

龚记者又拿过一张纸条，说："这是收据，也请你签个字。"

我在收据上草草签了自己的名字。龚记者拿起那沓子人民币，在手里拍了几下，很炫耀很得意地说："你点一下。"

我说了声："我信得过你。"把钱装进密码箱，提起来就走，一分钟都没停留。

这些钱真是雪里送炭，帮助我和妻子度过了在海南最困苦的日子。以后，在海南的这些年里，当人们谈到妓女的时候，常常出现鄙视的语言。这时候，我面部表情十分严肃，在商品社会，谁不是在出卖自己？官员出卖自己的尊严和品节，求得仕途上的升迁；商人出卖自己的良心和脸面，以图获得最大的利润；农民工出卖自己的体力和健康，挣得一日三餐的费用。妓女出卖自己的肉体和自尊，换来几张沾满血泪和阴精的人民币，养活自己和孩子。自己作为一个作家，连作品都可以出卖，和妓女有什么区别？

一直到现在，我每每想起这件事情，总觉得自己脑门上写有"我被嫖客奸过"的字样，胸腔就盈满羞耻。如果有可能，我愿意付出10倍的价钱，把当初我出卖的那部作品赎回来。已经不可能了，半年以后，那部中篇小说在中国一家很有名气的刊物上发表了，当然署的是龚记者的名字。写到这里的时候，我突然想起香港的一位女影星，靠拍三级片发家。当她功成名就的时候，悔不当初，就用高价回收她当年拍的三级片。能收回去吗？就是把物质上的三级片回收了，能把铭刻在观众大脑里对你的印象删除吗？

我在海南流浪的时候，很多好心朋友劝说我，你不适合海南，还是回内地吧，我们担心你被海南毁啦！正像刘元举说的："杜光辉不该中断正在兴旺的写作，海南的氛围对杜光辉是格格不入的。"但是，我一直都不相信，别人能在海南混下去，我又不比别人少点什么，凭什么要从海南溃退回去？于是，我就对这些劝说的朋友说："尿！大不了卖掉一个肾，交给老婆孩子，让老婆把孩子养大，我就不信在海南混不下去！"

我没有卖掉一个肾，却活下来了。于是，这段苦难之水浇出了中篇小说《商道》《白柳子》《公司》《连续报道的背后》《想当老板的女人》《都市里的另类人生》《哦，我的可可西里》、短篇小说《夜半歌声》等几百万字的作品。

过了知天命之年，我常常思考自己的人生，尤其思考客居海南二十几年的人生，泛生出一些感慨。在《感激苦难》中，我写道："苦难杀人，世间多少人的肉体与灵魂被苦难的磨石碾成齑粉，多少人的气节被苦难打磨成灿灿项圈和戒指，任人曲直地装饰。苦难成人，可将人的骨头燃烧淬火，迸射出金属的鸣响，在苦难之树上结出丰硕的果子。有的人生，幸福多于苦难，或者只有幸福没有苦难，这是上苍的偏爱。有的人生，苦难多于幸福，或者只有苦难没有幸福，是上苍的惩罚。唯有用苦难将骨头燃烧淬火万千不折的人，认为苦难是上苍对他的偏爱。"

"我一生追求幸福，幸福总是远离。想方设法逃避苦难，苦难却时时纠缠。尽管没能用苦难将骨头燃烧淬火成钢，却也没有变成灿灿项圈和戒指任人曲直，苦难之树稀疏地挂了几个果子，干瘪瘦小不成形状，却聊以自慰。"

我在《感激苦难》中还写道："我未来的生命中肯定还有更多的苦难，这或许是上苍刻意的安排。我感激过去的苦难，也无惧未来的苦难。"

桑梓篇

消失的乡村

多少年了，我一直居住在南中国海岛的都市里，却时常怀念少年时期生活过的乡村——西安北郊一个叫三家庄的村子，村子里有喂牲口的马号、种庄稼的汉子、会生娃的婆娘、等着嫁人的姑娘，还有等着挨刀的猪、天天下蛋的鸡。我始终觉得那里是我的根。到了近年，这些乡村逐渐消失，将我的根悬在半空，无处可归。

马　号

少年时期，我居住的村子里有马号。隆冬季节，马号的窗户用草帘挡了，门口挂上棉布帘子。十几匹牲口身上发的热量、火炉燃烧、壶里开水沸腾，使马号里充满温馨。

到了夜晚，村子的男人都要跑到马号。大人们喝酽茶，抽旱烟，谝闲传。我们仄楞着耳朵，听大人们谝。大茶壶从甲男人手里传到乙男人手里，旱烟袋从丙男人手里传到丁男人手里。马号里又有了庄稼汉子喝茶的呲溜声，抽旱烟的吧嗒声，还有不加控制的放屁声。男人们把旱烟抽够了，把酽茶喝足了，一个叫长庚的老汉讲开古书——《说岳全传》《瓦岗寨》《杨家将》《说唐》——全是中华几千年的忠勇刚烈，仁义道德。

我至今都记得，寒冬的夜里，马号的炕烧得很热，我坐在炕上，听长庚老汉讲《说岳全传》。长庚老汉讲岳母刺字时说："岳母见儿子文武双全，胆略过人，担心岳飞以后有分外之想，留下万世骂名，就在岳飞的脊背上刺下精忠报国四个字。"长庚老汉讲到这里，声音很慢，满脸都是崇敬。

我好奇地问："岳母用针在岳飞的脊背上刺字，岳飞不疼？"

长庚老汉说："拿针在你脊背上扎，你疼不疼？"

我又问："岳母咋不用不疼的办法？"

长庚老汉说："就是要让岳飞疼，不疼就记不住。"

长庚老汉讲到奸臣秦桧陷害岳飞，皇帝下十二道金牌，把岳飞、儿子岳云、义子张宪，以莫须有的罪名杀死，声音都曀曀了，眼里有了泪水水。有人控制不住地发出一声吼骂："秦桧，我日你八辈子先人！"

我把屁股朝长庚老汉跟前挪近，问："岳飞咋不带兵反了，杀进朝廷，先砍了秦桧的脑袋，再摘下宋皇帝的狗头，自己登上皇帝宝座，当个明君？"

长庚老汉说："照你这么说，岳母当年在岳飞的脊背上刺字，就白刺了？岳母担心的啥，就担心岳飞到了这时候，觉得朝廷不公道，起了反心，落个不忠的名声。"

我说："皇帝昏庸无道，奸臣把持朝纲，百姓受苦受难，岳飞为啥不能反，难道这天下必须由他姓赵的掌管？他姓赵的先人当初打江山的时候，说是替天行道。他们打下江山了，就说夺他江山的人是反臣贼子，他先人夺人家江山的时候咋不说这话？"

长庚老汉愣了好大工夫没有说话，过了一会儿才说："这是个大学问，得由大学问人来回答。你好好念书，把学问做大了，就知道为啥啦。"

小学三年级的我不明白，连自己名字都写不周妥的长庚老汉，讲起这些古书，连磕绊都不打，语调有高有低，有声有色，用文学语言讲，有韵律感、节奏感，使用的形容词排比句，巧妙精准。现在回想起来，我的文学启蒙、道德基础，甚至连写作的语言风格，全是在三家庄的马号里形成的。几十年后，我在一部长篇小说的序中写道："许多作家都讲自己的文学启蒙老师，我一直认为自己的文学启蒙老师是少年时期遭遇的马号，马号里的庄稼老汉。"

马号里的长庚老汉说书，不是职业。三家庄生产队经常请职业说书人。说书人来的时候，背一个铺盖卷，再背一个木鼓两个铜板，晚上就在马号说书，说完就住在马号，生产队管饭，走的时候再给点零花钱。

夏天，在马号院子里支张桌子，说书先生把木鼓架子放在桌子上，木鼓的旁边放个紫砂茶壶。说书先生朝桌前一站，右手捏的竹筷子在木鼓上一敲，左手拿的铜板互相一碰，就说开。说的也是仁义礼智信、忠勇刚烈、妇女殉节、皇上清明、大臣廉洁、文官不贪财、武将不怕死、路见不平拔刀相助的故事。

说书人大都不识字，跟着师傅一夜一夜地听，一遍一遍地练习，加上自己的领会，进行再创作。出师后离开师傅，浪迹天涯，奔走四方，讨得一口饭吃，多少挣点工钱，维持家人的生活。很多说书人是瞎子，一根竹棍敲打着地面，摸索到村子，好心人管他们一顿吃喝，找来拿事的生产队长，帮他们联系一段时间的生活来源。

说书人全然不知道，他们为了养家糊口的营生，却成了民族文化道德的传播渠道。他们更不会想到，以后做学问的人认为，这种集体创作，口头流传，反映整个民族思想情趣，洋溢着强烈的草根精神，具有平民性、普适性、原生性，积淀了几千年的民族文化和道德指向。

一本书说完，常常得一个多月，除了收麦收秋季节，说书人会一直待在村里，说完这本书说下本书。不在这个村说了，村子的人还会帮他们联系下一个村子。再牵着竹棍，把他们送到那个村子，把吃住安顿好了才离开。

我晚上听说书，白天上课打瞌睡，全然没有发现老师站在身边，依然在梦里拔程咬金的胡子抠尉迟敬德的脚心，或者策马冲锋陷阵，取敌上将首级，建立一代功名。老师用教鞭在我脑袋上敲，我还癔癔症症地嘟囔："天还没亮哩，让我再睡一会儿。"就这样，老师教授的功课没记住几个，庄稼老汉和说书人讲的故事，满脑子都是。

放学之后，一群少年聚在一块，扮演着心中的英雄，互相开仗。有伙伴高举苞谷秆做的长枪，大喊："我是常山赵子龙，不怕死的上来！"有伙伴手持高粱棵做的方天画戟，同样高声疾呼："我是薛仁贵！"还有伙伴高呼："我是岳飞！"如果有体弱幼小的伙伴不听话，就有人威胁："你不听我的话，我让你当奸贼秦桧！"体弱幼小的伙伴就告饶："我听你的话，别让我当奸贼，我要当瓦岗寨的秦琼！"

没有一个伙伴会高呼："我是贾宝玉，不怕死的上来。"也没有人威胁体弱幼小者说："你不听话，我让你当贾琏。"

现在琢磨，《红楼梦》是瑰宝，瑰宝只能供极少数高雅人把玩，对民间道德、草根文化的影响，不具有普适价值。岳飞、薛仁贵、展昭、赵子龙，这些被民间千百年传颂的人物，才是百姓理想的化身，是百姓用善美忠义塑造的神化英雄，是感召民族道德的楷模和旗帜。在20世纪以前，乡村识字人寥寥无几。现代人常常把读书人认为是文化人，似乎书读得越多，文化越高深。照此逻辑推理，中国几千年的乡村就是文化荒芜之地？中华民族千百年来是以农耕为主的民族，难道是没有文化的民族？显然，这样的结论不能成立。中华民族文化的博大精深，体现在民族对世界的认知上，这种认知更多是通过民间的口头传承。民间口头传承的文化，比形成文字的文化要多亿万倍。在出现纸张和印刷术之前，文字的载体是竹板和绸帛，竹板的沉重绸帛的昂贵，从技术上极大地限制了文字的传输。近年，中国掀起重读经典活动，那些影响我们民族千百年的口头传说、英雄传奇，是不是经典？

进入青年时期的我，在陕西紫阳县境内的一个小火车站工作。和当地老人聊天，得知当年的紫阳县偏僻落后，官家只有一个县官两个衙役，衙役们没事时回家种地，县官升堂时才穿上官服，站在两边陪县官审案。三个吃官饭的人，竟然把一个县的百姓治理得安居乐业。如果把当时的三个人的职责化解为今天的权力部门：县委、县政府、县人大、县政协，除了这四大班子，还有公安局、检察院、法院、城管、共青团、妇联、文联，哪一个部门都有几十个人，加起来有数百人。加上下属的区级权力部门，乡级权力部门，一个县吃皇粮的官员不下千把号人。封建时期由三人组成的县级政权，权力的延伸和今天相比，简直是天壤之别，为什么能让百姓安居乐业？其中一个重要因素，就是优秀传统文化道德的约束和招引。

中年的我回乡探亲，和侄辈聊天，问他们知道欧阳春、展雄飞不？他们摇头。问他们知道岳飞、薛仁贵不？他们说知道，但不知道他们的故事，还说："我们天天忙着考试，哪有工夫看闲书？"

再和同龄人谝闲，才知道那些传播民间文化的说书行道，二十年前已经消失了。年轻人给我谈论更多的是歌星、影星，一代年轻人崇拜歌星，唱流行歌曲，跑歌舞厅、卡拉OK。一个娱乐消费的时代，必然产生娱乐英雄，娱乐英雄必然感召人们去娱乐消费，驱使社会流行娱乐文化。

于是，新闻媒体不时披露人们见死不救、见义不为、麻木冷漠的事件。当政者和主流媒体一波一波地呼吁见义勇为，但效果不敢恭维。如果个别人不能见义勇为，麻木冷漠，我们可以谴责他们的品质。但事件并不是个别人制造，几乎是所有在场的人，我们就不能归咎于个体的道德考验，应该思考我们的文化出了问题。做深层次的思考，发现支撑人们见义勇为、古道侠肠、忠勇刚烈的文化氛围不存在了。见义勇为的壮举在崇尚娱乐的社会，只是海市蜃楼的口号，是飘扬在珠穆朗玛峰上的旗帜，不可能成为民众追求的行为美学。娱乐英雄只能把人们引向远离血性，追求享乐的时尚。

市场经济也抛出一些所谓的新道德：信守合同、诚心守法等，但哪项不是传统文化的延伸？忠勇刚烈、仁义礼智信、知恩报恩、信守诺言、诚恳做人，难道不是市场经济社会必需的文化基础？

自然科学的发展是淘汰性的，新技术必然淘汰旧技术。人类几千年积淀的传统文化，和新文化绝对不是线性关系，是叠加关系。它们有谱系，有血统，有传承，有共存性。新文化和传统文化的关系，绝不是电视屏幕的切换，用某个按键轻轻一点，就从几千年前转向今天。

唱 戏

村子每年都要娶回几个新媳妇，新媳妇里有贤的，恶的，孝的，奸的。娶到贤的孝的，家庭就和睦。娶到恶的奸的，全家不得安宁。于是，村子每年都要唱大戏，正本戏之前要加演《杀狗劝妻》《姑嫂贤》类的小戏。

杜生马娶的媳妇是个厉害货，张口就骂，动手就打，上至婆婆，下至男人，都要看她的脸色行事。

唱戏那天，杜生马的婆娘也把娘家人请来看戏，长庚老汉和饲养员绪娃借口看望乡党，给那婆娘的父母说："这两年村里娶了不少新媳妇，有的把娘家的好处带来了，也有的把娘家的坏处带来了，有的孝敬公婆善待小姑，有的不孝敬公婆不善待小姑，把村子的风气弄得很不好。今黑点的《杀狗劝妻》《姑嫂贤》，专门唱给她们听，刹刹这股歪风。要是刹不住，就由村子出面，把媳妇送回娘家，啥时候调教好了，啥时候再送回来，调教不好就别送回来，让她们在娘家养老送终！"这腔话，像《金沙滩》里的老令公，当殿数落宋皇帝样，表面软和，骨里带刺，一下一下地朝对方心里扎。

那婆娘的亲爸坐不住了，说："我们对女子管教不好，女子性情强悍，有对不起亲家的地方，就给我们说，趁我和她妈都在这，好好说她一顿。"

长庚老汉说："兄弟多心了，我们是来看你的，不是针对你女子的。生马媳妇过门以来，还没有大的差错。就是有一些小过节，人家还年轻，改了就好，实在改不了，俺们再说别的。"长庚老汉这话也是蜂蜜里掺苦胆，说的人有意，听的人更有意。

长庚老汉和饲养员绪娃，又说了一阵闲话，推说有事要张罗。他俩还没有走出大门，就听见那婆娘的亲爸亲妈训斥女子的声音。

《杀狗劝妻》开演了。唱的是媳妇曹氏趁丈夫曹庄进山打柴，在家虐待婆婆，不给婆婆吃，不给婆婆喝，还殴打婆婆。曹庄打柴回家得知此事，本想狠狠收拾媳妇一顿，娘亲又担心小两口不和，影响以后过日子，劝说儿子不要跟媳妇计较。曹庄为了吓唬妻子，将黑狗杀死，曹氏方知曹庄不是怕老婆之辈，赶忙给婆婆赔情，立下誓言从此再不虐待婆婆。

杜生马的婆娘也在看戏，左边坐着亲娘，右边坐着婆婆，前边坐着丈夫，后边坐着亲爹，看到曹氏虐待婆婆，也觉得不是为媳之道。又想半后响长庚老汉和饲养员绪娃的话，心里有了惭愧。这时候，戏台上的曹氏跪在婆婆面前盟誓，以后要孝顺长辈："有焦氏跪流平一言告禀，祝告那空中的过往神灵。从今后对老娘再不孝敬，死在那荒郊外尸被虎吞。"

戏台上唱到这里，左边的亲娘偷看女儿，右边的婆婆偷看媳妇，那婆娘夹在亲娘和婆婆之间，不敢朝左边看，不敢朝右边看，脸上发烫。坐在前边的杜生马扭头看婆娘，婆娘更是羞愧难当，嘴里不好说啥，对着凳子狠狠蹬了一下，差点把凳子蹬翻。婆婆看出媳妇的羞愧，佯怒地骂儿子："好好看你的戏，老回头看啥！"

那婆娘心里热浪一翻，左手抓住亲娘的手，右手抓住婆婆的手，一直把戏看完都没有丢开。

这难道不是乡村的道德教育，比起今天的念报纸读文件要有效千万倍。

老碗会

关中人把吃饭的碗分几个等级，最大的碗叫海碗，口径一尺，意思把海都能盛下。再小一点的叫老碗，口径八寸。那时候人穷，"鸡尻子当银行，红薯当主粮"，饭食简单，大部分都是红苕苞谷糁，富足人家把苞谷糁熬得稠一点，不富足人家把苞谷糁熬得稀一点。男人们盛上一老碗红苕苞谷糁，上边放些炒酸菜，就朝马号跑，朝地上一蹴，呼呼噜噜吃开。少不了你在我碗里夹一筷子酸菜，我在你碗里吃一口苞谷糁。谁家的婆娘熬得苞谷糁好，谁家的婆娘腌的酸菜脆，炒菜时放的油多了油少了，大家都清清楚楚。把老碗里的饭食吃完，从腰带上抽出旱烟袋，吧嗒吧嗒抽起来，人们把聚在一块吃饭叫"老碗会"。

这时，就议论村里的事，谁家的儿子对父母不孝，谁家的弟兄为家产不睦，谁家的媳妇背着公婆偷嘴，谁家的女子不孝顺婆家，谁家盖房子占了邻居的庄基地，谁家的娃娃和老师顶嘴，谁家的女子收了人家的彩礼不想过门。这里成了村子的舆论中心，要是当事人在场，就有长者问话，当事人或辩解，或承认。长者和乡党就劝说，训斥，甚至责骂，这里又成了道德法庭。有些事解决不了，就有长者对当事人说，去把你舅家人叫来。这样一来，男方家的长辈、女方家的长辈、村子里的长者，来个三堂会审，比官家的审判都公道，都让当事人服气。

好多年以后，我思考中国几千年的封建统治者，都难以把权力渗透到乡村，很多乡村几百年没有官家人到过，为什么能保持既定的秩序，平安无事地度着年月。乡村的道德舆论监督，长辈的管教，在很多方面替代了统治者的管理，官家不付出成本，收获着需要的成果。思考今天的乡村治理，当政者把公安机关、法院越修越大，监狱的人越来越多，官员的数量年年增长，现代传媒把当政者的意志无孔不入地传达给乡民。但是，乡村秩序并没有好转，甚至不如过去。思考使我得出这样的结论，当政者忽视了民间的道德力量，忽视了民间的舆论作用，忽视了民间千百年形成的"调解中心"。

饲养室和党政贫团

马号就是饲养室，干部请木匠做了几个牌子，刷白漆，写黑字：三家庄生产大队饲养室；另一个牌子上写红字：三家庄生产大队党支部；第三个牌子写黑字：三家庄生产大队大队部；第四个牌子写：三家庄生产大队贫协委员会；第五个牌子写：三家庄生产大队团支部。把饲养室和权力部门并列，可见饲养室的地位。

上边下来检查的领导指着牌子说："饲养室算什么级别，咋能跟党政贫团并列？"

有人辩论："支书死了上头再指派个支书，队长死了再选个队长，贫协主席不在了再选个主席，团支书嫁人了再选一个，啥事情都耽误不了。要是牲口出了麻达，谁给咱拉车犁地？叫我说呀，党政贫团还没有牲口金贵！"

上边人听了，翻着眼皮看他。那人又夹枪带炮说："没有牲口，地里咋打庄稼，没有粮食你们吃屎都没有！"

吃过饭，管事的支书把饭碗一搁，对另几个干部说："朝这聚一下，商量一下夏粮分配方案。"

贫协主席、正副队长、妇联主任、会计、出纳、团支书就端着空碗，蹾到一块。

夏粮分配方案关系每家的利益，家里人口多劳力少的，就希望人口在分粮中占的比例大些。家里人口少劳力多的，希望工分在分粮中占的比例大些。干部们讨论方案时，蹾在地上的人都支棱着耳朵听。

支书见大家都不表态，对副队长说："你带个头。"

副队长在地上磕了烟锅子里的废烟，嘿嘿笑着说："让大家先说，先民主后集中，咱们当领导的要是先表态了，让群众咋说？"

支书说："你少耍滑头，咱开的是队委会，队委会里的人都是领导，没有一个比你级别低，你先发言。"

副队长又说："我可不是那意思，我知道大家都是领导，是平起平坐的一字并肩王。依我的意见，人口占百分之五十，工分占百分之五十，这样能提高大家的生产积极性。"副队长家有三个儿子，都是棒小伙子，他的工分在村里占头一家。

副队长的话说完，会计立即接上说："要是按各百分之五十的方案分，人口多劳力少的人家，日子咋过？"

支书见大家都说过话了，就说："刚好各家的掌柜的都在这，大家都发言，形成基本方案后再交社员大会讨论。"

于是，不管是不是干部，都争着说自己的意见，意见统一了，夏粮分配方案就确定下来。

年终讨论决分，就移到马号的热炕上。吃过黑了饭的男人，早早跑到马号，爬到炕上，用饲养员的被子盖着大腿，解开裤带，在电灯的晕光里寻找裤缝里的虱子。冬虱肥，比芝麻大比豌豆小，冷气一激，朝裤缝钻。人们就翻开裤缝，看到缩在里面的虱子，捏出来，大拇指甲对着一挤，随着一声脆响，指甲上就有了一团血肉，还咒骂："让你再吸我的血！"

忙活着给牲口拌料的饲养员说："小心虱子爬到我被子上。"

捉虱子的男人说："我身上本来没有虱子，那天在你炕上坐了一会儿，就长了满身虱子——"

支书见大家闹得差不多了，说："都甭闹了，队委会的人坐在炕上头，讨论决分方案。"

领导和被领导的区别就是炕上和炕下，相当于现在坐在主席台上台下。

会计把全年的总收入和劳动日说了，下来就讨论分配方案。

队长问会计："总收入平均分给劳动日，一个劳动日多少钱？"

会计说："一个劳动日五毛六分钱。"

队长又问："去年一个劳动日多少钱？"

会计说："去年一个劳动日五毛五分钱。"

队长又问："人家刘家庄、李家堡今年一个劳动日多少钱？"

会计说："刘家庄五毛七分钱，李家堡五毛六分钱，跟咱们差不多。"

队长说："咱们就按五毛六分钱分，大家好赖干了一年，要是分不到钱，不知道会咋着骂咱们。"

按生产队的规矩，决分完了，这一届队委会就解散了，接着选举下一届队委会。队委会干得好坏，就看年底决分多少钱，很像现在的GDP。队长为了让劳动日多分钱，显示自己领导得好，又没那么多钱，就搞虚分配，把劳动日的价值提得很高，没有钱，就挂账，以后有钱再分。下一届队长就不认这一届的账，这些账上的钱就成了井里的月亮、画上的婆娘，看得见用不上，相当于现在统计部门虚报的数字。

大家心里都明白，把账上的钱分光分净，下一届队委会接的就是空摊子，车上的套绳要换，生产队的电费要交，没有钱啥事情都干不成。但是，谁都不愿意说啥，都希望分得越多越好，说一千道一万，把钱拿到自家手里才划算。

只有长庚老汉说："咱要给以后留条活路，现在把钱分得一干二净，明年的生产咋办？咱总不能今年把明年的饭都吃了。你们要我说个意见，我就说先留下1000块钱的周转资金，剩下的咋着分都行。明年再决分的时候，把这1000块钱扣出来，再留1000块钱。我打听了，一辆解放车一万五千块，咱攒上十来年就能买辆大卡车，再拿大卡车搞副业跑运输。两年再买一辆大卡车，十年以后咱一个劳动日值多少钱，恐怕三块钱都能分到。年年分光吃净没有积累，咱这一代穷，下一代也穷。咱现在把裤带勒紧，下一代就能多享点福。"

决分方案就这样定下来。

马号消失

生产队解散了，人们各干各的活，各吃各的饭，各琢磨各的事情。日子活泛了，村子里全是一砖到顶的小洋楼。家家有了饭桌，再没人端着大老碗朝马号跑了。有了彩电谁还跑那么远的路到马号谝闲？饭桌上有了炒菜炖菜，咋能把几个碟子都端到"老碗会"上吃？

村子的人，有的跑到外地打工，几年不回来。回来的时候，没媳妇的带回了媳妇，家里一点消息都不知道。有媳妇的回来要离婚，媳妇闹着要上吊。有年轻女娃跑到城里，月月都能邮回一笔款子，做父母的脸上就多了炫耀。有的女娃出去几个月，邮不回钱，父母脸上就有了沮丧。隔上一年半载，就有警车来到村子，拉走一个从外地打工回来的人，也不知道犯了哪样王法。村里的男人跑到城里打工，留下老婆娘小媳妇。小媳妇不肯安宁，跑回娘家十天半月不回来，村里就传来闲言风语，说那女人在娘家村子有了相好，乐不思蜀。

天黑以后，马号里黑洞洞一片，不时传出老鼠打架的惨叫，也传出老鼠交配的欢乐，谁家的狗跑到马号，追逐玩耍，喧起狗的高歌，还要跷腿尿尿，就是没有人的声息。

长庚老汉坐在家里看电视，屏幕上一片大海，海水蓝，沙滩白，日头红。两个男女顺着沙滩走，穿着那地方都要露出来的小裤衩，走几步就拥抱，嘴对嘴地啃，手还在对方身子上摸，又搂在一块在沙滩上滚，男压女，女压男，呼哧呼哧喘气，比扛麻包都累。长庚老汉觉得自己在后辈人面前看这东西，不成体统，就朝外头走去。

孙子问："爷，咋不看了？"

长庚老汉说："屋里太憋，我想到外头走走。"

孙子说："爷，你要是嫌这个节目不好，就换一个台。"

长庚老汉只好回到床边，继续看电视。长庚老汉琢磨，年轻轻的女娃把奶头亮出来让全世界的人看，咋一点都不知道丢人？就说："这女子把胸脯露出来让人看，以后咋着嫁人？"

孙女说："人家是模特，一般人想露人家还不让露哩。"

孙子说："人家是名人，后边跟着成群的男人想跟人家结婚，人家还得挑挑拣拣，不是大款大官不嫁。"

长庚老汉又站起来，孙子又问："爷，又要出去了？"

他说："我想出去走走，憋在屋里难受。"

他刚一离开，屋子里的孙子辈就说开："咱爷还封建哩，这算个啥，村里好多人都看毛片哩。"

长庚老汉吃过晌午饭，又想到马号看看。走到邻家门口，听见邻家媳妇在院子里哭喊，哭声凄厉，喊声震撼，半个村子都能听见："你在外边打工，我在家替你孝敬老的养活小的。你几年不回来一次，回来就要跟我离婚，你良心叫狗吃了？"

儿子他爸抢着拐棍，指着儿子吼："你休妻再娶，忘恩负义。你敢把那婊子朝回领，我把你的腿打断！"

长庚老汉走到邻家老汉跟前，从腰带上取下旱烟袋，在烟包包里挖了一下，递给他，说："抽锅子烟，把肚子里的火气消消，有啥大不了的事情，值得这样吼叫？"

他又走到打工的男人跟前，说："你在外打工，媳妇替你养活老人娃们。你把钱挣下了，媳妇把娃养大了，多好的事情，咋要离婚哩？"

那男人把头一抬，硬硬地说："我跟她没有感情！"

长庚老汉说："说话要讲良心，当初你拿着东西，一次一次朝你媳妇村子跑，求人家嫁给你。你那时咋不说没感情，没感情还叫人家给你生了两个娃？你现在到城里打工，经见的世面大了，花骚了，就跟人家没感情了？你这是良心变了，要是搁到老社会，非叫包文拯把你塞到狗头铡里不可！"

那男人说："结婚自由，离婚自由，没有感情就离婚，谁也不能破坏婚姻自主，这是法律。"

长庚老汉对着那男人踢了一脚，骂："狗屁自由，敢不敢让你这种花花男人自由，你今天自由一个，明天自由一个，多少好女子都被你自由了，你自由了让人家咋办？你这阵跟你媳妇离婚了，找个年轻漂亮女人自由。过上一年两年，再看上更年轻的女人，又想跟人家自由，让那些跟过你的女人咋办？"

长庚老汉又走到这家老汉跟前，说："咱村从解放到现在，再没请戏班子唱过《铡美案》，人长了几十岁不知道陈世美、秦香莲、包公、韩琪是咋回事情，咋能经得起皇帝女子的勾引？其实，人人都想当驸马，都想荣华富贵，就是有仁义道德管着，有众人的唾沫管着，才不会去做陈世美。要是没有这些，陈世美比好人都多。"

关中车夫

一

　　20世纪60年代的冬夜，没有电视，收音机都为奢侈品。除了才娶了媳妇的男人，早早把炕烧得温热，搂着媳妇钻进被窝，欢腾着你贪我爱的人体运动。老点的男人耗尽了搂婆娘的能量，没找到媳妇的男人没有婆娘搂，就跑到马号，熬耗长夜。

　　马号里饲养着骡子和马，还有公牛和母驴。用汽油桶做的火炉，炉口上坐着铁壶，里面熬着叫"满山跑"的老茶，冒着苦涩的气息。土墙上挂着生产队给饲养员种的旱烟，到马号谝闲的人都能享受。

　　人把旱烟抽足了，有了精神，饲养员绪娃从墙上取下板胡，说："谁给咱吼一段！"关中人把唱秦腔不叫唱，叫吼，一字之改，把秦腔的气势就表现出来。随之，板胡的锐响穿过马号的窗户和门，在村庄里飘荡。随着板胡过门的完结，一个叫天宝的小伙子猛地吼起来：

　　　　听一言不由得人恶火朝上，骂一声狗奸妃太得猖狂！你兄长

扣皇粮该把命丧，谁使你借銮驾辱骂忠良！叫王朝和马汉听爷细

讲：打銮驾莫损坏花容粉妆。先打她杏黄旗霞光万丈，再打她珍珠

伞耀日增光……

天宝年轻，中气十足，吼得半个村堡的人都能听见。

吼完，长庚老汉就有了感慨："人还是要年轻哩！"

这时候，绪娃跑到牲畜圈跟前，解开裤带，尿。人老了，阳气不足，尿不出气势，弄不出多大声响，有几点还滴到脚面上。尿过尿，那东西就变成了死鸡娃子，蔫头耷脑。牲畜圈里的二马子二骡子，经过半夜的歇息，体力得到恢复，胯下的东西倾巢而出，坚硬如棍，拍打肚皮，给自己制造刺激。

天宝看着它们，取笑绪娃："你看看人家。"

长庚老汉说："天宝你把黄河看成线了，你娃子比绪娃差远了，当年的绪娃，一夜能把窑姐折腾几十回，让人家五六天下不了炕。"

绪娃苦笑："好汉不提当年勇，咱的日子翻过去了，以后的日子是人家天宝的。"

天宝也苦笑："咋能是我的日子，二十七八了还找不下媳妇。新社会啥都好，就是不该把窑子取消，要是能像过去那样，隔些时日逛次窑子，咱把问题解决了，人家也增加了收入，公安少抓几个强奸犯，一块地收几样庄稼，多好的事情，公家咋就不让做？"

下来就是谝闲。

这些上了岁数的男人，一辈子没有刷过牙，从这些难闻的气味中，喷薄出他们当年在西北五省千里古道上经历的激流、陡壁、冰坎、雪原、深渊、

大漠、古道、老树、夕阳、晨光、水泽、急弯、大坡、暴雨、狂风、冰雹、塌方、霜冻、泥泞，还有土匪、绑票、贪官、污吏、凶杀、格斗、火拼、黑点、赌局、烟馆、戏园、窑子、同行、情谊、仇恨。他们还讲到被孙蔚如的陕军征用了马车，参加中条山战役，陕西军民众志成城，奋勇抗战，尸陈中条山，血染黄河，惨烈悲壮，硬是没让日军跨进陕西半步。

这些神奇得令人不敢相信，又不能不相信的故事，击打着少年杜光辉的心灵。他半夜半夜地不睡觉，坐在马号的热炕上，屏息凝神地倾听这些当今世界绝对不可复制的故事，还有那些酸得牙根都发软的风流荤事。

那些不知是吹牛还是真实的故事，在我大脑里幻化出一幅幅难以构思的图画：关中西府的兴平，埋葬着汉武大帝和手下的那帮武将。这帮吆马车的文盲汉子，每每到了这里，都要停下车轮，拜谒葬在这里的汉武帝刘彻，司马大将军卫青，骠骑将军霍去病，敬侯金日磾。我怎么都不理解，大字不识几个的吆车汉子，怎么能知晓2100多年前的事情？这些帝王将相与他们有啥关系，值得花银钱买火纸祭奠他们？

我凭着想象构思出在袅袅飘升的烟火中，走来了十三朝古都的帝王将相，英雄豪杰，才子佳人。涌腾出狂飙的大汉雄风，金戈铁马精兵猛将，滚滚西进，战马铁蹄踏起的尘灰，遮蔽了日光月辉。

到了中年，我又思考中国几千年的历史进程中，百分之九十五的百姓不识字。许多文化典故、英雄豪杰、才子佳人、地理地貌、传统道德、社会规约，都是凭着一代一代人的口头传承。我曾在一篇文章里写道："文化不仅仅在高等学府、图书馆、博物馆、书籍图画里。如果把文化定位成这些东西，中华民族几千年的历史就是没有文化的历史？"

我还从他们嘴里听到诸葛亮屯兵用武、劳竭命殒的五丈原。他们吆车经过秦川西端，太白山北麓的岐山县五丈原镇，让牲畜停下脚步。他们眺望着这块古老久远的土塬，追思着诸葛孔明的"鞠躬尽瘁"。

我们民族从来不缺失对名人的崇敬，那些对中华民族历史做出贡献的人物，照亮了我们民族文化的璀璨星空。

长庚老汉说："绪娃多次吆车经过这里，都要吼上一段诸葛孔明的秦腔。"

　　　　为江山我也曾南征北战，为江山我也曾六出祁山，为江山我
　　　也曾西城弄险，为江山把我的心血耗干。

几十年后，我在长篇小说《大车帮》的首页上，写下了这段唱词。

二

我在该读书的年龄，无书可读，只好回生产队挣工分。像被套进车里的骡马驹子，走向了苦难的生命历程。

五更天气，人们还在酣睡，一串车夫吆着马车，行进在铺满石子的马路上。十五岁的我混在这群车夫中间，身上落满雪霰，冻结到一块，单薄破烂的棉衣难以抵御风雪的寒冷，就跟在马车后边跑，跑热了身上，爬上马车。歇息不到一锅烟工夫，出了汗的身子更加冰冻，又得下车奔跑。身旁十几个牲畜的铁蹄，踏在石子路上，发出繁杂的嗒嗒声，迸溅出璀璨的火花。

车夫们穿着老羊皮袄，戴着老羊皮帽，坐在车厢里吧嗒旱烟，又谝起当年的英武。在这些黎明前的冰冽里，我又听到他们讲的风刀霜剑、腥风血雨的人生经历。

千里古道全是土路，到了雨季，车轮碾轧、牲畜蹄踏，烂泥有半尺多深。牲畜在烂泥路上拉车，要出好多倍的力气，车子还左右摇摆，一旦把辕骡晃倒，压在车辕下边，就会窒息毙命。半辈子的辛苦也买不起一匹辕骡。到了这些路段，车夫们的心会提到舌头跟前，生怕辕骡出个差池，竭尽全力地扛着车辕，遏制车辕摇摆的幅度，减轻辕骡的压力。自己稍有不慎就会滑倒，车轮从身上腿上碾过，重则毙命，轻则残疾。绪娃就是朝嘉峪关走的路上，被车轮轧断了脚后跟。

我从他们嘴里知道，车夫们身上必备两样物件，除了鞭子，还有锋利无比的牛耳刀。牛耳刀的用处就是牲畜一旦滑倒，车辕压在辕骡的脖子上，车夫们立即用牛耳刀割断压在辕骡脖子上的襻带，让辕骡喘上气。

西去的路途上，不知有多少陡坡。遇到陡坡，必须把三挂车的牲畜卸下来，绑到一挂车上，轮流把车拉到坡顶，这叫"挂坡"。

冬夜里，长庚老汉讲到挂坡的时候，对端着茶壶的年轻人吼："驴日的没眼色，想不想听我讲挂坡？"

端着茶壶的年轻人赶忙用巴掌把壶嘴擦了，捧到他跟前说："我早早就把茶壶给你占下了，刚熬好的茶，酽得很哩。"

长庚老汉接过茶壶，也用手把壶嘴擦了下，年轻人说："我刚给你擦过了，干净得很哩！"

长庚老汉说："你那手刚摸过牛牛子，脏得屄样的！"

他不渴，哧溜了一口，就把茶壶还给人家，图的就是摆谱。

长庚老汉讲出了挂坡的气势：一个车帮七八十挂车，把后边三分之二的稍头牲解下来，一挂车上套三挂车的稍头牲，总共是一个辕骡六个稍头牲。开始冲坡了，第一挂车的三个车夫站在马车两边的高梁上，看着七匹头牲耳朵直竖起来，摆好拉车的架势。他们高高地举起鞭子，齐声大吼：驾——几乎同时，三根鞭绳落在头牲身上，车轮猛地滚动起来。车夫一下一下地高举鞭子，一声一声地高喊：驾——驾——六匹稍头牲在三个车夫的驱使下，拼尽全力拉车。一个辕骡很难驾驭六个稍头牲的力气，车子剧烈摆动，随时就有坠下深渊的危险。如果坠下深渊，七匹牲畜一挂马车连同车上的货物，就会完蛋。一个车帮挣扎半年的收入，也抵消不了这个损失。于是，守辕骡的车夫死命地扛着车辕，竭尽全力减小车辕的摆动幅度，减轻辕骡的压力。

不是哪个车夫都能护辕，要有气力，有经验，更要不惧生死，能护辕的车夫都是这个行道里的头脸人物。护不了辕的车夫，轮到自己的车挂坡了，就乖乖地把护辕的位置让出来，充满羞耻地给替他护辕的车夫贡献出骚情。护不了辕的车夫就是吆上一辈子车，在同行面前都挺不起脊梁。

第一挂车吆出去十多丈后，第二挂车又开始冲坡了，不大工夫，坡路上冲锋着二三十挂车，鞭子响、车夫吼、头牲喘气、车轮吱咛，闹热了一片山地。

……

长庚老汉还给我们说，千里古道上有无数长坡，延续十多里二十多里甚至三四十里，三个牲畜拉一辆重车，特别吃力。到了这种路段，车夫们都取来襻带，那是一端带着钩子的麻绳，把钩子挂在车帮上，帮牲畜拉车。

　　夏日里，暴烈的太阳照着长坡上挣扎的几百匹头牯，照着七八十个吆车的男人。他们赤裸着上身，几乎趴伏在路面上，襻带在他们肩上勒下很深的槽沟，磨出了血滴。一次，两次，一月，两月，一年，两年，多少个年轮逝去，多少次苦难磨砺，他们肩上磨出了厚厚的老茧。那些没有一丝肥膘的躯体里，迸出大滴大滴的汗珠，那是挤榨出的生命油脂，汇成长流，淌在脚下的古道上。

　　苦难岁月像点燃的油灯，耗费着他们生命的灯油。终于到那么一天，他们双腿僵硬了，腰肢佝偻了，手臂举不起皮鞭了，不得不把鞭子交给儿子，回到关中的家里，文人称为颐养天年，他们称为等死。还有的车夫，到了这个年龄还被生活逼迫，不得不在古道上苦挣。他们更加艰难地迈动着老迈的双腿，最后栽倒在古道上。车夫们站在死尸周围，看着已经找到归宿的同行，思索着自己的归宿。一阵悲怆凄凉袭来，落下一串男人的泪水，看着别人的死尸哭自己的恓惶。

　　大脑兮（马车帮首领）发话，把一辆车腾空，装上这个死去的乡党，掉头向东，树高千丈，落叶归根。这是最好的归宿，毕竟埋在了自家的坟园里。如果不是在冬季死去，就没有这么好的事情了，车帮到附近的棺材店，买下一具薄皮棺材，在没主的荒地里，挖下不深不浅的坑，把这个在古道上挣扎了一辈子的苦命人，草草掩埋，继续赶路。

　　第二天，人头上戴了白孝，牲畜头上打了白布结，鞭杆上绑了白布条，表示对这个乡党的悼念。

　　有车夫吼起了秦腔《斩李广》：

　　再不能头戴王的三王纽，再不能身穿滚龙裳，再不能玉带腰间扣，再不能粉衣朝靴蹬双足。再不能东华门内走……

七八十个男人竭尽全力的吼唱，响彻云霄，震撼天地，六合之中充盈了无边的悲凄，还有无边的无奈。

车夫苦命，牲畜也苦命，它们从母亲的子宫里挣扎出来，骨骼还没有发育成熟，就被主人塞进车套，伴随着主人苦难的步伐，走进自己苦难的生命历程。它们的主人老了，后辈们还能把他们接回家里赡养。牲畜就没有这么好的下场，它们的后代除了继承他们的使命，继续给主人出力受苦，绝对没有赡养它们的天职。于是，马车帮的头牯中，一匹年迈的头牯倒在车套里，喘息上一阵，闭上苍老的双眼。这匹在古道上挣扎了一辈子的头牯，像它的主人一样，老死在古道旁。几十个车夫围着这匹头牯，唏嘘、痛惜、悲怆。在地里挖出一个深坑，把它的尸骨埋进去，也在上边堆上一疙瘩黄土，防止饿狼寻到这里，吃掉这个苦了一辈子的畜生。

第二天，这个死了头牯的车夫跑到骡马市上，买回一匹年轻头牯，套在这个空了的套绳里，又一个牲畜走进了替主人卖命的行列。

随后的岁月，它的主人每次路过这里，都要停下脚步，站在这堆土馒头前，思念和它同甘共苦的岁月，掉下几滴老泪。

三

少年杜光辉还从车夫嘴里知道，从西安向西，过了宝鸡、天水、陇西、兰州、天祝，到了武威，再朝西挣扎，过了戴河坝、河西堡、山丹就到了张掖。张掖是过了兰州朝西走最大的地方，云集着汉族、回族、藏族、土家族、白族、维吾尔族、哈萨克族、俄罗斯族等二三十个民族，各民族有各民族的会馆，说着各民族的话语，吃着各民族的饭食，穿着各民族的服装，不同的民族聚在一块，通用汉话。新疆、蒙古、青海、中原、陕西的货物都在这里集散。这里就有了马车帮、骆驼帮、驴帮、背篓帮、掮帮。还有生意铺面、算命的、看相的、卖唱的、测字的、耍拳卖金枪不倒丸的、耍猴挣钱的、耍魔术玩杂技的，街上有酒楼、茶馆、戏院、大烟馆，三百六十行，行行不缺。妓院也是一行，都是为了嘴里的吃食身上的衣饰，互不嘲笑。车夫同行几年难得一见，在这里相遇，格外亲热，你请我酒席，我请你看戏，还有的请逛窑子。再穷的车夫，隔上三五十天，都要攒点银钱，到窑子里折腾一夜，泄去身上的欲火。年轻车夫随着父辈走上古道，耳濡目染，无师自通。这些常年在外闯荡的车夫，逛窑子跟进饭馆吃饭到马车店睡觉，并无两样，说不上高尚，也算不上卑鄙。卑鄙的是不顾婆娘孩子的死活，有钱就逛窑子，再就是逛了窑子赖人家的钱。人家的日子过得连身子都卖了，还赖人家的钱，是人不是人？江湖上流行这样的话语："不抢叫花子的饭，不赖窑子的钱。"

有一年碾场时，天宝问车夫婆娘："你男人当年在外逛窑子，你们不生气？"

她们说："他们一出门就是一年，总不能把俺带到路上，不让他们逛窑子，憋出病了，多的都去了。"

他们长年累月奔波受苦，全是为了婆娘娃娃？这种担当像我们民族的基因，潜移默化地融化在关中男人的血浆里。几十年后的今天，我还坚持认为，不管时代怎么变迁，东西方文化的冲撞多么激烈，女性的收入即使超过男人，男人还必须承担养活家人的责任，只顾自己享受的男人，只是生理意义上的男人而已。

我把这个思考写进长篇小说《大车帮》的创作谈里，有评家认为这是超越传统道德的人性，比道德更道德。

四

我从先辈们嘴里还知道，那个年代，贪官污吏，横征暴敛，恶霸豪强，民不聊生，硝烟烽起，土匪丛生，强盗挡道，社会贫穷到极点必然引发这些现象。

车帮一上道，车夫们的心就悬起来，担心土匪劫道。

长庚老汉给我们说："有次，车帮把西安的货拉到汉中，到汉中出手，把脚钱兑换成金条，就琢磨把金条藏在什么地方。"

土匪中的很多人当过车夫，车帮藏钱的手段难以瞒过他们的眼睛。

车帮把金条藏在吊在车辕下的小油桶里，在宁陕地界遇到了土匪，土匪一辆挨着一辆地搜。年仅十三岁的吴老大装成跟车玩耍的娃娃，看到土匪把前边车上吊的小油桶都颠倒过来，就跑到藏金条的那辆车跟前，把油桶里的金条拿出来，塞进辕骡的尻门里头。土匪搜到这辆车跟前，朝着小油桶走去，车夫们紧张得脸都变了颜色。这根金条不仅是七八十个人奔波了一个月的脚钱，还有货主的货钱，要是被土匪抢去，给人家干上几年都还不起。年轻车夫悄悄从车上抽出垫杠，火拼的结果，双方都有死伤，但土匪在暗处，车帮在明处，一旦死人伤人，就结下了世代仇恨，车帮从此休想从这条道上经过。不是到万不得已的时候，车帮都是能忍就忍。

土匪们摘下小油桶，十几个车夫掂着垫杠就要朝前冲，长庚老汉绝望地闭上了眼睛。偏偏在这个时候，辕骡崛起尾巴要拉屎，吴老大装成没坐稳的样子，在辕骡的屁股上拍了一下，辕骡崛起的尾巴又落下去。

吴老大长到十七岁的时候，竟然干了一件惊撼西北五省车夫行道的事情。十七岁的吴老大个子蹿得比一般人高半头，五岁开始练武，抢起一百二十斤的石锁，像抢棉花包样轻松。武当拳、少林拳，打起来行云流水，蕴含着无穷的功力和变化。

马车帮走进一段只能容一辆车通过的陡坡上，遇到下坡的马车帮。道上千年形成了规矩，空车让重车，下坡让上坡，油车让瓮车。对方仗着人多势众，竟然对着这边的马车吃下来，两个车帮的稍头牯脑袋顶着脑袋，双方才吃住头牯。

对方的大脑兮见这边车少人稀，对手下的车夫吼："抽垫杠！"

这边的大脑兮看人家的人马比自己多两倍，口外人身材高大，长相剽悍，就没敢吼叫手下人抽垫杠，底气屡弱地给人家讲道上的规矩。

人家把垫杠把地上蹾了几下，说："少给我讲那么多道理，山高路远，拳头是县官，有本事开上一火，你们赢了，我让弟兄们倒车。"

这边的大脑兮拖延了一阵，无奈地给手下人说："倒车！"

这个时候，吴老大从后边跑过来，大声问："谁让咱倒车？"

对方的大脑兮不屑地说："小伙子不服气咋得？"

吴老大站在低处，人家站在高处，看起来比人家低一头。酷夏天气，都没穿上衣，人家裸露的胸脯上长着两寸长的毛，比猪鬃都硬，虎背熊腰，头大如斗。

吴老大看着他说："国有国法，家有家规，道上有道上的规矩，谁都不能坏了规矩！"

人家冷笑："小兄弟，上道几年了？"

吴老大："不多，八岁上道，九年了！"

人家把手中的垫杠晃了几下，嘲讽吴老大："这是啥家伙？"

吴老大脚在路面上踏，路面一点一点下陷，陷下一寸多深。又抓住对方手里的垫杠，用力一拧，拧成了麻花，把垫杠朝地上一扔，从裤带上抽出两把攮子，左手揪起一片胸肌，右手的攮子猛地戳进去，一溜殷红的血顺着伤口迸流出来。他把另一把攮子朝对方脚下一丢，说："老哥，你也来一下，小弟我倒车！"

对方有了畏惧之色，对着吴老大抱起双拳说："小兄弟，老哥认栽啦，以后道上相遇，我让道在先！"

吴老大也抱起双拳说："老哥海量，没跟小弟计较！"说完，给身后的车夫说："老哥们倒车，稍头牯使不上劲，把咱的稍头牯卸下来，挂在人家的车尾上，帮人家倒车。"

冬夜，黎明前的黑暗中，马车碾着破晓前的晨光向前挣扎。这个时候，我们坐在车帮上，汽油桶做的马槽里，燃烧着棉花秆苞谷秆，我们伸着双手，烤，这又是车夫们吹牛谝闲的时间。

我从老车夫嘴里知道，就在吴老大制服甘肃马车帮的当夜，就被车夫们推举为新的大脑兮。就在吴老大当上大脑兮两个月，又发生了一件事情。

半晌午时分，马车帮行进到一个峡谷里，两边是笔陡的峭壁。吴老大望了头顶扁担宽一溜的苍穹，又看了古道两边的石壁，心有了紧缩。这是车夫最害怕的路段，要是有土匪挡道，马车没办法掉头，只有把脖子伸到人家的碰板上，任土匪砍杀。

吴老大攥着鞭子，提着垫杠，警惕地走在车辕跟前。突然从旁边蹦出十几个土匪，打头的端着一支汉阳造，吼："站住，把银圆拿出来，放你们过去！"

吴老大停下脚步，把他们扫了一眼，知道是股没有多大实力的土匪，弄不成啥气候，就没有搭话。后边的车一辆一辆赶过来，不大工夫，七八十个车夫站在十几个土匪对面。吴老大判断了两边的实力，如果打起来，土匪根本不是车帮的对手，但从此就结下了梁子，他们这辈子报复不了马车帮，儿子辈孙子辈还会找你报仇。土匪看马车帮的人越来越多，心里有了胆怯，打头的从口袋里掏出一颗子弹，装进枪膛里，诈唬："你们再朝前走，我就开枪啦！"

吴老大走过去，用旱烟锅子在枪管上敲了一下说："老哥，甭拿这东西吓唬人，这里面只有一个枪子，最多打死一个人。我们七八十个人，哪一个都随便对付你们五六个，把你们村子的人全叫来，都不够我们收拾。把这东西收拾了，有事好商量。"

土匪们软下来了，打头的可怜兮兮地说："不瞒兄弟说，实在是家里太穷了，不得不做这事情。"

吴老大说："世上啥事情不能做，偏偏做这事情，当土匪的哪个有好下场，不被人打死，也会被官家打死，再不就是同行火拼，图啥哩？你们好好在山里打猎，采山珍，我们帮着把皮毛山珍拉到汉中西安，换成银圆，你们的日子就能过下去！"

于是，土匪放下屠刀，种地打猎，马车帮帮他们出售皮张山珍。车帮只要经过这里，这些曾经的土匪就给过去的同行发去信息，一路护送，秋毫不犯。马车帮遇到挂坡时，这些洗心革面的人拿着麻绳跑来，还呼唤亲友家人，帮着拉车，车轮滚动的频率加快了许多。

我从那时起，懂得了和气生财的道理。

五

我十五岁那年，跟车给山西临猗运货，从西安出发，路经临潼、渭南、潼关、凤陵渡，过黄河，到了对岸的中条山，这里是陕西、山西、河南三省交界。长庚老汉和车夫们吆住头牯，背靠中条山，站在黄河滩，望着对岸的陕西地界，给我们讲述这里曾经发生过惊天泣地的悲惨故事。

1938年，陕西军队在孙蔚如、赵寿山率领下，东渡黄河，依据中条天险，抗击日本鬼子。在这次战役中，马车帮被征用，给前线运输弹药给养。他们在朝邑誓师，不识字的文盲车夫，却在几十年后还能背出主席台两边的对联：

保中华卫家乡热血男儿何惧捐躯沙场，
驱日寇灭外鬼英勇奋战方显英雄本色。

陕西军人高唱军歌之后，车夫们吼起了秦腔：

两狼山战胡儿啊，

天摇地动！

好男儿为国家，

何惧死生啊

……

他们亲身经历了这场战争的残酷，也亲身体验了陕西军民众志成城，奋勇抗战，尸陈中条，血染黄河，惨烈悲壮，硬是没让日军跨过黄河半步。这次战役以陕西军队大获全胜而结束，在长达两年多时间里，三万多陕西军人以阵亡两万七千人的代价，硬把十多万日军阻隔在中条山一带。

我创作长篇小说《大车帮》时，查阅了徐剑铭先生等人撰写的《立马中条》。陈忠实先生为该书作的序中写道："20世纪30年代末到40年代初，中国军人与日本侵略军进行过一场长达两年多的战争。他们把不可一世妄言三个月占领中国的日本鬼子拒阻于潼关以外，使其进入关中掠占西北的梦想死于胎中。日本鬼子不仅未能踏进潼关一步，而且付出了惨重的代价，仅六六会战一役，日军排以上军官的尸骨就层层叠叠堆了1700多具。横刀立马中条山的中国军队的军团长，是杨虎城的爱将孙蔚如将军，西安东郊灞河北岸豁口村人。孙蔚如将军麾下官兵，几乎是清一色的号称冷娃的三秦子弟。"

陈忠实先生还写道："他们之中的任何一个士兵，昨天还在拉牛耕地或挥镰割麦，拴上牛绳放下镰刀走出柴门，走进军营换上军装开出潼关，就成为日本鬼子绝难前进一步的壁垒。他们之中的大多数可能只上过一两年私塾初识文字，有的连自己的名字都不会写，然而他们有一个关中的地域性禀赋：民族大义。纯粹文盲的父亲和母亲，在教给他们各种农活技能的同时，绝不忽视对国家和民族的忠诚和信义；在火炕上的粗布棉被里牙牙学语的时候，墙头和窗子飞进来的秦腔，就用大忠大奸大善大恶的强烈感情，对那小小嫩嫩的心灵反复熏陶。"

我还查阅了学者张恒历时4年完成的45万字的大型纪实文本《黄河魂·中条钩沉录》。书中记载：在1939年"六·六战役"中，近3000陕军将士不愿向日本人投降，跳进黄河为国捐躯，写下抗日史上最为悲壮的一幕，而不是传说的800人。

张恒还介绍："两年后的1941年5月7日，由国军精锐部队组织的中条山战役，仅仅抵抗了一个多月，就全面溃败，被蒋介石称为抗战史上最大之耻辱。"

当时的中共领导人毛泽东评价这两场战役时说："河南战役打了一个多月，敌人不过几个师团，国民党几十万军队不战而溃，只有杂牌军还能打一下。"毛泽东说的杂牌军，就是我在《大车帮》里写的陕西军人。

吴老大是长篇小说《大车帮》的人物，他的原型叫单二骡子，就在这场战争中失踪，是不是战死，至今是谜。

六

我进入中年之后，找来中国地图，按照车夫们提供的地名，很容易找到以西安为中心，散射到东南西北的官道，已经被红色的线杠联在一起。昔日的古道不存在了，它们被加宽，铺上石子、柏油，成了国家等级公路甚至高速公路。我开上汽车西行兰州、西宁、银川、酒泉、嘉峪关；南到汉中、安康，东出潼关、洛阳到郑州，北出金锁关，经白水到榆林。公路的质量很好，除了个别地方弯急坡陡之外，发动机大部分时间都发出嗡嗡的细响。公路遇壑有桥，遇山盘旋，官道的痕迹涤荡全无。公路经过的地名几乎和吴老大他们讲的一样；青海的塔尔寺、宁夏的海宝塔和须弥山石窟、甘肃的炳灵寺、古长城和敦煌千佛洞、嘉峪关的大漠、勉县的武侯墓、柳坝的张良庙、汉中的拜将台、安康的香溪洞，但民俗人情吃喝居住都发生了变化。我确信车户们到过这些地方，而且不止一次地到过这些地方。不然，他们不会娴熟地讲出那些经历。我把这些地方跑完，用了一个月时间，累得半个月回不过神。真不敢想象，当年的吴老大和车户们就凭着几只牲畜，两个木头轮子，人的两条腿，在无尽头的道路上走过一个一个的来回？近百挂马车排成一行长龙，人、畜、狗共进的场面是何等的雄伟壮观？

多少年来，吴老大和车户们的故事从未在我的思想中停止过跳动，煎熬得我心灵无片刻的安静。到了中年的我，居住在浮华都市，远离原始、荒蛮、粗犷、真质，再把它们衔接缀联在一起，那些遒劲悲怆的故事，震撼得灵魂深处都在战栗。

创作《大车帮》时，我回到家乡西安，登上大雁塔，攀上古城墙，走过玄武门、西华门，踏上古汉城，浏览未央宫、阿芳宫、大明宫，眼前幻化出浩荡雄风，闪荡出一个个历史英雄。每当这个时候，我耳边就响起习主席的话语："我的家乡中国陕西省，就位于古丝绸之路的起点。站在这里，回顾历史，我仿佛听到了山间回荡的声声驼铃，看到了大漠飘飞的袅袅孤烟。这一切，让我感到十分的亲切。"

帽珥冢的萎缩与莫高窟的经文

一

我故乡的村子旁边有座冢，占地五亩，名叫帽珥冢，又名冢疙瘩。我很小的时候，就知道被称为冢的土疙瘩是坟墓，里面埋的是古时候的帝王将相，还有皇上的大婆娘二婆娘三婆娘。我读到中学时，才知道皇上那么多的婆娘统称为三宫六院七十二妃子。埋寻常百姓的土疙瘩绝对不敢称冢，只能称坟，或墓。寻常百姓没有银钱修五亩地大的冢，也没有资格修，修了算不算犯上作乱，我没有考究。我的少年时代，除了上学做作业，剩下的时间就跑到帽珥冢上玩耍。冢上没有树，连低矮的灌木都没有，大西北的关中平原干旱，不适合繁生灌木。却有铺地的杂草，我们称为菝地龙，互相串联渔网似的覆盖地面。到了春夏秋这三个季节，还有一尺半高的毛毛草，秋季的毛毛草上的绒絮随风飘移，落到哪里，第二年就长出它的后裔。还有一些不怕旱的灰灰条，摘回去可以喂猪，到了秋末，灰灰条上长满籽，煮了喂猪，催膘。我们常常站在冢顶，自觉身子都长高几十米，成了呼天唤地的汉子，似乎能看到北边的草滩渭河，南边的西安古城，东边的灞河垂柳，西边的古汉城遗址。春日阳光，和风徐徐；夏季酷日，风无丝毫；秋日高远，凉风飕飕；冬无日月，西风烈烈。登高望远，引发兴致高涨，手舞足蹈一番，有伙伴扯开嗓子吼上一阵童音未泯的秦腔：

> 曾记得当年登金榜，
>
> 高中魁首把名扬。
>
> 披红插花金殿上，
>
> 去游三宫见娘娘
>
> ……

不会唱的就手舞足蹈地狂喊乱叫，惊起草草窝里的几只土雀，发出抗议又惊恐的鸣叫，蹿上天穹，不知去向。我们吼过秦腔，兴致不减，又想起老人给我们讲的，在咱陕西地界随地尿一泡骚尿，说不定尿到哪个皇上老儿的嘴里；拉一泡臭屎，说不定拉到哪个娘娘妃子的肚皮上。于是，我们就解开裤带，让哪个皇上老儿尝尝我们的骚尿，让哪个娘娘妃子品品我们的臭屎。骚尿浇在杂草上，草叶晃来倒去，清洗了叶片上的黄尘，露出艳艳的碧绿，湿润了一片草根。一泡臭屎拉在冢顶上，臭味随风飘去，拉屎的人都难以闻到。把已经风化成黄土的皇上老儿和他的妃子美人羞辱过后，自觉得意非常，收兵回营。

又过了几年，多少知晓了家事的艰难，懂得了家贫的忧思，交不起学费的焦虑，还想品尝令人口流涎水的五香羊杂碎，就想四处挣钱，补贴家用，交纳学费，再蹲在回民的筐子跟前，尝上一口五香羊杂碎。那个时代，就是身体强健的大人都没有挣钱的门道，我们这些十岁少年，即使绞尽脑汁也不知道钱藏在什么地方，怎么就不肯露脸。

帽珥冢跟前有道两丈多宽，一两人高的土沟，我们称作帽珥冢沟。沟的两壁全是黄土，不知道是先人挖的还是天然形成的。暴露在沟壁上的黄土，经历了数千年的风吹雨淋，霜冻雪盖，日光曝晒，风化得松散脆软，龟裂了很多缝隙，用手一掰就掉下一块。人轻易不敢在沟沿上行走，怕松散脆软的黄土禁不住身体的重压，掉到沟里，掏不起进医院的银钱，断胳膊缺腿咋着挣人民公社的工分。一天，我们从冢顶下来，通过帽珥冢沟回家，伙伴突然发现沟壁的裂缝里，爬出一只蝎子，足有一寸多长，翘着尾巴，土黄色，有浅黑色的横节，从这条裂缝爬到那条裂缝。一个玩伴惊喜地喊："药铺收蝎子，蝎子可以卖钱！"

我问："你怎么知道药铺收蝎子？"

我们不相信这么好的事情从天而降。

有个伙伴说："药铺收不收蝎子，我们跑去问问不就知道了。"

我们村子旁边确实有个药铺。于是，我们四五个少年朝药铺跑去，药铺的回答令我们惊喜的程度，毫不次于当今共和国总理知晓了境内发现数亿万吨的大油田。我们当下就跑回家里，拿上的铁锨、铲子、筷子、瓶子，又朝帽珥冢沟跑去。我们举起铁锨在高处缝隙里翘，发现蝎子就用铁锨拍下来。低处的缝隙，用铲子插进去别，里面的蝎子四处逃窜，我们就用铁锨、铲子压住它们，用筷子夹住塞进瓶子。蝎子真多，可能从古到今都没人想到捉蝎子能挣钱，蝎子可以随心所欲地交配、繁衍，传宗接代，族群旺盛。

捉蝎子的时候，同伴问我："帽珥冢四周都是平地，咋就突然出现这条沟？"

我说："我不是考古学家，也不历史学家，咋知道这沟是哪来的？"

小学四年级的我们，从老师嘴里知道世界上有这个家那个家，这些家不是供我们吃饭睡觉的家，人家的家是了不起的大人物。

同伴不服气说："你成天吹牛看了那么多书，秀才不出门便知天下事，你把书都读到驴肚子里了。"

我就琢磨，终于以为琢磨出了这条沟形成的原理，摇晃着脑袋问他们："你们知道修帽珥冢要用多少土？"

没有谁能回答这个问题，我趁机恶心他们："你们知道猪是咋死的？"

一个伙伴说："过年杀死的。"

我说："你跟那个过年杀死的猪一样，不是杀死的，是笨死的，这个问题稍微用点脑子就能回答出来。当年修帽珥的时候，需要多少土才能把冢修那么大，这么多的土从哪里来，就是在这里挖的，挖出了这条沟。"

伙伴们不服气说："你咋知道几千年前的事情，还不是胡糗说的。"

我就在他们屁股上踢，训斥："难怪老师批评你们学习不好，我说这话你们不信，找书查查，看我说的对不对？"

其实，我也不知道说的对不对。

我们四个人忙活了大半天，把蝎子送到药铺，站柜台的是个小姑娘，看到活蝎子，吓得惊叫，差点从后门逃跑，喘息了好半天才给我们说："我们不收活蝎子，活蝎子到处爬，把人蜇了咋办？"

我们说："我们现在就把蝎子砸死？"

人家说："砸死不行，我们只收干的，破相了也不收。"

我们就嘟囔："又不是娶媳妇，还讲究啥破相不破相？"

我问："咋着能把蝎子弄死还不让它们破相？"

人家说："把它们放到笼里蒸，蒸死后再晒，晒干了拿来。"

不到一分钟，我就琢磨出弄死蝎子的办法，问："把蝎子烫死行不行？"

小姑娘说："把开水浇到蝎子身上就可以了，不能煮，一煮就没有药效了，我们收了啥用处都没有。"

这个暑假，我们天天都去帽珥冢沟捉蝎子，快到开学的时候，每人收入了五块多钱。如何分配这么大一笔巨款，成了我们和父母谈判的纠结点，艰难程度绝不次于现今的中美商业部的多哈回合。首要的是交学费，这是我们和父母的共识，绝无分歧。我们这些农家孩子，要是学习不好，考不上中专大学，永远跳不出农门，只能像父母一样，一辈子四蹄趴地地在贫困的烧碱水里挣扎。陕西地域的文化基因滋养了黄土地上的草民，绝大部分家长知晓，人不读书不晓事理，把钱交学费天经地义。剩下了款项拿出多少补贴家用，拿出多少让我们购买回民筐子里的五香羊杂碎，这是我们和父母谈判的焦点。父母要求把剩余的钱全拿出来买盐，家里做饭都没盐了，还想吃回民的五香羊杂碎，你爸你妈活了几十年，还不知道羊杂碎是啥味道！我们也有充足的理由，我们要是不去捉蝎子卖钱，学费、盐钱还不得你们掏，俺把钱挣来了，多少也得奖励一点，以后还有挣钱的积极性。于是，我们终于拿到了可以购买五香羊杂碎的五分钱。

人民公社生产队的母马生了马驹子，母马喂马驹子吃了奶，马驹再大一点，母马不再给它喂奶了，饲养员却给它喂细草精料。它们吃得皮毛发亮，拉的粪蛋都像被棉籽油浸了，无忧无虑地长身子，满地撒欢，振鬃长鸣。但是，好日子不长，一年过后，饲养员拍着它的脑门亲昵地说："伙计，该上套了。"于是，它脑袋上戴了笼头，嘴里戴了镳子，被塞进马车的套绳里，被塞到铁犁的套绳里，开始了苦难的生活。

我上四年级的时候，已经十二岁了，这个年龄相当被塞进马车的马驹子的岁数，该上套了。一到星期天、寒假暑假，必须到生产队挣工分。马驹逃脱不了拉车掀犁的苦累，农家孩子逃脱不了做农活的苦累，对这种命运的摆布，我们没有不满、愤怨，只有无奈。祖祖辈辈都在这块贫瘠的土地上挣扎，吃不饱穿不暖，卑贱如草芥地生下来，再卑贱如草芥地死去。人家皇亲贵族富贾财东，死后修墓成冢，占地四五亩甚至十多亩，秦始皇竟动员几十万民工把骊山挖空为墓，何等显赫！草芥百姓死后，能在自家的地里修上一个土包，就算入土为安，也不枉在人世走了一遭。有的人家苦挣了一辈子，还没有挣到葬埋自己的那点土地，后人只能把他们送到无主的乱葬坟里，进了瘦狗饿狼的肚子，也算是在人世上走了一遭。

这都是命！

我第一次挣生产队的工分，干的是平整土地的活路。十二岁的少年，干不了筛扬炝播类的技术活，平整土地只需力气，不需技术。人民公社做出规划蓝图，要把帽珥冢沟填平，再打上一眼机井，改造成水浇地，可以多打粮食，支援工业建设。公社领导提出，就近取土，把帽珥冢的土填到帽珥冢沟里，一举两得，节省人力物力。

帽珥冢跟前有个村子叫帽珥冢村，还有一个村子叫谭家堡子，我们这个村子叫三家庄。几个村子的人听了公社的决定，没有商量，没人领头，一齐涌到公社闹事。帽珥冢是祖宗留下的风水，咋能说平就平了，这个冢疙瘩一平，后辈就永远看不得帽珥冢了，村子凭啥还叫帽珥冢村，方圆七八里就这一个古物，不能毁在咱们这代人手里。我混在闹事的人群里，起不了多大作用，却也放屁添风增点声势。面对着几个村子上千农人，公社领导畏怯了，摆出谈判的架势说："如果不在帽珥冢取土，就得到远处取土，要多费一万多个劳动日。"

平整土方就是挖土、担土，实打实来不得丝毫偷懒。一万多劳动日，对于终年饿肚子，肠饥皮瘦的公社社员来说，绝对是个天文数字，需要多少年才能完成的巨大工程。但是，几个村子的人几乎同声回答："别说一万多劳动日，就是一百万劳动日，也不能把帽珥冢平了，我们要对得起祖宗，对得起子孙。"

二

这个时候，我从识字的老辈人嘴里知道，帽珥冢下边埋的是汉朝的开国大将军夏侯婴。当天夜里，我跑到学校找到历史老师，请教帽珥冢的来龙去脉。夏侯婴是何等人物？历史老师在书堆里搜索了半天，找出几张文字给我看。

宋《长安志》载："马冢，汉滕公夏侯婴墓。"因其东临灞水，在欲马桥南，时人谓之马冢。消初，冢旁建村，讹称帽珥冢，帽山系马字的讹音我看着这些文字，只识其字，不解其意，认真听老师讲解。

过了子夜，学校外边的狗不叫了，鸡不鸣了，鸡狗都睡觉了。窗外的西北风发出呼啸的声，一阵紧似一阵，还有天上飘下的雪霰雪片，落在玻璃窗上，挂上冰雪做的窗帘。历史老师的思维穿过岁月的隧道，浸淫在逝去的历史纪年和事件。

这天夜里，一个小学四年级的少年，知晓了他生长的这块土地，曾经是十三朝古都，轩辕黄帝陵、大秦王朝、大汉雄风、强唐盛世；诞生了中华历史上熠熠夺目的人物，轩辕、嬴政、刘邦、张良、司马迁、汉武大帝、曲江烈马、寒窑守节、使节张骞、药王思邈，唐朝世民、玄武门事变；还有永宁门、大明宫、阿房宫、秦兵马俑、汉中拜将坛、留坝张良庙。无数的英雄豪杰、才子佳人，在这块土地上呼风唤雨，厮杀拼斗，创立业绩。风中裹挟着历史，光阴激荡着文化，照耀着中华民族历史文化的星空。秦地文人自豪：随地抓把黄土，挤出的都是文化汁液。

我突然萌生出无比的自豪，庆幸自己出生在古都西安，从离开母亲身体的那天起，就浸泡在传统文化的汁液里。

离开学校的时候，老师给我说："下个学期上历史课的时候，把课堂移到帽珥冢上，站在东汉开国大将军夏侯婴的墓冢上，讲刘邦起事，讲张良辟谷，讲萧何荐贤，讲吕氏奸阴；再讲汉武大帝西征，张骞出使西域……"

我们再次站在帽珥冢上，眼前幻化出战旗猎猎，金戈铁马，列列壮士，战场厮杀，黄尘飘荡，铁血狼烟；耳畔幻响着战马嘶鸣，战鼓轰鸣，雄风呼啸。

老师还给我们讲："汉武大帝和他麾下的那帮武将大臣，都埋葬在西府的兴平县境内。"

那个时候，我就萌发出长大一定要到兴平，拜谒汉武大帝和那帮英雄。

我和同学掌握的历史知识中，唯独对汉朝的历史人物最详尽。现在细想起来，应该归功于在帽珥冢上的现场教学。

平整土地了，大人们负责挖土，他们站在两人多高的土崖下边，抡着镢头，先把下边掏空，再把两边挖开，人站在一边，用镢头一别，很大一块黄土就塌落下来。这个活路不能让我们干，弄不好会被塌方埋在下边，丢了小命。我的任务是把挖下的黄土，装到架子车上，装到筐子里，让拉架子车的人拉到低处，让担筐子的人担到低处。有时从黄土里挖出青铜宝剑，上边满了铜锈，都知道是古人的兵器，却无人知晓它的价值，谁挖到是谁的，千百年前的兵器放在今人面前，作为兵器的效用连担筐子的扁担都不如，随便一把镢头一张铁锨，都比它强上百倍。它作为兵器失去了用场，作为青铜还值几个小钱。于是，它的新主人就把它用镢头斩断，下工时拿到废品收购站，卖上三元五元，能顾住半年的盐钱。还有的时候，挖出陶器盆罐，得到者还想拿到废品收购站换钱，把里面的黄土掏出，洗净，企图卖个好价钱，抱到人家柜台上，人家看都不看地说："我们只收金银铜铁，不收罐罐。"

气得我们走出收购站大门就说："你们不收，我还不想给你们，老子拿回去当盐罐用。"

旁边的人立即规劝："这东西是给死人用的，又在地里埋了几千年，阴气太重，放在家里损人阳寿，倒霉都不知道为啥倒的霉，千万不能拿回去。"

我们就把盆罐举过头顶，狠狠骂上一句："日你先人，老子费了这么大的工夫，连一分钱都换不来！"啪的一声，把盆罐摔得粉碎，还嫌不解恨，用脚在上边踏，把碎片没咋得，把自己的脚疙得生疼。以后，再挖出盆盆罐罐，毫不犹豫地举起镢头，狠狠砸碎，换不来银钱又不能当盐罐用的东西，留着有啥用场！随着镢头砸到盆盆罐罐上的脆响，耳畔又亮起生产队长的吼骂："日你先人，你把它砸碎埋在土里，还让人锄地不？"这些盆盆罐罐成了百无一用，成事不足败事有余的渣滓。

我们还能挖出古人用的刀币、铜钱，有时候一挖就是一堆。我们把挖到的刀币、铜钱擦净，用麻绳把铜钱串起来，挂在家里的墙壁上，刀币放在窗台上。有限的古钱币知识使我们知道，刀币是春秋战国时期的钱币，外圆内方是秦汉朝代的铜钱，刀币比铜钱值钱。我们经常用收藏的刀币、铜钱进行交易，一枚刀币换二十枚秦汉铜钱。铜钱还是我们玩耍的工具——箅钱。两个人把铜钱朝石头上磕，磕得远的用铜钱砸磕得近了，砸上了就归自己所有，砸不上让人家砸自己，人家砸上了就归人家所有了。乐此不疲，玩起来忘记吃饭，忘记做作业，这是我们少年时期最有乐趣的游戏。还有女生找到我们，讨要铜钱做毽子，有男生很大方地赠送给人家，人家就对这个男生好。也有的男生让她们用东西换，她们能拿出的就是烤红苕，自己舍不得吃的苞谷面饼子。要是以后能成为这个男生的婆娘，这个男生就赚大了，一枚土里挖出的铜钱换一个鲜活的婆娘，比走夜路踢出个大金元宝都能划来。

很多时候，我们围在学校门口的回民筐子四周，眼巴巴地看里面的五香羊杂碎，口袋里却无分文，馋到极处，便生出智慧，从书包里拿出铜钱，展示给卖羊杂碎的回民看，说："这是秦朝的钱，能不能买你的羊杂碎。"

回民瞥了铜钱一眼，冷如冰霜地说："你用秦朝的钱买秦朝的羊杂碎去，我这是现在的羊杂碎，必须用现在的钱买。"

我们最后还是像打了败仗的将军，用袖子擦了嘴角流出的涎水，怏怏离去。从此再也不把那些春秋刀币、秦汉铜钱看成多么贵重的物件了，随心所欲地扔到什么地方，随心所欲地送给哪个女生做了毽子，不管她们以后给谁当婆娘。

若干年后回想起来，少年时的我们多么愚笨，不知道这些钱币的价值。要是稍微有点收藏意识，把这些刀币铜钱保存下来，还能为房子的首付发愁，为轿车的贷款办那些烦琐手续？那个我们充满敬意的回民，也聪明不到啥地方。他要是聪明，把筐子里的羊杂碎换成我们书包里的刀币、铜钱，以后再出手换成现在的人民币，所得收入绝对是天文数字，说不定成了房产大亨，跟马云王建林一个桌子上喝外国的人头马中国的茅台。他那时候舍不得筐子里的五香羊杂碎，估计现在的日子也美妙不到什么地方，充其量把担筐子的生意进化到开铺面的生意，跳起来也够不着马云王建林的膝盖。

好多年以后，远在海南谋生的我回到家乡，和同学谈起在帽珥冢登高望远，谈起在帽珥冢沟里捉蝎子卖钱，谈起在帽珥冢下平整土地，谈起砸碎的青铜宝剑盆盆罐罐，谈起小学门前的五香羊杂碎，提出一块到帽珥冢看看，故地重游，回归童趣，或许会萌生什么感慨。

同学却说："开发商差点把帽珥冢平了。"

我惊诧，怀疑本来就耳鸣的听力。

同学继续说："开发商把帽珥冢周边的地都买了。"

我再没说话，共和国的九百六十平方公里的土地，除了人类无法居住的大沙漠，哪一寸不面临随时被开发的处境？

我和同学还是跑到被称作帽珥冢遗址的地方，当年占地五亩的冢疙瘩萎缩了，周边盖起了整齐宽大的库房。我们还能看到有关部门在当年帽珥冢上竖起的三脚架，上边写着"国家二级保护文物"。足以证明相关部门并不像少年时的我们那样愚昧。开发商也不贪婪，没有把五亩地全部开发，还留下这个支三脚架的地皮，大约一亩。

我和同学站在帽珥冢的遗址前，帽珥冢的风貌只能留在记忆中了。

深秋季节，凉风飕飕，雨丝绵绵，天地间充盈浓郁的凉意。我们没有打伞，雨丝淋湿了头发，又淋湿了秋衣，打起簌簌冷战，天寒？心寒？

我在溢然而来的悲愤中，想起余秋雨先生的散文《道士塔》，价值倾国的莫高窟文物，竟被那个姓王的道士在洋人的几块银圆、几件商品的贿赂下，慷慨地解下拴在裤袋上的钥匙串，让人家打开窟门，自由取舍，一车一车地拉走祖宗创造的宝贝。更令人难以息愤的是此前曾有智者建议把莫高窟的经卷文物，运送到京都省府，却因官府缺少运费而搁浅。而官吏人家餐餐豪宴，纳妾藏娇，笙歌燕舞，挥金如土，随便一个贪官挥霍的百分之一，都足够这些经卷宝物的运费了！反观人家外夷，卖尽家产，万里迢迢，漂洋过海，冒着被海浪吞噬的灾难，被土著杀头的危险，将一车车经卷文物，千辛万苦地运到他们国度。以致若干年后，中国研究莫高窟的学者只能掏钱购买人家拍摄的胶卷。这些宝物的诞生地在我们中国呀，本来就应该属于我们，现在却只能看着人家的眼色，乞求人家拍成胶卷让我们一睹真颜。

我们谴责咒骂王道士愚昧，这里面没有利益使然？如果没有一块块沉甸甸的银圆，没有一件件实用漂亮的洋货，王道士能慷慨地解下裤带上的钥匙串？我们可以咒骂谴责官府的无知，却不知官府要是把有限的银圆用作运输莫高窟的经卷文物，就要减少进入他们腰包的份额，这不是贪婪的使然？就是我们砸碎的青铜宝剑，也不仅仅是年少的无知，难道没有三元五元的银圆使然？

自私是每个人的天性。王道士将莫高窟的经卷文物，用不值几斤牛羊肉的价钱卖给了外国人，少年的我们把青铜宝剑砸碎卖给废品收购站，毕竟是个人行为，尽管其中有利益使然，但更多的是愚昧无知，当时的王道士或许并不知晓这些经卷文物多么珍稀宝贵，如果知晓他会被一袋银圆收买？就像少年的我们不知道青铜宝剑的珍稀宝贵，如果知晓能被收购站的三五块钱诱惑？

而今萎缩帽珥冢的行为，是在年复一年地宣传保护文物，一波连一波地打击倒卖破坏文物的犯罪行为，就在这样的大气候下，这些部门竟然形成了集体决策，象征权力的印章一个一个地盖在申请表上，难道没有一个领导一个部门意识到，萎缩帽珥冢，祖宗留下的宝物毁一件少一件？难道让我们以后的历史老师，站在这个三脚架上给学生讲汉朝，讲刘邦，讲夏侯婴？

道理如此明白，法律条文如此清晰，为什么还会把帽珥冢萎缩，这绝不是愚昧无知！追究根底，还是利益使然，官员们需要飙升的经济数字，这些数字可以决定他们顶戴的成色。开发商需要土地，他们可以在土地上盖楼，变成资金鼓胀腰包。各方的贪婪和利益的一致，导致了帽珥冢被萎缩，变成出售的商品。

余秋雨先生在《道士塔》一文中感慨："偌大的中国，竟存不下几卷经文！"

我在这里感慨："偌大的陕西，竟存不下几座墓冢！"

如果我们把经济指数作为最终的理想标杆，整体地追求物质享受，必然是病态且又迷路。一个人把尊严的高度建立在金钱的拥有量上，将是一个浑噩且非常危险的走向。因为，除了金钱，我们收获的全是污浊，而且金钱也被污浊浸泡了，还有我们精神标杆的集体萎缩。

话说回来，我们真要感谢那些部门，没有灭绝帽珥冢，没有斩草除根，还预留了支三脚架的地皮。真好，如果他们连这点地皮都卖给开发商了，我等草民又有何奈？我们还要感谢开发商，在现代化楼房的角落，保留了这块空地，真好！

我们老祖宗创造的艺术绝品，竟被我们这些愚昧、自私、又极度贪婪的不肖子孙，一点一点地销蚀葬送了。于是，我在中篇小说《帽珥冢》的创作谈《攥一把黄土，挤出的都是文化汁液；攥一把水泥，挤出的都是什么呢？》中写道："葬埋夏侯婴的帽珥冢被铲去了，盖起了房地产业的楼房；空旷的碧绿田野化去了，被水泥和钢筋覆盖；清新洁净的空气化去了，代之的浓黑滚滚的雾霾；土坯泥浆构建的农舍化去了，农家搬进了高楼大厦；勤奋苦劳化去了，银行的存折上填着他们都不敢相信的拆迁补偿款，吹着空调打着麻将就可以顾住温饱；马号牛车连同农具一并化去了，当年饲养的牲口、家家房檐下挂的农具不知了去向；穿着名牌的拆二代，凭着父母存折上的款额，多套安置房和铺面的租金，开着轿车拉着小妹四处兜风，父辈和先人的贫穷成了他们嘲谑的内容；震天撼地的秦腔化去了，楼房里传出的是快男超女的嗓门；说书的行道化去了，仁义礼智信忠勇刚烈随着这个行道的消失也消失了，事不关己高高挂起，遇到强悍者抱头鼠窜，路见不平拔刀相助只是先辈们的传说……"

我们站在历史的节点上，目光越过钢筋水泥构建的高楼大厦，回顾我们民族的历史，洞察人类的未来，就知晓我们萎缩的何止一个帽珥冢，就像我们失去的何止莫高窟的经卷文物？

乡村的夜

初夜，月圆，月光如水，如雾，如纱。县城、村落、公路、田野皆被淹没，如在水雾中飘，如被纱帐裹，如沐浴梦中。行者步出县城，走上公路，拐向村路，不知觉间远离了灯红酒绿，远离了人群，孤孤地走向静寂，心绪中的烦乱消弭，有了久违的清静安谧。

路边，有间独立的农家小院，泊停在月光里，无门，院子里有不知名的树，月光里显示墨色。忽地喧起狗吠，充满凶恶、警惕。随之，树下爆起男人驯狗的吼。狗终止了凶猛，仍然警惕来人。狗吠人吼，给空旷的田野带来生命的气息，行者顿时有了安全的感觉，向着小院走去。

主人站起，迎着来人走去，互相问候。以对主人忠诚和谐媚，以对生人凶狠和戒备的狗，尾随着主人，摇着尾巴扭着腰杆，加入欢迎者的行列。

树冠，遮蔽了月光，月光无孔不入，在石桌上筛下斑斑点点。主人好客，指示妇人烧水泡茶，又将手中的竹筒水烟送到行者手里，替行者装入烟丝。行者拒绝，理由是吸不惯这烟，掏出香烟敬主人。主人亦拒绝，理由相同。于是，各吸各的烟，各自吞云吐雾，清纯的空气中有了淡淡的苦辣。

另棵树下，卧一水牛，旁若无人地反刍，品味着苦劳，品味着岁月，也品味着此时的闲适。牛如此，人何尝不是如此，品味的何尝不是人道、世道。

牛在无声地反刍，人在无声地抽烟。

月光更显静谧，有青烟在空中飘逸，那是农家小院梦境中的思绪？

主人问："客从何处来？"

行者答："我从水泥森林中来，从人体的压缩饼干中来。"

主人又问："到此地何干？"

行者答："被人绑架到此，不知何干。"随之反问："日子可好？"

主人回答："衣食无虑，粗茶淡饭，却也逍遥自在。不像你们端人家饭碗，处处受人家的管制，生怕丢了衣食之路。"

行者苦笑："端人家的饭碗受人家管，自古都如此。"

主人感慨："我最受不得的是被人管，像我现在这样，白天种自己的田，夜里抽自己的烟，闲时睡一整天，忙时干个通宵，随心所欲，自由自在。做不了人间的皇上，做着山里的神仙。"

行者无语。

不大工夫，妇人做好了煎鱼，炸好了花生，端到石桌上。主人拿来"临高茅台"，在石桌边沿磕开瓶盖，朝两个空碗倾倒，倒酒的哗哗声中，发出酒的醇香，还有酒的苦辣，在盈满月光的小院里弥散。

一瓶酒，两个碗，瓶空碗满。月光的斑点落在碗里，在酒液里晃动。主客端起满碗的酒，碰，喝，苦辣醇香一并入口，月光的斑点也被喝入口中，刺激得张嘴哈哈。放下酒碗，月光还在酒液里得意。

酒过半碗，驱散了生疏，增进了亲近，话语变稠。

主人眺望着不远不近的高楼，醉眼有了朦胧，有了迷茫，又猛喝一口烧酒。

行者也眺望着不远不近的高楼，醉眼也有了朦胧，有了迷茫，也猛喝了一口烧酒。

酒碗快见底，主人问："人家都是朝城里跑，钱在城里，美女在城里，权力在城里，享受在城里，你怎么朝我们乡下跑？"

行者说："我要是现在不朝你们这里跑，恐怕以后再到这里，就见不到你的小院，见不到你的老牛，见不到你的人了。哪能像现在这样，和你一块抽烟喝酒，享受人生的逍遥自在？"

主人顿悟，说："也是，也是。"

月光如水样淹没了大地，地面上耸起了一座连一座的楼，他们感觉楼向着这边逼来，楼前有推土机开道，似乎听到了轰轰隆隆的声音。

他们说着醉话，月亮在听，月光在听，小院在听，老树在听，石桌在听，妇人在听，老牛在听，黄狗在听。只有猪睡着了，鸡进窝了，老鼠逃远了，它们没有听。

此夜，为甲午年清明。

此地，为临高某庄院。

赣南行记

对赣南的认知，多来自教科书，神秘，迷惑，久思不得正解，难得真谛。整日忙于生计，难有空暇深究其学问。仅有的那点肤表认知，如了过眼烟云，远方清风，顷刻即失，于脑中无存。癸巳年初夏，赣南正处梅雨之季。我走进这块在近代史上曾震撼整个中国的圣地，所到之处，触目惊心，令人发思，一直到返琼数月，仍在思索这块土地的历史、现在、未来，仍是难得真解，仍是愚惑。

孤寂的郁孤台

梅雨之季的赣南，难得一见天日，细雨霏霏，微风习习，罕有黑燕在雨中剪裁。风雨却将赣南大地笼罩得雾瘴迷离，眼前蒙了浓稠水气。到赣州之前，便上网搜索了郁孤台，再次对它有了认知，胸腔中盈了崇敬、憧憬。一人，独行，撑着雨伞站在郁孤台下。

我出生于黄土高原，青年时又驾驶战车转战青藏高原，无数次翻越巴颜喀拉、唐古拉、昆仑山，复员后又工作于秦巴山，面对郁孤台所在的贺兰山，禁不住哑然失笑。一个高度不及长安周围葬埋皇室家眷的墓冢，竟敢号称"贺兰山"，让威震西北乃至整个中国的宁夏贺兰山朝何处摆放？

我撑着雨伞，雨气的潮湿浸淫全身。雨中，人们通常不愿出门，更无人来此地游览。我独独站在贺兰山下，仰望伟岸的古代建筑，三个金色大字豁然入目：郁孤台。郁字不是我写的郁字，是繁体郁字。我尚未登临台顶，便急不可耐地放眼四望。山川被雨雾遮蔽，比遥远更显遥远，目力不及，无山林的郁葱、涧溪的白练；滔滔章江奔腾不息，江中无渔船，无驳轮，无限空寂。雨雾，远山，空水，平添了沉闷、郁结，使人心底泛生出浓稠的怀古情怀。

怀着满胸满腔的郁结，沿着石铺的台阶，一步一步地攀登。站在毗邻贡江的贺兰山腰，站在辛弃疾的塑像面前，仰望着久仰的诗人，霍然生出和诗人对晤的欲望。雨伞遮不住零散的雨丝，雨丝借助风力，落到脸上，有了丝丝点点的冰凉。在淫靡的细雨中，郁孤台更显沧桑，幽怨，孤独。唯独辛弃疾傲然屹立，昂头目视远方，披风在风雨中飘逸衣角，长须在风雨中飘动，张望远方的双目，饱含了冲锋陷阵的渴望和对人间动荡的愁苦，浓眉透溢着悲世的绝望；紧握剑柄的手，骨节突出，肌肉饱绽，宝剑出鞘一截，似乎就要拔出剑鞘的锋刃，却又无奈地藏于剑鞘之中。我觉得，辛弃疾这尊雕塑，最得意的一笔就是这截欲拔未拔的剑锋，雕塑家让这截剑锋，使我们懂得了辛弃疾壮志难酬的悲愤，愤世忧民的愁肠，也让我们领略到诗人对金戈铁马的渴望。于是，人们就不难读懂楼台门口的楹联："郁结古今事，孤悬天地心"。

　　我驻留脚步，一首读书人都可熟诵的千古绝唱《菩萨蛮·书江西造口壁》，从思维中奔泻而出：

　　　郁孤台下清江水，中间多少行人泪。西北望长安，可怜无数山。青山遮不住，毕竟东流去。江晚正愁余，山深闻鹧鸪。

　　思维中又闪现出诗人驾骑战马，挥舞长剑，冲锋陷阵，取敌首级如囊中取物。思维中还闪现出当时的权力者，剥夺了这位能征善战的英雄的兵权，将其数度免职。正像一位作家在郁孤台前写的文章里讲的："使其被迫过着宜醉宜游宜睡、管竹管山管水的闲居生活。正因此，南宋朝廷无意中成全了一位纵横千古的伟大文豪，让中华文化多了一代词宗。"

　　我在一声声叹息中，登上郁孤台三楼。看章江，看贡江，看两江汇合的赣江，三江江面宽阔浩荡，苍茫迷瘴，仍无一船片舟，江中无行船，便空寂了一江清水；看三江两岸的街道，纵横交错，高低参差，却不见雨中行人，街道上无了行者，同样空寂了街道。空寂的郁孤台，如果没有辛弃疾走来，便空有了如此壮观的建筑。我突然感触到，上苍偏爱赣州，让辛弃疾走进这里，给予赣州万年的福分。如果没有辛弃疾，赣州不过区区地名而已。泱泱中华，哪块地方没有名称？山不在高，有仙则名，水不在深，有龙则灵。任何楼台建筑，如果不赋予深厚的文化底蕴，便如没有行舟的江水，没有行人的街道一样。郁孤台如果没有辛弃疾走来，不过是个空壳建筑而已。但是，上苍让辛弃疾走进了空荡的郁孤台，成就了现今的郁孤台。资料介绍："宋淳熙三年（1176年），辛弃疾36岁，任江西提刑。其时，斜阳荒草，鹧鸪声声。辛弃疾站在高楼，身影凝重。他看见一江春水浩荡而去，仿佛看见大半个中原沦陷金人手中，百姓惨遭杀戮，南宋朝廷岌岌可危，隆佑太后一路仓皇逃窜，从赣江造口壁起船上岸逃至赣州。而如今，自己却空有一腔抱负，落得个壮志难酬、报国无门，十多年来的郁结之气在胸中翻涌。"

于是，辛弃疾在这里写下了"横绝六合，扫空万古"的绝响。我突然感悟：任何绝美宏丽的建筑，如果没有文化的支撑，充其量是穿着华丽衣服的模特而已。同时还意识到，苦难造就文学，如果辛弃疾没有这段苦难的人生，一直官运亨通，绝对写不出空前绝后的诗章。

我清楚了脚下的这个"贺兰山"。它不是地理概念的海拔，而是千古积淀的文化标杆。这个标杆，是辛弃疾用伟岸身姿把它支撑起来。

离开郁孤台，还是我一个孤独的身影，芸芸众生都在忙碌什么，竟然无暇来瞻仰郁孤台？我突然感悟："郁孤台即使有了辛弃疾的千古绝唱，有了诗人伟岸的身影，是不是还是空寂孤独？现代人是否缺陷了像郁孤台，像辛弃疾这样遗世特立的心态和精神？"

我正在感慨，来了一老者，向郁孤台走来，向辛弃疾走来。看老者沧桑的身影，艰难的步履，我心里有了凄楚，也有了慰藉，还是有人没有忘记郁孤台，没有忘记辛弃疾，心绪豁然开朗，再观天，雨止了，天空有了蔚蓝，夕阳有了灿烂。我无回归住所之心，坐在石凳上，打开电脑，写下这篇拙文。

天又有了阴沉，又有了细雨，我收起电脑，撑起雨伞，向住处走去。

不远不近的地方，传来一阵歌唱，像出自花甲老者的嗓子，沙哑、沧桑、悲凉、充满无奈、不甘，甚至绝望，听不懂歌词，却被歌的韵律感染，被歌的情感蛊惑，心里又涌出凄楚，泪蒙了双眼，看不清去处的道路，此时是癸巳年农历四月二十戌时。

颓落的千年古村

东龙村距宁都县城百里。又是在雨中，车子冒雨行进，走不到一半路程，再往东龙的道路，正在修筑。泥泞、坎坷、狭窄、颠簸，车速如牛，艰难爬行，全无现代化的速度。兀然，看到路旁电线上，卧几只鸟。形体不大不小，颜色不深不浅，勾着脑袋，窥视着脚下的水塘，做出随时扑击的架势。陪同的江西作家卜谷先生告诉我们，此鸟为野生鱼鹰，捕鱼为生，发现水塘有鱼出现，就会猛扑下去。正说之间，看到鱼鹰忽地离开电线，箭样射入水塘，顷刻，嘴里叼了一条小鱼，离开水面，重回电线上，得意吞食，一串动作，瞬间完成。

路途中，卜谷告诉我们，前往的是名扬江南的千年古村——东龙村。此村始建于北宋乾德五年（967年），距今有一千多年的历史。村子占地两亩半，鼎盛时有百间大屋，百间祠堂，十多座寺庙。古代的东龙村是宁都东去的隘口，是客家人从宁都县通往福建境内的捷径。东龙人善经商，村人贩运白莲、烟叶、糯米等物资到福建，贩回食盐、布匹、海产品等。在宁都县城、福建、浙江、湖南等地开设商号，经营生意，腰缠万贯后，回乡大兴土木建造豪宅祠堂。有一批士绅，获得官职，告老返乡后，也兴建豪宅祠堂。东龙主要居民姓李，重视教育，倡导办学，延请名师。各宗祠房祠设立义学田租，对发奋读书的族中子弟实行奖励。据《宁都直隶州志·选举志》记载，每年的科考中，几乎都有东龙子弟中榜或选为岁贡、恩贡、优贡。在明清两代，仅李氏下祠就出过文武举人五人，庠、廪、增生三百名，贡生四十名，授予官职者达八十多人。杰出的清代理学家李大集和著名文学家、"易堂九子"之一李腾蛟，就是东龙村人。

　　淫雨淋淋，落在伞上，有细微声响。一行人走进东龙村，村子一片沉寂，无人声、狗吠、鸡鸣、牛号，如座古老庞大的坟墓。广袤的水田里，看到一农人冒雨插秧，抓了几条野生鳝鱼，用稻秧穿过腮帮，悬挂在细竹上。看见我们，熟视无睹，冷眼观望，继续插秧。我心中感慨，种田人苦累，雨天都不敢耽误季节，全是为了生计！

　　导游为东龙村人，告诉我们东龙村的祠堂分宗祠、房祠和支祠，现存四十八座祠堂，引导我们走进李氏下祠。该祠堂兴建于明代正统年间，祠堂前有空地，建照壁，栽古杉。祠堂大门上方高悬"李氏家庙"匾额。祠堂为府第式砖木框架结构，室内"梁挑介柱"，由圆木及横梁支撑，斗拱及榫部均饰有鲤鱼、莲花、龙凤、麒麟等图案。

　　我们沿着导游指引的道路，缓走，观赏。感觉肃穆的宗族气息，如同浓稠的雾霭，扑面而来，击打着我们的精神和思想，使得我们肃然起敬，不由得进行深思。走出祠堂，我突然有了感悟，如果没有这些祠堂，宗族的力量怎么凝聚，宗族的秩序怎么有序，宗族的冀望怎么实现？东龙村距宁都县城百里之遥，道路狭窄坎坷，官家的权力末梢很难延伸到这里。很有可能，当地的官员数十年都难得光顾东龙村，东龙村凭借什么力量，使得村子祥和、安宁、向上、团结？深究其原因，就是宗法制度代表的乡村道德！如果没有宗法制度，东龙村的祠堂会设立义学田租，资助发奋读书的族中子弟？

思考至此，我想起在自己的散文《消失的乡村》中，对中国西北地区乡村的宗法和道德的描写，家中如果出现分家不均、兄弟不睦，轻则本家叔伯训诫规劝，重则请来姑家、舅家，连同本家，来个三堂会审，断决的官司比官家的断决都令人信服。我曾做过这样的思考："中国几千年的封建统治者，都难以把权力渗透到偏远乡村，很多乡村几百年没有官家人到过，为什么能保持既定的秩序，平安无事地度着年月。乡村的道德舆论监督，长辈的管教，宗法的力量，在很多方面替代了统治者的管理，官家不付出成本，收获着需要的成果。"

走完东龙村，我觉得，曾经繁华至极、富有至极、显赫至极的千年古村，已经风光不再，黯然没落。我所看到的建筑，尽管还能昭示出当年的风采，但如暮年老妪，满目残墙，墙皮剥落，木料陈腐，石碑缺憾，显示着一个没落族群的颓废和无奈，贫穷和惆怅。昨日的辉煌凭借了什么，今朝的衰落又是为什么？

东龙村处在宁都东去的隘口，是客家人从宁都县通往福建境内的捷径。东龙的祖先凭借这个得天独厚的地理条件，因时度势地经营生意，长途贩运，积累财富，显赫一时。社会发展，科技发展、交通发展，昔日的坎坷古道行人不在，无所作为。东龙人还墨守成规，困守祖业，不越雷池，不思改变，岂能再创辉煌，颓落是它唯一的下场。

近年，中国相继发现了众多古村落，都有辉煌的历史，都显赫一时，都没有摆脱没落沉寂的命运，这不能不使我们深思？

走完东龙村，归途中回忆在赣南所经所闻，豁然发现，宁都、瑞金、萍乡的展馆里，都显示着为新政权牺牲的烈士人数、新政权成立后授予的将军、高级官员的人数。看到的都是身穿将军服装佩戴将军军衔的开国功勋，还有壮烈牺牲的烈士名录和照片，壮烈，辉煌，令人仰慕。唯独东龙村给我们展示的是清明两代四百多名举人，若干名官员等，就是没有为新政权造反的功勋人士。面对这些，又有了思考，周围的土地都在爆发，都在怒吼，都在造反，都在燃烧，其声势震撼中国，震撼世界，位于烈火燃烧的中心地带，唯独东龙村保持着祥和、安宁、静谧？是考究历史者的疏漏，还是我学识的肤浅？如果两者都不是，缘由又是什么？

多年来，我一直在思考其中的原因。原来中国传统文化的本旨，就是维持已有的和平秩序，维持君君臣臣、父父子子、上下有别的等级关系，传统文化最仇视的莫过于造反。以儒家文化为根基的东龙村，在赣南大地熊熊燃烧的造反风潮中，保持既有秩序，平静观望，完全可以理解，符合封建社会的发展规律。

毕竟，整个赣南，整个江西，整个中国，像东龙村这样的千年古祠村，寥寥无几。它承载过我们民族的文化，是我们民族历史的一段记载，印记了我们民族曾经的风光，体现我们民族一个地域的民俗风情，为我们民族未来的发展，奠定了文化道德的经验教训。实在不该这样自生自灭，实在不该在我辈手里继续颓败。否则，我们将无法面对民族，无法面对历史，无法面对未来！

让东龙村再度辉煌起来，将是一个巨大、困惑、难解的命题，也是充满挑战的命题！

归途中，雨还在淋漓，心情如阴雨，堵了黑霾，无有开朗。经过那截承载鱼鹰的电线，电线犹在，水塘犹在，鱼鹰却无了踪影，不知飞往何处。车轮下还在修筑的路，下雨停工，无人力劳动，无机械运作，唯有待修的路面，还是坎坷、泥泞、颠簸、狭窄、难行。

我豁然觉悟，路已开始修筑，距离修好的日子还能很远吗？思想到这里，心底豁然开朗，觉得车外的雨丝都减少了许多、心里的云霾渐渐散去！

立下心愿，路修好后再来东龙，能否看到另外一幅景象。

但愿！

相信！

期待！

敦善篇

救助我们自己

夏的清晨，朝暾，旭日，空气清新，鲜花怒放，鸟儿鸣啼，又是一个好天气。我和妻像往日一样，出门晨练。突然听见树丛里传来猫的叫，孱弱，细柔，蕴含着可怜兮兮的祈求。目光顺着叫声寻去，看到一只猫，一尺多长，橙黄皮毛，脖子上有块白斑，身体匀称，眼珠如镶在眼眶里的宝石，想靠近我们，又恐惧，畏缩不敢向前。

我给妻说："它一定饿了，向我们要吃食？"

妻说："可能吧。"

我接着说："它肯定饿了，要是不饿，找我们做什么？"

妻说："这是只流浪猫，找不到吃食只有饿着。冰箱里还有我们没有吃完的海鱼，我回去用电磁炉热下，拿来喂它。"妻说着就朝家里跑去。

妻用塑料盒装着半条海鱼，走近猫儿，轻轻地叫，咪咪，咪咪。猫咪看到妻向它走近，畏惧地退后。妻还是边叫着咪咪边靠近它，生怕被它视为敌人而逃跑。猫儿闻到了海鱼的味道，歪着脑袋看着向它靠近的妻，不再退缩。妻把鱼儿放在猫儿跟前，说："吃吧，你可能几天都没吃到东西了。只要你愿意吃，我每天都给你喂。"

猫儿看着我们，犹豫，似乎在思考我们是真心救助，还是诱捕？

妻还是极亲极柔地叫着咪咪，猫儿终于相信了妻的真诚，不再退缩，朝着海鱼走近。妻看着猫儿小心翼翼地靠近海鱼，试探着吞了一口，仰起俊美的脑袋，对着我们轻柔地叫了一声，饕餮起来。

猫儿把半条鱼吃完，仰起脑袋看着我们又叫，叫了一阵，蹲下身子，用爪子在脸上、嘴上搔，又跑到妻跟前，把脑袋、身子在妻的裤腿上蹭。我曾在书里看到，猫儿在人身上蹭，就是要在人身上留下它的气味，认定你就是它的主人。妻弯下腰，抚摸猫儿。猫儿天生就是亲近人的动物，在妻的裤腿上蹭得更殷勤了，酷像得到皇上幸宠的妃子。妻得到猫儿的献媚，心理有了满足，说："咱们给这只猫起个名字？"

我说："你觉得叫什么好就叫什么。"

妻说："就叫它花花吧。"

于是，我们把救助的这只猫叫作花花。临走的时候，妻给花花说："我们晚上还来喂你，你在这里等我们。"

猫似乎懂得信息和资源共享，晚上我们喂花花的时候，别的猫也跑过来，围着我们叫，让人心底生出糖稀般的同情、怜悯。

喂养流浪猫成了我们每日必修的功课。妻除了做家务、还要做猫食，买猫粮。我除了教书、读书、写书，还要开车到附近的农贸市场，购买杂鱼充当猫食。

我们给每只猫都起了名字，知晓有的猫喜欢吃鱼，有的喜欢吃肉，有的喜欢吃猫粮。入夜时分，我和妻拿着各种猫食，前往喂猫的地方。距离它们还有二三十米，它们就喵喵地叫着朝我们跑来，蹭过我们的裤腿才埋头吃食。

看到猫咪围着我们亲热，还有对我们毫无戒备的信任，心里就有种化不开的柔情，这种彼此信任的情感交流，很难在当今的同类中享受了。

妻的睡眠一直不好，救助流浪猫以后，她整天琢磨给猫喂什么食物，哪个猫像黑道头子样霸道，哪个猫像女娃般温柔，哪个猫是哪个猫的崽子，什么时候该去买鱼儿了，哪个农贸市场的鱼儿便宜，忙碌的生活不知不觉地改善了她的睡眠。

台风刮来时，妻站在窗户跟前，望着外边肆虐的狂风暴雨，担忧猫窝会不会被雨淹没，它们在何处安身？寒流袭来时，妻又唠叨，这么冷的天气，会不会把它们冻死，它们怎么御寒？我们出差时，妻把猫粮送到同事家里，再给人家送上礼品，让人家代她喂猫。

有人不理解，说我们是吃饱了撑的！

妻说："它们也是一条生命，我们病了找医生，它们病了谁管？我们饿了吃饭，它们饿了谁管？总不能看着它们活活饿死病死。"

人以群分，妻爱猫，必然交际爱猫的人。有个姓康的教授，在她的研究基地的试验棚里，收留了六七只流浪猫，常常坐在那里，看着这些无依无靠的小动物，心里泛出悲悯的苦情，泪翁涂满双眸。妻和康教授志同必然道合，常常相约，研究去何处购买便宜杂鱼，哪家猫粮质好价廉，猫生病了到哪家宠物医院医治，如何控制猫的生育。

一天晚上，我们去喂猫的时候，没有见到一只猫，妻拿着猫食，咪咪地叫，还是唤不来猫咪，直到我们离去，猫都没有出现。我和妻心里就有了失落，还有沮丧。回到家，我坐在书房，情绪低落，突然感悟到，我们救助流浪猫，实际是我们祈求猫儿给我们施展爱心的机会。有了这些猫儿，我们的爱心就能得以实施，就有了付出的对象，心灵就能得到安宁和满足。我们在救助猫儿的同时，猫儿也在救助我们的爱心。我想起前不久在《随笔》上看到诗人王樽的文章："放置的食品，呼唤和需要享用者。没有享用的施舍与得不到的施舍，都是未遂的乞讨，都是美事的成空。某种意义上说，没有鸟儿光顾我的施与，此时的我也悄然转换成了乞讨者——乞讨鸟儿们来享用。施与和被施与，需要彼此互动，在双向合作中，形成一种自然的和谐与善意。"

我们满足了猫儿的吃食，猫儿满足了我们的爱心，互相满足。

事情的发展并不美妙，不是所有的人都乐意和小动物为伴。物业管理处贴出警告，不许在教师村给流浪猫喂食，并要驱赶捕捉流浪猫。管理者的理由很充分，流浪猫给业主传染上疾病谁负责？妻和康教授给他们辩解，流浪猫传染疾病要驱赶捕捉，人得了传染疾病难道也要驱赶捕捉？对方讥笑："猫怎么能和人相提并论，上头天天讲以人为本，怎么不讲以猫为本？"

妻和康教授就搜集理论根据，给物业管理人讲林肯、讲斯宾塞、查尔斯·达尔文、约翰·默尔、施韦泽、亨利·惠勒·萧。他们发出同情又鄙视的感慨："书呆子，教书把你们教傻了。"

我们给物业的领导说出他们认为非常实惠的东西，有了猫，教师村里的老鼠绝迹了，老鼠更容易传染疾病。

物业管理处撤销了贴出的警告，我们喂流浪猫的行为得以继续。

更为不幸的事情发生了，流浪猫在一夜之间消失大半，有学生告诉我们，他们看到有人开着轿车跑到学校，捕捉流浪猫。

还有学生告诉我们，有家餐馆出售红烧猫肉。

妻和康教授愤怒了，人都有不救助流浪猫的权力，但绝没有杀害流浪猫的权力，对小动物残忍也会对人残忍。但是，她们总不能彻夜不眠地守着这些猫儿。

要杜绝捕捉杀害流浪猫，必须从源头下手。妻建议召集爱护小动物的学生，集体到出售猫肉狗肉的餐馆抗议。我认为保护小动物的行为，必须在法律的框架里进行。建议学生成立救助小动物协会，用组织的名义前往出售小动物肉的餐馆交涉，请求防疫部门对出售狗肉猫肉进行干预。成立救助小动物协会的申请递交给有关部门，竟然得不到批准，理由是救助了流浪猫流浪狗，它们传染疾病，谁负责？

那段时间，新闻媒体报道，一个地区发现了狂犬病，这个地区的掌权者竟下令捕杀全部犬只，名曰保护人民的生命健康。我们在电视中看到，成群的人手持棍棒，追打犬只，乱棍打死。

一切生命都是平等的！只是人类中极少数的善良呼吁，要得到人类的普遍响应，还需要很长的时间！

花花怀孕了，生出五只小猫，其中一只长得跟花花如一个模子刻出，妻特别宠爱这只小猫，给它起名小花。每次给它们喂食的时候，都要多给它一条小鱼。喂过之后，都要把它抱在怀里，抚摸好大工夫。小花通人性，吃饱后就给我们打滚，露肚皮，蹦跳。这个时候，妻的脸上都洋溢出满足的幸福。小花每次都把我们送到楼梯口，看着我们走进电梯，才极不情愿地离开。

一日的清晨，我和妻去操场晨练的路上，花花突然跑来了，还叼着一个小老鼠，跑到我们跟前，把老鼠放在妻的脚前，仰着脑袋喵喵地叫。妻蹲下身子，在它脑袋上抚摸，说："花花真能干，竟抓住了老鼠。快吃吧，你们不是最喜欢吃老鼠吗？"花花还是仰着脑袋，对着妻叫。

我突然灵醒过来，给妻说："它自己舍不得吃，专门送给你的？"

妻又在它脑袋上抚摸了，说："你的心意我们领了，我们不会吃老鼠的，你们过着流浪生活，吃了这顿没下顿，你自己吃了吧。"

花花听懂了妻的话，叼着老鼠跑到旁边的树丛里，吃开。

又一天清晨，妻的手机振铃，有学生告诉妻，小花被人打死了，尸体在校园的高架桥下。妻顾不上化妆，急忙跑去，看到才出生两个月的小花，躺在血泊里，身子被砸扁，脑袋被砸得稀烂……

一个刚出生两个月的小猫，到底侵害了谁的利益，给谁造成了危害，竟被如此残害！

妻和康教授把小花被残害的照片，还有她们愤怒的声讨，发在学校的微信群里，竟然没有引起反应。她们怎么都没有想到，人心如此冷漠！

那些整日追逐与个人利益息息相关的职称、级别、职务的教师，哪有闲暇与精力，关注与自己利益毫不相关的流浪猫？这些流浪猫能给他们职称、级别、职务？既然给不了，关注它们有什么用处？伟人都说了，每个人的奋斗都与他们的利益有关。

我在讲座《生态的恶化与生态文学的萌发》中提到当代具有广泛影响的思想家、诺贝尔和平奖获得者阿尔贝特·史怀泽的《敬畏生命》时，竟无一人知道这个人物，也无一人读过这本专著，我发出无奈的苦笑。讲座结束，和听众互动，有学生递的纸条上写着："我们国家还有那么多穷孩子读不起书，还有那么多在贫困线上挣扎的人，吃不饱肚子穿不暖衣服，为什么不把救助流浪猫的钱，用在这些孩子身上？"

"老师你刚讲了，地球资源越来越稀缺，我们再救助这些小动物，救助那些野生动物，地球资源会不会更加稀缺？"

我无法回答，只好黯然地说："讲座结束！"

我步履艰难地走出报告厅，眼前又浮现出众多的猫肉馆、狗肉馆，还有在馆子里饕餮的人！

一个民族甚至整个人类的文明启蒙，该有多么漫长的历程！

校园救助

　　非考古专业的人士，哪怕你在别的领域有顶天的成就，要想知晓几万万前的人类、兽类是什么模样，就像隔着喜马拉雅山看跳蚤给虱子示爱，站在北极听南极的雄性企鹅给雌性企鹅朗诵普希金，在太平洋这岸欣赏彼岸的麻雀给斑鸠喂虫子。但人类有嗜好，就是喜欢探究自己不知晓的事情，在"探究"旗帜的指引下，就冒出了考古学，专门研究几万万甚至几十几百万万年前的事情。这些靠"探究"挣饭吃的专家，把探究的结果写成著述，放在图书馆里，供对几万万前的事情有兴趣的人查阅。

　　学术论点需要论据支撑，考古的论据是化石。没有论据做支撑的论点，就是人们常说的胡吹冒撩。于是，考古学家就拼命地寻找新论据，实际行动就是挖石头。他们的行话说发掘出了新化石，就能推翻旧论点，建立新论点。再挖到更新的化石，这个论据支撑的最新论点又推翻原有的论点。考古学似乎在无休止地循环中前进，挖石头—发现新论据—产生新论点—再挖石头—再发现新论据—再推翻旧论点，再建立新论点—再挖石头……

　　本文的题目是《校园救助》，救助的是流浪狗、流浪猫这些小动物。我只关心这些小动物，在什么时候和人类发生了密切关系，它们的前世是什么样子？

我查阅到：

2011年，考古学家在南西伯利亚的阿泰尔山脉的洞穴中挖石头，发现了一只狗的头部化石。考古学者研究表明，这是31700年前的化石，现代犬种最古老的祖先之一。

19世纪60年代，考古专家在比利时的戈耶特洞穴，发现了14600年前的狗头骨。他们认为，人类首次登陆欧洲大陆时，就已经有狗在身边相伴。

1986年，我国考古学家在河北省徐水县南庄头遗址中，发现了一块12790年前的狗左下腭骨，意味我们的先祖那时已经养狗了。

我又查阅到猫的渊源，四万万年前地球上有种叫剑刺虎的动物（在两万年前就灭绝了）。生物学家认为，剑刺虎是猫的先祖。我估计考古专家挖到了酷像猫的石头，说错了，不是石头，是化石。

这些资料与大学校园有多大关系？

或许有，或许没有。人是一种族群，狗是一种族群，猫是一种族群，黄河是黄河，长江是长江，青藏是青藏，完全可以不发生横向交际，不朝一块扯。但是，自然界就没有互相不发生关系的物种，金木水火土，五行终始说，相克相依。人类作为食物链的顶端，万物灵长，必然和自然界的万物发生关系。这就不是想不想朝一块扯的事情，是已经扯到一块的事情。

五百多万年前的人类，依靠捕食其他动物存活。他们把捕获的野狼驯服，捕猎时驱使狼族冲锋，这些被驯化的狼就是后来的狗。

人类学会了放牧，狗又替人类警惕狼族对牲畜的袭害。

人类搬出了山洞，建筑了房屋，狗又替人类看家护院。"日暮苍山远，天寒白屋贫。柴门闻犬吠，风雪夜归人。"

人类与狗类相互依存，人与狗的相互感情，用相互为命形容绝不为过。陆游的《习懒自咎》："习懒多遗事，时能害睡眠。獦骄残竹笋，鼠横啮床毡。猧子巡篱落，狸奴护简编。人间有俊物，求买敢论钱。"翻译成白话文是，最近有两件事烦得让人睡不着觉。屋外的獦子总来啃食竹笋，老鼠把家里的毯子都咬坏了。我要买一只小狗在外面巡逻，再买一只猫来抓老鼠，不管多少钱我都舍得。

杜甫《草堂》里有这样的诗句："旧犬喜我归，低徊入衣裾。"描写他回到家里，老狗高兴得在他衣裾下钻来钻去，描写了诗人和狗的深厚感情。

相比人类和狗，人类和猫的关系就晚多了。人类还处在捕猎野兽、茹毛饮血的年代，弱小的猫没有太大的用场。人类走出了山洞，学会了种植，收获了庄稼，有了仓廪，却奈何不了老鼠的盗食。猫是老鼠的天敌，以捕食老鼠得以活命，人类又驯养了猫只，守护粮仓。黄庭坚的《谢周文之送猫儿》："养得狸奴立战功，将军细柳有家风。一箪未厌鱼餐薄，四壁当令鼠穴空。"强至的"狸猫得鼠活未食，戏局之地或前后。"描写了猫儿捕捉到老鼠后，不马上吃掉，戏弄老鼠的境况。猫给主人带来了益处，必然得到主人的宠爱。宋代的秦观在《蝶恋花》里写道："雪猫戏扑风花影。"让我们看到调皮、灵巧、聪明的猫只独自玩耍的神态，感受出作者对猫只的爱怜。

人类社会发展到今天，捕猎活动、游牧生活，兽类对人类的侵害大大减少。狗作为畜生的使用大幅度减少，但人类对狗千万年培育的感情，狗对人类的依赖，却没有减弱。狗的作用又转换为导盲、陪伴、治疗、缉毒、搜索、巡逻。

同理，人类储存粮食的仓廪趋向高新技术，钢筋水泥浇灌的库廪，老鼠就是把电钻扛出来，也难以凿穿现代建材的厚度和坚硬，再加以电子捕鼠的高科技装备，猫就失去了警卫库房的作用。但它的灵秀、乖巧、温顺，确实是人类难以取代的陪伴动物。

和人类朝夕相处相依为命了几千年的小动物，自然和人类灵犀相通，遇到困境或者生命危急，必然萌发出向人类求救的举动。而且还能分辨出哪些人善，哪些人恶，亲近善人，疏离恶人。

说了一大堆废话，目光才聚焦到需要表达的这个点上——发生在海南三亚一所大学里的真实事件。

小奶猫

一只在学生宿舍区流浪的母猫，可能预测到自己的生命走到了尽头，也可能预知它的孩子得了难以存活的重病，自己无力救活孩子，将还没有睁开眼睛的小奶猫，叼到了学生宿舍。

学生下课回来，发现这只小猫，猫妈妈已不知去向。

奶猫太小了，相当人类不足月的婴儿，眼睛被一种白色的东西糊住，死尸样躺在地上，感觉不到还有呼吸。学生们怕它受凉，把它用毛巾包裹了，放在纸板上，商量该怎么办。

他们看着这个可能已经死去，可能还没有死去的小奶猫，马上把情况发到学校救助小动物的群里。群里的师生发出一致意见——马上送宠物医院。

他们揣上钱包，骑上电动车，抱着它驶向宠物医院。医生检查过后，清理了糊满小猫眼睛的白色物质，说："它还活着，但很难养活，它太小了，还没有吃奶的能力，而且眼睛还有疾病，能不能治好都不一定。"

尽管医生的话里没有让他们放弃的字句，但意思已经表达得很清楚了。或许，医生是对的，花费那么大的财力精力去做无效的救助，何况他们还是没有收入的学生！

学生们表态，只要它还活着，我们就要尽最大努力救活它，不能面对一个危机中的小生命，持事不关己的冷漠。

医生还告诉他们："这么小的猫还不会吸奶瓶，必须每隔两个小时，用针管给它嘴里灌奶，直到它会吸奶嘴。并且小猫不能喝牛奶，必须喂羊奶，有种喂猫的羊奶粉营养最好。这么小的猫，还不会自己排便，都是猫妈妈用舌头舔它们的排泄器官，刺激它们排便。如果不及时地刺激它排便，会把它憋死。"

这只小猫成了救助群的热门话题，也惊动了没有进群的同学，救助小猫成了学生的自愿行动。两小时喂次奶，说起来简单，做起来困难。学生们根据自己的课时，轮流排班，到时接班，像部队的哨兵换岗。有的学生早上贪床，又怕迟到，常常顾不上刷牙洗脸，顾不上吃饭，就朝教室跑……但半夜喂猫，担心迟误了给猫喂奶，就把手机定时后放在枕头旁边，手机一有响动就跑出宿舍。这批学生累了，交换到另一批学生手里……

连续十多天，没有一个学生因为贪睡而耽误给猫喂奶。

用舌头舔小猫的排泄器官，刺激小猫排便是猫妈妈的事情。猫妈妈不在了，学生们就充当猫妈妈的角色。他们给小猫喂过奶后，用湿巾擦拭小猫的排泄器官，直到小猫排出粪便。谁也不知道小猫什么时候排便，他们只能耐着性子擦拭，十分钟、十五分钟、二十分钟，直到小猫排出粪便。给小猫滴眼药水，需要两个人合作，一人抱奶猫，一人扒眼睛，才能把眼药水点进去。

三亚，湿热至极，盛产葳蕤，也盛产蚊虫。大的一厘米，小的肉眼难以看见，不管大的小的，在人的皮肉上叮一口就是个大包，奇痒，一个星期都平复不了。给小猫喂奶，一手抱小猫，一手握奶瓶，没有第三只手拍打蚊虫。蚊虫像进攻没有战士防御的阵地，轰炸机群的炮弹样落在他们皮肤上，毫无顾忌地在皮肉上叮咬，直到肚子膨胀滚落下去。这里的蚊虫具有天生抵抗驱蚊水的能力，他们喂小猫前，都要给裸露在衣服外边的皮肤涂驱蚊水，蚊虫照样咬。它们还有隔衣服叮咬的本事。为了抵御蚊虫叮咬，只好穿上厚衣服，隔离了蚊虫的叮咬，也隔离了身体的散热，就带上预防中暑的藿香正气丸。尽管这样，脸上、脖子上、胳膊上、脚面上，还是满了大疙瘩小包。

当今大学校园，甚至整个社会，盛产叫"群"的联系网络。教授有教授的群，博士有博士的群，学生有学生的群。救助小动物的师生也有一个群，这个群连着那个群，像渔网，一个网眼连着一个网眼，把全校的师生都罩了进去。很多师生和社会上的爱心人士，知道他们在救助一只临近死亡的小猫，同时还救助了许多流浪猫。于是，救助猫的基地来了一拨师生，又来了一拨师生，看他们给小猫喂奶，擦拭小猫的排泄器官，给小猫点眼药水，目光里全是尊敬，也想为猫只做些事情，就打扫基地的卫生；抱起猫只抚摸它们，让它们感受人类的爱。有的学生捐出自己的早餐钱，十元、二十元；还有的学生买来猫罐头、猫砂、猫玩具……

一个白天过去了，一个夜晚过去了，太阳落下了，月亮出来了，十多个昼夜过后，小猫睁开了眼睛。它第一眼看到的不是诞生它的妈妈，而是救活它的学生。

他们不再用针管给小猫喂奶了，小猫会吸吮婴儿使用的奶嘴了，他们给小奶猫喂奶，轻省了许多。

小奶猫终于救活了，听到他们的脚步声，立即喵喵地叫着，蹒跚着朝他们跑来。它的妈妈诞下了它，却没有能力养活它，学生救活了它，养活了它，它就把他们当作了自己的妈妈。

学生们得到这种纯是亲情、信任、依赖，哪怕是非人类给予的，胸腔里同样盈满享受和满足！

当今，这种情感在人类已是稀缺之物，越是稀缺的东西越是珍贵。

他们下课就跑到基地，抱起救活的小猫，抚摸它，浓稠如糨糊的亲情在胸腔里滋生，还有巨大的成就感。

他们说，生命平等、善待小动物、同情、怜悯、救助，这些东西，课堂上有，书本里有，但给我们的感觉是那么高大上、空灵、空洞、遥远，难以实践。参与了救助小动物活动，亲身感受到课堂上书本里讲的生命平等、同情、怜悯、救助，确实非常简单，简单得我们只要注意就能发现，就能实践。

谁没有见过流浪小动物，但救助过没有，我们表现更多的是无动于衷。

谁没有见过需要帮助的人，但帮助过没有，因为他们与我们没有任何关系。

事情确实非常简单，简单得只需要一颗善良的心，就会拨亮善良的眼睛，伸出救助的手。如果缺失善良的心，一切都会视而不见，只会看到自己鼻子尖前的利益得失。

学生们还在继续喂养这只小猫，还在救助别的小动物，还在计划哪只猫咪该绝育了，哪只猫咪有了疾病该送医院了。

善良，像这只小猫一样，需要治疗，需要救助，需要滋养，需要一点一点地培育。人性的恶是先天具有的，人性的善是后天培育的，如果没有对善的滋养，必然给恶腾出繁衍的空间。

相比那个杀死亲生母亲的女孩来说，这些救助小动物的学生是幸运的，上苍恩赐给了他们滋育善和爱的机会。

一个人，可以没有知识，可以贫穷，但绝对不能缺失善良和同情，这是做人的根本。

我们千万不要忘记罗素的话："善良的本性是世界上最需要的！"

辛 巴

辛巴是只流浪小奶狗的名字，它原先没有名字，邓同学救助它后给它起的这个名字。

春节过后的一个下午，天气很好，还在疫情控制时期。一个姓邓的女同学和救助群里的老师，到教师村给流浪猫喂食。一只小奶狗挣扎过来，步履艰难，摇晃蹒跚，对着他们猛摇尾巴，还一下一下地朝邓同学身上扑。他们蹲下身子查看小奶狗，全身都是皮肤病，溃烂，还有蜱虫、虱子和跳蚤，一只挨着一只。由于皮肤奇痒，小奶狗把自己搔得遍体伤口，流着脓血，散发着刺鼻的腐臭味。小奶狗朝邓同学身上扑了几下，就没了力气，躺着地上，等待命运的判决——他们收留它，它就可能活命；不收留它，就可能死在这里。

这只小奶狗在流浪的日子里，遭遇到不止邓同学一个人，唯独求救邓同学，倒在她的脚下，或许它天生的本能知道邓同学可以救助它。邓同学给一块喂流浪猫的老师说，它饿昏了，先给它喂些吃的，再想办法救它。这个老师跑回家里，从冰箱里取出熟牛肉，在微波炉里热了给它送来。小奶狗吃过牛肉，有了力气，又抱着邓同学的腿摇尾巴。

邓同学抱起小奶狗，跑回宿舍。

疫情期间，学校推迟开学，宿舍只有她一个人。她给小奶狗洗澡，用老师送来自家狗狗的洗浴用品、驱虫和治疗皮肤病的药品。洗澡的时候，她看到蜱虫纷纷从奶狗身上掉下来。她从来没有见过这种虫子，没吃东西的时候像片干皮，吸过血后迅速膨胀如黄豆大小，里面全是血浆。密密麻麻的蜱虫，别说是奶狗，就是成年狗也架不住这么多的虫子吸血。她打开手机的灯光，一只一只地择除蜱虫，整整择了四五个小时。手机没电了，插上充电宝继续择，一直折腾到凌晨四点。小狗非常通人性地躺着地上，配合邓同学给它除虫。邓同学给它择除蜱虫的时候，看到很多细小的白虫从狗狗的肛门里爬出，恶心得浑身起鸡皮疙瘩，还有恐惧。她从来没有见过狗狗的肛门里会钻出白虫，还那么多，有时候好几根缠在一起朝出爬。她给狗狗择过蜱虫，又怕狗狗受凉，在地上铺了垫子，让狗狗睡在上边。狗的天性里有感恩的成分，邓同学给它择除蜱虫时，它不停地用舌头亲舔邓同学的手脚。

他们把小狗送到宠物医院，医生说它如果继续流浪，体外的蜱虫、虱子及跳蚤，肚里的寄生虫，身体虚弱缺乏营养，最多再活十来天，幸亏遇到了你们。

兽医还说，要治好它的皮肤病，把肚里的寄生虫驱除干净，需要一千多元。

他们缺钱，就在网上对照病情，搜索治疗方法、购买药品，大大节省了医药费的支出。

知识就是力量，掌握在心地歹毒的人手里，会做出更加歹毒的事情。掌握在心地善良的人手里，会做出更加善良的事情。

辛巴不只患有皮肤病，也不只肚里有虫，还长期缺乏营养，身体极度虚弱，需要加强营养，使身体强健起来。而且在流浪的日子里，经常受到人们的脚踢、斥责、追打，神经脆弱敏感，稍微遇到响动就会惊恐，需要人们长时间地安抚，精神才能恢复正常。

因为疫情，学校还没有开学，很多同学在外地，只能在群里表示关心。留在学校的老师，在家里煮好肉食，送给辛巴补养。邓同学整天守着辛巴，把它抱在怀里，抚摸它，给它说话，让它感受人类对它的关爱，使心理恢复正常。狗狗需要遛，学校规定学生宿舍不能饲养宠物，尽管还没有开学，宿管人员发现了辛巴，还是不允许的。邓同学就利用中午、晚上，宿管人员下班之后，把辛巴牵到楼顶溜达。

最初的那些夜晚，邓同学不敢让自己睡得太踏实，担心辛巴会在自己睡着的时候死去。每隔上一会儿，她都要起来，摸摸辛巴。辛巴都会爬起来，给她摇尾巴，舔她的手，她才放心地重新睡下。

辛巴吃的药片，是她掰着它的嘴一粒一粒喂进去的；辛巴的皮肤病，是她用棉签蘸着药膏一次一次抹上的；辛巴身上的虫子，是她一只一只择除的；辛巴拉的屎尿，是她一点一点打扫的。她实习时挣的几百元钱，舍不得花，为了辛巴，全花光了，还要克扣自己的伙食费，为辛巴增加营养。几百块钱在相当一些人的眼里，确实算不上多大的数额，但对于穷人家出身的大学生，却是她的全部积蓄！

辛巴的皮肤病一天一天好起来，大便拉出的寄生虫渐渐减少，身上的蜱虫、虱子、跳蚤彻底除净，身体强健了，精神正常了。

人常说，人倒霉的时候，喝凉水都塞牙缝，放屁都砸脚后跟。辛巴也够倒霉了，不幸的事又来了，它的精神突然萎靡，呕吐，发烧，有养狗经验的老师告诉邓同学，辛巴可能得了传染病。邓同学和一块救助辛巴的老师把它送到医院，检查的结果是辛巴得了一种叫细小的传染病。医生告诉他们，治疗这种病的费用很高，而且治愈率只有百分之三十。邓同学已经山穷水尽，再也拿不出给它治病的费用了。群里的老师同学，为救助辛巴发起捐款，一个老师捐了，又一个老师捐了；一个同学捐了，又一个同学捐了，两天时间就捐了1600多元。

辛巴是不幸的，短短的生命里遭遇了那么多的灾难。也是幸运的，短短的生命里遭遇了那么多善良的人。它的命真大，尽管经历了九死一生，但终于成了百分之三十的一员。

疫情减弱了，学校开学了，辛巴不能留在宿舍了。邓同学和救助群的同学，把辛巴送到一个叫基地的地方，就是一个几乎废弃的简易棚子。学生们一下课，就跑到基地，陪辛巴玩耍，带辛巴溜达。

邓同学要毕业了，她无法把辛巴带到工作的城市。离开学校那天，她像往常一样跑到基地，抱着辛巴，想着几个月和辛巴的朝夕相处，想着自己把奄奄一息的辛巴，从死亡的泥淖里拽拉上来，想到以后还能不能再见到辛巴，禁不住地痛哭起来。她的痛哭又使别的同学，想起这些日子在辛巴身上花费的精力，也痛哭起来，哭会传染，基地里喧起一片哭泣的声音。辛巴躺着邓同学的怀里，用舌头舔着她的泪水。突然，同学发现，辛巴也哭了，辛巴的眼角潮湿了一大片。

邓同学在辛巴身上的呕心沥血，含辛茹苦，万般操劳，天体验不到，地体验不到，局外人体验不到，只有邓同学真真正正地体验到了。

她对辛巴付出了那么多，绝不是说一声离开就能离开，说一声舍弃就能舍弃。但是，生存是刚硬的，甚至是冰冷的，她自己还要活下去，必须面对刚硬和冰冷。她在离开辛巴的瞬间，感觉那种刚硬和冰冷的利刃，在她心里狠狠地割刺着，给还没毕业的同学说，今生不论漂泊到哪里，都不会忘记辛巴。

这话，和她一块救助辛巴的老师同学，没有一丝怀疑。

她以后肯定会面临更多刚硬和冰冷的现实，但是，辛巴，还有她救助辛巴的日日夜夜，会永久地安放在她的记忆里，柔软而温润地慰藉她的心灵。

她对辛巴的感情，对辛巴的付出，参与救助小动物的同学都看到了，同样引起情感上的波澜。还没毕业的同学给邓同学说，学姐放心，你离校后，我们绝对会照顾好辛巴。

一位和邓同学同时毕业的马同学，在三亚找到了工作，而且是非常稳定的工作。她当时就表示，把辛巴收养了。

马同学到单位报到后，距上班还有一段时间，她租了房子，给房东做工作答应让她收养辛巴。这段时间，她每天都跑回学校，守在辛巴身边，喂辛巴，遛辛巴，陪辛巴玩耍，培养辛巴和自己的感情，尽量不让辛巴到了新的环境产生恐惧。

有人说，如果没有这些善良的学生，它的尸体早被扔到某个垃圾桶里了。

疫情还比较严重，很多公司大幅裁员，但邓同学在大四的最后一个学期，就收到深圳一家公司的录用通知。

收养辛巴的马同学，还没有离开学校就找到了稳定的工作。

这难道是巧合？

或许是上苍对她们的报答。

邓同学临离开校门的时候说，她在这所大学待了四年，最大的成就就是救活了一条生命，最大的感情投入就是救助辛巴的过程。

这就是邓同学的价值观，似乎与当今时代格格不入。她在这所大学学到的知识，拿到的毕业证书、学位证书，对于她来说，难道还没有一条与她毫无关系的小狗有价值？

当今社会，衡量一个人的价值，衡量一个人成功的标志，还有比权力的高度、金钱的厚度，更有说服力？

一个人奋斗的目标，除了利益的竞争还有什么？

生命的平等、善良、同情、大爱、互助、怜悯，能获得什么利益？与利益没有关系的行为，谁去竞争？施善、救助只有付出，没有收益，确实不为那些聪明人关注。

邓同学到了深圳，仍然挂念着辛巴，她每天都要和辛巴视频，询问辛巴的情况，给马同学交代注意事项，并一再给马同学说，她一定回三亚看望辛巴！

这是一个生命对另一个生命的挂念。

邓同学离开三亚这些日子，辛巴卧在窝里，不时地发出哭泣似的呜咽。

这也是一个生命对另一个生命的思念。

奶　糖

奶糖是只猫的名字，最初是雄性，阉割后变成了中性，高大剽悍，浑身雪白，尾巴有几道橘色，桅杆样竖起。它还有个奇特的本事，别的猫见到它喜欢的人，只会把尾巴高高竖起，奶糖却会像狗狗那样摇尾巴，而且摇的频率和幅度都能超过狗狗。它没阉割前是猫国里的王，除了需要自己捕食老鼠蟑螂，需要师生喂食之外，和中国古代的皇帝没什么区别。身边的公猫是它的臣子，母猫是它的妃子，容不得别的公猫染指。本来，它可以继续享受皇帝的生活，没想到人类阻断了它的滋润。

学校是教书的地方，不是猫王作威作福的园地，作威作福的后果必然是猫王的子孙泛滥，与办学宗旨格格不入，救助小动物团队就把它送到医院做了绝育。奶糖不知道自己被人类剥夺了生育功能，还以为自己依然是猫中皇帝，见到企图亲近母猫的公猫，就英勇向前捍卫自己的权利。岂不知人类阉割了它的生育功能，也抽去了它英勇的底蕴，外形看上去还那么威武，实际是外强中干。于是，英勇的后果就是被打得鼻青脸肿，今天脸上被抓掉一块皮肉，明天肚子上被咬破一个口子，要不就是脊背上的皮肤被撕破，原有的伤口还没长好，新的战伤又增添若干。

奶糖对猫族中的同性异常凶狠，水火不容，对学生和老师却异常亲近。每到下课时间，它都要跑到老师和学生必经的路旁，蹲在水泥台上，让学生和老师抚摸、怀抱。这个抱抱，那个摸摸，再来的撸撸。它把这些看作自己的岗位职责，尽职尽责。抱它时朝人的怀里偎，撸它时眯起眼睛，给它说话时，你说一句它答一声，成了学生的开心果，奶糖的名字就由此而来。

学生每看到它新添的伤口，就心疼地责怪，你又给别的猫打架了，你又打不过人家，还要跟人家打！奶糖就喵喵地叫上几声，像是检讨——我以后再不和别的猫打架了。也像是辩解——我也不想打架，是它们打我，我不犯人，人别犯我，如果犯我，坚决反击，用生命捍卫我的尊严，受点小伤算什么？

奶糖身上又有了伤口，学生把它抱到宠物医院，一管药竟收了一百八十多元。要知道，有些学生身上有了伤口，连包扎费都舍不得花呀。

时间长了，老师和学生就掌握了它的脾性，书包里除了课本讲义，给它的吃食，还有在网上买的治疗伤口的药膏药水。

学生接触最多的是制度、规定、要求、纪律；老师在课堂上讲授的是公式、定律、推理、时间、事件、论点、论据；领导讲的是必须、严禁、不准、遵守、处分、考试、挂科，全是枯燥得不能再枯燥，刚硬得不能再刚硬，冰冷得不能再冰冷的东西。

军队是铁打的营盘流水的兵，学校比军队流动得还厉害，本科四年，到时候走人，学校就成了母校，只是学生生命历程里的一个时间段。学生读书给学校缴费，就有了经营者和消费者的关系，说好听点是付费购买学校的知识，说难听点是付费购买学校的毕业证。校方从上到下，目的只有一个，追求平安无事，千万别有学生自杀，别出群体事件，别出政治事故，过满四年把学生平安送出校门，就万事大吉。无论是书记校长，教授讲师，没有一个岗位职责上写有给学生提供柔软、温润的文字。不属于自己的职责，去干就是出力不讨好，还可能惹上腥臊气，这就是扯淡。傻子才去干扯淡的事情，何况都是高级知识分子，脑袋里又没有养罗非鱼？

教机器制造的教授给学生讲一台整机，要设计上千上万个钢铁构件，把众多钢铁构件组合在一起，有的要紧密配合，有的要相互摩擦，中间少不了润滑剂，要是缺少润滑，钢棍都能磨断。

奶糖成了学生心灵的润滑剂。

考试挂科了，老师不满意，父母不高兴，同学瞧不起，给谁诉说？就把奶糖抱在怀里，把闷在心里的苦痛、郁闷、伤感，说给奶糖："奶糖呀，我下了那么大的功夫，把这门课准备得最充分，偏偏这门课挂了！"奶糖就偎在他们怀里，仰着脑袋，似乎听懂又满是同情地喵上一声。

父母闹离婚，做儿女的不好反对，这事情又不能给老师说，不能给同学说，不说又憋得难受，就跑去找奶糖，撸着它的脑袋给它诉说："奶糖呀，我爸我妈闹成这个样子，你说我该怎么办呀，你说我难不难呀？"奶糖就把脑袋在他们的胳膊上蹭，喵喵应声，像是安慰。学生就在奶糖柔软的皮毛上，在奶糖细柔的喵喵声里，闷在胸腔里的愁苦悲伤，一丝一丝地消泯了。

面临毕业了，工作还没有着落，未来在哪里，前途在哪里，别人头上都悬着太阳，自己头上却罩着乌云；别人挣扎的远方都看到了灯塔，自己还在无边无际的黑海里打旋。找谁讨主意？给自己代课的老师，都是踏着铃声进教室门，踏着铃声出教室门，不肯在教室多待一分钟，下课后走到路上如同陌人。找同学诉说，秃子找和尚，都有自己难念的经。奶糖成了他们的心理按摩师，温顺地卧在痛苦者的身边，让人家在周身抚摸。学生说："人家都找到工作了，我还没有找到，毕业后吃什么喝什么？"它就仰起脑袋，圆亮的眼睛盯着倾诉者，表示自己在认真倾听，还回应几声。温润消化了刚硬和冰冷，沮丧绝望的心绪得到了平静。

一个学生给奶糖诉说。

又一个学生给奶糖诉说。

……

一个人有了心事，能诉说出来，并有倾听对象，该是多么幸福的事情。

尽管这个倾听的对象是只叫奶糖的太监猫。

节假日，学生不上课，是奶糖最恓惶的时候。它跑到最挨近学生宿舍的路边，眺望着一栋栋的宿舍楼，期待倾听学生的诉说，神气是那么落寞。偶尔有学生路过，它会惊喜地跑过去，喵喵地叫，把身子朝人家裤腿上蹭。学生看着它渴望抚摸的眼神，听着它细弱地喵叫，忍不住停下脚步，和它温存一阵。

学生可能不知道现任的教育部长是谁，现任的省委书记是谁，但都知道通往教学区的路旁，有只叫奶糖的猫。

一天傍晚，人文学院一个学生，不知是出洋相，还是搞行为艺术，拿了一本《契诃夫短篇小说集》，站在奶糖旁边，奶糖仰着脑袋，睁大眼睛看着这个学生，学生给它朗读《苦恼》。

我看过这部小说，小说描写的是在俄国圣彼得堡，有个叫姚纳的老车夫，妻子早年去世，唯一的儿子又刚刚死去，沉重的悲伤堵塞了他的胸膛，渴望与人倾吐。他一次一次地向坐他马车的客人或遇见的人们诉说，遭到的都是恶毒的侮辱和冷漠的拒绝，没有一个人愿意听他诉说，他只好向自己相依为命的小母马诉苦吐怨。

我站在这个学生旁边，认真地聆听契诃夫的讲述：

暮色昏暗。大片的湿雪绕着刚点亮的街灯懒洋洋地飘飞，落在房顶、马背、肩膀、帽子上，积成又软又薄的一层。车夫姚纳·达波夫周身雪白，像是一个幽灵。他在赶车座位上坐着，一动也不动，身子往前伛着，伛到了活人的身子所能伛到的最大限度。即使有一个大雪堆倒在他的身上，仿佛他也会觉得不必把身上的雪抖掉似的。

他那匹小马也是一身白，也是一动都不动。

它那呆呆不动的姿态、它那瘦骨棱棱的身架、它那棍子般直挺挺的腿，使它活像那种花一个戈比就能买到的马形蜜糖饼干。

姚纳和他的瘦马已经有很久停在那个地方没动了。

他们还在午饭以前就从大车店里出来，至今还没拉到一趟生意。

可是现在傍晚的暗影已经笼罩全城。

……

他穿上衣服，走到马房里，他的马就站在那儿。他想起燕麦、草料、天气……关于他的儿子，他独自一人的时候是不能想的……跟别人谈一谈倒还可以，至于想他，描摹他的模样，那太可怕，他受不了……"你在吃草吗？"约纳问他的马说，看见了它的发亮的眼睛。"好，吃吧，吃吧……既然买燕麦的钱没有挣到，那咱们就吃草好了……我已经太老，不能赶车了……该由我的儿子来赶车才对，我不行了……他才是个地道的马车夫……只要他活着就好了……"约纳沉默了一忽儿，继续说："就是这样嘛，我的小母马……库兹玛·姚内奇不在了……他下世了……他无缘无故死了……比方说，你现在有个小驹子，你就是这个小驹子的亲娘……比方说，这个小驹子下世了……你不是要伤心吗？"

那匹瘦马嚼着草料，听着，向它主人的手上呵气。

约纳讲得入了迷，把他心里的话统统对它讲了……

天在倾听，地在倾听，树木在倾听，教学楼在倾听，过往的师生还有被称作领导的人，都停下脚步倾听，面部都庄重严肃，透溢的全是刚硬和冰冷！

学生念完了，沉默了好大工夫，突然大着声音说，我向谁去诉说我的悲伤！

我没有说话，不知道该说什么。

奶糖声音很大地叫了一声，喵喵，喵喵，仿佛在回答："向我诉说！"

一百多年前拉人的马车，进化到今天是公交车；一百多年前的车夫，进化到今天是司机。一百多年里，科学技术的发展多么迅猛。但人心的冷漠、麻木、自私、仇恨、报复，却没有丝毫减少，不能不说是人类的悲哀。

所以，从契诃夫创作《苦恼》到现在，人类的战争、灾难、折腾、相互攻讦，从未中断。

其中缘由，还不明白？

大　花

大花是只雌猫，长着黑白相间的毛，在学生宿舍区生存。学生给它起名"大花"，还有的学生叫它"花花"。

学校放寒假了，疫情也来了，宿舍区的学生寥寥无几。杨同学临近毕业，准备考研，没有回家，在学校准备毕业论文，预习考研的功课，忙。

这天下午，杨同学在宿舍复习功课，听见有扒门的声音，打开房门，大花钻进来。过去，杨同学没有刻意关注大花和流浪猫，平时遇到它们，身上带吃的就喂它们，没带吃的就算，对它们不喜欢也不讨厌。只是觉得它们活得不容易，偶尔喂喂它们，全由心情使然。学校放假了，平时投喂流浪猫的同学要回家，把猫粮拿给她，让她帮忙喂养。受人之托，忠人之事，她竭心尽力地履行同学的委托，每天两次投放猫粮，才和大花有了较多的交际。

猫天生有讨好人类的媚性，大花出生就被学生喂养，见到学生就献殷勤，喵喵地叫。猫是天生的女歌唱家，声音细柔，含有孱弱的诉求，陕西农村老人总结世上四种声音最好听："姑娘的笑，猫的叫，新媳妇的喘息，孙子的闹。"猫不但叫得好听，还朝人身上靠，千媚万态。杨同学喂一次，又喂一次，猫给她叫一次，又叫一次，在她身上蹭一次，再蹭一次。她在一次一次猫叫的悦耳声中，在一次一次猫蹭的享受中，心被融化了。每次投放过猫粮，不再急于离去，蹲着猫的旁边，看它们吃食。它们吃上几口，就抬头看她，叫，她觉得这是猫对她的感谢。猫吃完后也不离开，围在她身边，转圈，蹭她，极尽殷勤。她也舍不得离开，抚摸它们，享受它们给予的感谢。猫也享受她的爱抚，相互给予，相互享受。复习功课的苦累，对考试的担忧，人活于世的烦恼，在和猫的互动中得到释放和宣泄。

本来，寒假结束了，学校该开学了，喂流浪猫的事情该还给同学了。疫情却来了，开学延期，同学只能继续困在原籍，杨同学还得继续喂猫。经过一个寒假和猫的交流，不再把喂流浪猫看成额外的事情，成了快乐享受。猫粮喂完了，她掏钱买最好的猫粮。给猫喂一次，对猫的情感增一点，给猫喂一天，对猫的感情添一点，一天叠加一天，一点增添一点。像盛满清水的缸瓮，滴上一滴情感的墨汁，再滴上一滴情感的墨汁，浓度一点一点增加。

钻进宿舍的大花对着她叫了几声，像是给她打招呼，就低着头在屋里巡视，每个床下都钻进去看了。杨同学看着它的举动，不知道它想做什么。大花巡视过后，跑出屋子。

杨同学关上房门，继续复习功课。一个小时后，又听见门外有响动，打开房门，看到大花叼着一个小猫崽，挣扎着走进来，把猫崽放到她脚下，仰着头看她，叫了几声，躺在地上大口喘气，感觉它累到了极点。杨同学担心地上太凉，猫崽冻出病，把旧衣服铺在床上，把猫崽抱到旧衣服上。大花挣扎着站起，跳上床，在猫崽身上舔了一阵，又跑出去了。

杨同学复习不下去了，坐在猫崽旁边，不知道大花为什么把猫崽送到这里。

一个小时后，又听见门外有响动，打开房门，大花又叼着一只猫崽，挣扎着走进屋里，把猫崽放到她脚下，又倒在地上喘气。杨同学又把这只猫崽抱到床上，蹲到大花旁边，抚摸它的脑袋，问："大花你怎么啦，把你的孩子都叼到我这来啦？"

大花像上次一样，喘过一阵气，体力有了恢复，又跑出房子。

大花又先后叼来两只猫崽。

雌猫通常不会离开自己的崽子，大花这种背离常规的举动，引起杨同学的疑惑。她想起有本书里介绍，很多动物遇到即将到来的灾难时，会主动投奔救助它们的人。她把大花和四只猫崽安顿好，跑出宿舍，在校区走了一圈，没发现异常动态。她仍然认为，大花不会平白无故地把孩子送给她，雌猫对孩子的疼爱，绝对超过对自己生命的珍惜。人类对很多自然灾难、社会危害，还没有察觉，动物就已经采取了防范措施，它们在很多事情上有超越人类的先知先觉。

第二天下午，她发现宿舍区来了十多个穿制服的男人，戴着塑胶手套，拿在铁夹子，提在铁笼子，在有关人员的指引下，抓捕流浪猫。

大花和它的四个崽子，逃过了这一难。

别的同学告诉杨同学，那些被抓走的猫只，都没有活下来，下场很悲惨。

杨同学更加警惕大花和四只崽子的安危，不敢放它们出门，隔上两个小时就要到外边巡查一次，担心有人来抓猫。说曹操，曹操就到，抓猫的事情还真让她遇到了。一只叫皮皮的猫，被一个人抓住，皮皮是只非常温顺的猫，哪个学生都可以抱它、撸他，这阵却挣扎着不让这个人抱。杨同学几乎没有思考，也来不及思考，冲过去就抢皮皮。那人没有防备，竟让杨同学得逞。那人见学生竟敢给他下手，而且还是女学生，脸面大伤，恼羞成怒，对着杨同学命令："把猫还给我，宿舍区的猫必须处理，一只不剩！"

杨同学想起别人给她说的猫被抓到后的下场，坚决不能让他们把皮皮抓走，说："你们把那么多的猫抓走，都弄到什么地方了？"

对方说："你有什么权力问我们把猫弄到什么地方，我们这是工作，你要是不把猫还给我们，我们就向学校报告，看你能不能拿到毕业证！"说着就用手机对着杨同学拍照。

杨同学把皮皮交给旁边的同学，也拿出手机对着他们拍照，说："我把你们虐杀猫的事情发到网上，让社会评议到底是谁对谁错！"

他们到底没有坚持要把皮皮抓走。

这天夜里，杨同学梦到自己因为喂流浪猫，顶碰了他们，学校决定扣发她的毕业证，按肆学处理，竟在梦里号啕大哭。宿舍只有她一个人，没人听见，没人安慰，只有大花在听，大花的四个崽子在听，还有皮皮在听。它们都跑到床上，围着她喵喵地叫，像是安慰她。

她被噩梦吓醒后，越想越害怕，万一学校不发毕业证怎么办？本科四年，还要考研，如果真如梦中那样，自己的人生走到这里就要转弯，前途一片黯淡，恐惧、惊慌、无奈，猛地把这些猫搂到怀里，禁不住地痛哭起来。刚才是在梦中痛哭，现在是清醒时痛哭。她在痛哭的时候，这些猫趴在她怀里，卧在她身上，一声一声地叫。

她哭到天亮，猫陪她到天亮。她洗了脸，看着这些猫，心里又腾涌出浓稠的同情、怜悯，多可怜的小家伙，就是因为没有家，到处流浪，没地方住，没东西吃，还要被人捕杀。如果保护不了它们，它们很快就成了火锅里的食料，被卖到猫食店变成了钞票。她猛地站起来，像是宣誓样给它们说："你们放心，只有我在，谁都把你们抓不走，即使把我开除了，也要保护你们！"

怎么是色厉内荏，这就是色厉内荏，喂养流浪猫毕竟违反了学校规定，学校怎么处分都不过分。她整天提心吊胆，感觉头顶悬着万吨巨石，随时都会砸落下来，将自己压成齑粉肉饼。为自己的前途担忧，为猫的安危操心，整夜失眠。

在此之前，她觉得自己经过的二十几年，人生的道路宽阔平坦，生活的天空盈满灿烂，未来的光明向她招手。突兀遇到这事情，感觉曾经璀璨的世界黯淡下来，人生步入幽深的甬道，看不到出口的光亮，还要随时提防爬行途中突现的钢刺、利刃、毒虫、狼豕。精神、意志崩溃，实在支撑不住了，就去找一块救助小动物的老师，在老师面前放开痛哭。老师安慰她说："我们做的是善事，教育最根本的目的是培养学生的善心，学校如果容不下爱心和善良，规章制度都是虚设！如果有关部门处分你，我们绝不会旁观，一定替你讨个说法！"

老师毕竟是老师，在规制和爱心中间寻找平衡点，设计了救助小动物的要点——救助、送养、绝育，将流浪猫控制在一定的数量之内，使校园里的老鼠不得繁衍，猫只不得泛滥，达到生态平衡。

学校有关部门的领导通知杨同学到他办公室，杨同学吓得周身发软，惊恐万状。她真没想到领导没有批评她，还说："学校支持你们救助流浪猫的方案，把抓捕流浪猫的手套、笼子，全部移交给你们，并报销一定量的猫粮和绝育费用。"领导个人还送她一个小红包。

杨同学走出领导办公室，猛然觉得自己活过来了。天空的灿烂驱散了阴霾，头顶的万吨巨石移开了，坠在心里的铅锭落下了，生活还是美好，前途还是光明。更可喜的是救助流浪猫的活动可以公开了，过去一直处于半隐蔽状态。

她没有想到，学校部门领导对流浪猫态度的变化，多少老师在里面做了工作。

疫情平稳了，学校开学了，同学返校了，宿舍里不能养猫了。杨同学把大花和它的四个崽子，还有皮皮送到基地，和别的流浪猫收养在一起。

猫要喂，指甲要修剪，基地的卫生要打扫，病猫要送医。杨同学要写毕业论文，干脆把电脑搬到基地，一边守护猫只，一边撰写论文。基地的蚊子没有天敌，毫无顾忌地繁衍，蚊族兴旺，轮盘向她轰炸。这批蚊子吃饱了，那批蚊子补上来，竟然在抹过驱蚊水的皮肉上叮咬，不到半天工夫，身上满了大疙瘩小包。论文写累了，就打扫卫生，给猫喂水喂食，忙得饭都顾不上吃。幸好学校规定疫情期间，食堂错开开饭时间，学生随到随吃。

杨同学从来没有干过这么多的活，在家的时候，衣服脏了妈妈洗，肚子饿了奶奶做，她的手除了捉筷子，连扫把都没有摸过。蚊虫在身上咬个包，都是妈妈奶奶涂抹绿药膏。救助了流浪猫，她每天都忙得汗水把衣服湿透。她给家人说了，妈妈奶奶不相信她能干活。她给妈妈奶奶看她在基地打扫卫生、给猫只修剪指甲的视频，妈妈奶奶这才相信她会干活了，而且还干得那么好！在此之前，妈妈奶奶都为她担忧。女孩子总要嫁人，谁家能容下什么活都不干的儿媳妇？

这下，杨同学的妈妈奶奶放心了。

救助流浪猫，也拯救了杨同学。

杨同学说，我不是不会干活，是不想干，懒得干。救助了流浪猫，迫使自己干，看着自己的勤快给猫创造了舒适的生活环境，心里就滋润，越干越想干，越干越有劲！

勤快，需要兴趣支撑，没有兴趣支撑的勤快不会持久。

文章写到这里，需要给读者一个交代，大花的四个崽子送养了三个，给大花留了一个，大花也做了绝育，母子五个都非常幸福。

杨同学毕业了，离校了，救助小动物的工作交给了还没毕业的学弟学妹。学弟学妹们做得更热情，更认真。

四天三晚的救助

高速公路从学校穿过，留在校园里的是座高架桥。

疫情稳定，学校开学，一切都朝好的方面转移。这天，几个学生经过桥下，突然听见高架桥中间的钢网里有猫的叫声。这个钢网是左右两边快车道中间的空隙，害怕桥面上的石子铁块类的东西掉下去，砸伤人员、物件。学生们看到一只四五十天左右的奶猫，囚在钢网里，对着他们叫。

有人把这只奶猫拍下来发到群里，说想上高速公路救猫。老师的心一下揪起来，这是非常危险的行动，万一出了车祸就是大事情！立即在群里发出警告："谁都不能上高速公路，必须在确保安全的情况下，才能去救助奶猫——"

不大会工夫，桥下就来了不少师生，大家都"咪咪""咪咪"叫，但没见到小奶猫，有同学说小奶猫可能自己下来了——

第二天下午，小奶猫又出现了，又对着过往的学生叫，学生又拍照发到群里，三个参加救助小动物的老师得知消息，立即放下手上的事情，赶到桥下。奶猫所处的位置距离地面大约五米，桥墩这边有个一米多高的台阶，连着近乎70度的水泥砌的陡坡。

一个女生在几个男同学的帮助下，向着高架桥上的钢网攀爬。十几个学生站在她下面，伸展双臂，拉开球网，防备女生万一掉下来，齐心协力接住她。

但是，她距离钢网还有很长一段距离。老师意识到这是非常危险的行动，万一摔下来就不得了！立即对学生喊："不能这样做，太危险，我们不能为了救助小奶猫，使自己出现危险。"

学生们不甘心地看着钢网里的奶猫，给老师说："我们如果不能把它救出来，它只有饿死，我们不能看着它饿死不管！"

有个女生把书包里的书掏出来，把书包挎在胸前，还要朝钢网上爬，说："我把它抓住了，就放在书包里带下来。"

又有几个男生把书包一甩，要抢在这个学生前边朝陡坡上攀爬。水泥浇灌的陡坡，没有手抓的地方，也没有脚蹬的地方，他们做了一次一次的努力，都半途而废。又一个学生冲过去，接着朝陡坡上攀爬，又不得不半途而废。又一个学生冲过去……

站在陡坡下的学生，望着朝钢网攀爬的同学，呼喊着他的名字："小心，注意安全！"呼喊里充满着担忧，着急。

一个学生退下来了，又一个学生攀上去，又不得不退下来，又有一个学生接着攀上去。退下来的学生，有的手指抓伤了，他们在嘴里嘬上一阵就没事了。有的腿被划伤了，用指头蘸着唾沫擦几下，就不再管了……现场的老师看到这种场面，泛出这样的感慨：多少人评价当代年轻人，认为他们娇气，不能吃苦，只关心自己不关心他人，缺少牺牲精神。救助这只奶猫，与他们有多大的关系？能让他们不挂科？能让他们拿到奖学金？能让他们毕业后顺利找到工作？和这些他们需要的利益没有丝毫关系，还可能使他们受伤，甚至发生更严重的后果，但"我们不能看着它饿死不管！"

这个场面，颠覆了他们多少年形成的认知。

学生还是一个一个地攀爬，一个一个地退下来。

他们觉得这个办法不行，就是攀爬上去，奶猫在钢网里跑动，也抓不住它。

有个老师提出："联系交警，我们到公路上面朝下爬，可能容易救助。"

交警来了，学生要求到公路上，从上边朝下爬。交警把现场查看过，给学生说："你们绝对不能到高速公路上，这上面通过的车辆都是一百到一百二的车速，发现你们刹车都来不及。还有一些大货车司机，为了赶路，打着瞌睡开车，用我们的话形容是一只眼睁一只眼闭地驾驶，我们上路执行任务都提心吊胆，提防被他们撞着。我如果同意你们上高速公路，就是违法，这不是丢饭碗的事情，是吃牢房的事情。这些都算不了什么，关键是车辆把你们撞个三长两短，你们是大学生，国家的宝贝，家里的宝贝，我怎么给国家和你们家里交代。"

还有学生恳求交警让他们上去，还是说："我们不能看着奶猫饿死不管！"

交警见学生态度坚决，严肃了脸，不容置疑地说："谁也不能上去，谁要是敢上去，我就抓谁！"

交警把学生镇住了，自己却从公路边朝下攀爬。站在桥下的学生都仰着脸，看着艰难攀爬的交警，焦急、担忧、恐惧又奔涌出来，几十个嗓子几乎发出同一个声音：

"交警叔叔，注意安全！"

"交警叔叔，小心！"

"交警叔叔，小心划伤！"

……

交警一边攀爬一边给他们说："没关系，我会注意的！"

交警足足折腾了一个多小时，筋疲力尽，距离钢网还是有一段距离。

交警也失败了！

交警离开的时候，还一再交代："任何人任何时候，都不许到高速公路上救助，这是命令！"

学生不甘心一次一次的失败，聚在陡坡下边，思考救助的办法。

夜幕降临了，视线受到影响，给救助带来更多的困难。

有位老师建议："给消防打电话，求助消防。"

消防给他们解释："如果我们去救助小猫的时候发生灾情，怎么办？我们只能执行规定范围内的任务，范围以外的事情，除了上级的命令，一概不能出警。"

又有学生放下书包，要朝陡坡上攀爬。

现场老师的心又提起来，学生可以有奋不顾身的精神，绝对不能有奋不顾身的行动，任何时候都必须保证学生的生命安危！她们站在陡坡下边，阻挡学生朝上攀爬的线路，一再给他们说："在没有找到更好的办法之前，谁也不许朝上爬，我们必须对自己的生命负责！"

时间一分一分逝去，学生们还是不肯散去。老师更不敢离开，担心学生趁她们离开之后，又会朝陡坡上攀爬。

一直到十一点半，学生宿舍区要关门了，学生才不得不离开。

老师还不能离开，担心学生再返回来，继续救助这只奶猫。老师从学生的眼神里看出，他们不会放弃对奶猫的救助！一直到了十二点，肯定学生不会再返回来了，他们才离开现场。

奶猫的遭遇，救助的挫折，在群里发布，一个群串着一个群，越来越多的学生知道这个信息。一到下课，高架桥下就聚满学生，焦急又忧虑地看着钢网里的奶猫，七嘴八舌地说着自己的想法。还有学生不相信就爬不到钢网那里，还要朝上爬，还是被现场的老师劝阻。

小动物救助群的骨干，现场开会研究救助办法，唯一的办法就是把猫食送到钢网上，先保住奶猫不被饿死，再琢磨救的办法。把猫食送到钢网上，也不是容易的事情，只能朝钢网的口子里扔，猫粮扔上去也会掉下来，营养也有限，要保证扔到钢网上的猫食有营养。于是，几个男生站在陡坡下，用手托举着一个女生的双脚，女生拿着老师煮熟的海鱼攀爬到钢网下边，把鱼扔到上边。

小奶猫吃了鱼，叫的声音洪亮了，老师和学生放下心了。

这只是权宜之事，总不能让小奶猫一直待在钢网上。

有人建议，把这个信息发到社会救助小动物的群里，那么多热爱小动物的人士，他们分布在社会各阶层、各行业，老师和学生没有办法，不等于人家都没有办法。

海南省小动物保护协会的梁会长看到这个信息，给参加救助的老师打电话。老师说："现在不是救助小奶猫的事情了，而是防止学生为救助奶猫发生伤亡事故，学生救助奶猫的决心和毅力非常大，不救出小猫不会罢休的。我们几个老师一直守在桥下，不让他们朝上攀爬或上高速公路！现在的局势是好像我们在救助小奶猫，其实是在救助我们的学生——"

梁会长说："我来和消防协商，现在确实不是救助小猫，是防止学生发生事故。"

傍晚，消防部队给老师打来电话，他们派休班的战士来救助小猫。

消防车来了，学生都来了。

消防车开不到桥下，高度不够，消防战士爬到陡坡上，同样是手没地方抓，脚没地方蹬，身子大半悬在半空，还要腾出手剪开钢网。

下边的学生看着消防战士处在极端的危险境况，着急地吼喊："消防大哥，一定注意安全！"

有的学生喊不出更好的语言，只是一遍一遍地喊："消防大哥！"

几十个年轻学子，男的女的，都发出担忧焦虑的喊声："消防大哥！"

陡坡下边的消防战士不忍心学生那么担忧，劝慰他们："你们不要着急，他会注意安全的，这些科目我们都训练过。"

终于，消防战士把钢网的小口剪成了大点的洞。钢网上满是垃圾，罐头盒、破碎的啤酒瓶、卫生纸、快餐盒、石子、铁皮、树枝……全落在他脸上、脖子上、衣服上。

但是，这个洞太小，戴在安全帽爬不进去。安全帽上有灯光，消防战士担心灯光射到高速路上，影响行车安全，就把安全帽脱下，把电筒咬在嘴里，继续清理钢网上的垃圾。

三亚的夏夜，气温三十多摄氏度，学生们看不到汗水浸湿消防战士防护服的程度，但可以借助电筒的灯光，看到战士的脸上、脖上的汗水，一股一股地朝下流淌，把上边的灰尘、脏污，冲出一道一道的痕迹。人的体力是有限的，这个战士歇气的时候，下边的战士说："你下来休息一会儿，我上！"上边的战士说："还是我来吧，我熟悉这些了，你猛地上来还不熟悉！"

这个战士把脑袋伸进钢网时，奶猫躲得不见踪影了。

消防战士把专门抓捕猫的笼子放到钢网上，给里面放了煮熟的海鱼、猫罐头，猫只要钻进去，笼门会自动关闭。

一切希望都寄托在这个笼子上。

消防战士下来了，学生们围着他，全是敬佩的目光，喧起一片"消防大哥"的呼唤。

消防战士离开了，老师学生还在，学生们又议论刚刚发生的事情。他们多少次在电视、报纸、书本上看到消防战士舍生忘死，英勇牺牲的报道，觉得那是非常遥远的事件，对他们心灵的作用总是有限。今天，亲眼看到消防战士不惧牺牲的行为，就发生在眼前，自己还参与其中，震撼得心灵都在发颤。他们和自己是同龄人，大不过两三岁，有的甚至大不过一两岁，但精神境界却相差多少个档次！消防大哥给自己的教育，比看一百遍报纸、一百遍电视，听一百节政教课都有效果！

奶猫不肯朝笼子里钻，学生们每天都守到晚上十一点多钟，渴望奇迹出现。一直到了十一点二十，学校规定学生宿舍区的大门十一点半关闭，他们才拔腿朝宿舍跑去。

老师、学生有空就朝高架桥下跑，看奶猫钻进笼子没？

收获的是一次次的失望——

到了第四天傍晚，老师来到高架桥下，时间一点一点逝去，失望向她逼来。准备放弃今天的守望时，突然听到猫的叫声，比往常更洪亮，更焦急。抬头一看，高兴得几乎跳起来，奶猫终于钻进笼子了。刚好有两个男生走过来，他们没有丝毫犹豫，就朝陡坡上爬。又有一个女学生走过来，和老师一块帮着这两个男生把笼子抬下来。

其中一个男生给老师说，他学的是航海专业，下个学期要实习。全球都被疫情笼罩，航海业基本停顿，几乎所有的同学都联系不到实习单位，唯有他联系到了实习单位。

老师和女学生说："善有善报！"

又有好消息传来，创建这个救助小动物群的黄同学、蔡同学，今年毕业，分别应聘南京两家公司。公司人事在网上审查蔡同学，问："你在学校做过哪些事情？"

蔡同学说她和同学创建了救助小动物的群，救助了多少只猫、送养了多少只、绝育了多少只。

公司人事当时就说"你被录用了"，并通知她报到的时间。

黄同学到南京面试，所有的问题回答完毕，对方突然也提出这个问题，她也如实地回答，也是被录用了。她问："您提的这个问题与公司业务有关系？"

人事领导回答："不参与救助小动物的人，不一定不是善人，但参加救助小动物的人，一般来说是心存善念的人。何况你们创建了这个群，做了那么多事情，而且做得非常好，证明了你们的能力。"

学校救助小动物群的骨干讨论这件事情时，认为这次四天三夜的救助成功，除了学生的爱心，还有方法的得当。一个人，一个圈子，能量总是有限。在网络极端发达的今天，要学会利用社会力量。这次事件如果没向社会求助，就不会有交警过来，防止可能发生的交通事故；就不会有梁会长出面，不可能让消防战士出动，就无法把诱捕猫的笼子放到钢网上……

他们的救助小动物群有了新的想法。

本来，《四天三晚的救助》写到这里，已经结束，继续写下去就是画蛇添足了。天知道，这只小猫，调皮地跑到钢网上边，好不容易救下来，又惹起一起外交事件，还是非常友好的外交事件。

这篇文章写好后，救助群的老师和同学把它发到网上，被一个南非籍女士和她的丈夫看到了。他们给救助猫的老师和同学说，他们想收养这只小猫。老师和同学为难了，他们是南非人，能在中国待多长时间？一只小猫可以活十多年，甚至二十年，他们夫妇离开中国怎么办，会不会遗弃它？

老师和同学反复考察他们的收养条件。

于是，老师和学生与他们在微信上聊天。

现代科学发明的手机，可以直接把英语翻译成汉语，把汉语翻译成英语。他们和南非女士聊天，如和同胞聊天没有什么区别。

下边，是他们聊天的一部分，通过这些完全可以明白我要表达的意思。

南非女士：别担心，我们会保护它，爱它，关心它的。我们永远永远不会抛弃动物。

老师和同学：谢谢！

南非女士：三年前，我们在北京收养的那只猫也是一只获救的猫。我们花了很多的时间，给了它很多的爱。它是一只神奇的猫。我们将永远带着这两只猫。我们不是来中国一两年的外国人。中国现在是我们的家。

老师和同学：太感谢啦!

南非女士：我想知道，我们需要带它去医生那里接种疫苗吗?

老师和同学：如果需要，我们开车送你去医院。

老师和同学：麻烦有空把小猫咪的照片或视频发到领养群里，谢谢!

南非女士：我一定会发漂亮的照片，并随时向你更新。再次感谢。我保证我们会是很好的父母。

老师和同学：感谢!

南非女士：谢谢，我们会很爱它，也会很照顾它的。

老师和同学：看到你那么爱小动物，我特别开心。这只小猫是我们4天3夜把它从高速公路上救下来的，我们惊动了110交警和119消防队员及省动保的领导……正是因为他们的帮助，我们才有救助这只小猫的勇气和决心……这只小猫是幸运的……

南非女士：它会有一个很好的家。我们的猫和我们一起睡在床上。我们买了很好的营养品。谢谢!

这只小猫，真够捣蛋了，竟捣出了中国与南非的友谊!

做了人类药引子的小奶猫

学校小动物保护群不是一开始就有的，而是经历了数起血腥的残害小动物的事件之后，学生才建起这个群。

四年前的一个上午，课间休息时，学生发现教室附近有只小狗，估计有五六个月大，黑色，很漂亮，学生很容易地给它脖子上绑了绳子，并给授课老师做了汇报。老师立即通知学校保卫处，把狗牵走，担心咬了学生。几分钟后，来了五六个保安，拿着铁棍，要把狗打死。学生们不干了，站在狗狗的前边，保护狗狗。保安坚决要打狗，理由是领导有指示，狗咬伤人怎么办，谁来承担责任？学生坚决不让打狗，理由是这么小的狗，来到这个世界也就半年时间，不能残害它的生命，应该找人收养它，或者通知小动物保护协会救助它。保安更有理由，谁去找小动物保护协会，他们什么时候会来？什么人愿意收养它，什么时候收养它，这时候狗把人咬了算谁的？保安说着就要动手，学生保卫着狗狗不让他们动手。一方持有尚方宝剑，说是坚决执行领导的指示。一方仗着人多势众，还有生命平等的生态意识。双方几乎发生冲突，老师担心发生冲突，刚好上课的铃声响了，就把学生劝回到教室。

学生回到教室，听见几声狗的惨叫，随后就没了声息。

那节课，老师讲讲停停，讲了前边接不到后边，耳畔老响着狗的惨叫。

学生望着窗户外边，又看不到现场的情景，耳畔也响着狗的惨叫。

下课铃声一响，老师和学生都跑到楼下，那只小狗不见了，绑狗的地方留下一摊血迹，还没有凝固，散发着腥腻的气味。打扫卫生的清洁工说，你们上课走后，他们把狗狗打死了，说晚上可以吃狗肉火锅了，狗肉大补。

这天夜里，有个在现场的女生做了噩梦，梦到他们用铁棍砸到她的头上，吓得惊叫起来，出了满身怯汗，惊叫声把同宿舍的人都吓醒了。连续好多日子，每到半夜，她都梦到有人用铁棍砸她，吓得彻夜失眠，白天萎靡不振，精神恍惚，朝教室走的时候，宁愿绕道都不愿经过小狗流血到地方，学习成绩直线下降。医生说她有了精神疾病，要进行心理疏导。

又有一个女生倒垃圾的时候，看到保安把一窝小奶猫扔到垃圾桶里，这些小奶猫眼睛还没有睁开。这个女学生把四只小奶猫抱回宿舍，发动全宿舍的同学参与救助活动。她们买来了羊奶粉，用针管给奶猫的嘴里灌奶。奶猫太小了，没过几天就死掉了一只。她们看着死去的奶猫，流着眼泪找来纸盒，用毛巾把奶猫包好，送到野地里埋了。

没过几天，又有一只奶猫死去了，她们又哭着找来纸盒，用毛巾把它包好，送到野地里埋了。

这么小的猫，必须由猫妈妈喂养，她们又没有喂养奶猫的经验。十多天后，这四只小奶猫全部死去了。

这个宿舍里，很长时间都没有笑声，连说话的声音都很少。她们怎么都想不通，人怎么那么残忍，这么小的猫，连眼睛都没有睁开，招惹他们啥了，竟然剥夺它们的生命？

随后，校园里又发生了几起残害流浪猫、流浪狗的事情。

不能让这类事情继续发生，几个爱好小动物的学生，建起了救助流浪小动物的群。本来，他们想成立救助小动物协会，把报告打给有关部门，未获批准。不批准的理由是这些小动物咬了人，传染了疾病，谁来承担责任？"我在你们的申请报告上签了字，我就要承担这个责任，我能承担起这个责任吗？"

协会类的群众组织不能成立，建个保护小动物的网络群，不需要任何部门批准。

小动物保护群最初的工作很简单，大家捐些钱，买些猫粮，定期喂流浪猫。群里的人不多，也没有大动作，相当一些老师和学生都不知道这个群。让这个群行动起来，火爆起来，还是因为一起残害小动物的事件。

学校放寒假了，过了春节，快开学了。没有回家的刘同学突然发现，十多个保安拿着特制的捕猫笼子，已经捕抓了十多只猫。这些被抓捕的猫有的腿被夹伤，有的脖子被夹伤。刚好这个同学就是保护小动物群里的人，问保安："你们为什么抓这些猫？"

还是那样的回答："领导指示要处理这些流浪猫，一只不剩。"

刘同学又问："你们把抓到的猫弄到什么地方了？"

保安说："你管那么多干什么，炖火锅吃了，拿到食店卖了，怎么着？领导只让我们抓猫，没说让我们把抓到的猫怎么处理。"

刘同学立即把这些情况在群里发了，并拍下了他们抓猫的笼子，抓的猫只。学校还在放假，群里的大部分同学都没有返校，却给留在学校的同学出谋划策，搜集他们抓猫、杀猫、炖猫肉吃火锅、卖猫给食店的证据，找领导反映。

一个清洁工实在看不惯他们的残忍，给刘同学说了在哪栋楼、哪个房间，哪些人杀了猫，甚至喝的什么酒。再三说："千万不要给人说是我说的这些，要是让领导知道了，我的饭碗都保不住了，一家人就靠我这点工资过日子哩。"

这个清洁工怎么都没有想到，刘同学把他的话录了音，并一再给这个清洁工保证，任何时候都不会出卖他。

随后，又有人给刘同学说，社会上一些食店到学校收购猫，大猫八十块钱一只，小猫五十块钱一只。

这天，学校有关部门的人带着保安又来捕猫了。刘同学和几个留校的学生挡住他们，不允许他们再捕杀猫只。这些领导和保安相对学生，绝对是强势阶层，怎么能容忍弱势阶层阻挡他们的行动，态度非常强硬，声称谁敢阻挡处理流浪猫，一律按违反学校纪律给予处分！

放假没回家的学生都来了，越来越多，把保安和领导包围起来，坚决不让他们捕捉猫只。双方旗鼓相当，张飞战马超，谁也降不了谁。

恰好这些日子，北京准备开"两会"，一些代表在媒体上公布了自己的提案，其中就有禁止捕杀食用小动物，树立生命平等的生态理念，这些提案在社会上引起很大反响。

刘同学和围聚的同学就以这些为依据，阻止他们捕杀流浪猫，还质问他们："你们把捕捉的猫都弄到什么地方去了？"

对方回答："拉到没人的地方放了。"

刘同学说："学校把这么重要的工作交给你们，你们到什么地方放了，总得给领导汇报吧。把视频拿出来，我们才相信你们把捕捉的猫放了。"

对方没话说了，又反攻为守说："你们有什么权力要求看视频？"

刘同学说："我们有证据你们把捕捉的猫杀了吃火锅！"

他们没有捕捉到一只猫，怏怏地离开了。

学校有关部门领导找到刘同学，询问："为什么阻挡学校处理流浪猫？"

刘同学说："他们把流浪猫捕捉后，杀了吃火锅，有的卖给小食店。"

领导说："这是造谣，他们给我汇报过，把流浪猫捕捉后，送到野地放生了。"

刘同学说："让他们把放生的视频拿出来。"

领导说："你们把他们杀吃猫的证据拿出来。"

刘同学不敢把证据拿出来，她答应那个清洁工了，担心领导把这个清洁工辞退了，那可是关系着一家人的生存，灵机一动说："我们不会把证据交给你们，你手下的人如果再捕捉、杀吃流浪猫，向食店出售，我们就把证据向全社会公布。"

领导不知道学生到底掌握了哪些证据，担心证据在网上公布后引发社会舆论。现在的网民，看热闹不嫌事大，没事找事地闹事，网上的舆情煽动比电视台的主播都厉害。何况马上要开"两会"了，他也看到一些代表公布的提案，要求保护小动物立法。至于能不能立法，什么时候立法，老百姓管不着，但这些提案确实代表了一部分社会潮流，是一种新的环保理念。不管怎么说，把校园里的流浪猫捕捉后杀掉吃火锅，卖给小食店，要是在网上公布了，肯定会造成相当大的影响，上头追查下来，自己吃不了也得兜着走。

捕捉校园流浪猫的活动，轰轰烈烈了一阵子，就偃旗息鼓了。

一天清晨，救助小动物群里有人说，学校高架桥下边发现一只小奶猫的尸体，被砸得稀烂。群里的老师和学生跑到现场，这是一只最多两个月的小猫，尸体下边一摊血，不像被汽车轧死的，像是被东西砸死的。

有个学生说："这只奶猫和人特别亲近，见到人就跑过去，在人的脚前翻跟头，亮肚皮，脑袋在裤腿上蹭。很多学生都要停下脚步，抱上一阵。"

几十个老师和学生围着奶猫的尸体，咒骂凶手。

真不知道，砸死小奶猫的人，心里有多大的仇恨，竟然对小猫下如此毒手？这么小的猫咪，肯定没有招惹他，也没有能力招惹他，他仅仅是为了发泄仇恨。

自古以来，人类中不缺少地善良的人，也不缺少地歹毒的人。

半年以后，教师村有只叫虎斑的母猫，下了四只崽子。救助群里一个老师发现虎斑怀孕时，特地给它增加营养，买鱼喂它。计划它下了崽子后，给它做绝育手术。猫妈妈整天守着它的四个儿女，寸步不离，精心呵护。

这天入夜，这个老师像往常一样，提在装杂鱼的盒子去喂虎斑。虎斑没有吃鱼，看着她不停地叫。她朝回走，虎斑挡在她脚前，不让她回家。她喂流浪猫好几年了，感觉虎斑有事求她。仔细一看，发现只有三只小奶猫，少了一只小猫，就问虎斑："是不是丢了一个孩子，要我帮你找回来？"

虎斑仰着脑袋看着她喵喵地叫，把她引到它们住的地方——一楼旁边有个铁盖子，它们的窝就在盖子下边。

老师把盖子揭开，虎斑跳下去在里面闻了一阵，没有看到小奶猫，又爬上来，看着这个老师叫。这个老师跟在虎斑后边找小猫，虎斑拼尽全力地叫着，找上一阵，虎斑就没了力气，躺着老师脚前，肚子大起大伏地喘气。喘上一阵，又挣扎着爬起来，继续寻找小猫。

老师跟着虎斑，一直找到半夜，都没有找到丢失的小猫。

老师有种预感，这只小猫遭遇到了不幸。因为，才一个多月大的猫，不会贪玩而离开猫妈妈。猫妈妈也不会让这么小的孩子离开自己，肯定有人给小猫下了毒手。

夜深了，校园里一片静谧，除了教学区还有灯光，学生宿舍的灯全熄了，教师村的灯光也熄了大半。虎斑躺着这个老师脚前，它已经没有一点力气了，偶尔发出一声细弱的叫，似乎还期望唤回丢失的孩子。

这个老师蹲着它旁边，望着这只精神绝望至极，体力衰竭至极，心中突然泛起强烈的情感，为这只猫妈妈浩瀚无际的母爱感慨。人类的母爱伟大，值得尊敬和同情。动物的母爱同样伟大，同样值得尊敬和同情。

人呀，为什么对自己的母爱表示那么崇高的敬意，而对动物的母爱视而不见？

十多天后，又有一只小猫不见了。这个老师还是陪着虎斑找到半夜，还是没有找到。

几天后，有人告诉这个老师，丢失的两只小猫是被人抓走了。抓猫的人家里有人生病，需要小猫做药引子。他们先抓了一只，吃了不见效果，又抓了第二只……

琼崖篇

唐胄是被耿介气死的

当今时代，如果把手机、电视关闭，就与人类隔离了，唯一和世界沟通的只有书籍了。居三亚的寓所，清静，清心，寡欲，寡闻，看书，写文章。乏累时，和一只叫小懒的狗狗玩玩，不干扰别人，也不被别人干扰，一日一日地度着年月。隔三四个小时，跑到隔壁房间看下手机，逐一回电。阎广林先生打来的电话，他是老牌博士、海南大学文学院院长，问我："现在干什么？"

我说："在读《明史》。"

再问："读《明史》的哪部分？"

我说："《唐胄传》。"

他说："正好，对上路子了。"

我不知道对上啥路子了。

他又问："最近两年有没有大的创作计划？"

我说："计划这事不好说，说不定睡到半夜心肌梗死了，所有的计划都要落空。也说不定睡到半夜爆出灵感了，就像男人的精子和女人的卵子拥抱到一块，十个月就诞出个新生命。生娃如此，创作也如此。"

他说："闲话少扯，咱说正经事情。海南大学准备拍摄一组《海南历史文化名人》纪录片，第一集就拍唐胄。如果你有兴趣，请你担任总编剧。"

我开始为脚本创作搜集资料，读《明史》《正德琼台志》《唐胄传》《唐胄及其攀丹村唐氏名人研究文集》，实地考察，对唐胄有了了解。

于是，纪录片的开端有了这样的文字："公元1538年初夏的一天，大明王朝嘉靖皇帝朱厚熜，与从海南走向京城的三品大员唐胄，发生了激烈冲突，龙颜大怒。但唐胄依然振振有词，据理力争，毫不退让，最终激怒皇帝，被打入狱牢。"

唐胄当时任户部左侍郎，掌管全国疆土、田地、户籍、赋税、俸饷及一切财政事宜。要是放在现今国家管理机构，他掌管着农业部、公安部的部分业务、财务部的全部业务，相当于正部级领导有点小，相当于国务院副总理还说得过去。

"今天，人们说起刚直不阿，不畏生死，为民请命，犯颜直谏这些文字时，常常和海瑞联系在一起。其实，海瑞被投入监狱是嘉靖四十五年（1566年），早在嘉靖十七年（1538年），唐胄就因为冒死直谏，被皇帝严刑拷打，投入监狱，比海瑞早整整28年。"

我在资料里还看到，明朝，是海南群星灿烂的时代，出现了一批廉吏谏臣和大批的文化名人。仅嘉靖年间，就有三位从海南走出的大臣，丘浚、唐胄、海瑞，仗义直谏，批评皇帝。这三个骂皇帝的名臣，家居不过十里。这种谏吏丛生的落花生现象，给我们昭示了什么？

我还发现在贪腐成风的大明王朝，从海南走向各级权力中心的官员，腐败的程度如何？一个令我惊喜又迷惑的结论诞出水面：无一贪腐，个个清廉。

我不敢相信，再次请教多名研究明史的学者，他们肯定了我的结论。

于是，纪录片的解说词里有了这样的文字："这些从海南走上各级权力阶层的官员，用自己单薄的手臂，构成了一座清廉的孤岛，成为大明王朝、海南历史文化一道亮丽的风景，这是一种什么样的集体意识？"

要知道，那可是中国历史上非常腐败的朝代呀，朝野、京都、官衙、社会，到处都充盈糜烂奢侈的气息。

这可是与当时的官场潮流格格不入的行为呀，是什么力量促使他们这样做呢？

解说词里又有了这样的文字："海南官员的高风亮节、丰硕政绩，与海南地域的偏远，经济、文化的落后，形成了巨大的反差。这种反差，构建了海南甚至中国历史文化的一个神奇密码。"

这个疑问，从1538年到今天，一直是人们探索思考的问题。我们能不能从唐胄的人生轨迹，寻求到答案？

史料记载，唐胄的先祖——"入琼始祖"唐震，是南宋时期由广西遭贬到海南，任琼州刺史，相当现在的海南省副省长兼军区司令员，创建了攀丹村，意指"手攀丹桂"，蕴含登科及第，距今已有800年历史。

一个相当现在的副省级官员，肯定知道要想弘扬自己的品德，治理好自己管辖的地方，首先要管好自己的家族，修养自身的品性；通过对万事万物的认识探究获得知识，在知识的支撑下，才能管理好家族，治理好国家和管辖的百姓。这就是古代读书人"修身齐家治国平天下"。

唐震带领唐氏家族入琼后，积极发展教育，置书数万卷，创建"攀丹义学堂"，世代兴学，世泽诗书，是岛内著名的书香望族，自后的每个朝代都有名臣出现。

读到这些资料，我真为自己感到羞耻，攀丹村与我居住的五指山路，相距不到五六公里，我竟然不知道攀丹村，更没去过这个村落！

我还是去了，站在500年前唐胄亲手栽下的榕树下，树的年轮绝对称得上古老了，展示着古树庞大而坚挺的身躯，枝叶茂密生机勃然。

岁月的轮回变革，台风的侵袭，建筑材料和技术的发展，使村子的规模、街道、房屋，已经消泯了古时的模样。在现代人的目光里，它只是海口市的一条小街而已。村子后边唯一能展现历史的是一段南宋时期的城墙，透溢着老迈的沧桑和历史的悠久，似乎在诉说唐氏家族绵延久长的文化脉络。

我还感觉出它被世人遗忘的失落和不甘。

我感兴趣的是攀丹村的内核，为什么这个村落能成为后人盛赞的："天下无双唐氏，琼州第一攀丹。"

耕读的家风，浓厚的读书传统，使这个家族仅在明朝就培养出了五位进士。

明宪宗成化七年（1472年），一个婴儿在这个村子呱呱着地了，他就是我们这篇文章的主人公——唐胄，他是唐震第九代世孙。

纪录片中又有了这样的解说词："现代科学已经证明了遗传和传统对人的影响，唐胄优秀的天赋加上自身的勤奋，还有家风的影响，他于书无所不读，博通经史百家，一举成名便成了非常自然的事情。"

从攀丹村回来的好长时间里，我在思考一个问题，从唐震到现在800年了，从唐胄到现在500年了，现在的社会和那个时期有了天大的差别。在市场经济大潮的冲击下，唐氏后人读书的风气还留存多少？

于是，我再次走进攀丹村，进行调研。

我又在纪录片的解说词里写下这样的文字："现在的攀丹村小学的学生，主要是唐氏家族的后裔。几十年来，没有一个适龄青少年中途辍学。从这个学校毕业的学生，有美国哈佛大学的学者，有中国工程院院士的候选人，更有在平凡岗位上，德智兼备的劳动者。对知识的渴望，对道德的尊敬和遵守，依然是攀丹村人的追求和行为准则。"

一日，和几位同事喝茶，一位研究生命科学的教授给我说："你研究唐氏家族，应该从他们的生命基因开始，或许唐氏家族的生命基因非常优秀。"

我没有从事生命基因的研究，但看过这方面的书。一个人从父母那里获得的生命基因确实重要，身高、胖瘦、长相、体力、疾病，甚至智力都受基因的影响。但一个人的品行、情商、毅力与基因又有多大的关系？如果这些也被基因控制，现代生命科学的研究是不是又回到"龙生龙，凤生凤，老鼠生来会打洞"的血统论了？

我想到了少年时看的印度电影《流浪者》，法官拉贡纳特根据"强盗的儿子必定是强盗，法官的儿子必然是法官"的理论，错判强盗的儿子扎卡有罪。扎卡越狱后被迫成了强盗，决定报复法官。拉贡纳特中计，赶走了怀孕的妻子，致使妻子在大街上生了拉兹。拉兹跟着母亲在贫困恶劣的环境中长大，扎卡又引诱拉兹做了贼。拉兹在饱经流浪与偷窃生活后，遇上了童年好友丽达，二人真挚相爱，拉兹痛恨自己的堕落生涯，渴望以自己的劳动谋生。但是，扎卡逼迫他继续偷盗。法庭上，律师丽达竭力为拉兹辩护……

这部电影告诉我们，法官的儿子照样可以做强盗，起决定因素的不是他继承了谁的基因，而是他童年、少年、青年时期，所受到的教育和生活环境。

明孝宗弘治十五年（1502年），唐胄赴京应试，中礼经魁，登康海榜进士，授户部广西司主事。

十年寒窗苦读，终于红榜题名。唐胄和儒家学子读书的最终目的，就是"读书做官，报效朝廷，造福百姓，流芳百世"。他终于走出了理想的第一步，满腔雄心，踌躇满志，充满欢愉地走向大明朝的权力阶层。

他似乎拉开了"治国平天下"的帷幕。

然而，官场并非唐胄想象得那么清明、透彻，而是布满阴霾、陷阱。

他进入官场的第一步是不幸的，他的不幸源之大宦官刘瑾，我在这里不得不起底刘瑾。

我少年时对刘瑾的印象还是不错的，源于看了秦腔《法门寺》。明朝时，陕西发生了一起命案，县令昏庸，将好人屈打成招。大太监刘瑾伺候皇太后到法门寺降香时得知此事，责令县令赵廉复查，真相大白。我一直认为刘瑾还是为民做主的好官，起码不应该是回家卖红薯的庸官。

撰写这集纪录片，再去研究刘瑾，才知道他是中国历史上最大最坏的宦官之一。

中国历史上，宦官篡权乱政，几乎每个朝代都有。为此，明朝初年，朱元璋汲取历史教训，精心设计宦官制度，其中一条就是严禁宦官读书识字。

但是，进入明朝中期以后，这条禁规就有名无实了。

如果说刘瑾是个坏种，显然给他戴上了"血统论"的帽子。他还是我的陕西乡党，兴平人，六岁的时候，被宦官刘顺收养。他的童年、少年接受的都是宦官生活、宦官文化，加上他聪明机智，培育了他的阴毒诡计，察言观色的宦官技能。

当时的明朝，穷苦百姓要想享受荣华富贵，父母就让自己的孩子割掉生殖器，进入皇宫当太监。刘瑾在养父的帮助下，割掉了生殖器，进宫当了陪太子朱厚照读书的太监。刘瑾深知，自己以后要是大展宏图，必须读书。结果是贪玩的朱厚照没有读多少书，刘瑾却达到了"颇通古今"的高水平。

朱厚照爱玩，刘瑾就揣合他的心意，资料上记载："或击球走马，或放鹰逐兔，或俳优杂居错陈于前，或导万乘之尊与人交易。"由此博得朱厚照的开心。

朱厚照由太子登基为明武宗，照样贪玩，对刘瑾到了"一日不见瑾则不乐"的程度。刘瑾常常在明武宗玩得高兴的时候，送上大臣们的奏折。明武宗烦了，问："知道朕为什么用你？你总是这样烦朕？"从此，刘瑾代替明武宗批阅奏折了，用史书上的话说，叫作"帝悉以天下章奏付刘瑾"。

于是，朝野内外都知道"朱厚照是坐着的皇帝，刘瑾是站着的皇帝"。

对于那些敢于反抗的官员，刘瑾就通过各种方法打压铲除，迫使他们不得不臣服他。这样，刘瑾就敢于欺上瞒下、党同伐异、权擅天下、纳贿自肥……

唐胄初入仕途，父亲就去世了。按照明朝礼法，唐胄请假归乡，守制服孝。

唐胄服孝期间，孝宗皇帝病死，年幼的武宗皇帝继位，改元正德，太监刘瑾登上了大明王朝的舞台，开始了前边书写的那些行为。

我在纪录片的解说词里写道："唐胄守孝期满，是回朝复职做官，还是隐于偏远海南？回朝做官，意味着认可刘瑾的擅权揽政，还要投其所好，与其沆瀣一气，狼狈为奸。这既有违于他的道德观念，更有悖于从小就学习和遵守，并视之为天理的人伦礼制，更不可能造福百姓。"

用现代语言说，唐胄不愿屈从于刘瑾的搅屎棍，更不愿在刘瑾把持的权力粪坑里打滚。他意识到如果不与刘瑾同流合污，必然受到排挤，打压，甚至牺牲生命。深感官场险恶，仕途缥茫，满腔报国心，无奈付东流，萌生隐退归家之意。

唐胄最终以家有高堂老母，自己是独生儿子，必须善尽孝道为由，拒绝回朝复职。

这正合刘瑾心意，"顺理成章"地剥夺了唐胄的官职。

支撑读书人精神有两个支点，得意时倾向儒家思想，"治国平天下"，效忠朝廷，造福百姓，青史留名。失意时，又倾向道家思想，遁世隐居，淡泊名利，顺其自然，宁静致远。唐胄接受了道家思想的影响，却剔除了道家的无为思想，骨子里还是崇尚儒学。

唐胄脱去官服，开始了长达20年的"布衣进士"的生活。他掌教先祖唐震创办的"义学堂"，更名为"西洲书院"，西洲是他的字。培养学生为德、为民、为忠、为良的"养优精神"。广收学子，讲经授儒，一时桃李芬芳，科甲蔚起。

我在唐胄后人的引领下，走进"西洲书院"。在经过翻修的书院大门上，有一副对联，上联是"广文宫冷未为贫"，下联是"木铎声高道自尊"。这两句话的意思是获得知识就是财富，拥有高尚的道德就有尊严。

中国五千年的文明史，从传说中的三坟五典、八索九丘，到后来的《尚书》《春秋》，再到司马迁的《史记》，班固的《汉书》，形成了修史撰志的传统。唐胄也不例外，他在家乡的20年里，除了兴办西洲书院，还补遗考异，执旧疑史，收集原始资料，以执着、严肃、认真的治学态度，编纂了《正德琼台志》。

《正德琼台志》包括郡州邑疆域图、郡州邑沿革表、沿革考、郡名、分野、疆域等44卷。内容涉及疆域、郡署、地理、水利、风俗、赋税、书院、兵防、古迹等方面，为今人留下珍贵的文化史料。尤其是海南历史的归宿、南海海域、岛屿的归属，都有详尽的记载。征引文献丰富，资料价值很高、在方志编写、方志文献学及方志史上，都有相当高的地位。到目前为止，研究海南历史、研究我国南海疆域，都以这部志为依据。

为了编纂《正德琼台志》，唐胄白天踏遍海南的山山水水，夜间伏案疾书，直到雄鸡啼鸣，东天破晓。时常雇船出海，冒着生命危险，勘察岛屿，观视海流，统计渔产。

唐胄修志时，始终关注百姓的生产、生活，比如预测台风的办法：台风将起之前，海鸟预夜，群惊飞鸣投黎山，树叶皆向南作翻转之状。或海吼声大震，或天脚有晕如半虹，俗呼"破蓬"（不完整的彩虹），即《岭表录》谓之"飓母"。或逾时即大作，暴雨挟之，撼声如雷，拔木飞瓦。民居皆矮屋避之，人不能行立，牛马不敢出牧。或风雨中，有火飞回南又最大，伤损万物。

唐胄整理了大量有益于生产的农谚：元日喜干。俗云：冬湿年干，禾米满仓。二月一、二、三日，雷禁。不敢工作，以祈雨，赐时若。 三月三日雨，则天蚕损秧。旬多南风，水田易干。

唐胄在编纂《正德琼台史》时，遇到了使他碎心裂胆的痛苦，就是在编纂过程中，由于原则性的观点不同，和老师王佐发生了激烈争论。

王佐是海南四大才子之一，晚年退休修成了《琼台外纪》，并积极参与编纂《正德琼台志》。

究竟是什么原因导致唐胄和王佐发生如此激烈的争论？

中央王朝对海南的治理始于公元前110年的汉武帝，65年之后的汉元帝，结束了对海南的王朝治理。直到冼夫人招抚千余峒俚人，中央王朝政权又一次登上海南岛。从汉元帝到冼夫人共有580年，如何看待这580年历史？

唐胄和王佐的看法完全不同。

王佐认为，这580年，中央王朝对海南是遥控式的统治，统治机构没有设在海南，设在琼州海峡对岸的徐闻县，用现代观念解释是象征性统治。

唐胄认为，这580年，中央王朝一直在海南设有统治机构，海南没有脱离中央王朝的实质性统治。

唐胄深受儒家孝悌教育，深知"一日之师，终身之父"的孝道，不愿违背师愿。但是，他又必须坚持学术良心，忠于历史事实，坚决不同意把王佐的观点写入《正德琼台志》。

王佐无法说服唐胄，加上年事已高，就退出了《正德琼台志》的编撰。

到底是王佐的观点正确，还是唐胄的观点正确？

我又走访了研究明史的权威学者、海南大学教授张朔人。张朔人说：

"这580年，尽管中央政权处于分裂时期，但是各时期的政权对于海南的政治行为不断，对海南的军事和行政管理，时常发生。作为回馈，海南地方对中央政权的贡献也有记载。此外，从大陆流向海南的人源源不断，人口日益增长。海南这580年历史，并未实际脱离中原政权的管束。尤其在文化上，仍然深受中原文化的影响，可以说是一脉同源。"

神都没有想到，唐胄更没有想到，他的这一坚持，使《正德琼台志》在几百年后，产生了意想不到的历史价值。

海洋，在一百多年前，只供捕鱼捉蟹，轮船航行，再找不到别的用场。到了20世纪80年代，人类在海底发现了石油。石油，现代工业的血脉呀，任何一个国家离开了石油，它的工业、农业、经济会全部僵死。某些邻国觊觎我国领海的一些岛屿和海疆，染指中国南海石油资源。在关系民族千秋利益的重大问题上，我国政府寸步不让，必须拿出确凿的历史依据，伸张南海主权。在周恩来总理指示下，外交部寻访到天一阁藏有的《正德琼台志》，并征引了该志的相关涉海内容。证明这些海疆和岛屿，历史上就属于中国版图，为国防做出了重大贡献。

有学者称，仅一部《正德琼台史》，就足以使唐胄光耀海南历史文化的天空。

古今都流传着这样的话："人活得过于霸道，一般不得好死。"这句箴言在刘瑾身上再次得到印证。

正德五年（1510年）八月，刘瑾在北京城东牌楼下，被凌迟处死，就是我们咒人的"千刀万剐"。有史书记载刘瑾被"诏磔于市，枭其首，榜狱词处决图示天下"。明武宗为让刘瑾以最痛苦的方式死去，下旨"凌迟三日"，结果被凌迟3357刀。

到了1522年，嘉靖皇帝登基，重新起用了唐胄。此时的唐胄已经51岁了，到了步入暮年的年龄，真乃枯树逢春，阴霾拨去，终见天日，深埋在心底的"治国平天下，名垂青史"的儒家理想，再次萌发。他的仕途生活，在闭幕了20年之后，又重新拉开帷幕，又能在大明朝的政治舞台上，做出什么样的表演呢？

唐胄复职途中，发现监管苏杭一带纺织业的宦官，贪腐愚恶，假公济私，中饱私囊。"苏杭织造太监"的职位，成了众多宦官不惜重金打点的肥缺，整个苏杭地区的织民商贾怨声载道。

唐胄到任后，立即上疏朝廷，请罢苏杭织造，"织造之害，莫大于遣中管之提督"。言辞恳直，措辞尖锐，理由充分。

遗憾的是皇帝没有采纳他的疏谏，这里面的利益千丝万缕、根深蒂固，皇帝也要平衡关系和矛盾，使得积弊日益严重。到了万历年间，竟然激起民变，加重了明政权的统治危机。

嘉靖三年（1524年），唐胄升官，任广西提学佥事，这是一个主管教育的地方长官。

为了实地调研唐胄在广西任职的情况，我和阎广林、张军军两位学者前往广西，请教研究明史的历史学专家、广西师范大学历史文化与旅游学院院长刘祥学教授。刘祥学教授带我们去唐胄当年任职的永宁州古城，现在的永福县百寿乡。面包车行驶在水泥道路上，两边山峰陡峭狰狞，一个转弯套着一个转弯，山多田少，路边的农舍还没有出现富足地区常见的小洋楼，田里辛苦着衣服破烂的农夫和辛劳耕作的水牛。刘祥学教授给我们说："我们完全可以想象，500年前的这里是什么境况？万山丛莽，交通闭塞，满目疮痍，缺少学堂，民不教化，心智不开，混沌愚昧，举止不端，野蛮好斗，经济落后，盗贼四起。"

我们走进500年前唐胄曾经任职的永宁州府，低矮的小瓦房屋、狭窄的石板街道，大部分房屋空闲，整座古城充满阴霉潮湿的气息，许多地方长着湿苔，难得见到几个人影，甚至连只狗都碰不到。城墙低矮，城楼破陋，但都保护得十分完好。看到这里的城墙城楼，我不由得想起家乡西安的城墙城楼，简直无法相比。

吃过晚饭，刘祥学教授请我们喝晚茶。我们一边品尝具有桂林特色的油茶，一边听刘祥学教授给我们讲唐胄两次在广西任职的情况：唐胄在我们这里当过相当现在的省教育厅的领导。当时他已六十岁高龄，但依然爬山越岭，调查民情。广西多大山，少学堂，很多孩子没有地方读书，一代一代地过着贫穷的生活。

唐胄看清了这地方落后的根源，就是百姓普遍没有文化，有些地方甚至还不开化，耕作手段落后。要彻底改变这里的落后面貌，就必须大力推行教育，兴办学堂，使孩子能够上学读书。他历尽千辛万苦，深入一个一个瑶寨，劝说当地少数民族子弟入学，并亲自给学生上课。史料记载，唐胄在该任上有四大举措：遍鬻群书，启迪多士，文风丕变；令土官及猺蛮悉遣入学；以身范士，督诸生习冠射诸礼，即僻邑遐陬，巡历皆遍；作《劝古田诸生归学诗》，规劝猺、蛮子弟归学读书，以表其司教之诚。

唐胄在广西任教育长官不到两年，又升官了，被提升为云南安察司副使，充金腾兵备道，这是一个主管司法刑狱、监察按劾的领导，相当于现在的检察长，由正五品升到正四品。

这段时间，广西盗贼四起，叛匪猖獗，时常威逼官府，民不聊生。官府多次派兵围剿，牺牲众多将士，损失无数军费银两，均无效果。

八年后的嘉靖十一年（1532年），唐胄又从云南调回广西任广西左布政使，相当于现在的广西壮族自治区行政长官。

他一改前任做法，不再动用武力，改为招抚。他不顾部属的劝阻，亲自前往匪徒暴乱之地招降。匪徒见他只带几个文职随从，没携兵器，也就以礼相待。唐胄给他们自报家门后，匪徒头子不相信地问："你就是八年前在我们这里任提学佥事的唐胄大人？"

唐胄回答："然也。"

匪徒首领还是不信，说："我只是听说过唐胄大人是大清官大好人，没见过本人，你会不会冒充唐胄，骗我们缴械投降？"

一个年龄大点的土匪，围着唐胄看了一圈，给首领说："他就是唐大人，还在我家吃过饭。八年过去了，大人也老了！"

首领一听，赶忙放下武器，对手下的人喊："快给恩人磕头！"

匪徒们当下就表态，接受招安，回家种地。唐胄也当即表态，发给他们种子，减轻徭役，废除苛捐杂税，使他们安居乐业。

我曾在一篇文章里写道："历代朝廷，对聚众造反者，都是诛杀九族，哪个百姓活得好好的会去聚众造反？无非是两个原因迫使百姓造反。一是苛政，官逼民反；二是贫穷，饥寒出盗贼。"

唐胄在地方为官13年，清廉自律，政绩卓著，生活简朴，深受嘉靖皇帝欣赏，把他当作救火队员，哪里的事情难办，就把他派往哪里，又把他从广西派往山东任巡抚，又派往南京任户部右侍郎，随即转为北京户部左侍郎，擢升为正三品的京官，相当于现在的财政部、民政部、交通部、建设部综合的常务副部长，直接参与朝廷重大政治事务的决策。

他进京不久，就遇到了安南动乱。安南是明朝的附属国，就在现今越南境内。到了1537年，安南国已经20年没有朝贡。嘉靖皇帝可是个高傲自大、刚愎自用、权力欲征服欲极强的君主。觉得脸面尽失，威风扫地，虚荣心受到严重挑战，绝对不能容忍安南继续不恭，意欲利用这个机会起兵征讨。

早朝议事，严嵩、夏言、张瓒这些大臣，逢迎上意，主张讨伐。理由是我们堂堂大明王朝，岂能容弹丸之国蔑视，颜面何存，如不杀鸡儆猴，将会越来越多的附属国对我不恭！

以唐胄为代表的主和派认为，这不是简单的征讨问题，事关国体法理。讨伐一旦开始，战死的是将士，亏空的国库，负担的是百姓，于国于民，百害而无一益。面对一触即发的战争，唐胄奏上了《奏讨安南疏》，从七个方面阐述了不可征伐安南的意见

这七条的意思：此次出兵征讨，理由不充分，师出无名；安南国不是不想进贡，因为每次进贡，皇朝赐给他们的财物是他们进贡物品价值的数倍，进贡对于安南是赚钱的事情，他们是想进贡而没有进贡的机会，以"安南久不上贡"为由出兵讨伐，十分勉强；从历史上看，自东汉马援征伐安南起，直至本朝永乐、宣德年间的征伐，都没有达到征服的目的，大军一走，反叛随起；出兵讨伐，必须财力支持，历代的对外征伐，都会引起严重的后遗

症，造成内忧外患，导致国家衰亡。

鉴于以唐胄为首的反对派的意见，皇帝暂时搁置了征讨安南的准备工作。经过长期争论，皇帝对安南的政策终于有了转变，从用兵改为安抚，避免了一场战争的爆发。

我在纪录片的解说词里写道："一个伟大的政治家，不是策划了一场可以打赢的战争，而是成功地制止了一场可能爆发的战争。"

各家的事情说不清楚，皇家的事情更说不清楚，说不清楚也得说，不说这篇文章就写不下去。

正德十六年，明代第十世帝明武宗去世了。神鬼怎么都没有想到，他娶了三宫六院七十二妃子三千美人，却没有一个女人给他生个儿子。我为这事专门请教了我们村的老中医，老中医说一块地不长庄稼，可能是地的问题，几百块地都不长庄稼，就是种子的问题了。你把种子在锅里炒熟了，种到地里能长出苗苗？咱不知道武宗的种子在锅里炒了没有，但知道皇帝没有儿子，与咱普通老百姓没有五分钱的关系，对于皇家可是大事情。朱元璋拼死拼活打下的江山，说啥也不能旁落外姓之人。皇太后和大臣们商量来商量去，决定由武宗的堂弟朱厚熜即位，史称明世宗，年号嘉靖。按照大明朝礼法，朱厚熜必须过继给明武宗的父亲孝宗皇帝，以孝宗儿子的身份，按照"兄终弟及"祖训，继承皇位。这样一来，朱厚熜就必须称孝宗为父，称亲生父亲兴献王为叔，这样才符合明王朝的礼仪和道统。

然而，朱厚熜这家伙只想坐皇帝的龙椅，又不愿给别人当儿子。

嘉靖皇帝即位第四年，就有意诏命大臣集议他亲生父亲的尊号。朝廷大臣分为两派：一派投嘉靖皇帝所好，极力拥护将嘉靖皇帝的亲生父亲封为皇帝，称为议礼派。另一派认为此举不合礼法，不能把嘉靖的亲生父亲、一个藩王封为皇帝，这一派称为护礼派。

当然，嘉靖皇帝肯定想把自己的亲生父亲封为皇帝。

双方争论越演越烈，揭开了明朝历史上最著名的"大礼议"之争，终于爆发了"左顺门"事件，当年的左顺门就是今天的北京市协和门。

左顺门事件实际上是嘉靖皇帝的政治手腕，利用"大礼仪"之争，清除异己，巩固自己的政权。然而，护礼派这帮迂腐们，根本没看出嘉靖皇帝的阴谋，竟然集体向皇帝进谏，234名大臣集体跪在左顺门外，伏地哭声，拍门呐喊，声震阙廷，比死了亲爹亲娘都痛苦。

嘉靖皇帝看护礼派折腾得差不多了，该来的人都来了，立即派出锦衣卫，逮捕130多人，86人录名待罪，廷杖而死16人，还有几个被充军，以暴力手段镇压了护礼派，大礼议事件暂时平息。

左顺门事件发生时，唐冑还在地方为官，不在京城，自然不被镇压。他虽没亲身经历该事件，却深知嘉靖皇帝在"大礼议"之争中的态度，认为皇帝做得有悖礼仪。

嘉靖十七年，嘉靖皇帝又想让亲生父亲的牌位进入明堂，享受已故皇帝的待遇，再一次掀起"大礼仪"的继续，历史上称为"明堂"之争。

有了左顺门前的鲜血、尸骨、流放、罢官的教训，朝臣们变得聪明了，世故了，犯不着为人家的事情丢自己的性命。自己的娃都快饿死了，还操心人家娃的头发该洗了。他们为了保住自己的职位，曲意逢迎嘉靖皇帝，献白兔、白鹿，诈称祥瑞，以讨皇帝欢心。

这个时候，唐胄再一次站出来，冒死上疏。批评嘉靖皇帝为个人私情，违背国体社稷道统。

嘉靖皇帝越听越刺耳，越读越愤怒。他看完奏疏，怒不可遏，将奏折撕得粉碎，当即下令锦衣卫将唐胄严刑拷打，剥夺官职，打入诏狱。

"诏狱"是专门关押皇帝指定的犯人，就在今天的北京市帽儿胡同。

此时，正是初春，寒流返潮，冰冽逆袭的季节。唐胄在锦衣卫的押解下，淋着雨丝中裹挟的雪粒，雨雪浇湿了他的衣袍，寒风吹乱了他稀疏的白发，一个"从道不从君，认理不认人"的耿介之臣，一步一步地走向人生的终点。

一场痛彻人心的悲剧，终于拉下了帷幕。

我们前往北京帽儿胡同调研时，早已不见"诏狱"的踪影了。所到之处，洋溢着太平盛世的繁华。

左顺门事件和后来的明堂之争，使许多正直的大臣或死或退，一些佞臣乘机窃取了朝政大权，弊政重兴，其中最有名的就是奸相严嵩。

大明王朝和嘉靖皇帝一起，慢慢走向了衰败。

事后，嘉靖皇帝似乎意识到唐胄的忠直，在唐胄返回海南后，颁布了对唐胄的赦免诏书，官职待遇尽数恢复。但这道诏书来晚了，唐胄回到海南后，肝气郁结，情志不畅，暴怒伤肝，加上常年虚劳过度，接到诏书半年后，就乘鹤西去了。

实话实说，嘉靖皇帝起用唐胄13年，唐胄屡得擢升，由六品升至正三品，离明代七卿之一的户部尚书，仅有一步之遥，伸出胳膊就能够着。嘉靖皇帝和唐胄之间的君臣关系，达到了君臣关系最理想的状态。皇帝赏识、放心、重用，大臣结草衔环，披肝沥胆，图报皇恩，堪称历朝历代君臣关系的楷模。

古今中外，无论成就一件善举，还是酿就一件丑行，都要付出代价。唐胄再次为自己的耿介，付出了生命的代价，却得到了《明史》的称赞："胄耿介孝友，好学著述，立朝有执持，为岭南人士之冠。"

唐胄和大明朝海南籍官员给世人留下的文化密码，应该有了解读。

纪录片最后的解说词是这样的："我们从唐胄和大明朝海南籍官宦生涯中，寻找到了他们一脉相承的思想脉络，其民为天，社稷次之，君为轻的民本主义思想，关心民瘼，体恤民情，为政清廉，生活俭朴，不惧权贵、刚正不阿，是海南文化名人的集体品质和思想追求，表现了浩荡的琼州正气，照亮了海南历史文化的天空，留下了宝贝的文化遗产。"

秀英古炮台

1997年11月，路遥去世五周年忌日，我突然萌发去秀英凭吊古炮台的念头。

十年前，我还在故乡秦地，阅读了一些地方志。《海口志》中记载，秀英有清朝光绪年间兴建的炮台，与广州虎门炮台、上海吴淞炮台、天津大沽炮台，同为清末年间的四大炮台。但在国人的记忆中，起码在我的记忆中，秀英炮台的名气远不如那三大炮台，很少看到介绍它的文章。如果我没读《海口志》，也不会知道海南还有个古炮台，更不会知晓它曾经打退过日本侵略海南的军舰。

五年前，跨过了琼州海峡，从抓一把黄土都能闻到文化气息的秦地来到海南。除了海南经济大特区的每一缕椰风里，都饱含着现代气息的诱惑外，还有在《海口志》里读到的古炮台、五公祠、海瑞墓等，这些文化古迹也是诱惑我的重要原因之一。

四年前，一个初春的日子，还在四处漂泊寻找工作的我，缺的是金钱，富足的是时间，就利用富足的时间去凭吊古炮台。

我推着单车，一边在曲里拐弯的村道上走着，一边琢磨，古炮台代表了一个民族不畏强暴的抗争精神，反侵略的决心和行动，是我们民族洗雪耻辱的标志，一定被政府列入重点保护范畴，甚至以炮台为基础，修建了个公园、纪念馆什么的，以便后人拜谒，还是爱国主义教育的好地点。

　　七问八问，七转八转，竟然很多人不知道古炮台在什么地方。终于在一位原居民的指引下，来到了古炮台旁边。我立即被眼前的景象惊呆了，这就是我心仪已久的古炮台吗？这就是代表我们民族不畏强暴，反抗侵略的文物古迹吗？

　　几十棵年轮很古的树，被荒芜地搁置在无数的丛薮、藤条之间，显得老迈而毫无生机。有人来过此地，因为地上有人来过的痕迹——矿泉水瓶子、餐巾纸、白色的快餐饭盒，还有擦了鼻涕的卫生纸。这些垃圾向我展示历史已进入20世纪的最后10年，这是科技高速发展的时代。要不，这个历经沧桑的炮台上，怎么能有现代东西的点缀呢？

　　追溯历史，炮台该有100来岁了。它要是人，也该进入耳聋眼花、脸上布满皱纹、身体各器官损坏之年了。难怪炮台没有一处没有破损，没有一处没有锈蚀，没有一处没有污物，没有一处不令人痛心欲绝。

　　古炮台被脏污了，被遗弃了。

　　我们民族不畏强暴保卫家园的精神也被脏污了，也被遗弃了？

　　一百多年了，谁给古炮台修建了一个遮蔽台风暴雨的庵棚？谁给古炮台破损的掩体补添一砖一石？谁清理过古炮台四周的脏物？谁关注过古炮台的命运？

　　没有！

　　我望着古炮台下无数拔地而起的现代建筑，陷入悲然的思索。

　　一只黑色的公狗，跑到古炮台旁，跷起一条黑腿，对着古炮台的掩体，射出一股腥臊的黄尿。愤慨至极的我捡起一块石头，对着狗狠狠地砸去，没有砸中，狗也逃去了。记得小时候，我扔石头是极准的，难道我也苍老了？

随行的朋友笑我："你这是弄啥哩，自己的日子过得不随心，拿狗出气，狗招惹你啥啦？"

逃去的狗在不远不近的地方向我吠叫，它在嘲笑我的苍老："我就在你跟前，你都用石头打不上我，还想干什么？"还是狗用狗的精神狗的思维，向我发出狗的抗议："你们人类破坏了你们祖宗修建的东西，反而怪罪我们狗类？你睁开你的人眼看看，我只在掩体上撒了一泡狗尿，你们人类还在掩体里面拉大便呢？那满地的白塑料饭盒、卫生纸、矿泉水瓶子，不是你们人类扔的，难道是我们狗族扔的？"

此时，我在丛薮里发现了一个碑基，碑石被人砸断了，残留下仅有的几个字："一九八四年十一月××海口市……"后边的碑石没有了。带路的原住民告诉我："这石碑是海口市人民政府为保护古炮台立的，有人把碑子砸断后，抬回家用了。"

那只黑狗还在对着我吠叫，它记仇。

其实，我心里已经宽恕它了。人尚如此，何况狗！

几年过去了，心中仍时时萦绕着古炮台，挂念着被军事家们称作"战争之神"的古炮的命运。炮台尚在，大炮何去？尽管多次查找史料，但仍无定案，至今仍是我心中的一个谜团。于是，更加查史找料，对秀英古炮台有了进一步的了解。

清朝末年的光绪年间，法帝国主义者入侵越南，并不断骚扰广西。为了抗御外来异族的侵略，清政府从德国购买了几门克虏伯大炮，用了4年时间耗资二十多万两白银，建成了秀英炮台。由于秀英炮台的建成，法帝国主义者未敢侵犯海南，保卫了海南一度免受铁蹄蹂躏之苦。但是，作为大炮，没有发出战斗的轰鸣，也就没有体现出它的真正价值，仿佛摆在那里的是几座吓唬人的钢铁玩意。

秀英古炮台一直在等待，等待它拔剑出鞘的轰鸣。

枯木的等待只是腐朽，人类的等待只是衰老，直至死亡，大炮等待的是惊天动地的出头之日。它一直等待了一个王朝的覆灭，一直等待到20世纪的30年代，历史终于给了它一个表现自己的机会。那是1939年2月10日，拥有现代化武器的日本侵略者3000余人，分乘30余艘军舰，从海面向海口进发，企图在秀英一带登陆。

这个日子对海南人民来说，是巨大灾难降临的前兆，也是检验海南人民抗击侵略的决心和效果。

当时海南的守军，武器低劣，弹药不足，兵员奇缺，缺少训练，更没有迎击日军军舰的大炮，抵御气势汹汹又拥有先进装备的侵略者的精神准备。这个消息被当年驻守炮台的大清兵勇知晓了，这些早已退伍在家的年迈老兵，不约而同地穿起了珍藏多年的"勇"字兵服，气宇昂扬地来到古炮台，擦拭大炮，修筑掩体，当年没有用上的炮弹，还储存在弹药库里，即将派上了用场。

于是，这里爆发了一场旷古未有的特殊战争，20世纪的军人用19世纪的武器，和拥有先进装备的外来侵略者，展开了激烈战斗。古炮台的掩体里，苍老的大炮在老军人操纵下，发出震天撼地的轰鸣，带着民族反侵略的不屈精神的炮弹，划过南中国海的苍穹，准确地落在敌舰上。一个日寇被炸死，又一个日寇被炸死；一艘敌舰被炸伤炸沉，又一艘敌舰被炸伤炸沉。敌舰上的现代化火炮也在轰鸣，现代化的炮弹带着侵略者的野心和狂妄，准确地落在古炮台的掩体里。一个中华民族的老军人倒在血泊里，又一个中华民族的老军人倒在血泊里。他们在从军的年代没有倒下，却在退伍后的战斗中倒下了。但是，古老大炮迸发的怒吼，一直没有中断。

战斗的结果是拥有现代化武器的侵略者，丢下被击沉的军舰，仓皇逃遁。

从未轰鸣过的古炮台，终于发出了自己的声音，实现了自己的价值；从未战斗过的老军人，终于参加了战斗，终于捐躯沙场，也实现了自己的价值。于是，我又萌发了去古炮台凭吊这些老军人的欲望，此时是1997年岁尾。

我特地穿了一身黑色的衣服。今天的我，金钱虽不宽裕但能顾住生活，却缺少了时间，仅有的两个小时也是多次请假才获批准。

走近炮台，我却有了惊奇，破损的炮台掩体已经修复，现代的水泥和古代的石灰，共同巩固了我眼前的炮台。黑狗没了，就没了狗跷腿撒尿的景观；地面种上了绿草，没有了白塑料饭盒、矿泉水瓶子类的脏污，和几年前截然变了模样。一群民工正在修补炮台，他们告诉我，政府拨了款，要把古炮台建成公园。

我望着不知谁用红漆大字在古炮台的掩体上写的"秀英古炮台 光绪十七年建"，望着修整一新的古炮台，猛然泛出这样的思绪：正在修补的不仅仅是炮台，而是残缺的民族精神！

顺着地道步入掩体，看见硕大的锈迹斑斑的固定大炮的铁环，我对着它和同行人发问："它可以锈蚀，民族精神也可以锈蚀吗？"

铁环没有吱声，同行的人惊奇地看着我，似乎听到天外之音。

我望着夕阳，残阳如血；我望着海面，海面如镜；我望着椰城，椰城如画。

这一切，不都是我们民族中千千万万这些带"勇"字的战士们，抗争而来的吗？

我点燃了带来的三炷供香，恭恭敬敬地插在古炮台前，庄重地举起右手，用曾经是共和国军人的军礼，向这些不死的民族魂举起了右臂。

这些年里，读史，思史，思维中一直有个谜团难解，我们民族两千多年的历史中，要么就是外敌入侵，要么就是内部争斗。外敌不入侵了，内部争斗必然燃起。外敌入侵了，内部争斗立即和解，同仇敌忾，抵御外敌，这到底是什么文化内涵？

终于有机会拜见中国社会科学院历史研究所一位张姓所长，请教了这个问题。张所长说："中华民族是个非常注重宗族关系的民族，具有浓厚的宗族文化。如果没有外人欺负侵犯，家庭内部的矛盾就突显，兄弟分家、反目为仇；妯娌闹事，吵闹打架；夫妻矛盾，你争我斗，闹得不可开交。一旦家族受到外夷的侵犯欺负，整个家族的利益受到损失，所有的内部纠葛争斗，都会降到次要矛盾，共同维护整个家族的利益，抵御外人的侵犯和欺负，就会上升为主要矛盾。"

这就是我们民族两千多年，不屈不挠、共同抵御外敌的文化基础。

老爸茶

　　客居琼地二十多年，历经海岛万物、岛民百态，感受最多的就是茶坊。走遍这片树叶状的岛屿，无论都市、小镇、穷乡僻壤，有人居住便有喝茶的地方，琼人称之为茶坊。

　　海南人讲究喝下午茶，称之为"老爸茶"。意思是闲居在家的老爸们，午休起来就跑到茶坊。几十个上了岁数的人聚在一起，每人要上一杯茶，谈天说地，打发人生暮年。

　　传统的老爸茶只有两种：红茶、咖啡。红茶是最受人欢迎的茶种。

　　海南人把吃过晚饭再到茶坊喝茶称"喝晚茶"。海南白昼酷热，常年无冬，夜间却海风徐徐，清爽无比，所以海南人养成了夜间出外活动的习惯。生意洽谈、情人约会、朋友相聚，多选在晚间进行。喝晚茶花销不大，茶坊就成了寻常百姓选择的去处。常常喝到子夜时分，有的喝到凌晨一点两点，方乘着茶兴，飘飘欲仙地离开茶坊归家。

　　在海南待久了，又知晓喝茶的场所分档次，最低档次的叫老爸茶坊，上点档次的才敢把茶坊前边的"老爸"去掉，直接叫"茶坊"，最高档次的叫咖啡厅，那是舶来的名称。尽管官方文件社会共识，没有规定什么档次的人，到什么档次的地方喝茶。但人民币有"规定"，囊中羞涩的人，断然舍不得花钱朝咖啡厅跑，你拥有的人民币告诉了你属于什么档次！那些腰包里没有大钱，但吃喝不愁，约朋友谈事诉情，去老爸茶坊有掉价之嫌，去咖啡厅又觉得花钱太多，就走中庸之道，选既不掉价又不太贵的茶坊。

　　曾经有那么几年，我供职的学校给了几年创作假，居住在海口市五指山路，旁边有个叫龙舍坡的地方，路口有个老爸茶坊，叫福元茶坊。我每天写到五点半，头昏了，眼花了，高速旋转了一天的脑浆也凝固了。就在妻的陪同下，步行五百多米，来到福元茶坊，选一张空桌坐下，点两杯红茶，一直坐到夕阳西下，夜幕初上，才离开茶坊，回家晚饭。说到茶资，我自己都不好意思给人说，一人一块钱人民币。对于大学老师来说，这点支出完全可以忽略不计，这也是我们每天都到那里喝茶的理由。要是到高档咖啡厅，一杯哥伦比亚咖啡都要一百多块，两个人就得两百多元，简直是想都不敢想的奢侈，敢去吗？

　　一块钱的消费水平，即使拾破烂的大爷只要有时间，就可以来坐一个下午，或者坐大半个夜晚。所以，来这里人喝茶的人通常都不说"消费"两字，只说"喝茶"，好像"消费"两字只配在咖啡厅说。

　　老爸茶坊不只喝茶，还有煮猪血、煮猪肺、煮羊肺、煮花生、煎鸡蛋、油条、面包、煎饺等小吃，也极便宜，不超过两三杯红茶的价格。很多来喝茶的老爸，晚饭时干脆不回家，要上一碗猪肺或者煎鸡蛋、一根油条，把肚子填饱了接着喝晚茶。

　　到老爸茶坊喝茶的人，大都是街坊邻居，即使不是街坊邻居，也时常在街道、茶坊碰头，面熟。走进茶坊，招下手，点下头，就算表示过了礼貌。要是遇到老茶友，径直走到人家的茶桌跟前，到旁边拖个凳子就坐到桌前。

早来的茶友立即给服务员打招呼："再来一杯红茶。"甚至还知道茶友的嗜好，直接说"加糖"或"不加糖"。

老爸茶坊里，难以看到西装革履、油头粉面的人。大都穿着过时甚至烂了口子的T恤衫，盖过膝盖的大裤衩子，露着十个脚趾的拖鞋。还有的提着竹筒做的水烟袋，一个抽过了，递给下一个，一圈抽过了，再抽下一圈，和打麻将差不多。还有的把茶桌变成牌桌，扑克牌不值钱，文具店里随便买，牌桌上摔的全是崭新的纸牌。不打牌的人就围着茶桌神聊，老爸们不知道男女明星的名字，不知道现任的美国总统是谁，甚至不知道现任的省长书记是谁，但知道左邻家的妹子还没结婚肚子都大了，右邻家的烂仔偷了人家的摩托车被公安抓走了。要不就是谁家的男人做生意赚了钱，包养了大陆来的妹子，精华都喂给大陆妹子吃了，自家老婆连残汤剩饭都吃不上，全是张家长李家短的市井话。话说回来，不让老爸们说他们能听见能看见的事情，他们能说出八杠子都打不上的克林顿的水门事件，更说不出与他们屁关系都没有的康德、罗素这些吓死人的人物。老爸们嘴上说着，手也不偷懒，在身上搓，汗渍渍油腻腻的皮肉上，搓下一条一条黑垢，柔软，油润，有人顺便扔到地上，有人摆在茶盅旁边，欣赏自己的战果。还有得了脚气的老爸，脱下拖鞋，在脚趾缝里抠，舒服得眯着眼睛嘘嘘吹气。旁边的人熟视无睹，没有厌恶也没有欣赏。

这里看不到装腔作势，没有矫揉造作，看到的都是率意、闲适、坦诚、质朴、本真。这个圈子以外的人，会指出老爸们一箩筐不是，什么不文明呀，不卫生呀，不关心时事政治呀，让人恶心呀，等等。但是，他们忽略了重要一点，他们讲的这些与老爸们有什么关系？

我本是陕西贫穷农家出身，十六岁当兵，当兵前都没穿过内裤，不知道冬天给棉衣里面套件衬衣暖和。夏天跑到井边打桶水浇到身上，算是洗澡。北方农村的孩子，一冬不洗澡是太正常不过的事情，身上脏得发痒，手搔不上，就把脊背对在树干蹭，酷像散养的猪蹭痒痒。入伍后当的是青藏高原汽车兵，当了六年兵，洗了七次澡，其中一次还是新兵集中时统一的洗澡。常年驾驶战车在冰雪高原上奔跑，天不亮就发动车，半夜还在途中挣扎，哪来的热水和时间让你洗澡？部队不收粮票不掏钱的饭菜，养活了我六年，也养活了我身上的虱子。我没有养胖，却肥了虱子，绿豆大小，一只连着一只。不驾驶的时候，坐在副驾驶上捉虱子，手伸进棉衣里一摸，准摸出一个虱子，两个大拇指甲对着一挤，一摊污血连一堆晶亮的虮子，就粘在指甲盖上。冬季军政训练回到营房，政治讨论就是捉虱子运动，一个班的人围着火炉，摸出一个虱子，朝炉子里一扔，啪的一声细响，宿舍里就增加一点皮肉烧焦的煳臭。讨论结束，满屋子的煳臭。

或许有读者质问，你写海南的老爸茶坊，怎么写起你的人生经历了。我只是证明，我的青少年时代，确实过着比这些老爸们还不讲卫生的生活，没有任何资格厌恶老爸们的生活习惯。

到老爸茶坊去的趟数多了，就越来越习惯那里的氛围了。有朋友约茶，我都提议到老爸茶坊。弄得朋友都不好意思，说："我请您喝茶，怎么能到老爸茶坊，又不是去不起咖啡厅。"

我说："到了那里精神肉体都能放松，何必跑到咖啡厅装周吴郑王，自己给自己找不自在。"

去老爸茶坊的趟数多了，就知海南的茶坊讲究名号，都围绕着"海""龙"而起名号，如"双龙茶坊""玉龙茶坊""腾龙茶坊"，或"滨海茶坊""傍海茶坊"等。也有什么名号都没有，在路边的榕树下、房檐下、空置的一楼大厅，摆上若干茶桌，就成了人们喝茶的地方。这类茶坊一般都没有历史，老板似乎也没打算长期经营，开一天算一天，什么时候兴趣没有了，或者出租了，就关门大吉了。

改革了，开放了，科技发展了，纯朴醇厚的古风中融进了市场的气息。于是，老爸茶坊除了喝茶，还增加了交流信息、洽谈项目的内容。一些中介人天天泡在老爸茶坊，出了这个茶坊进那个茶坊，腰上挎着BP机，约见了这拨人，又约见那拨人。这个公司批了项目弄不来资金，那个公司有资金却没有项目；这个公司库房里压了几百吨白糖，那个公司买不到白糖生产线都停了运转，都是他们关注的内容。常常是BP机一响，就朝公用电话跟前跑。这些大都是年轻人，多了，茶资就提高了，过去一块钱一杯，变成了一块五一杯。

有钱的老板除了坐奔驰，养二奶，还要掂个"大哥大"，像个黑色的砖头块。买不起"大哥大"的人就恶心他们，打架不需弯腰找砖头，直接用黑砖头砸过去就摆平了。这些掂黑砖头的老板，还嫌自己的知名度不高，掏钱在报纸上、刊物上，登上一张工作照：大班桌、皮转椅，手持"大哥大"做出通话状。唯一的缺憾是嘴唇紧闭，让读者感觉的是假。更假的是市面上出售的假"大哥大"，外形绝对以假乱真，十块钱一个。于是，满街的人都用上了"大哥大"，边走边高喉咙大嗓子地通电话。旁边的人就乜斜着他们小声嘟囔："装什么装，就是白送你一个大哥大，一分钟一块五的通话费，你掏得起吗？"神都没有想到，还没过几年，来喝老爸茶的人，都拿上了手机。连拾破烂的老大爷、夜间站马路边的小姐，口袋里都揣着手机。BP机没有了，公用电话拆除了，谁在这个时候还把手机叫"大哥大"，谁就土得掉渣被人耻笑了。

我和妻还是每天下午五点半，准时出现在老爸茶坊。一天，我们的邻桌坐着几个同样喝老爸茶的人，其中一个拿出一本杂志，封面上登在一个大老板用"大哥大"通话的照片，对着旁边的人瞅一阵，又瞅一阵，说："这个封面上的人是你？"

那个人拿过杂志，苦笑了一下，一把把封面撕下，尴尬地说："不堪回首，不堪回首呀！"

我觉得能说出这四个字，也能算上文化人了。

有个他的熟人调侃他："华仔，你觉得那里面的日子好混不好混？"

这个曾经的大老板苦笑说："你是哪壶不开提哪壶，那里面的日子要是好混，人都抢着吃牢饭啦。"

熟人继续调侃他："你说那里面的日子不好过，为啥那些大官大款争着朝里面跑？人住在里面，不掏住宿费，不掏伙食费，你们还想干啥？"

华仔说："旁人在里面想啥我不知道，我只知道我自己，我就想像这阵一样，想来喝老爸茶就来，想喝多长时间就喝多长时间，不需要报告政府，这才是人过的日子。我里面待了两年，天天都在琢磨，把啥都琢磨透了。真正受苦受难的是大官大款，当了官利益太大，多少人为了利益互相拼命。只有不想当大官不想挣大钱的人，过得才是好日子！"

那个熟人说："你这才说对了，咱省上有个副省长判了十四年，恐怕他想来咱这喝老爸茶，看监狱的公安都不批准。"

我悄声给妻说："这人说出了人生哲理。人呀，多是不到黄河心不死，等明白过来了，把好多享受的事情都耽搁了。"

妻说："这人坐牢竟坐成了哲学家。"

我说："好多事情就是要悟，古时候的修炼就讲究面壁，面壁就是什么都不看，一心思考，很多哲理都是思考后得出的结论。"

后来，有人给我们说："这个人曾经当过很大的老板，炒项目炒地皮赚了不少钱，坐的是奔驰600，养了好几个二奶。后来吃了两年牢饭，出来后公司没了，奔驰没了，二奶跑了。他也不朝咖啡厅跑了，天天泡在老爸茶坊，寻找东山再起的时机。"

这天，我和妻正在闲坐，突然走来个人，恭敬地问我："你是杜老师？"

我说："是呀，您是……"

对方说："我是文学爱好者，曾经听过你的讲座。我早就注意你了，就是不敢肯定你就是杜老师。一直怀疑，杜老师怎么跑到这里喝茶？"

他在这里喝茶的熟人都跑过来了，有人趁机在桌上拿走了我们的茶单，替我们把茶钱付了。

我交了一帮喝老爸茶的朋友，尽管他们都没权，没钱，不能用权力为我办事，也没能力替我付买房的首付。但都有毫不虚伪地对我尊敬，只要我和妻走进茶坊，他们立即跑过来迎接，搬来凳子放在他们的茶桌跟前，对服务小姐喊："来两杯红茶，不加糖。"他们知道我血糖高，妻怕胖，不能给茶里加糖。

　　于是，海南的历史、典故、民俗、风情、饮食、婚丧、嫁娶、百姓诉求，在老爸茶的氤氲里，融入了我的大脑皮层。若干年后，我的长篇小说《适天石》在一家刊物发表。一些海南作家惊叹："一个陕西来的作家，竟写出了海南农村生活的历史，比我们这些海南作家都写得好，真不可思议！"

　　但是，没有一个海南本土作家知道，《适天石》里的创作素材，绝大部分源之海口龙舍坡街口的那个福元老爸茶坊。

　　写到这里，我刚好读完海南著名诗人吾平的诗集《海南走笔》，我在这部诗集中读到他对老爸茶的诗作：

　　　　小镇的美，闲情雅致。早茶或者下午茶去同一家店，花上二元五元买张幸运小彩。日子过得很慢，心情不沉重。就像小镇天空，干净而明亮。

还有：

　　　　在海南岛的城里或者小镇，处处是这样的景象。男女老幼花五块、十块钱，享用一份茶与点心，早茶、下午茶，一坐就是半天。吃老爸茶，都是普通人，没什么大事，也不太忙。花点小钱，花点时间，免费呼吸干净的空气和阳光，感受真实的内心不被虚度。在椰风习习的海南岛，伴随着阳光海浪沙滩，邀上三五好友，坐在简陋的桌椅吃老爸茶，胜过所有喧嚣与繁华。

我给这部诗集写的序《漆树村的诗》中，有这样的文字："真正代表海南文化的应该是老爸茶，一壶粗茶、一碟小点、一双拖鞋、几个老友，从中午喝到傍晚，那种无欲求、顺自然、恬淡适静的人生态度，才是海南文化的真髓。试想，把海南的老爸茶搬到北京的王府井、上海的外滩、西安的钟楼、成都的春熙路，会有那么多人来喝？"

突然想起北京一位很久没有联系的老朋友，电话他，手机里传来病蔫蔫的声音。才知道在半年时间内，他哥哥、姐姐接连去世，他已经住了三次医院，对生命已经绝望。我给他说："你到海南来，这里的空气、阳光，我们用海南的野生灵芝给你调理……"

朋友带着夫人来了，我们帮着联系了出租屋，签了三个月的合同。上午，他到海边散步；下午，我陪他喝老爸茶。一个半月后，他觉得身体康复了，就要回北京，说："海南的空气好，老爸茶坊的气氛好，野生灵芝的效果好，我在海南捡回了这条老命。"

我问他："你在北京最繁华的地段有套160平方米的房子？"

他脸上有了得意，说："我那套房子现在值大钱了，一平方米都超过10万元了！"

我说："你把北京的房子卖了，可以得到一千六百万。海口的房子才一万块钱一平方米，连装修算下来，三百万不到，还剩一千三百万，利息都花不完。你可以天天享受海南的空气、老爸茶、野生灵芝。"

他说："我还是待在北京好，待在海南什么事情都干不了。"

我说："你都退休了，有啥事情必须你处理？你说的那些事情，无非就是让你露脸的讲座、剪彩……"

他说："你说的没错，人呀，从懂事的那天起，哪一天不是为名利奔波、挣扎、拼命？心里都能想明白，嘴上都能说明白，遇到名利就不明白了，就拿着性命去拼搏了！"

老友还是回京了，我还是继续每天下午五点半来喝老爸茶，到底图的啥？

图的是闲适！

闲适和名利，闲适是白昼，名利是漆夜，相互之间只可以替换，不可以融汇叠加。

我想起曾在某篇文章里写的一段话："我们的一生都在名利的粪坑里滚来滚去，猛地洗个透彻的清水澡，就会觉得身上缺少了非常重要的东西，感到无比的空虚、不适，甚至惊恐、痛苦。只有重新回到名利的粪坑里，再打上几个滚，就觉得那个非常重要的东西回来了，恢复了充实和快乐！"

文学百年／名家散文自选集

<table>
<tr><td colspan="6" align="center">第一辑</td></tr>
</table>

序号	作者	作品	序号	作者	作品
1	冰 心	一日的春光	17	沈从文	湘行散记
2	从维熙	朝花夕拾	18	铁 凝	会走路的梦
3	褚水敖	我负北大	19	闻一多	复古的空气
4	邓友梅	饮茶闲话	20	王巨才	退忧室漫笔
5	郭沫若	竹阴读画	21	徐志摩	翡冷翠山居闲话
6	葛水平	绣履追尘	22	萧 红	春意挂上了树梢
7	甘铁生	人生浪语	23	徐小斌	生如夏花
8	韩小蕙	新新中国	24	郁达夫	一个人在途上
9	蒋子龙	红豆树下	25	叶圣陶	没有秋虫的地方
10	鲁 迅	秋 夜	26	杨匡满	感恩的翅膀
11	老 舍	抬头见喜	27	袁 鹰	生正逢辰
12	林徽因	你是人间的四月天	28	朱自清	背 影
13	柳 萌	寒风吹哑琴音	29	张抗抗	北 方
14	李美皆	爱你备受摧残的容颜	30	周 明	写意凤凰
15	刘锡诚	芳草萋萋	31	赵 玫	陪伴着你在暮色里闲坐
16	茅 盾	白杨礼赞	32	朱 蕊	蛇发女妖

<table>
<tr><td colspan="6" align="center">第二辑</td></tr>
</table>

序号	作者	作品	序号	作者	作品
1	陈建功	我和父亲之间	17	束沛德	爱心连着童心
2	陈世旭	天南地北	18	王剑冰	古道秋风
3	陈喜儒	履痕碎影	19	吴泰昌	散文六十篇
4	陈善壎	你这人兽神杂处的地方	20	汪浙成	远 影
5	范小青	坐在山脚下看风景	21	肖复兴	昔日重现
6	黄文山	烟霞满衣	22	徐 迅	响水在溪
7	刘成章	安塞腰鼓	23	肖克凡	一个人的野史

8	梁晓声	我与橘皮的往事	24	徐　风	风生水岸
9	雷　达	黄河远上	25	叶延滨	前世是鸟
10	刘庆邦	野生鱼	26	阎　纲	散文是同亲人谈心
11	陆　梅	时间纷至沓来	27	赵丽宏	亲爱的母亲河
12	罗文华	将谓偷闲学少年	28	周大新	呼唤爱意
13	刘汉俊	刘汉俊评说历史人物	29	卓　然	天下黄河
14	林　希	平常人语	30	朱　鸿	退　出
15	刘兆林	牛化自己	31	查　干	红叶归处
16	秦　岭	眼观六路			

第三辑

序号	作者	作品	序号	作者	作品
1	杜卫东	陶人：远古之神	7	王泉根	往昔皆为序曲
2	高洪波	拔笔四顾	8	王必胜	我写故我在
3	郭保林	孤独者的绝唱	9	徐　刚	八卷·九章
4	韩小蕙	火与剑，还是康乃馨	10	杨晓升	人生的级别
5	简　默	活在尘世中	11	张庆和	漂泊的心灵
6	剑　钧	写给岁月的情书			

第四辑

序号	作者	作品	序号	作者	作品
1	白阿莹	高山之巅	10	马　力	江水之南
2	陈奕纯	生命，向美的境地漂流	11	邱华栋	地球是圆的
3	淡巴菰	下次你路过	12	素　素	乡　愁
4	杜光辉	都是人生	13	孙　郁	在时间深处
5	何向阳	无尽山河	14	王子君	一个人的纸屋
6	李　舫	不安的缪斯	15	许谋清	每次涨潮都换一波海水
7	陆春祥	柏拉图的斧子	16	叶　梅	江河之间
8	刘上洋	山河气象入梦来	17	朱以撒	两片落叶
9	陆建德	看得见风景的书房	18	朱小平	一担山河

本书获热带海洋学院出版资助